普通高等教育"十一五"国家级规划教材

全国高等职业教育规划教材·电子商务专业

网络营销

（第2版）

符莎莉　主编

贺忠　芦阳　副主编

电子工业出版社

Publishing House of Electronics Industry

北京·BEIJING

内 容 简 介

本书共分为 10 章，内容涉及网络营销环境，网络商务信息的搜集、处理与发布，网上市场调研，网上市场特征与购买行为分析，网络营销组合策略，网络营销网站的构建，企业营销网站推广策略，网络营销的实施与控制，网络营销案例与实训。

本书以系统培养学生的网络营销操作技能和实际应用能力为指导思想，强化营销案例分析和实训操作教学，以使学生对所学知识加深理解，提高网络营销技能。

本书具有通俗性、实用性、新颖性等特点，可作为高职高专院校电子商务、市场营销等相关专业以及经济与管理学科等相关专业的网络化、信息化课程教材，同时也可作为电子商务企业人员的参考用书。

图书在版编目（CIP）数据

网络营销/符莎莉主编. —2 版. —北京：电子工业出版社，2010.7
全国高等职业教育规划教材. 电子商务专业

ISBN 978-7-121-11504-2

Ⅰ．①网… Ⅱ．①符… Ⅲ．①电子商务—市场营销学—高等学校：技术学校—教材 Ⅳ．①F713.36

中国版本图书馆 CIP 数据核字（2010）第 149644 号

策划编辑：王沈平
责任编辑：土沈平　特约编辑：李玉兰　杨　琳
印　　刷：北京市李史山胶印厂
装　　订：
出版发行：电子工业出版社
　　　　　北京市海淀区万寿路 173 信箱　邮编 100036
开　　本：787×1 092　1/16　印张：18　字数：460 千字
印　　次：2010 年 7 月第 1 次印刷
印　　数：4 000 册　定价：30.00 元

出 版 说 明

为了适应我国职业教育改革的要求，满足高等职业院校对新型财经类教材的需要，电子工业出版社从 2004 年开始出版财经类高等职业教育规划教材，目前已出版和正在出版"经济管理基础课"、"市场营销专业"、"财务会计专业"、"电子商务专业"、"连锁经营管理专业"和"国际贸易专业"以及反映教学改革成果和经验的"教学改革示范系列"、"工作过程导向系列"和"任务驱动与项目导向系列"等教材。

由于教材主编多是全国性或地区性专业学会的专家、学者，国家级和省市级科研或教研项目的负责人和参与者，活跃在教学一线的"双师型"教师和企业精英，且教材全部配备了相应的教学资源；所以教材一经推出，就受到了相关院校师生的欢迎，众多教材荣获"普通高等教育'十一五'国家级规划教材"、省市级优秀教材或科研成果等奖项，不少教材已成为市场畅销书。

为了贯彻和落实教育部 16 号文件精神，反映近年来我国高等职业教育改革的成果和经验，新近修订和策划出版的财经类教材力求体现教育部 16 号文件精神，体现教材对学生就业能力的培养，提高学生的实践能力、创造能力、就业能力和创业能力。

财经类系列教材具有以下主要特点。

（1）教材内容和体系力图体现"工学结合"精神，突出教学过程的实践性、开放性和职业性，强化对高职学生职业能力的培养。

（2）教材内容兼顾学历课程与职业资格应试要求，多种教材融"教、学、做"为一体，以"工学交替"、"任务驱动"、"项目导向"等形式，按岗位工作流程和需要进行编写，以便学生在毕业时顺利取得学历证书和职业资格证书。

（3）教材内容适当引用实际案例，通过案例教学和实训操作，缩短学生校内学习与实际工作的距离，提升高职学生的岗位竞争能力，以期实现"教学与实践零距离，毕业与上岗零过渡"。

（4）教材配有丰富的教学资源，为教学提供全方位、立体化的解决方案。教学资源除包括教学所必需的课程教学建议、电子教案和习题参考答案外，许多教材还增加了成套的模拟试卷及其答案和课程教学网站。利用教学资源，可为课程教学安排提出指导性意见，减轻教师的备课负担，解决教师在组织教学资料方面遇到的困难；同时，精美、形象的电子教案也有利于学生更好地理解教材内容，提高学习兴趣。

我们相信，财经类教材的出版，对于高等职业教育的改革与发展以及高等职业专业人才的培养将起到积极的推动作用。我们希望，通过精心打造的优秀教学产品，让科学的教学理念、实用的专业知识在广大受众中得以传播。

电子工业出版社　职业教育分社

2010 年 6 月

教学资源网名称：华信教育资源网

教学资源网地址：http://www.hxedu.com.cn

客户服务热线：010-88254481；传真：010-88254483；电子邮件：hxedu@phei.com.cn

第 2 版前言

随着全球网络经济的发展，国内外电子商务进入了一个新的发展阶段。企业间的网上交易作为电子商务市场的主要组成部分，其发展规模越来越大。

2009 年 7 月 15 日，中国互联网络信息中心（CNNIC）在北京发布"第二十四次中国互联网络发展状况统计报告"。报告显示，截至 2009 年 6 月 30 日，我国上网用户总数为 3.38 亿，其中宽带上网人数达到 3.2 亿，手机上网人数为 1.55 亿。2008 年中国网络购物交易额规模突破千亿元大关，达到 1 281.8 亿元，比 2007 年增长 128.5%。未来几年中国网购市场将继续保持快速的增长趋势，预计 2009 年中国网络购物交易规模将达到 2 236 亿元，到 2011 年有望达到 5 690 亿元。网络营销是电子商务在经济生活中的具体应用，它已成为企业营销战略与手段的一部分，所涉及的理论与实践也得以迅速发展。

本书编者在将网络营销理论教学经验与在企业中的网络营销实践经验进行结合的基础上，以注重系统培养学生的网络营销实践操作技能和实际应用能力为指导思想，强化网络营销案例分析和实训教学，突出教材的通俗性、系统性、实用性和可操作性。

本书由符莎莉任主编，贺忠、芦阳任副主编，沈美莉任主审。全书共分为 10 章，具体编写分工如下：第 1 章和第 2 章由符莎莉编写；第 3 章由李湘滇编写；第 4 章和第 5 章由贺忠编写；第 6 章和第 9 章由芦阳编写；第 7 章和第 8 章由刘亚玲编写；第 10 章由张媛媛编写；全书由符莎莉负责统稿。对参加第 1 版编写的王宏伟、刘喜敏、黄建莲和罗继飞等作者表示感谢。

由于作者水平有限，书中不当之处在所难免，欢迎读者批评指正。

编　者
2010 年 2 月

第 1 版前言

随着全球网络经济的发展，国内外电子商务进入了一个新的发展阶段。企业间的网上交易作为电子商务市场的主要组成部分，其发展规模越来越大。

2005 年 7 月 21 日，中国互联网络信息中心（CNNIC）在北京发布"第十六次中国互联网络发展状况统计报告"。报告显示，截至 2005 年 6 月 30 日，我国上网用户总数突破 1 亿，为 1.03 亿，半年增加了 900 万户，和上年同期相比增长 18.4%；其中宽带上网人数增长迅猛，首次超过了网民的一半，达到 5 300 万人，增长率为 23.8%。我国网民数和宽带上网人数均仅次于美国，位居世界第二；IP 地址近几年快速增长，总数达到 6 830 万个，A 类地址超过 4 个，拥有量排名世界第四。我国网上购物大军达到 2 000 万人，网上支付比例增长至近半数；网上购物市场巨大，网上购物者半年内累计购物金额达到 100 亿元；半年内通过网络购买的手机在 300 万部以上。就全球市场而言，未来几年，互联网市场的规模可高达 1.3 兆亿美元。网络营销是电子商务在经济生活中的具体应用，它已成为企业营销战略与手段的一部分，所涉及的理论与实践也得以迅速发展。

本书编者在将网络营销理论教学经验与在企业中的网络营销实践经验进行结合的基础上，以注重系统培养学生的网络营销实践操作技能和实际应用能力为指导思想，强化网络营销案例分析和实训教学，突出教材的通俗性、系统性、实用性和可操作性。

本书由符莎莉任主编，贺忠、王宏伟任副主编，浙江工商大学沈美莉副教授任主审。全书共分为 10 章，具体编写分工如下：第 1 章由符莎莉编写；第 2 章由罗继飞编写；第 3 章和第 10 章由刘喜敏编写；第 4 章和第 5 章由贺忠编写；第 6 章和第 9 章由王宏伟编写；第 7 章和第 8 章由黄建莲编写；全书由符莎莉负责统稿。

由于作者水平有限，书中不当之处在所难免，欢迎读者批评指正。

编　者

2005 年 10 月

目　录

第 1 章

网络营销概论

学习要点

- 市场营销的含义与现代市场营销观念

- 网络营销的产生、概念、特点、功能

- 网络营销对传统营销的冲击与整合

- 网络营销策略

1.1 现代市场营销概述

1.1.1 市场营销的定义与功能

1. 市场营销的定义

广义地讲，市场营销不仅存在于企业，而且被广泛用于社会、法律、文化等领域的组织和团体的活动之中。市场营销被定义为"任何以营利或不以营利为目的的企业与组织适应不断变化的环境，以及对变化着的环境做出反应的动态过程"。

对于什么是市场营销，存在两种不同层面的理解：一种是把市场营销看成企业行为，即所谓微观市场营销；另一种是把市场营销看成与市场有关的人类活动，利用公共政策和社会管理促使社会供给能力最有效地满足全社会需求的社会经济过程，即所谓宏观市场营销。事实上，现代企业市场营销活动的全过程是企业为了占领市场和扩大销售，实现企业的经营目标。企业不仅要做好引导产品流向消费者或用户的一系列经济活动，还要进行"产前活动"（如市场调研、产品开发）和"售后活动"（如售后服务、征询顾客意见）。也就是说，市场营销活动既包括企业在流通领域内的活动，也包括企业在生产过程中的产前活动和流通过程结束后的售后活动。消费者或用户不仅是市场营销活动全过程的终点，也是市场营销活动全过程的起点。

可见，所谓市场营销，就是在变化的市场环境中为了满足消费需求、实现企业目标的商务活动过程，包括市场调研、选择目标市场、产品开发、产品定价、渠道选择、产品促销、产品储存和运输、产品销售、提供服务等一系列与市场有关的企业业务经营活动。市场营销全过程的本质是商品交换过程。

2. 市场营销的功能

现代市场营销学认为，市场营销在社会经济生活中的基本作用是解决生产与消费的矛盾，满足生活消费或生产消费的需要。市场营销的根本任务是解决生产与消费的各种分离、差异和矛盾，使生产者方面的各种不同供给与消费者或用户方面的各种不同需要和欲望相适应，具体地实现生产和消费的统一。市场营销通过执行其功能来发挥其作用。市场营销的功能可概括为以下 3 个方面。

（1）交换功能。交换功能包括购买和销售两方面。除了两者都要实现产品所有权的转移，购买功能还包括购买什么、向谁购买、购买多少、何时购买等决策；企业的销售功能还包括寻找市场、销售促进、售后服务等决策。交换功能是市场营销的基本功能，其核心是价格的确定。

（2）物流功能。物流功能又称为实体分配功能，包括货物的运输与储存等。运输通过实现产品在空间上的位移，解决生产与消费在空间上的不协调；储存通过保护商品的使用价值，解决生产与消费在时间上的不协调。物流功能的发挥是实现交换功能的必要条件。

（3）便利功能。便利功能是指通过便利交换、便利物流，从而促进交换和物流顺利进行的功能，包括资金融通、风险承担、信息沟通、产品标准化和分级，是实现交换功能和物流功能的重要保障。

企业充分发挥市场营销的功能，不仅能满足用户和消费者多侧面、多层次的需要，而且可以为企业提供整体的和长远的经济效益。

1.1.2　市场营销观念的演变

市场营销观念是指企业从事营销活动的指导思想，也称为营销哲学，它直接关系到营销活动的成败和企业的兴衰。市场营销观念是随着商品经济的发展而产生和演进的。20世纪50年代以前的以企业为中心的营销观念称为传统的市场营销观念，该观念的工作中心是企业，消费者处于次要的地位。现代市场营销观念是指20世纪50年代以后的营销观念，该观念的工作中心是由企业转向消费者，即消费者处于主要的地位。

1. 传统市场营销观念

1）生产观念

生产观念（production concept）是一种最古老的营销管理理念。生产观念认为，消费者总是喜爱可以随处买到价格低廉的产品，企业应当集中精力提高生产效率和扩大分销范围，增加产量，降低成本。以生产观念指导营销管理活动的企业，称为生产导向企业，其典型表现是"我们生产什么，就卖什么"。

生产观念在西方盛行于19世纪末20世纪初。当时，资本主义国家处于工业化初期，市场需求旺盛，企业只要提高产量、降低成本，便可获得丰厚利润。因此，企业的中心问题是扩大生产价廉物美的产品，而不必过多关注市场需求差异。在这种情况下，生产观念为众多企业所接受。

除了物资短缺、产品供不应求的情况，还有一种情况也会导致企业奉行生产观念。这就是某种具有良好市场前景的产品，生产成本很高，必须通过提高生产率和降低成本来扩大市场。例如，福特汽车公司1914年开始生产的T型汽车，就是在福特的"生产导向"经营哲学（使T型汽车生产效率提高，降低成本，让更多的人买得起）的指导下创出的奇迹。到1921年，福特T型汽车在美国汽车市场上的占有率达到56%。

生产观念是一种重生产、轻市场的观念，在物资紧缺的年代也许能"创造辉煌"，但随着生产的发展、供求形势的变化，这种观念必然使企业陷入困境。例如，福特汽车公司在其T型汽车长足发展，并宣称"不管顾客需要什么颜色的汽车，我只有一种黑色的"之后不久，便陷入困境，几乎破产。

2）产品观念

产品观念（product concept）认为，消费者喜欢高质量、多功能和具有某些特色的产品。为此，企业管理的中心是致力于生产优质产品，并不断精益求精。

尽管产品观念比生产观念有所进步，但其仍然无视消费者的需求和欲望，因为所谓的高质量和高性能是一群工程师们在实验室里设计出来的，他们在设计前后并没有征求过消费者的意见，并不一定能满足消费者的需求。因此，一味追求高质量往往会导致产品质量和功能过剩，而消费者不一定支付得起或不愿意为多余的质量和功能支付冤枉钱，这样，企业往往会陷入困境。

产品观念和生产观念几乎在同一时期流行。与生产观念一样，产品观念也是典型的"以产定销"观念。由于过分重视产品而忽视了顾客需求，这两种观念最终将导致"营销近视症"。例如，铁路行业以为顾客需要火车而非运输，因此忽略了航空、公共汽车、卡车以及管道运输的日益增长的竞争；计算尺制造商以为工程人员需要计算尺而非计算能力，因此忽视了袖珍计算器的挑战。

3）推销观念

推销观念（selling concept）认为，消费者通常有一种购买惰性或抗衡心理，若听其自然，消费者就不会大量购买本企业的产品，因而企业管理的中心是积极推销和大力促销产品。执行推销观念的企业，称为推销导向企业，其表现往往是"我们卖什么，就让人们买什么"。

推销观念盛行于 20 世纪三四十年代。这一时期，由于科技进步、科学管理和大规模生产的推广，社会生产已经由商品不足进入商品过剩，卖主之间的市场竞争日益激烈。特别是 1929 年爆发的空前严重的经济危机，前后历时 5 年，堆积如山的货物卖不出去，许多工商企业纷纷倒闭，市场极度萧条。这种现实使许多企业家认识到，企业不能只集中力量发展生产，即便有物美价廉的产品，还必须保证这些产品能被人购买，企业才能生存和发展。在推销观念指导下，企业相信产品是"卖出去的"，而不是"被买去的"。

推销导向的企业致力于产品的推广和广告活动，以求说服、甚至强制消费者购买。他们收罗了大批推销专家，做大量广告宣传，夸大产品的"好处"，对消费者进行无孔不入的促销信息"轰炸"，迫使人们不得不购买。

与前两种观念一样，推销观念也是建立在以企业为中心，"以产定销"，而不是满足消费者真正需要的基础上的。

2. 现代市场营销观念

1）市场营销观念

市场营销观念（marketing concept）认为，企业的一切工作重点要以顾客需求为中心，正确确定目标市场的需要与欲望，应比竞争者更有效地提供目标市场的需求，实行以需定产。

市场营销观念形成于 20 世纪 50 年代。第二次世界大战之后随着第三次科学技术革命的兴起，西方各国企业更加重视研究和开发，产品技术不断创新，新产品竞相上市。大量军工企业转向民用产品生产，使社会产品供应量迅速增加，许多产品供过于求，市场竞争进一步激化。同时，西方各国政府相继推行高福利、高工资、高消费政策，社会经济环境出现快速变化。消费者有较多的可支配收入和闲暇时间，对生活质量的要求提高；消费需求变得更加多样化，购买选择更为精明，要求也更为苛刻。这种形势要求企业改变以往单纯以卖主为中心的思维方式，转向认真研究消费需求，正确选择为之服务的目标市场，满足目标顾客的需要及其变动，不断调整自己的营销策略。也就是说，要从以企业为中心转变为以消费者（顾客）为中心。

市场营销观念改变了旧观念（生产观念、产品观念和推销观念）的思维逻辑，要求企业的营销管理应贯彻"顾客至上"的原则，将管理重心放在善于发现和了解目标顾客的需要方面，并千方百计去满足这种需要，使顾客满意，从而实现企业目标。因此，企业在决定其生产、经营时，必须进行市场调研，根据市场需求及企业本身的条件，选择目标市场，组织生产经营。企业的产品设计、生产、定价、分销和促销活动，都要以消费者需求为出发点。产品销售出去之后，还要了解消费者的意见，据此改进自己的营销工作，最大限度地提高顾客满意程度，即企业的一切活动都应围绕满足消费者需要来进行。

企业应以市场营销观念作为自己的策略导向，其基本内容如下。

（1）顾客是中心。没有顾客，企业的存在就没有意义，企业的一切努力在于满足、维持及吸引顾客，企业不仅要满足顾客的现实需求，还要满足顾客的潜在需求。

（2）竞争是基础。企业不断地分析竞争对手，把握竞争信息，充分建立和发挥本企业的竞争优势，以良好的产品和服务来满足顾客的需求。

（3）协调是手段。市场营销的功能主要在于确认消费者的需要和欲望，将与消费者有关的市场信息有效地与企业其他部门相沟通，并通过与其他部门的协作，努力达到满足及服务于消费者的目的。

（4）利润是结果。利润不是企业操作的目的，企业操作的目的是极大地满足顾客的需求，而利润是在极大地满足顾客需求后产生的结果。

2）社会营销观念

社会营销观念（social marketing concept）产生于 20 世纪 70 年代，当时西方国家出现了环境污染、能源短缺、通货膨胀、失业增加、消费者主权运动盛行等新的现象，而市场营销观念回避了消费者短期需要与长远利益、企业利益与社会长远发展之间的矛盾，致使一些企业的经营步入了困境或受到批评。于是，人们开始对市场营销观念产生怀疑，从而，出现了社会营销观念。社会营销观念的核心内容是：企业在满足消费者需求、获得利润的同时，必须注意维护社会公众和消费者的长远利益。

以社会长远利益为中心的社会营销观念是对市场营销观念的补充与修正。市场营销观念的中心是满足消费者的需求与愿望，进而实现企业的利润目标。但往往出现这样的现象，在满足个人需求时却与社会公众利益发生了矛盾，企业的营销努力可能不自觉地造成社会的损失。市场营销观念虽也强调消费者的利益，不过它认为谋求消费者利益时必须符合企业的利润目标，当二者发生冲突时，保障企业的利润要放在第一位。社会市场营销观念的基本观点是：以实现消费者满意以及消费者和社会公众的长期福利作为企业的根本目的与责任。理想的市场营销决策应同时考虑：消费者的需求与愿望；消费者和社会的长远利益；企业的营销效益。

3）大市场营销观念

大市场营销观念产生于 20 世纪 80 年代。所谓大市场营销观念是指，为了成功地进入特定的市场，需要协调地使用经济的、心理的、政治的和公共关系的手段，以赢得"守门人"的合作与支持的战略思想和营销策略。这里的特定市场是指贸易壁垒很高的封闭型或保护型市场。针对这样的市场，除了实施 4P 理论，即 product（产品）、price（价格）、place（渠道）、promotion（促销）的营销组合，还必须加入政治权力（political power）和公共关系（public relations），即形成 6P 理论的营销组合策略才能奏效。

4）关系营销观念

关系营销的概念最初是由杰克逊（Jackson，B.B.）于 1985 年提出的，为 20 世纪 90 年代在西方企业界兴起的一种具有创新性的营销观念。关系营销指企业与其顾客、分销商、经销商和供应商建立并保持长期和良好的关系，通过互利交换及共同履行诺言，实现参与交易各方的目标。产生该观念的原因主要有两个：一是传统营销方式所建立的品牌忠诚度的成果无法让厂商满意；二是随着电子计算机、通信和网络技术的迅速发展，使得企业可以拥有效率更高的工具与消费者进行沟通与联络。关系营销的最终结果是建立公司的独特工具——市场营销网络，市场营销网络由公司、分销商和顾客组成，他们之间存在着坚固的、彼此依赖的业务关系。

所以，企业不仅要争取和创造交易，更重要的是，应与顾客、中间商、供应商建立长期的、彼此信任的、互利的、牢固的合作伙伴关系。因而，市场营销的核心从交换变为关系。

5）绿色营销观念

绿色营销以保护全球资源、生态和维持人类健康为宗旨，是社会营销观念的具体化、系统化。在产品方面，绿色营销强调节约生产资源，防止品质污染，反对过度包装；在定价方面，政府对绿色产品实行优惠的税收、成本政策；在分销方面，注重卫生、安全的物流管理；在促销方面，依靠社会公益组织和活动展开推广计划。总之，绿色营销的核心是提倡绿色消费意识，进行以绿色产品为主要标志的市场开拓，营造绿色消费的群体意识，创造绿色消费的宏观环境，促销绿色产品，培育绿色文化。

1.1.3　市场营销组合

1. 市场营销组合定义

市场营销组合是现代市场营销理论中一个重要概念，是指企业针对选定的目标市场，综合运用各种可能的市场营销策略和手段，组合成一个系统化的整体策略，以达到企业的经营目标和最佳的经济效益。

2. 市场营销组合的内容

现代市场营销学认为影响企业市场营销效果的因素来自两方面：一个是市场营销环境，是影响企业经营的不可控制的外部因素；另一个是市场营销组合，是企业经营的可以控制的各个变量的组合。在通常情况下，市场营销组合的优劣直接决定了企业在目标市场的竞争地位和经营特色。

市场营销组合又称 4P 组合，即由产品（product）策略、价格（price）策略、渠道（place）策略、促销（promotion）策略等 4 个基本策略构成。

（1）产品策略，是指做出与产品有关的计划和决策。产品是为目标市场而开发的有形物质产品与各种相关服务的统一体。其核心问题就是如何满足顾客的需要，即在产品种类、质量标准、产品特性、产品品牌、包装设计以及维修、安装、退货、指导使用、产品担保等方面进行新产品的开发活动。

（2）价格策略，制定价格策略必须考虑产品在目标市场上的竞争性质、法律政策限制、顾客对价格可能的反应、折扣、支付方式等，换言之，定价要科学合理，要与顾客的心理预期相结合。顾客对价格的认同程度是市场营销效果的衡量指标。

（3）渠道策略，是指如何选择产品从生产者到消费者的途径。大量的市场营销功能是在市场营销渠道中完成的，渠道的计划和决策，是指通过渠道的选择、调整、新建以及对中间商的协调和安排，控制相互关联的市场营销机构，以利于更顺畅地完成交易。

（4）促销策略，是指各种促进销售形式和手段的融合。促销的本质是在企业和顾客之间沟通信息和想法。所以，促销策略又称沟通策略，它包括各种促销形式和公共关系。

1.2 网络营销概述

1.2.1 网络营销的产生

20 世纪 90 年代初，Internet 的飞速发展在全球范围内掀起了网络应用热潮，世界各大公司纷纷利用互联网提供信息服务和拓展公司的业务范围，并且按照互联网的特点积极改组企业内部结构和探索新的营销管理方法，网络营销应运而生。

网络营销的产生有其特定条件下的技术基础、观念基础和现实基础，是多种因素综合作用的结果。信息社会的网络市场上蕴藏着无限的商机，网络营销将帮助企业发掘网络市场上新的商机。

1. 网络营销产生的技术基础

现代电子技术和通信技术的应用与发展是网络营销产生的技术基础。1969 年 11 月 21 日，6 名科学家在加利福尼亚大学洛杉矶分校的计算机实验室，将一台计算机与千里之外的斯坦福研究所的另一台计算机连通。这不只是连通了两台计算机，而是宣告了网络时代的到来。互联网就是众多计算机及其网络，通过电话线、光缆、通信卫星等连接而成的一个计算机网络，是一种集通信技术、信息技术和计算机技术为一体的网络系统。早期的 Internet 主要用于军事，随着 WWW 技术的应用，推动了 Internet 技术的商业化。随着 Internet 在全世界的飞速发展和广泛普及，Internet 的商用潜力被逐步挖掘出来。Internet 在商业领域的应用已经显现出巨大威力和发展前景，将成为"世界上用户最多、效率最高和最安全的市场"。

2009 年 7 月 15 日，中国互联网络信息中心（CNNIC）在京发布"第二十四次中国互联网络发展状况统计报告"。报告显示：截至 2009 年 6 月 30 日，我国上网用户总数已经突破 1 亿，为 3.38 亿，位居世界第一。网络购物的用户规模在金融危机中逆势上扬，由 7400 万上升至 8 788 万，增加了近 1 400 万。目前，中国网民中大约 4 人中有 1 人是购物用户，而在欧美和韩国等互联网普及率较高的国家，每 3 人中就有 2 人在网上购物。中国网络购物的潜力还远未被释放，政府出台了一系列政策规范和引导电子商务发展。业界电子商务的发展如火如荼，不仅涌现出更多平台类电子商务网站，也有越来越多有远见的传统企业开始进军电子商务。在这种形势下，预期未来几年我国的电子商务将保持快速发展之势。可见，能抓住网民需求的互联网商业应用，就可能产生非常可观的经济效益。CNNIC 中国互联网统计数据如表 1.1 所示。

表 1.1　1997—2009 年中国互联网统计数据

发布时间	网民/万人	CN 域名/个	宽带网民数/万人	手机上网用户/万人
2009-07-15	33 800	12 963 685	32 000	15 548
2009-01-12	29 800	13 572 326	27 000	11 760
2008-07-24	25 300	11 900 144	21 400	7 305
2008-01-17	21 000	9 001 993	16 300	5 040
2007-07-18	16 200	6 149 851	12 200	4 430
2007-01-23	13 700	1 803 393	9 070	1 700
2006-07-19	12 300	1 190 617	7 700	1 300
2006-01-17	11 100	1 096 924	6 430	未统计
2005-7-21	10 300	622 534	5 300	未统计
2005-01-19	9 400	432 077	4 280	未统计
2004-07-20	8 700	38 万	3 110	未统计
2004-01-15	7 950	34 万	1 740	未统计
2003-07-21	6 800	25 万	980	未统计
2003-01-16	5 910	17.9 万	660	未统计
2002-07-22	4 580	12.6 万	200	未统计
2002-01-15	3 370	12.7 万	未统计	未统计
2001-07-17	2 650	12.8 万	未统计	未统计
2001-01-17	2 250	12.2 万	未统计	未统计
2000-07-27	1 690	9.9 万	未统计	未统计
2000-01-18	890	4.8 万	未统计	未统计
1999-12-05	400	2.9 万	未统计	未统计
1998-06-30	117.5	9 415	未统计	未统计
1997-10-31	63	4 066	未统计	未统计

（资料来源：中国互联网络信息中心）

2．网络营销产生的观念基础

满足消费者的需求历来是企业的经营核心。随着互联网在商业领域应用的发展，世界各地企业纷纷上网为消费者提供各种类型的信息服务，并把抢占这一科技制高点视为获取未来竞争优势的重要途径。下面从消费者心理学的角度分析网络营销的产生。

1）网络社会消费者心理变化的趋势和特征

当今企业正面临前所未有的激烈竞争，市场正进行着从卖方垄断向买方垄断的演变，消费者主导的营销时代已经来临。在买方市场上，消费者将面对更为纷繁复杂的商品和品牌选择，这一变化使当代消费者心理与以往相比呈现出以下的特征和趋势。

（1）个性化消费回归。在很长一段时期内，工业化和标准化的生产方式以大量低成本、单一化的产品淹没了消费者的个性化需求。另外，在短缺经济或近乎垄断的市场中，可供消费者挑选的产品很少，使得个性化消费受到压抑。而在市场经济充分发展的今天，多数产品无论在数量上还是品种上都已极为丰富，消费者完全能够以个人的心理愿望为基础挑选和购买商品或服务。消费者将制定自己的消费准则，且不惧怕向商家提出挑战。从理论上看，没有一个消费者的心理是完全一样的，每一个消费者都是一个细分市场，个性化消费正在成为消费主流。

（2）消费主动性增强。在社会分工日益细分化和专业化的趋势下，消费者的购买风险随选择的增多而上升，而且对传统营销单向的"填鸭式"沟通感到厌倦和不信任。网络时代商品信息获取的方便性，促使消费者主动通过各种可能的途径获取与商品有关的信息并进行分析与比较。通过分析与比较，消费者可获得心理上的平衡和满足感，增加对所购产品的信任，同时也减轻了风险或减少了在购买后产生后悔感的可能。

（3）对购物方便性和趣味性的追求。信息社会的高效率产生了一批工作压力大、生活节奏紧张的消费者，他们会以购物的方便性为目标，追求时间和劳动成本的尽量节省；而另一些消费者则由于劳动生产率的提高，使他们可供支配的时间增加，如自由职业者或家庭主妇，他们希望通过购物来消遣时间和寻找生活乐趣，而网络消费正好能满足他们的这种需求。购物活动不仅是消费需要，也是心理需要，很多消费者以购物为生活内容，从中获得享受。

（4）价格是影响消费心理的重要因素。虽然营销活动的组织者总希望通过各种营销手段以各种差别化来减弱消费者对价格的敏感度，但价格始终对消费心理具有重要影响。即使在先进的营销技术面前，价格的作用仍旧不可忽视。当价格降幅超过消费者的心理界限时，消费者难免会改变既定的购物原则。

2）网络营销的优势和吸引力

随着互联网的应用和发展而产生，并以之为基础的网络营销的优势和吸引力主要体现在以下几个方面。

（1）网络营销强调个性化的营销方式。网络营销的特点之一是以消费者为主导。网络消费者拥有比任何时候更大的选择自由，他们可以根据自己的个性特点和需求在全球范围内寻找满意的商品和服务，不受时域和地域的限制。消费者进入自己感兴趣的企业网站或虚拟商店，随意获取产品的相关信息，决定购买与否，使网络购物更显个性化。例如，海尔集团允许用户自己设计空调和电冰箱的功能组合。这种个性化消费的发展将促使企业重新考虑其营销战略，应以消费者的个性需求作为企业提供产品及服务的出发点，并且应具有以较低成本进行多品种小批量生产的能力，为个性化营销打好基础。

（2）网络营销可以实现全程营销的互动性。传统的营销管理强调 4P（产品、价格、渠道和促销）组合方式，现代营销管理则追求 4C（顾客、成本、方便和沟通）营销理念。然而无论哪一种观念都必须基于这样一个前提：企业必须实行全程营销，即必须从产品的设计阶段就开始充分考虑消费者的需求和意愿。对于传统营销，由于消费者与企业之间缺乏合适的沟通渠道或沟通成本过高，消费者一般只能针对现有产品提出建议或批评，大多数企业也缺乏足够的资本用于了解消费者的各种潜在需求。在网络环境下，企业可通过电子公告栏和电子邮件等方式，以极低的成本在营销的全过程中对消费者进行即时的信息搜集，消费者则有机会对产品从设计到定价和服务等一系列问题发表意见。这种双向互动的沟通方式提高了消费者的参与性和积极性，更重要的是，它能使企业的营销决策有的放矢，从根本上提高消费者的满意度。

（3）网络营销可提高消费者的购物效率。信息社会生活的快节奏使消费者用于在商店购物的时间越来越短，因为人们越来越珍惜闲暇时间，越来越希望把闲暇时间用于一些有益于身心健康的活动，并充分地享受生活。在传统的购物方式下，一个买卖过程的完成短则数分钟，长则数小时。加上为购买商品的往返路途和逗留时间，使消费者为购买商品必须在时间和精力上做出很大的付出。而消费者通过网络购物，在获得大量信息和得到乐趣的同时，在办公室或家中点击鼠标就能瞬间轻松地完成购物。

（4）网络营销的价格优势。网络营销能为企业节省巨额的促销和流通费用，使产品成本和价格的降低成为可能。而消费者则可在全球范围内寻找最优惠的价格，甚至可绕过中间商直接向生产者订货，因而能以更低的价格实现购买。

综上所述，网络时代的消费者迫切需要新的快速方便的购物方式和服务，最大限度地满足自身的需求。消费者价值观的这种改变自然地促进了网络营销的发展，而网络营销的特征也能很好地满足消费者的新需求。

3．网络营销产生的现实基础

当今市场竞争日益激烈化，企业为了取得竞争优势，想方设法使用各种招数吸引顾客，而传统营销已经很难有新颖、独特的方法能帮助企业在竞争中出奇制胜。市场竞争已不再是依靠表层营销手段的竞争，必须在更深层次的经营组织形式上进行竞争。企业经营者迫切地寻找变革，以尽可能地降低从生产到销售的整个供应链上所占用的成本和费用比例，缩短运作周期。

网络营销的产生给企业的经营者带来了福音，可谓一举多得。企业开展网络营销可以节约大量昂贵的店面租金，可以减少库存商品对资金的占用，可以使经营规模不受场地限制，可以方便地采集客户信息，等等。因此，可使企业经营的成本和费用降低，运作周期缩短，营销效率提高，从根本上增强企业的竞争优势。

1.2.2　网络营销的基本概念

随着互联网的应用和普及，互联网的商用潜力被挖掘出来，显现出巨大威力和发展前景。互联网赋予市场营销以新的内涵与活力。一种以互联网为媒体，以全新的方式、方法和理念实施市场营销活动，使交易参与者（企业、团体、组织以及个人）之间的交易活动更为有效的新型市场营销方式应运而生，它就是网络营销。网络营销是企业借助互联网实现营销目标的一种营销手段，也是电子商务的重要组成部分。网络营销一词在国外有多种译法，如 Cyber Marketing、Internet Marketing、Network Marketing、e-Marketing 等，不同的单词词组有着不同的含义。

- Cyber Marketing 主要指网络营销是在虚拟的计算机空间（Cyber，计算机虚拟空间）进行运作；
- Internet Marketing 主要指在互联网上开展的营销活动；
- Network Marketing 主要指在网络上开展的营销活动，同时这里的网络不仅仅是指互联网，还可以是一些其他类型的网，如 Internet、EDI、VAN 等；
- e-Marketing 是目前习惯采用的翻译方法，e 即 electronic，是电子化、信息化、网络化的含义，既简洁又直观明了，而且与电子商务 （e-Business）、电子虚拟市场 （e-Market）等翻译相对应。

网络是一个虚拟世界，没有时间和空间的限制。企业欲通过网络开展营销活动来实现其目标，就必须改变传统的营销手段和方式。网络营销的基本思想和理念与传统营销基本一致，而具体的实施和操作过程则与传统营销的方法和手段有着很大差别。企业通过网络可以及时了解和把握网络市场的消费者特征和消费行为模式的变化，为企业在网上进行营销活动提供可靠的数据分析和营销依据。网络营销的价值在于，使企业与消费者能够更便利、更有效、更充分地进行价值交换，利用网络技术面向特殊的网络市场环境。网络营销是企业整体营销战略的一个组成部分，它虽然与传统营销关系密切，但与传统营销有着本质的不同，其实质是借助计算机网络技术、通信技术和数字交互式媒体实现营销目标的一种市场营销方式。

1.2.3　网络营销的主要内容

作为实现企业营销目标的一种新的营销方式和营销手段，网络营销的内容非常丰富。一方面，网络营销要针对新兴的网上虚拟市场，及时了解和把握网上虚拟市场的消费者特征和消费者行为模式的变化，为企业在网上虚拟市场进行营销活动提供可靠的数据分析和营销依据。另一方面，网络营销是通过在网上开展营销活动来实现企业目标的，而网络具有传统渠道和媒体所不具备的独特的特点，即信息交流自由、开放和平等，而且信息交流费用非常低廉，信息交流渠道既直接又高效。因此，在网上开展营销活动时必须改变某些传统的营销手段和方式。

1. 网上市场调查

网上市场调查主要利用互联网交互式的信息沟通渠道来实施调查活动，可以直接在网上通过问卷进行调查，也可以通过网络搜集市场调查中需要的一些二手资料。利用网上调查工具，可以提高调查效率和增强调查效果。互联网作为信息交流渠道，由于其信息发布来源广泛、传播迅速，使它成为了信息的海洋，因此在利用互联网进行市场调查时，重点是如何利用有效的工具、手段实施调查和搜集整理资料。企业获取信息不是难事，关键是如何在信息海洋中获取想要的资料和得出有用的信息。

2．网上消费者行为分析

互联网用户作为一个特殊群体，有着与传统市场群体截然不同的特性，因此要开展有效的网络营销活动必须深入了解网上用户群体的需求特征、购买动机和购买行为模式。互联网作为信息沟通工具，正在成为许多兴趣、爱好趋同的群体聚集交流的地方，并且形成一个个特征鲜明的网上虚拟社区。因此，了解这些虚拟社区的群体特征和偏好是网上消费者行为分析的关键。

3．网络营销策略制定

不同企业在市场中处于不同的地位。在采取网络营销实现企业营销目标时，必须采取与企业相适应的营销策略。网络营销虽然是非常有效的营销工具，但企业实施网络营销也是需要投入并且是有风险的。同时，企业在制定网络营销策略时，还应该考虑产品周期对网络营销策略的影响。

4．网上产品与服务策略

互联网作为有效的信息沟通渠道，可以成为一些无形产品（如软件和远程服务）的载体，改变了传统产品的营销策略——特别是渠道的选择。对于产品和服务的营销，必须结合互联网的特点，重新考虑产品的设计、开发、包装和品牌策略。

5．网上价格营销策略

互联网作为信息交流和传播工具，从诞生开始实行的就是自由、平等和信息免费的策略。因此，在制定网上价格营销策略时，必须考虑互联网对企业定价的影响和互联网本身独特的免费观念。

6．网上渠道选择与直销

互联网对企业营销影响最大的方面是企业营销渠道。美国 Dell 公司借助互联网特性建立的网上直销模式获得了巨大成功，改变了传统渠道中的多层次的选择、管理与控制，最大限度地降低了营销渠道中的费用。但是企业在建设自己的网上直销渠道时必须考虑重建与之相适应的经营管理模式。

7．网上促销与网络广告

互联网作为一种双向沟通渠道，最大的优势之一是可以实现沟通双方突破时空限制，直接进行交流，而且简单、高效、费用低廉。因此，网上促销是一种有效的沟通。但是，在开展网上促销活动时必须遵循网上信息交流与沟通的规则，特别是遵守一些虚拟社区的礼仪。依赖互联网的网络广告作为最重要的促销工具之一，具有交互性和直接性等特点，是报纸杂志、无线广播和电视等传统媒体无法比拟的。

8．网络营销管理与控制

网络营销作为在互联网上开展的营销活动，必将面临许多传统营销活动从未遇到的新问题，如网上销售的产品质量保证问题、消费者隐私保护问题，以及信息安全与保护问题，等等。这些都是网络营销必须重视和进行有效控制的问题，否则网络营销效果可能适得其反，甚至产生很大的负面效应，这是由于网络信息传播速度快，网民对反感问题的反应比较强烈而且迅速所造成的。

1.2.4　网络营销的特点

市场营销中最重要也是最本质的，是在组织和个人之间进行信息的广泛传播和有效的交换，其根本目标是如何以尽可能低的成本实现最佳数量的交易。如果没有信息的交换，任何交易都会变成无源之水。互联网技术发展的逐渐成熟以及互联网的方便性和成本的低廉，使得任何企业和个人都可以很容易地将自己的计算机或计算机网络连接到 Internet 上。遍布全球的各种企业、团体、组织和个人通过 Internet 跨时空地连接在一起，使得相互之间的信息变得"唾手可得"。互联网在信息传播和交换方面卓越的性价比正是市场所追求的。与传统的市场营销相比，网络营销呈现以下特点。

1．跨时空

市场营销的最终目的是扩大市场份额。通过互联网络能够超越时间约束和空间限制进行信息交换，使得脱离时空限制成为可能，企业能有更多时间和更大空间进行营销，如可每周 7（日）×24（小时）随时随地提供全球营销服务，达到尽可能多地占有市场份额的目的。

2．多媒体

互联网可以传输多种媒体的信息，如文字、声音、图像等，使为达成交易进行的信息交换可以以多种形式存在和交换，可以充分发挥营销人员的创造性和能动性。

3．交互式

企业可以通过互联网向客户展示商品目录；通过连接资料库提供有关商品信息的查询；可以和顾客进行双向互动式的沟通，可以搜集市场情报；可以进行产品测试与消费者满意度的调查等。因此，互联网是企业进行产品设计、获取商品信息以及提供服务的有效工具。

4．人性化

在互联网上进行的促销活动具有一对一的、理性的、消费者主导的、非强迫性和循序渐进式的特点，这是一种低成本与人性化的促销方式，可以避免传统的推销活动所表现的强势推销的干扰，并通过信息提供与交互式沟通，与消费者建立一种长期的、相互信任的良好合作关系。

5．成长性

遍及全球的互联网上网者的数量飞速增长，而且上网者中大部分是年轻的、具有较高收入和高教育水准的群体。由于这部分群体的购买力强，而且具有很强的市场影响力，因此网络营销是一个极具开发潜力的市场渠道。

6．整合性

在互联网络上开展的营销活动，一方面，可以完成从商品信息发布到交易操作完成和售后服务的全过程，这是一种全程营销渠道；另一方面，企业可以借助互联网络将不同的传播营销活动进行统一的设计规划和协调实施，通过统一的传播资讯向消费者传达信息，从而可以避免不同传播渠道中的不一致性产生的消极影响。

7．超前性

互联网络同时兼具渠道、促销、电子交易、双向互动服务以及市场信息分析与提供等多种功能，是一种功能强大的营销工具，并且它所具备的一对一营销能力，迎合了定制营销与直复营销的未来趋势。

8．高效性

网络营销应用计算机存储了大量的信息，可供消费者进行查询，所传送的信息数量与精确度远远超过其他传统媒体，并能适应市场需求及时更新产品或调整商品的价格，因此能及时、有效地了解和满足顾客的需求。

9．经济性

网络营销使交易双方能够通过互联网进行信息交换，代替了传统的面对面交易方式，可降低印刷与邮递成本，免交店面租金，节约水电与人工等销售成本，同时也减少了由于多次交换带来的损耗，提高了交易效率。

10．技术性

网络营销建立在以高技术作为支撑的互联网络基础之上，企业在实施网络营销时必须有一定的技术投入和技术支持，必须改变企业传统的组织形态，提升信息管理部门的功能，引进懂营销与计算机技术的复合型人才，方能具备和增强本企业在网络市场上的竞争优势。

1.2.5　网络营销的功能

网络营销的功能很多，主要可分为以下 8 大类。

1．信息搜索功能

信息搜索功能是网络营销竞争能力的一种反映。在网络营销中，利用多种搜索方法，可主动、积极地获取有用的信息和商机：可以主动地进行价格比较；主动地了解对手的竞争态势；主动地通过搜索获取商业情报，进行决策研究。搜索功能已经成为营销主体能动性的一种表现，一种提升网络经营能力的竞争手段。

随着信息搜索功能由单一向集群化、智能化的发展，以及向定向邮件搜索技术的延伸，使网络搜索的商业价值得到了进一步的扩展和发挥，寻找网上营销目标将成为一件轻而易举之事。

2．信息发布功能

发布信息是网络营销的主要方法之一，也是网络营销的一种基本职能。无论哪种营销方式，都要将一定的信息传递给目标人群。而网络营销所具有的强大的信息发布功能，是过去任何一种营销方式都无法比拟的。

利用网络营销可以把信息发布到全球，既可以实现信息的广覆盖，又可以形成地毯式的信息发布链；既可以创造信息的轰动效应，又可以发布隐含信息。在网络营销中，信息的扩散范围、停留时间、表现形式、延伸效果、公关能力、穿透能力都是最佳的。更值得注意的是，在网络营销中，网上信息发布以后，可以能动地进行跟踪，获得回复，并进行回复后的再交流和再沟通。因此，信息发布效果明显。

3．商情调查功能

网络营销中的商情调查具有重要的商业价值。在激烈的市场竞争条件下，主动地了解商情、研究趋势、分析顾客心理、了解竞争对手动态是确定竞争战略的基础和前提。通过在线调查或者电子询问调查表等方式，不仅可以节省大量的人力、物力，而且可以在线生成网上市场调研的分析报告、趋势分析图表和综合调查报告。其效率之高、成本之低、范围之广，都是以往其他任何调查形式难以做到的，可使商家具有对市场的快速反应能力，为企业的科学决策奠定了坚实的基础。

4．销售渠道开拓功能

网络具有极强的进击力和穿透力。传统经济时代的经济壁垒、地区封锁、交通阻隔、资金限制、语言障碍、信息封闭等，都挡不住网络营销信息的传播和扩散。新技术的魅力，新产品的展示力，图文并茂和声像俱显的昭示力，网上路演的亲和力，地毯式发布和爆炸式增长的覆盖力，将整合为一种综合的信息进击能力。

5．品牌价值扩展和延伸功能

随着互联网的出现，不仅给品牌带来了新的生机和活力，而且推动和促进了品牌的拓展和扩散，对于重塑品牌形象、打造品牌的核心竞争力和提升品牌资产，具有其他媒体不可替代的效果和作用。

6．特色服务功能

网络营销具有和提供的特色服务功能，使服务的内涵和外延都可得到扩展和延伸。顾客不仅可以获得形式最简单的邮件列表、FAQ（问题解答）、BBS、聊天室等各种即时信息服务，还可以获取在线收听、收视、订购、交款等选择性服务，以及无假日的紧急需要服务和信息跟踪、信息定制直到智能化的信息转移、手机接听服务、网上选购、送货到家的上门服务等。这种服务及服务之后的跟踪延伸，不仅极大地提高了顾客的满意度，使以顾客为中心的原则得以实现，而且也使客户成为了商家的一种重要的战略资源。

7. 客户关系管理功能

客户关系管理源于以客户为中心的管理思想，是一种旨在改善企业与客户之间关系的新型管理模式，是网络营销取得成效的必要条件，是企业重要的战略资源。

在传统的经济模式下，由于认识不足或自身条件的局限，企业在管理客户资源方面存在较为严重的缺陷。针对上述情况，在网络营销中，通过客户关系管理，可将客户资源管理、销售管理、市场管理、服务管理、决策管理融为一体，将原本疏于管理、各自为战的计划、销售、市场、售前和售后服务与业务统筹协调起来。通过网络营销，企业既可以跟踪订单、有序监控订单执行过程、规范销售行为、了解新老客户的需求、提高客户资源的整体价值，又可以调整营销策略，搜集、整理、分析客户反馈信息，全面提升企业的核心竞争能力。客户关系管理系统具有强大的统计分析功能，可以提供"决策建议书"，以避免决策失误，可为企业带来可观的经济效益。

8. 经济效益增值功能

网络营销可极大地提高营销者的获利能力，使营销主体获取或提高增值效益。这种增值效益的获得，不仅体现在网络营销效率的提高、营销成本的下降、商业机会的增多等方面，更体现在网络营销中新信息量的累加方面，可使原有信息量的价值实现增值。网络营销明显的资源整合能力，恰恰为这种信息的累加提供了实现的可能性，这是传统营销手段根本不具备又无法想象的一种战略能力。

1.3　网络营销的基本理论

网络营销是在市场营销的基础上发展起来的，而传统的市场营销理论并不能完全满足网络营销的需要。在网络环境中，市场的性质、企业的经营方式发生了很大的变化，消费者可以直接参与企业的营销过程，企业更容易直接面对消费者，产品更具有个性化。因此网络营销需要现代营销理论的指导，如网络直复营销理论、网络软营销理论、网络整合营销理论。

1.3.1　网络直复营销理论

直复营销是企业通过产品目录、印刷品邮件、电话或附有可以直接反馈的广告等进行的一种大范围营销活动。美国直复营销协会对直复营销下了如下定义：直复营销是一种为了在任何地方产生可度量的反应和达成交易而使用一种或多种广告媒体的互相作用的市场营销体系。直复营销中的"直"（即"直接"的意思，英文为 direct）

是指不通过中间分销渠道而直接将企业与消费者连接起来；直复营销中的"复"（即"回复"的意思，英文为 response）是指企业与顾客之间的交流与沟通。简而言之，直复营销是一种企业与消费者面对面的交互式营销活动。

1. 网络直复营销的含义

网络直复营销是指生产厂家通过网络这种直接分销渠道直接销售产品。网络作为一种交互式的可以双向沟通的渠道和媒体，可以很方便地在企业与顾客之间架起桥梁。顾客可以直接通过网络订货和付款，企业可以通过网络接受订单、安排生产，直接将产品送给顾客。消费者可以在任何时间、地点直接向企业提出要求和反映问题，可以根据自己的时间任意上网获取信息，在企业与顾客之间可以实现直接的、一对一的信息交流和直接沟通，并根据目标顾客的需求进行生产和营销决策，在最大限度满足顾客需要的同时，提高营销的效率和效用。

2. 网络直复营销方式

目前常见的网络直复营销方式可分为两种：一种是生产企业在互联网上建立自己独立的站点，申请域名，制作主页和销售网页，由网络管理员专门处理有关产品的销售事务；另一种是企业委托信息服务商在其网站上发布信息，企业利用有关信息沟通渠道与客户联系，直接销售产品，虽然在这一过程中有信息服务商参加，但主要的销售活动仍然是在买卖双方之间完成的。

3. 网络直复营销的优势

网络直复营销的优势是多方面的。首先，网络直复营销无须产需双方直接见面，企业可以直接从市场上搜集真实的第一手资料，合理地安排生产。其次，网络直复营销对买卖双方都有直接的经济利益。由于网络营销大大降低了企业的营销成本，企业能够以较低的价格销售自己的产品，消费者也能够买到低于市场价格的产品。再次，营销人员可以利用网络工具，如电子邮件、公告牌等，随时根据用户的愿望和需要开展各种形式的活动，迅速扩大产品的市场占有率。最后，企业能够通过网络及时了解用户对产品的意见和建议，并针对这些意见和建议提供技术服务，解决疑难问题，提高产品质量，改善经营管理。

4. 网络直复营销的特性

网络直复营销活动最重要的特性是直复营销的效果是可测定、可度量、可评价的。在网络上顾客对企业的营销努力可以做出一个明确的回复（买还是不买），企业通过数据库技术和网络控制技术，可以统计这种明确回复的数据，并且处理每一位顾客的订单和需求，统计顾客人数、购买量等信息，由此可以对营销活动的效果做出评价，及时调整营销策略，从而获得更满意的结果。

1.3.2　网络软营销理论

软营销理论是针对强势营销提出的新的理论。强势营销是工业化大规模生产时代的营销方式。传统营销中最能体现强势营销特点的是两种促销手段：传统广告和人员推销，即采用铺天盖地的广告和频繁的人员推销方式，向消费者强行灌输各种信息，而对于消费者是否愿意接受或需不需要则不予考虑。在强势营销中，企业通过各种信息的"轰炸"和推销人员自己的判断，强行进行推销活动。

软营销理论则强调，在企业进行市场营销活动的同时必须尊重消费者的感受和体验，让消费者舒服地主动接受企业的营销活动，其基础是网络本身的特点和消费者个性化需求的回归。软营销与强势营销的一个根本区别就在于：软营销的主动方是消费者，而强势营销的主动方是生产商。在网络营销中，强制的信息灌输是不受欢迎的。消费者会根据自己的需要到网上寻找相关的信息，而企业则"守株待兔"地静静等待消费者。一旦消费者找到了企业，企业就应该使出各种办法，将消费者留住，并培养消费者的忠诚度。

目前，网络上也依然有类似传统营销的"强势营销"存在。当用户打开自己的电子邮箱时，可能会发现一大堆垃圾邮件，或者当用户正在网上浏览时，屏幕被整幅商业广告所覆盖，而这些都是让用户讨厌的。在互联网上，由于信息交流是平等、自由、开放和交互式的，强调的是互相尊重和沟通。因此，如果企业采用传统的强势营销手段在互联网上开展营销活动，其效果必定会适得其反。企业必须改变传统的以自我为主的营销方式，在网上提供信息时必须遵循一定的规则，这种规则就是"网络礼仪"。美国学者认为，网络礼仪主要包括：用户希望有大量的信息；希望站点的内容有一定的价值，而不喜欢没有实质内容的哗众取宠的标语；希望大量的、至少部分信息是可以免费获得的；不喜欢用于商业推销的电子邮件。网络礼仪是网上一切行为都必须遵守的规则，网络营销也不例外。软营销的特点主要体现为"在遵守网络礼仪的同时，通过对网络礼仪的巧妙运用，可获得微妙的营销效果"。

1.3.3　网络整合营销理论

在传统的市场营销策略中，由于各种因素的限制，产品的价格、宣传、销售渠道、商家所处的地理位置成了市场营销的关键，这就是市场营销的 4P 理论。4P 理论只考虑了企业的利润，而没有考虑消费者的利益，因此营销决策是一条单向链，如图 1.1 所示。

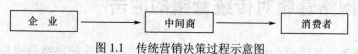

图 1.1　传统营销决策过程示意图

在互联网上开展营销，实际上是一个循环的过程。网络的互动特性使顾客真正参与整个营销过程成为可能。在网络营销中，顾客不仅参与的主动性增强，而且选择的主动性也得到加强，因为网络上丰富的信息使消费者的选择余地大大增加。企业必须充分考虑消费者的个性化需求，树立以满足消费者需求为出发点的现代市场营销思想，否则顾客就会选择其他企业的产品。网络营销首先应将顾客整合到整个营销过程中来，从他们的需求出发开始整个营销过程。在整个营销过程中要不断地与顾客交流沟通，每一个营销决策都要从消费者的角度出发而不是从企业自身的角度出发，如图 1.2 所示。企业与消费者在传播的作用下有机地交融在一起互动，从而达到企业赢利的目的。

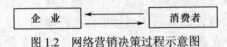

图 1.2　网络营销决策过程示意图

　　由于消费者个性化需求得到良好的满足，消费者可对企业的产品、服务形成良好的印象，当消费者再次需要某产品或服务时，会首先选择该公司的产品和服务。这样，随着消费者个性化需求不断地得到满足，消费者将逐渐树立对企业的忠诚意识；另外，由于这种满足针对的是差异性很强的个性化需求，其他企业则很难进入。企业与消费者之间的关系变得非常紧密，这就形成了企业与消费者一对一的营销关系。这就是网络整合营销理论始终体现的以顾客为中心及企业和顾客不断交互的特点，整个营销决策过程是一个双向的交互链。网络整合营销的关键是要牢牢地抓住消费者，网上的访问者就是企业传播信息的对象，这个对象一旦确定，所有营销手段的策划都不能离开这个对象。

　　网络营销必须与公司的战略策划相互匹配和相互支撑。网络整合营销战略至少应注意以下几个方面。

　　（1）确定网络"观众"。公司主页的版面设计、编排必须围绕企业的目标顾客群，而不只是一堆绚丽的图片和空泛的文字说明。

　　（2）企业的全面总动员。企业应积极参与相关的行业组织，扩大企业的知名度，以便在相关行业的网站上能方便地搜寻到企业的站点。

　　（3）满足顾客的信息需要。企业设立网络站点时不仅要求准确、清楚、易于联想，而且要意识到网络营销的重要内容是信息服务，因而要注意满足顾客访问站点时的信息需要。

　　（4）及时回应顾客的需求。网络化经营的企业对顾客反馈必须及时反应，应设专门职能部门利用 E-mail、在线问答（on-line FAQ）等与顾客进行双向沟通。

　　（5）控制营销绩效。企业应随时统计进站访问的顾客次数和顾客相关信息，做好顾客资料管理、消费者动态分析及成本效益分析，以便及时修正营销策略。

1.4　网络营销对传统营销的冲击

　　作为一种新的营销理念和营销方法，依托互联网而产生的网络营销与传统的市场营销相比，具有跨时空、多媒体、交互式、拟人化、成长性、整合性、超前性、高效性、经济性和技术性等 10 个方面的特点。这 10 个方面的特点使得企业传统的经营模式相形见绌。在当前网络环境不断发展的情况下，具有较强实践性的网络营销发展速度也很快，企业传统的经营模式很难与网络营销的发展相适应。例如，企业的虚拟性、营销活动的跨时空和全球性操作、企业与客户的及时信息互动等，这些利用互联网可以方便完成的目标，是传统营销方法和手段难以想象的。21 世纪是信息和网络的时代，企业的营销活动必然也将进入信息化和网络化。

根据美国市场营销协会（AMA）定义委员会的定义，市场营销是研究引导商品和服务从生产者到达消费者和使用者所进行的一切企业活动，包括消费者需求研究、市场调研、产品开发、定价、分销、广告、公关、销售等。在上述营销活动的各个过程中，互联网上开展的网络营销有别于传统营销。传统营销依靠中间商、推销员组成多层次的营销渠道，以大量的人力、物力与广告投入市场。而在网络营销中，营销人员将营销理念与网络技术有机地结合起来，充分运用网上的各种资源，以较低成本获得较大利润。网络营销中先进营销工具和理念的利用，不可避免地对传统营销产生多方面的冲击。

网络营销是传统市场营销在网络环境下的继承、发展和创新。企业要成功地开展网络营销，经营者要成为一名合格的网络营销商，应该在掌握营销原理和过程的基础上，了解网络营销对传统经营管理和营销方式的巨大冲击，并以此制定相应的网络营销战略与策略，以期取得在信息和网络社会里企业经营管理的成功。

1.4.1　网络营销对传统营销策略的冲击

传统营销致力于建立、维持和依赖层层严密的渠道，在市场上投入大量的人力、物力和广告费用，这一切在网络时代将被看做无法负担的奢侈和摆设。在网络时代，人员推销、市场调查、广告促销、经销代理等传统营销手法，将与网络相结合，并充分运用互联网上的各项资源，形成以最低成本投入获得最大市场销售量的新型营销模式。网络营销将在以下几个方面对传统营销策略带来冲击。

1. 对传统产品策略的冲击

（1）网络营销对标准化产品的冲击。作为一种新型媒体，互联网可以在全球范围内进行市场调研。通过互联网，厂商可以迅速获得关于产品概念和广告效果测试的反馈信息，也可以测试顾客的认同水平，从而更加容易对消费者的行为方式和偏好进行跟踪。因而，在大量使用互联网的情况下，对不同的消费者提供不同的商品将不再是天方夜谭。例如，著名的 Dell 公司在网上进行的计算机设备直销，并不规定统一的内在配置，而是可以由客户自己按照需要提出一个设备的配置方案和要求，公司再根据客户的需求进行生产和销售。这种产品顾客化方式的驱动力是最终消费者，而不是按惯例由国外分销商的兴趣决定的。同时，互联网的新型沟通能力又加速了这种趋势。因此，怎样根据不同消费者的需求生产小批量、个性化的商品，更有效地满足各种个性化的需求，是每个上网公司面临的一大挑战。

（2）网络营销使产品生命周期发生变化。传统销售模式中的产品生命周期概念，是指产品在市场上从上市、大量销售到被淘汰的过程，一般分为导入期、成长期、成熟期、衰退期 4 个阶段。在传统的销售环境中，由于厂家不能直接接触消费者，所以对产品衰退期的估计总是滞后。在新的销售环境下，这种情况会发生改变，产品生命周期的概念会逐步淡化。因为生产者和消费者可以在网上建立直接的联系，厂家能在网上及时了解消费者的意见。从产品投入市场开始，企业就可迅速获知产品改进和提高的方向。于是，当老产品还处于成熟期时，企业就开始研制下一代的系列产品，由此取代了原有产品的衰退期，使产品保持旺盛的生命力。例如，微软公司的办公软件系列产品从 Office 4.2、Office 95、Office 97、Office 2000 直到 Office XP 就是一个很好的例子。

（3）网络营销对品牌全球化管理的冲击。开展网络营销的公司与现实企业的单一品牌与多品牌的决策相同，其面临的一个主要挑战是如何对自己的全球品牌和共同的名称或标志识别进行管理。产品的品牌是产品的牌号和名称，体现了商品的商标、名称、包装、价格、历史、声誉、符号、广告风格等内涵。产品品牌便于顾客识别和选购商品，促进销售和增加利润，有利于营销沟通。在传统营销中，企业对各种不同的产品可以使用不同的品牌，如宝洁公司在它的洗发水产品中就使用了"汰渍"、"海飞丝"、"飘柔"、"沙宣"、"潘婷"等不同的品牌。企业也可以在不同的地区设置具有地区特色的品牌，如我国"乐凯"胶卷在国外销售时使用"LUCKY"作为品牌标志，这些品牌具有明显不同的市场和形象。在实际执行时，上网公司对公司的品牌管理采取不同的方法会产生不同的情况。一方面，当多个有本地特色的区域品牌分别以不同的格式、形象、信息和内容进行沟通时，虽然给消费者带来了某种程度的便利，但也会引起他们的困惑。因为在网络中，信息是开放的，消费者在网上面对企业的不同品牌，可能会感到困惑。另一方面，如果公司为所有品牌设置统一的品牌形象，虽然可以利用知名品牌的信用带动相关产品的销售，但也有可能由于某一个区域品牌的失利而导致公司全局受损。因此，是实行单一品牌策略还是实行有本地特色的区域品牌策略，以及如何加强区域管理，是上网公司面临的现实问题。

2. 对传统定价策略的冲击

相对于目前的各种传统媒体来说，互联网将导致国际间价格水平的标准化或至少缩小国别间的价格差别。这对于执行差别化定价策略的公司来说确实是一个严重的问题。人们可以利用互联网通过搜索工具了解某种产品的价格，如果某种产品的价格标准不统一或经常改变，消费者很容易发现这种价格差异，并可能产生不满。例如，每听可口可乐在芬兰卖 1.18 欧元，在希腊卖 0.53 欧元，在德国只售 0.35 欧元，丹麦的可口可乐价格是德国的 2 倍。所以，互联网先进的网络浏览功能，会使变化不定的且存在差异的价格水平趋于一致。这将对分销商分布在海外并在各地采取不同价格的公司产生巨大冲击。例如，如果一个公司对某地的顾客提供 20% 的价格折扣，那么，包括通过互联网搜索特定产品的代理商在内的世界各地的互联网用户都会了解到这项交易，也将认识到这种价格差别，从而可能影响那些分销商或本来并不需要折扣的业务，从而加剧公司采取价格歧视策略的不利影响。

3. 对传统营销渠道策略的冲击

在网络的环境下，生产商可以通过互联网与最终用户直接联系，而无须通过中间商。在传统营销中，由企业所建立的分销网络常常垄断了产品的代理销售，承担售后服务，并获得代理销售的利润，对中小企业构成很大的进入障碍。因为中小企业囿于人力与财力，不能建立庞大的分销网络，在竞争中处于不利地位。而在网络营销中，中小企业可以直接与生产企业进行订货或进行网络直销，而无须代理分销。因此，中间商的重要性将有所降低。这种情况会造成以下两种后果。

（1）跨国公司建立的传统的国际分销网络，对其他小的竞争者或新的进入者所造成的进入障碍将明显降低。

（2）对于目前直接通过互联网进行产品销售的生产商来说，其售后服务工作是由各分销商承担的。然而随着代理销售利润的损失，分销商将很有可能不再愿意承担这些工作。所以在不破坏现存营销渠道的情况下，如何提供售后服务将是网上公司不得不面对的一个问题。

4．对传统广告策略的冲击

企业在进行传统广告活动时，需要通过广告代理商。企业在网络上可以通过网络服务商或自行发布广告，从而消除了传统广告的障碍。一方面，相对于传统媒体来说，由于网络空间具有无限的扩展性，因此在网络上做广告可以较少地受到空间篇幅的局限，可以尽可能多地罗列必要的信息。另一方面，网络广告迅速提高的广告效率也为网上企业创造了便利条件。例如，有些公司可以根据其注册用户的购买行为很快地改变向访问者发送的广告；有些公司可根据访问者的特性，如硬件平台、域名或访问时的搜索主题等，有选择地显示其广告内容。相对于传统媒体来说，网络空间具有无限的扩展性，网络广告通过链接可以将必要的信息尽可能地展示出来而不受空间的限制。此外，网络广告的高效率、可统计性等也是传统广告不可比拟的。

1.4.2　网络营销对传统营销方式的冲击

随着网络技术迅速向宽带化、智能化、个人化方向发展，用户可以在更广阔的领域内方便地实现声音、图像、动画和文字一体化的多维信息共享和人机互动功能。"个人化"把"服务到家庭"推向了"服务到个人"。正是这种发展使得传统营销方式发生了革命性的变化，重新营造了顾客关系，结果将可能导致大众市场的逐步终结，并逐步体现市场的个性化，最终将会以每一个用户的需求来组织生产和销售。

网络营销的企业竞争是一种以顾客为焦点的竞争形态，争取新顾客、留住老顾客、扩大顾客群，建立亲密的顾客关系、分析顾客需求、创造顾客需求等，都是最关键的营销课题。电子商务打破了区域界限，扩大了企业经营的范围。而网络和电子商贸系统巨大的信息处理能力，为消费者提供了一个更广阔的选择范围。消费者会在大范围内"货比三家"，精心挑选。消费者不会以被动的方式接受商家提供的商品信息，而是会根据自己的需求主动上网去寻找适合的产品。如果找不到满意的产品或服务，消费者会通过电子商贸系统向厂家和商家主动表达自己对某种产品的欲望和需求，在不知不觉中参与了企业的生产经营活动。

消费者的大范围选择以及理性购买商品和服务将成为一种必然。面对各种优惠与折扣，他们会利用计算机迅速查询信息，从而确定该商品的实际价格是多少，然后进行横向比较，以决定是否购买。因此，在网络环境下，公司如何与散布在全球各地的顾客群保持紧密的关系，并能正确掌握顾客的特性，再通过对顾客的教育和对本企业形象的塑造，建立顾客对于虚拟企业与网络营销的信任感，这些都是网络营销成功的关键。基于网络时代的目标市场、顾客形态、产品种类与以前的传统理解会有很大的差异，如何跨越地域、文化和时空的差距，重新营造企业与顾客的关系，将需要许多创新的营销行为。

1.4.3 网络营销对传统营销战略的冲击

1. 对传统营销竞争战略的冲击

在网络营销中，企业的竞争是一种以顾客为焦点的竞争。争取顾客，留住顾客，扩大顾客群，建立与顾客的密切关系，分析顾客需求，创造顾客需求等都是最关键的。由于互联网所具有的平等性、自由性和开放性等特点，使得网络时代企业的市场竞争是透明的，人人都能掌握竞争对手的产品信息与营销行为。因此，胜负的关键在于如何适时地获取、分析、运用这些在网络上取得的信息，研究并采用具有优势的竞争策略。从这一点来分析，网络营销可以使企业更易于在全球范围内参与竞争，这将降低传统环境下跨国公司所拥有的规模经济的竞争优势。在互联网环境下，企业间的策略联盟是主要的竞争形态，运用网络组成企业的合作联盟，并以联盟所形成的资源规模创造竞争优势，将是网络时代企业经营的重要手段。

2. 对跨国经营的影响

在网络时代，企业开展跨国经营是非常必要的。过去，企业也许只需要专注于本行业和本地区的市场，而将其在国外的市场委托给代理商或贸易商去经营。而互联网所具有的跨越时空、连贯全球的功能，使得进行全球营销的成本低于地区营销，因此企业将不得不进入跨国经营时代。网络时代的企业，不但要熟悉不同国度的市场顾客的特性以争取他们的信任，满足他们的需求，还要安排跨国生产、运输与售后服务等工作，而这些跨国业务都可由网络来联系与执行。

可见，尽管互联网为现存的跨国公司和新兴公司（或他们的消费者）提供了许多利益，但对于企业经营的冲击和挑战也是令人生畏的。任何渴望利用互联网进行跨国经营的公司，都必须为其经营选择一种恰当的商业模式，并应明确这种新型媒体所传播的信息和进行的交易将会对其现存模式产生什么样的影响。

3. 企业组织的重整

互联网的发展带动了企业内部网的蓬勃发展，使得企业的内外沟通与经营管理均需要依赖网络作为主要的渠道与信息源。其结果对企业所带来的影响包括业务人员与直销人员减少、组织层次减少、经销代理与分店门市数量减少、营销渠道缩短，以及虚拟经销商、虚拟门市、虚拟部门等企业内外的虚拟组织盛行。这些影响与变化，都将促使企业对于组织再造工程（reengineering）的需要变得更加迫切。

企业内部网的兴起，改变了企业内部的作业方式以及员工学习成长的方式，个人工作者的独立性与专业性将进一步提升。因此，个人工作室、在家上班、弹性上班、委托外包、分享业务资源等行为，在未来将会十分普遍，也使企业机构重组成为必要。企业为适应网络环境必须对组织结构进行调整，这对将全球业务转换到互联网上的公司提出了组织性挑战。对于开展网络营销的公司来说，成立下列两个新的组织是必要的。

（1）公司必须成立一个由经理人员组成的处理全球业务的部门，以对相互联系的各分销网络进行统一协调，及时跟踪全球的发展动态。

（2）由于互联网用户对公司营销策略贯彻执行的时效性和响应效率有较高的预期，所以企业必须成立一个特别的顾客服务部来处理客户信息。例如，如果主页给访问者提供了一个顾客信息反馈或将问题发送给公司的路径，那么负责顾客服务的销售代表就必须迅速回答和监视顾客的电子邮件在内容、语调和来历方面的变化，同时跟踪顾客访问的地址和对交易服务器的资料进行分析。

1.5　网络营销与传统营销的整合

1.5.1　整合营销的含义

整合的意思是综合、合并、一体化，以完整地结合成一体为特征，即把各个分散的部分结合成一个更完整、更和谐的整体，各组成部分紧密合作，在动态运行中，通过综合使之完整与和谐。菲利普·科特勒认为：企业所有部门为服务于顾客利益而共同工作时，其结果就是整合营销。整合营销发生在两个层次，一是不同的营销功能，如销售力量、广告、产品管理、市场研究等必须共同工作；二是营销部门必须和企业的其他部门相协调。整合营销观念改变了把营销活动作为企业经营管理的一项职能的观点，而是要求所有活动都整合和协调起来，努力为顾客的利益服务。同时，强调企业与市场之间互动的关系和影响，努力发现潜在市场和创造新市场。以注重企业、顾客、社会三方共同利益为中心的整合营销，具有整体性与动态性特征，将企业与消费者之间的交流、对话和沟通放在特别重要的地位，是营销观念的变革和发展。

整合营销包括传播统一性、双向沟通和目标营销3方面的内容。

1．传播的统一性

传播的统一性是指企业以统一的传播方式和信息向消费者传达，即用一个声音来说话（speak with one voice），消费者无论从哪种媒体所获得的信息都是统一的、一致的；其目的是运用和协调各种不同的传播手段，使其发挥最佳、最集中统一的作用，最终实现在企业与消费者之间建立长期的、双向的、维系不散的关系。

2．双向沟通

企业与消费者的双向沟通，是指消费者可与公司展开富有意义的交流，可以迅速、准确、个性化地获得信息、反馈信息。如果说传统营销理论的座右铭是"消费者请注意"的话，那么整合营销所倡导的格言即是"请消费者注意"。虽然只是两个词之间位置的交换，但消费者在营销过程中的地位发生了根本的改变，营销策略已从消极、被动地适应消费者向积极、主动地与消费者沟通和交流转化。

3．目标营销

目标营销是指企业的一切营销活动都应该围绕企业的目标来进行，即实现目标营销。整合营销已从理论上离开了在传统营销理论中占中心地位的 4P 理论，逐渐转向4C 理论，其所主张的内在关系都是以消费者为中心展开的。

（1）先不急于制定产品策略（product），而以研究消费者的需求和欲望（consumer wants and needs）为中心，不再卖企业所生产、制造的产品，而卖消费者想购买的产品。

（2）暂时把定价策略（price）放到一边，而去研究消费者为满足其需求所愿付出的成本（cost）。

（3）忘掉渠道策略（place），着重考虑给消费者提供方便（convenience）以购买商品。

（4）抛开促销策略（promotion），着重于加强与消费者的沟通和交流（communication）。

人们可以将互联网的发展和应用分为 4 个阶段：第一个阶段是以信息通过文本、图像方式在网络上传送为特征，互联网被作为一种信息传输的手段；第二个阶段是互联网商务应用的正式开始，尽管当时成功的案例并不多；第三个阶段占主导地位的是营销者的广告、销售信息等与网络技术的结合，并开始在网上进行销售活动；第四个阶段是营销者能利用并控制网络技术为企业的营销目标服务，运用网络技术来获取企业在经营管理上可能取得的最大成功。

目前，互联网正处在商业应用的第四个阶段，最终将网络整合到整个公司营销计划中的时代已经来临，已经有越来越多的公司开始认识到利用 Internet 必要性。按照美国 Matrixx 营销公司的调查，还有不少的被调查公司没有将网络用于顾客服务体系当中，这些公司只将 Internet 看做是一个销售工具。正确的观点应该是：网络营销应该支持公司的整个营销体系，它不应该只存在于真空中；网络只是营销海洋的一个水域，它不是唯一的解决方案，而是整体方案的一部分。

1.5.2　网络营销不可能完全取代传统营销

随着互联网在全球的迅速发展，依托互联网的环境和优越特性而产生的网络营销作为一种新的营销理念和策略，与传统营销相比有许多与生俱来、令传统营销方式可望而不可即的优势，并对企业的传统经营方式形成了巨大的冲击，但这并不等于网络营销要完全取代传统营销。由于种种实际的原因，在今后可预见的很长一段时期，网络营销和传统营销也将互相影响、互相补缺和互相促进，直至最后实现相互融合的内在统一。

1．互联网上的电子商务市场仅是整个商品市场的一部分

到目前为止，从电子商务市场的交易金额来看，还仅占整个市场交易金额的一小部分。作为在网上新兴的虚拟市场，它所覆盖的消费群体也只是整个市场中某一部分群体，其他许多群体由于各种原因还不能或者不愿意使用互联网，如各国的老年人和相对落后地区的消费者。截至 2009 年 6 月，在我国 3.38 亿网民中，网络购物的用户规模为 8788 万，比上年增加了近 1400 万。目前在欧美和韩国等互联网普及率较高的国家，每 3 个网民中就有 2 个人在网上购物，电子商务市场发展迅速。

2．传统营销具有不可替代性

尽管网络飞速发展与普及，互联网作为一种有效的营销渠道也有自己的特点和优势，但网络营销要完全替代传统营销至少目前还是不可能的。一方面，因为消费是一种行为，而不仅仅是一种商业活动。虽然消费者从网上购物能提高购物效率，但从心理学的角度看，对于消费行为，至少存在两个动机：一个是产生了购买的需要，这一动机可以被网络所满足；另一个则并不仅仅是为了购买，而是为了享受消费的过程。持有后一种动机的消费者把购物的整个挑选、试用等过程看做是一种享受，一种休闲方式，购物不但要眼见为实，而且还要亲自体验商品的性能。例如，许多消费者习惯于在传统的商场里边购物边休闲而不愿意在网上购物。

正因为消费者实现购买行为中两种动机都存在，因此，传统营销过程中的这种优势是网络营销所无法取代的。另一方面，营销活动所面对的是有灵性的人，互联网作为一种有效沟通方式，虽然可以使企业与用户相互之间方便地进行双向沟通，但它只是一种工具，因此传统的"以人为本"的营销策略所具有的独特的亲和力是网络营销所无法替代的。有些消费者因个人偏好和习惯，不愿意接受或者使用新的沟通方式和营销渠道，仍愿意选择传统方式进行沟通。例如，目前许多报纸已经发行了网上电子版本，但是并没有冲击报纸原来的印刷出版业务，相反起到了相互促进的作用。

3．传统营销是网络营销的基础

网络营销是传统营销在网络世界里的发展延伸。传统营销建立在传统经济学的基础之上，当网络经济时代到来后，传统营销理论的一些组成部分确实已不再完全适应现代经济发展，如营销渠道构建（经销商与分销商、客户的渠道）等。但这些营销策略并非完全不能用，至少在目前阶段以及今后的一段很长时期内，网络的出现只是为企业营销增加了一种手段而已。网络营销能全面替代传统营销只是人们从表面上看时所产生的错觉。尽管在网络营销中，企业的市场营销活动与传统营销相比较，在活动程序和营销手段上都发生了很大变化，但市场营销的实质没有变化，即以顾客需求为中心的观念没有变。网络营销使企业能更好地掌握最终客户的需求信息，能为客户提供个性化的服务。

从传统营销的基本理论来看，网络营销也无法全部脱离这些基本理论。例如，针对一个营销目标实施一种营销策略时，也要通过计划、分析、实施、控制等步骤，也要经历"调研→市场细分→选择目标市场→市场定位→确定业务与品牌目标的实现→

产品定价→构建渠道→确立营销方式→营销审计→营销结束→总结"这一过程。可见，在上述营销活动全过程中，网络营销运用的基本理论也大多是从传统营销理论中提取出来的。对于企业而言，想要开展网络营销，其前提是企业能够引导消费者进入企业网站，而宣传、推广网站的工作在很大程度上要由传统营销来完成。因此，网络营销只是企业营销中的一部分，网络营销只有与传统营销相结合才能取得更大效果。因而，网络营销应合理吸取和利用传统营销理论。

4．网络依然存在着其安全的脆弱性

尽管电子商务日趋普及与完善，但是目前的金融结算体系还不能完全适应电子商务的要求，无法消除用户对交易安全的顾虑。网上交易要防止黑客与诈骗，尤其在 C to C 方面，网络诈骗已经到了比较严重的地步。国内 90%以上的电子商务站点存在一些具有普遍性的严重安全漏洞，攻击者可以轻易盗取用户账号和交易密码，并可使用用户资金进行网上交易。这些安全漏洞将直接影响电子商务站点的信誉，对国内电子商务的发展进程产生重大影响。中国网民中有 82.4%的网民在最常用的计算机中安装了安全软件。尽管如此，中国的网络安全问题仍然不容乐观。2009 年上半年，有1.95 亿网民在上网过程中遇到过病毒和木马的攻击，1.1 亿网民遇到过账号或密码被盗问题。网民对网络交易的信任程度偏低，仅有 29.2%的网民认可网上交易安全。这些网上支付、网上信用等方面的困惑都造成了人们不会完全改变传统的消费方式。

随着网络技术的发展和网络社会的进步，虽然互联网将逐步克服其不足之处，但是网络营销与传统营销在相当长的一段时期内将是一种相互促进和补充的关系。因此，企业在进行营销活动时应根据企业的经营目标来进行市场细分，并恰当地整合网络营销和传统营销策略，以最低成本达到最佳的营销目标。

1.5.3 网络营销与传统营销的整合模式

1．顾客概念的整合

传统的市场营销学中的顾客是指与产品购买和消费直接有关的个人或组织（如产品购买者、中间商、政府机构等），网络营销中的顾客与传统营销中的顾客并没有本质的区别，只是这些顾客都是网民。虽然目前网民数量只占整个顾客群体的很小一部分，还具有地域、年龄、性别差异等方面的特点。但随着网络建设的不断发展，上网费用的进一步降低，网民的数量还将不断增加，地域、年龄、性别等方面的差异将不断缩小。因此，企业开展网络营销是应全方位的，必须进行战略性的市场细分和目标定位。

2．产品概念的整合

市场营销学中将产品解释为能够满足某种需求的东西，并认为产品是由核心产品、形式产品和附加产品构成的，即整体的产品概念。网络营销一方面继承了上述整体产品的概念，另一方面比以前任何时候都更加注重和依赖信息对消费者行为的引

导，因此产品的概念突破了传统营销中的解释，产品不单是满足需要，而且还要引起关注。

3. 整合模式

目前，传统营销与网络营销实质上是企业整体营销战略的两个有机组成部分。传统营销为网络营销创造前提条件，而网络营销则依靠其廉价、即时、互动的特点成为企业实现营销目标的主要手段。

1）传统营销作为引导

在网络营销中，企业的营销对象主要有企业网站本身和企业品牌。企业运用传统营销手法推销企业网站，这是引导消费者主动访问企业网站最直接的方式。通常企业网站的网址与企业产品、企业形象、企业实施的促销活动等信息组合出现在传统媒体上。例如，在报纸、杂志、电视等媒体上的广告，常见的还有路牌广告、车厢广告、宣传册、信函广告、组织研讨会等多种形式。向传统媒体和网络媒体发布新闻也是一种效果较好的营销推广方式。另外，还可以在所有的企业文化用品，如信封、传真纸、公文纸、名片及展示场所的适当位置印刷或标示企业的网址。在参加各种展览会或其他活动时，也不要忘记在醒目位置标示公司的网址。通过上述各种方式，可让消费者知晓企业的网址。

在网络营销中需要消费者主动搜索信息，因此企业必须在消费者搜寻信息前，建立品牌形象，使消费者了解企业，企业才有机会将信息传递给消费者。企业通过采取传统营销方法建立品牌形象，引导消费者登录企业网站。当消费者登录企业网站获取有关信息时，企业便可用较低的价格、详尽的资料，留住消费者。例如，原来以亚洲地区为主要业务区域的国泰航空公司，为了扩展飞往美洲的市场，拟举办一个大型抽奖活动，且在各大报纸上刊登了一个赠送百万里程抽奖的广告。与众不同的是，国泰航空公司以平面印刷广告结合互联网媒体的做法，充分运用了传统营销方式与网络营销模式的各自优势。首先，国泰航空公司通过传统的报刊媒体向消费者发布有关促销活动的信息，广告除了"Win 1 000 000 Adventitious Miles"这几个字和公司网址没有任何关于抽奖办法的说明，要了解抽奖办法的消费者只有访问公司网站，有意识地将消费者的注意力吸引到公司的网站上，从而刺激和引导消费者主动访问企业网站以获得相关的活动信息。这样就为企业下一步运作网络营销奠定了基础。其次，该公司利用网络营销形成了与顾客之间的即时互动关系。与传统的做法相比，这种整合的运作方式，在时间上、效果上都得到了强化，同时也会更经济。另外，从长远的角度来看，通过这种方式，该公司一方面增加了公司网站的知名度和消费者访问公司网站的积极性，另一方面也搜集到了为数众多的 E-mail 地址和顾客信息，这为公司开拓市场提供了绝佳的资源。

2）网络营销作为主力

在企业利用传统营销方法将消费者吸引到企业网站上后，就可以充分运用网络营销来实现企业的营销战略目标。一个吸引访问者的企业网站应该是：当访问者浏览企业网站时，不仅可以获得关于产品、公司简介等信息，还可以获得与产品相关的各种知识以及其他方面的信息。

网络营销的即时特点为企业随时了解消费者的需求及变化提供了条件，使企业可以随时根据消费者的个性需求特点，有针对性地发送个性化信息，从而将传统的"一点对多点"的大众媒体传播方式变为"一点对一点"的个人传播方式。企业网站的个性化特点是吸引消费者和维持消费者忠诚度的关键因素。例如，贝塔斯曼书友会设有私人书房栏目，它根据顾客登记时输入的对某类图书的偏好信息，定期将有关图书信息发送给顾客，为顾客提供个性化的服务。因而，企业与消费者的沟通方式不再是上下级、单向式，而是平等的、对话式的。网络营销主张以更具有个性化、更加周全的方式为顾客提供更完美的服务。

1.5.4　网络营销策略

以网络为基础的营销活动具有许多优势：一是地域和范围的概念消失了；二是宣传和销售渠道统一到了网上；三是削减了商业成本。产品价格的大幅度降低，营销策略范围的无限扩张，使网络营销策略已经由传统的 4P 营销组合逐步转向 4P 与 4C 相结合的整合营销组合。

1．顾客导向策略

基于网络时代的目标市场、顾客形态和产品种类与以前会有很大的差异，企业市场营销策略已由企业主导的产品与服务策略转向顾客导向策略。

（1）了解顾客。通常可从网络顾客的年龄、职业、受教育程度、消费能力、上网目的、上网习惯等方面入手，调查、分析和确定网络顾客的一般构成；再根据网络顾客都比较注重自我而富有个性，喜欢新鲜而又头脑冷静、理性，珍惜时间且缺乏耐性，追求购物的方便与乐趣，不愿直面售货员等基本特征，把网络顾客分为不同类型，即新闻浏览者、购买者、免费寻觅者、追求娱乐者、学习工作者、联络者等。

（2）向网络顾客（客户）提供服务。利用互联网可以帮助企业建立有效的客户关系管理（CRM），为顾客提供即时、互动的"一对一"的服务，以期培育稳定的客户资源，巩固市场份额。企业通常采用 FAQ（frequently asked question，常见问题）页面、E-mail（电子邮件）、表格式页面和建立网络虚拟社区等网络技术和手段，向网络顾客提供产品和服务介绍、会员注册、优惠及服务、在线调查、在线投诉、在线（技术）支持与培训、在线交易、网络安全、顾客论坛等多元化、全天候的服务，以实现争取顾客、留住顾客、扩大顾客群、建立亲密顾客关系、分析顾客需求、创造顾客需求等营销目标。在此基础上，企业可建立完善的顾客信息资源系统，通过及时更新和维护，实时掌握顾客的需求信息和建议，并据此组织研发产品，整合产供销，生产令顾客满意、满足的产品，并提供全程无缝"一对一"的周到服务。

2．成本策略

从顾客的角度看，价格本质上是一种成本。从价格策略向成本策略的转换，表明企业确实开始站在了顾客的立场，不再是如何运用价格策略获取高额利润，而是如何节约顾客的成本，使顾客以最小的代价获得最大的利益。

顾客获取满意、满足的产品成本是网络营销成败的关键。成本是双向的，网络的使用应减少网络交易双方各自的付出。

（1）卖方成本。对于选择网络经营的企业，应利用网络对企业各生产经营环节进行整合，降低企业运营成本，从而全面提升企业的整体竞争力。网络交易的卖方成本主要包括生产成本、网络化建设成本、网站推广成本、网络营销成本、顾客服务成本及配送成本。

（2）买方成本。对于选择网络经营的企业，只降低自己的成本是不够的，还要考虑顾客的网络交易成本。如果顾客认为通过网络交易太贵，就会做出别的选择。网络交易的买方成本包括浏览成本、顾客付出的时间和精力以及顾客承担的风险。

（3）网络交易的成本优势。网络交易和传统交易相比，在交易的获取信息、磋商谈判、展示产品、支付结算、物流配送等业务环节都有成本优势，即能够降低采购成本、减少库存费用、节约广告宣传费用、降低顾客服务成本、减少市场调查费用。

3．便利策略

网络贸易对企业的现有渠道结构形成了巨大的挑战，因为互联网可直接把生产者和顾客连在一起，将商品直接展示在顾客面前，回答顾客疑问，接受顾客订单。这种直接互动与超越时空的电子购物，无疑是一场营销渠道的革命，使顾客购买的方便性大大提高，即从企业主导的渠道策略转向了顾客导向的便利策略。

例如，目前较多采用的网络商品直销能够有效地减少交易环节，提供全面的商品信息，大大地方便了顾客的购买，顾客只需输入厂家的域名，访问厂家的主页，就能清楚地了解所需商品的品种、规格、价格等情况，而且顾客还能通过互联网做到足不出户对不同厂家的产品进行比较，然后做出购买决策。另外，网络商品直销还能够为顾客提供更便利的售后服务和技术支持。网络商品直销流程如图 1.3 所示。

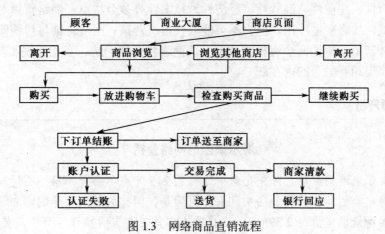

图 1.3　网络商品直销流程

4．沟通策略

在网络时代，企业主导的促销策略正在向顾客导向的沟通策略转换，网络促销的核心问题是与顾客的沟通。

如果说传统的营销沟通模式是以"推"为主的大众沟通模式，那么网络沟通模式则兼有大众沟通模式和个体沟通模式的特点。前者的信息传递是单向的、不全面的，而且受时间和空间的限制，企业作为信息发送者是主动方，顾客作为受众是被动方；后者则是指两个或更多的人相互之间直接进行沟通的形式，具有双方交流、针对性强、直接反应的特点。网络的应用，形成"推"、"拉"双方实时、互动的沟通模式，为实现"一对一"的个性化产品和服务奠定了基础。

常见的网络促销包括：建立虚拟公共关系室，结合本企业优势，利用网络推动公共服务；利用网上对话功能，举行网上顾客联谊活动或网上记者招待会；利用网络提供新产品信息，提供折扣或赠品；发布网上广告；积极参加网络资源索引，使顾客能方便地查到企业的推广资料，快速获得所需信息；与非竞争性厂商进行网络促销的策略联盟，相互使用网上资料库，增加与潜在顾客接触的机会。

本 章 小 结

网络营销的实质是借助计算机网络技术、通信技术和数字交互式媒体来实现营销目标的一种市场营销方式。网络营销的基本目的、思想与传统营销基本一致，彼此之间有许多共性，只是在实施和操作过程中与传统营销方式的方法和手段有很大的区别。

网络营销主要内容包括：网上市场调查、网上消费者行为分析、网络营销策略制定、网上产品和服务策略、网上价格营销策略、网上渠道选择与直销、网上促销与网络广告、网络营销管理与控制。网络营销具有跨时空、多媒体、交互式、人性化、成长性、整合性、超前性、高效性、经济性、技术性等多个特点。网络营销对传统营销策略、方式、战略产生冲击，但它不可能取代传统营销。网络营销与传统营销实质上是企业整体营销战略的两个有机组成部分，两者将互相影响、互相补缺和互相促进，直至将来实现相互融合的内在统一。

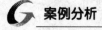 案例分析

海尔集团的网络营销

在国美家电连锁卖场，陈先生看中了一款215升海尔品牌冰箱。不过，最终他还是决定到海尔集团淘宝网特许店去购买。原因是，同样的款式型号的海尔品牌冰箱，家电连锁卖场最低售价要2 599元，而这家海尔集团淘宝网特许店开价只要2 499元，而且也能提供全国联保的正规发票。

这家海尔集团淘宝网特许店是一家电器经销商开设的，在该店订购海尔品牌商品，配送和服务将由海尔集团统一负责。"我专门打海尔集团客服电话咨询过，这家

特许店是海尔集团正式授权签约的，所以我比较放心。"陈先生向上海电视台第一财经（CBN）记者介绍道。

作为中国最大的家电企业，海尔集团为了寻求更高的利润增长点，正在大力搭建电子商务平台，开展网络销售。据了解，海尔集团进入电子商务领域相当早，早在 2000 年就成立电子商务公司并将海尔商城作为官方销售网站，开始探索电子商务模式。不过，之前网络销售力度一直比较小，海尔集团真正大张旗鼓地进军网络销售，是从去年下半年开始的。从去年开始的全球金融危机，给海尔集团这样以制造业为主体的企业带来了不小冲击，同时，制造企业受国美、苏宁等家电连锁卖场渠道的制约也愈发严重。在此大背景下，海尔集团从去年 7 月开始了以互联网、电话网、电视网三网融合的海尔电子商务升级战略。"海尔产品在家电连锁卖场渠道中要交纳进场费、促销费等各种费用，销售费用率通常高达 15%～20%，在节假日、"暑促"期间甚至会超过 20%，而在电子商务网站上的销售费用率仅仅为几个百分点。"海尔集团相关人士向 CBN 记者介绍道，从去年下半年开始海尔集团积极协调各个事业部，共同搭建强大的电子商务平台，目前由海尔集团副总裁柴永森统筹负责。

作为海尔集团网上直销网站，海尔商城从去年下半年大力改版，在功能性、导购性、易用性方面都有很大提升。用户下购买订单后，海尔集团相关事业部会直接向用户发货，不经过任何中间环节。由于销售费用率比较低，同时省去了店面水电、房租等费用，所以海尔商城上销售的海尔品牌冰箱、彩色电视机、计算机等各类产品都会比家电连锁卖场中的同型号产品便宜。有些特价机型会赠送礼品，用户还可用积分冲减部分货款，这些措施都使得海尔商城网站访问用户黏度明显提升，销售额实现了明显增长。不过，对比互联网庞大的使用人群来说，仅凭单一网站的覆盖面是有限的。海尔集团人士介绍道，目前海尔集团正在大力建设的电子商务平台，是以海尔商城为核心，并以淘宝网特许(加盟)店、综合销售网站合作经营、企业采购网站合作等模式并行展开。例如，目前海尔集团虽然在淘宝网上没有亲自开设直营专卖店，但是，从去年下半年至今在淘宝网上快速发展了上百家海尔集团授权的网上特许店，在这些淘宝网特许店购买的所有海尔品牌产品全部由海尔集团总部统一发货、安装，价格比传统家电卖场要便宜。除了淘宝网，海尔集团还与京东商城、世纪电器网等综合销售网站大力合作。京东商城公关经理李静介绍道，京东商城所销售的海尔品牌全线产品，都是直接与海尔集团合作的，没有经过代理商这一中间环节。海尔品牌产品的价格比传统实体电器卖场要低。数据显示，去年海尔品牌产品在京东商城的销售额为 1 500 余万元，这个数字仅仅是空调、冰箱、洗衣机等家电产品，而且主要是通过去年第四季度实现的。从今年开始，京东商城与海尔集团全线产品开展合作，双方签订的全年战略销售目标为 1.5 亿元。今年"五一"的三天假期，海尔品牌产品的销售额就超过了 300 万元。

在海尔集团的要求下，海尔集团各个事业部成立了专门的团队，配合集团进行网络销售，并对经销商的"开发票"、"产品介绍信息"等行为进行严格监管。例如，海尔集团计算机本部今年年初成立了"新模式经营体"，有 5～6 人的一个专业团队在做电子商务。海尔集团计算机本部的一位人士介绍道，海尔计算机的网络销售增长速度相当惊人，目前已经占到海尔计算机整体销售量的 3%～5%。

电子商务除了销售费用率低廉，还有一个很大的好处就是"能够真正实现零库存"。全球金融危机和中国家电市场增长放缓，给家电制造企业造成的最直接影响就是"库存增加"。从去年开始，海尔集团首席执行官张瑞敏提出，要探索"零库存下的即需即供"商业模式的创新。"在传统实体店面销售模式下真正实现零库存是比较困难的。"海尔集团一位负责人认为，因为商品销售信息从"消费者订单—零售店（专卖店）—代理商—工厂"是需要一定流程的。但是在网络销售状态中，海尔集团可以通过与零售商网络系统的对接，以最快速度得到用户的需求信息，使以需定产、按照消费者特殊要求设计生产变得简便易行，从而避免出现库存。

（资料来源：中国管理传播网，2007-07）

案例讨论

1. 海尔集团是如何实现网络营销与传统营销整合的？
2. 分析海尔集团网络营销与传统营销并存的主要原因。

思考与练习

1. 什么是网络营销？网络营销的特点与功能是什么？
2. 网络营销有哪些主要内容？
3. 试分析网络营销对传统营销的冲击？
4. 网络营销与传统营销并存的原因有哪些。
5. 如何实现网络营销与传统营销的整合？
6. 简述网络营销策略。

实 训 操 作

利用互联网搜索相关网络营销网站，了解我国企业网络营销的现状，分析目前企业网络营销存在的问题。

第 2 章

网络营销环境

学习要点

- 传统营销的宏观环境与微观环境

- 网络营销环境与系统

环境是一切事物赖以生存和发展的客观条件。企业作为社会经济组织，并不是生存在一个真空里，它总是在一定的外界环境下开展营销活动。市场营销环境是一个多因素、多层次而且不断变化的综合体，具有动态性、差异性、相关性、不可控制等特点。

计算机网络技术的日益成熟和完善，为当代企业利用网络环境开展营销活动奠定了基础。网络营销环境是指存在于企业周围并影响企业网络营销的各种因素和力量的总和。企业网络营销环境是错综复杂的，网络营销环境既能为企业提供机遇，也有可能给企业造成威胁，这给企业正确制定网络营销战略和策略带来了很大的困难。如何不断地观察与适应变化着的网络环境，是当代企业取得成功的关键。

企业的营销环境是一个不断发展变化的动态环境，本章先从宏观和微观两方面介绍传统营销环境，再系统介绍网络营销的社会环境和技术环境。

2.1　传统营销环境

传统营销环境即企业市场营销环境，是指影响并制约企业营销战略制定和实施的一切因素和力量的总和，是影响企业生存和发展的各种内外部条件。企业市场营销的环境广泛而复杂，不同的因素对营销活动各个方面的影响和制约不尽相同，同样的环境因素对不同企业所产生的影响和制约也不一样。企业开展营销活动应注重对市场环境的分析和研究，把握各类市场需求规律及其发展变化趋势，积极采取相应的措施，制定市场营销战略，主动适应环境变化，抓住机遇，趋利避害，实现自己的市场营销目标。

2.1.1　宏观环境

宏观环境是指影响企业营销活动的一些大范围的社会性约束力量，包括人口、经济、政治、法律、科学技术、社会文化、自然地理等多方面的因素。宏观环境是企业不可控制的因素，但企业并非只能消极、被动地改变自己以适应宏观市场营销环境，也可以在变化的环境中为自己寻找机会，并尽可能在一定条件下改变环境因素。企业宏观环境因素如图 2.1 所示。

图 2.1　企业宏观环境因素示意图

1. 人口环境

人口是构成市场最基本的条件，是企业市场营销活动的基础和最终对象。人口越多，市场容量越大，而人口的年龄结构、性别结构、人口地理分布、婚姻状况、家庭结构、民族结构、人口流动等人口特性，都会对企业营销计划产生显著影响。企业必须重视对人口环境的研究，密切注视人口特性及其发展动向，以适应人口环境的变化。

（1）人口总量和人口增长率。当从量的角度来分析人口环境对企业市场营销活动的促进和制约时，可以说人口总量决定市场规模，但仅从量的角度来分析人口过于简单。一方面，人口的迅速增长使消费需求也迅速增加，市场潜力增大，促进了市场规模的扩大。另一方面，人口总量与人均自然资源占有量成反比，持续增长的人口使有限的资源难以达到或维护多数人所渴望的生活水平。人口增长率可从动态上衡量一定区域范围内市场容量的变化。一般的，人口增长速度过快可造成购买力不足，市场萎缩；人口增长速度慢，则购买力充足，市场机会扩大。

（2）人口地理分布。静态的人口地理分布是指不同地区的人口密度。人口地理分布的不同表现在市场上就呈现出不同的需求特性。动态的人口地理分布是指不同地区的人口流动。对于人口流入较多的地方而言，一方面由于劳动力增多导致就业问题突出，加剧行业竞争；另一方面，人口增多也使当地基本需求量增加，给企业带来较多的市场份额和营销机会。

（3）人口结构。不同年龄、不同性别、不同家庭、不同民族的消费者对商品的需求具有不一样的特征。人口结构的不同，表现为其生活方式、文化传统、消费需求、购买习惯、购买行为都会有所不同。

2. 经济环境

有购买欲望的人们必须具备购买能力才能达成交换构成市场，购买能力是经济环境的反映，受经济环境的制约。经济环境因素对企业营销活动的影响可分为间接和直接两个方面。

（1）间接因素。间接因素包括经济体制、经济水平、地区与行业的发展等。我国处于计划经济体制向社会主义市场经济体制的过渡时期，两种体制并存，市场情况十分复杂。另外，企业的市场营销活动也受到一个国家或地区的整个经济发展水平的制约。

（2）直接因素。直接因素包括消费者收入、消费者支出、储蓄与信贷等。消费者收入与支出的比重，以及国家的储蓄信贷政策，影响着消费者的消费模式和购买力。

3. 政治环境

政治环境主要是指法律、政府机构的政策法规，以及各种政治团体对企业活动所采取的态度和行为。政治环境直接与国家体制、宏观经济政策相关，它规定了国家的发展方向、采取的经济措施等，调节着企业营销活动的方向。企业的一切营销活动，都要受到政治环境的影响与制约。

（1）政治局势。政治局势主要指一个国家的政治制度、外交政策、执政党、政府更替、要员更换、政策巨变、战争、暴乱、罢工、社会治安、民族矛盾、社会动乱等情况。社会的安定与否对企业的营销策略关系极大，一个国家的政局稳定性与政策的连续性会给企业营销活动带来重大影响。

（2）国家政策。企业在开展营销活动中，都必须遵守党和国家的方针政策。企业对国家政策的内容、含义以及对市场营销的影响要有明确的了解。当国家在一定范围内调整或改变某项政策时，企业要相应地调整经营目标和策略。

（3）国际关系。国际关系是指国家之间的政治、经济、文化、军事等关系。发展国际间的经济合作和贸易关系是人类社会发展的必然趋势。企业在其生产经营过程中，都可能或多或少地与其他国家发生往来，开展国际营销的企业更是如此。因此，国家间的关系必然会影响企业的营销活动。

4．法律环境

法律、法规作为国家意志的强制表现，对于规范市场与企业行为有着直接作用。企业开展市场营销活动，必须遵守国家或政府颁布的有关法律、法规。如果从事国际营销活动，企业不仅要遵守本国法律制度，而且还要了解和遵守目标市场国的法律制度和有关的国际法规、国际惯例和准则。我国与市场营销有关的法律主要有：《公司法》、《合同法》、《产品质量法》、《消费者权益保护法》、《反不正当竞争法》、《商标法》、《专利法》、《外商投资企业法》、《价格法》等，这对规范企业的营销活动起到了重要的作用。

法律、法规体系的完善，立法的增多，给企业带来了很好的营销法律环境，主要表现在 3 方面：一是保护企业间的公平竞争，制止不公平竞争；二是保护消费者正当权益，制止企业非法牟利及损害消费者利益的行为；三是保护社会的整体利益和长远利益，防止对环境的污染和生态的破坏。

企业必须知法守法，自觉用法律来规范自己的营销行为并自觉接受执法部门的管理和监督。同时，企业还要善于运用法律武器维护自己的合法权益。当其他经营者或竞争者侵犯自己正当权益时，要勇于用法律手段保护自己的利益。

5．科技环境

科学技术的发展水平不仅是经济发展水平的集中反映，而且决定着一个国家经济建设的未来。科学技术的发展对于社会的进步、经济的增长和人类社会生活方式的变革都起着巨大的推动作用。科技环境不仅直接影响企业内部的生产经营，同时还与其他环境因素相互依赖、相互作用，共同影响企业的营销活动。

6．文化环境

社会文化指人们在特定的自然、经济环境中生活，久而久之必然形成的某种特定的文化，包括民族特征、价值观念、生活方式、风俗习惯、伦理道德、教育水平、语言文字、宗教信仰、审美观、社会群体，等等。社会文化主要分为社会核心文化、社会亚文化或次文化。人们在不同的文化背景下生活，就建立起了不同的价值观，因而具有不同的购买理念和不同的购买行为。企业只有全面了解社会文化环境，认真、准确地判断和分析消费者所处的社会文化环境，才能更好地制定营销策略。

7. 自然环境

自然环境主要是指自然物质资源、地理地势、地形地貌、气候、交通等。这些因素不同程度地影响着企业的营销活动，有时候这种影响对企业的生存和发展起着决定性作用。企业要避免自然地理环境带来的威胁，也要最大限度地利用环境变化可能带来的市场营销机会。另外，随着工业的发展，自然资源短缺、能源危机、工业污染、生态系统失衡等一系列问题日益严重，所以企业又要保护好自然地理环境。

2.1.2 微观环境

微观环境是指与企业营销活动有着密切联系，对企业营销活动构成直接影响的各种力量，包括企业、供应商、营销中介、市场、竞争者和公众等。微观环境因素存在着一定的不可控性，它比宏观环境对企业经营的影响更为直接，但企业可以经过努力在不同程度上控制微观环境，使企业得到更好的发展。

1. 企业

企业是营销环境的中心。企业本身的组织结构包括营销管理部门、生产部门、财务部门、公关部门等各部门，还包括最高管理层、中级管理层、基层管理层等各层次。资源结构又可分为人力、物力、财力、技术等。企业开展营销活动的能力大小和成功与否，从根本上说取决于企业本身综合素质的高低。不同企业自身条件不同，其优势和劣势也不同。企业为实现任务和目标，就必须了解自身的实力，充分组合利用各种条件，寻找最有利的市场。

企业的高层管理者是企业的最高领导核心，负责制定企业的任务、目标、战略和政策。营销部门只在高层管理者规定的范围内做出各项决策，但同时又要为最高管理层的决策及时提供相关的市场信息。企业为实现其目标，各部门分别进行不同的业务，但这些部门又是相互联系的。对于营销部门，不仅要考虑其他部门的情况，妥善处理好与其他部门的关系，还要与其他部门密切协作，共同研究和制订年度及长期营销计划。

2. 供应商

供应商是向企业及竞争对手供应原材料、设备、劳务和资金等各种所需资源的企业和个人。供应商是影响企业营销微观环境的重要因素之一，供应商所提供的资源是企业营销活动顺利进行的前提。如果没有供应商所提供的资源作为保障，企业就无法正常运转。

供应商所提供的资源直接影响企业产品的价格、销量和利润。供货价格影响企业成本，如果供应商提高原材料价格，生产企业被迫提高其产品价格，这将影响企业的利益。而供货质量则直接影响企业产品的质量。供货短缺可能影响企业按时完成交货任务。这些因素短期看，损失了销售额，影响利益；长期看，则损害了企业在顾客中的信誉。因此，企业应该从多方面获得供应，与供应商保持密切联系，及时了解和掌握供应商的变化和动态，使货源在供应数量上、时间上和连续性上能得到保证，以免受其控制。

3. 营销中介

营销中介是指为企业提供资金融通、运输、储存、咨询、保险、广告、服务等业务，协助其完成促销、推广、配销产品的企业和个人。营销中介包括中间商、实体分配公司、营销服务机构、金融机构等。如何在动态变化中与这些营销中介建立稳定、有效的协作关系，对于企业满足目标顾客、实现营销目标具有重大影响。

4. 市场

企业在开展营销活动时要分析和掌握顾客需求的变化，并采取相应的营销策略和手段，以满足顾客需求，适应顾客需求的变化。根据顾客及其购买目的的不同，可以将市场划分以下 5 类。

（1）消费者市场。消费者市场是指为了满足个人或家庭的消费需求而购买商品和服务的市场。消费者市场的购买者是广大的个人和家庭，他们分布广泛、差异性大、所需消费品数量多、品种规格复杂。

（2）生产者市场。生产者市场是指为了生产和再生产而购买产品和服务的市场。生产者市场主要由各种营利性的工业、农业、建筑业和服务业等企业和个人组成。

（3）转卖者市场。转卖者市场是指那些为了把产品转卖他人并从中获利而购买产品的市场。按买卖对象可把转卖者市场分为购买生产资料的转卖者市场和购买个人消费品的转卖者市场。

（4）政府市场。政府市场是指政府和非营利性组织为提供公共服务或将产品、服务转给需要的人而购买商品和服务的市场，其经济来源主要是国家和地方的财政收入。

（5）国际市场。国际市场是指由国外的买主购买商品和服务的市场，国外买主包括国外的消费者、生产者、中间商和政府等。

5. 竞争者

任何一个企业在市场上都会遇到许多竞争，只要存在商品生产和商品交换，竞争就是不可避免的。企业在目标市场进行营销活动的过程中，就要与竞争者展开挑战，必须能比竞争者更有效地满足消费者的需求和欲望。

6. 公众

公众是指对企业实现其目标有实际或潜在影响的任何团体。企业是一个开放的系统，在营销活动中必然与各方面发生联系。企业的营销活动影响着周围的各种公众利益，公众也能支持或妨碍企业实现其经营目标。企业周围的公众主要有：金融公众、媒介公众、政府公众、社团公众、地方公众、一般公众、内部公众等。

2.2　网络营销环境与系统

网络营销环境是指在传统营销环境的基础上，影响网络营销部门开展各种营销活动的因素和力量的总和。近年来，互联网人数的迅速增长，为企业开展网络营销提供了一个巨大的潜在市场，企业有大量的机会通过开发新产品、新市场及新媒介与客户沟通，通过开拓新的渠道与商业伙伴合作。同时，网络营销环境也加剧了竞争，带来了经济或其他方面的压力和威胁。为此，企业应从网络营销环境中找出给企业造成机会和形成威胁的各种因素，分析它们对企业产生的影响，制订正确的网络营销策略，以便有效地实现企业的网络营销目标。

2.2.1　网络营销环境

互联网将对交易活动的方方面面产生影响。互联网不仅为厂商提供了一个全新的营销环境，为传统交易场所中进行的各种营销活动提供了便利，也在顾客、经济、法律、技术等诸多领域向传统营销观念提出了挑战。

1．网上顾客

世界人口的增长对网络营销有很大的影响，因为网络营销将涉及网民。网民人数的增长意味着网上市场潜在需求的增长，网上市场的扩大，所以网络营销部门对网民人数的变化趋势应该密切关注。

网上顾客市场包括网上消费者市场（B to C）、网上生产者市场（B to B）、网上政府集团市场（B to G）以及网上国际市场等。网上顾客的特点差异明显，企业应对此进行仔细的研究，建立忠诚的顾客群。

2．经济环境

经济全球化是社会发展的趋势，这种趋势突破了传统企业在本地组织生产、开展经营活动和在本地、本国寻求市场和资源的经营模式。信息技术为企业从事经营活动提供了技术平台，这个技术平台突破了传统企业经营活动中的地域限制。在网络环境下，企业可以跨国、跨地区组织各种生产、经营活动，在世界范围内规划自己的营销和发展战略。

网络营销不仅需要网民，还需要有强劲的购买力。在一定经济条件下所具有的购买力取决于收入、价格、储蓄、信贷等情况，企业必须特别注意收入与消费模式变化的主要趋势。

3．政治法律

网络营销是一个全球化的经济活动。作为一种新型的交易手段和商业运作模式，它的发展不仅取决于网络技术的发展和成熟，还取决于政府营造的一种推动网络营销发展的环境。世界各国的社会制度、政治制度、法律状况、法律法规、经济发展程度和传统文化等存在着千差万别，所以，各国之间在存在激烈的市场竞争的同时，相互合作与协调也显得极为重要。

从我国现状看，健康地实施网络营销战略必须要由政府积极参与主导，实行统一、有效的管理，制定适宜的政策、法律等，营造符合国情的网络营销环境。政府还应积极参与国际对话，加强网络营销标准的制定工作。法律政策的规范与否，与人们对网络交易的信心密切相关。当前网上诈骗、域名纠纷、个人隐私被侵犯等法律漏洞急需解决。同时，企业要密切关注政府在这些方面的表现，及时把握网络营销商机。

4．文化环境

互联网的发展几乎对每一种社会文化和每一种语言都带来了影响，它几乎渗透到了世界各地和人们生活的各个角落，创造了新的需要并产生了巨大的影响。互联网既可能成为某些社会文化的威胁者，也可能促进某些文化的发展。

5．技术环境

网络营销是一处以网络信息技术为基础的营销活动，其发展必须以网络环境的完善及网络技术的发展为前提。互联网是科学技术发展的结晶，作为一种营销工具，人们有必要熟知其所提供的服务，这对了解互联网的优越性和局限性，使其能更好地为网络营销服务是很有帮助的。

1）互联网的基本服务

互联网能提供的服务种类繁多，功能齐全，其基本服务功能可分为下列 5 类。

（1）电子邮件（E-mail）。电子邮件是用户或用户组之间通过计算机网络进行联系的快捷、简便、高效、廉价的现代化通信手段。发送方可以通过互联网将电子邮件在短短几秒内发送到世界各地接收方服务器上，可以传送文字、图像、声音、视频等多种媒体信息，是人们使用互联网进行信息传递的主要途径。

（2）WWW 服务。WWW 服务又称为万维网服务或 Web 服务，是目前互联网上最流行和最受欢迎的信息服务项目。WWW 服务可将分布于全球互联网上的各种类型的信息有机地联系起来，通过浏览器软件提供一种友好的、统一的信息浏览界面。

（3）文件传输。文件传输是指用户通过访问服务器实现的文件异地读取，它不受地理位置、连接方式及操作系统的约束。

（4）远程登录（telnet）。远程登录是指用户可将自己的计算机连接到远程另一台计算机上，并能在自己的本机上操作和使用远程计算机，获取自己所需要的信息资源。

（5）电子公告栏（BBS）。BBS 类似于现实生活中的公告栏，允许每个人阅读其中的内容，如其他网友发布的信息，并也可发表自己的见解和主张。

另外，还有 Gopher 信息查询服务、Archie 信息查询服务、网络新闻组服务（Usenet）等。

2）互联网的接入方式

用户要想访问互联网中的任何资源，首先必须将自己的计算机与互联网上的某个主机系统相连接。用户连入互联网的方式主要有以下4大类。

（1）电话拨号接入。用户利用电话拨号接入互联网的方法有以下两种。

① PSTN 接入方式。PSTN（published switched telephone network，公用电话交换网）接入方式利用调制解调器（modem）拨号实现用户接入。这种接入方式是大家非常熟悉的一种接入方式，但速率远远不能满足宽带多媒体信息的传输要求。由于电话网非常普及，用户终端设备调制解调器（modem）又很便宜，而且不用申请就可开户，所以只要家里有计算机，把电话线接入 modem 就可以直接上网。

② ISDN 接入方式。ISDN（integrated service digital network，综合业务数字网）接入方式俗称"一线通"，它采用数字传输和数字交换技术，将电话、传真、数据、图像等多种业务综合在一个统一的数字网络中进行传输和处理。用户利用一条 ISDN 用户线路，可以在上网的同时拨打电话、收发传真，就像有两条电话线一样。

（2）专线宽带接入。用户利用专线宽带接入互联网的方法有以下 4 种。

① DDN 接入方式。DDN（digital data network）是随着数据通信业务的发展而迅速发展起来的一种新型网络。DDN 的主干网传输媒介有光纤、数字微波、卫星信道等，多数用户端使用普通电缆和双绞线。DDN 将数字通信技术、计算机技术、光纤通信技术以及数字交叉连接技术有机地结合在一起，提供了一个高速度、高质量的通信环境，可以向用户提供点对点、点对多点透明传输的数据专线出租电路，为用户传输数据、图像、声音等信息。DDN 的传输速率为 64 Kbps～2 Mbps，速度越快租用费用也越高。

② ADSL 接入方式。ADSL（asymmetrical digital subscriber line，非对称数字用户环路）是一种能够通过普通电话线提供宽带数据业务的技术，也是目前极具发展前景的一种接入技术。ADSL 素有"网络快车"之美誉，因其下行速率高、频带宽、性能优、安装方便、无须交纳电话费等特点而深受广大用户喜爱，成为继 modem、ISDN 之后的又一种全新的高效接入方式。

③ VDSL 接入方式。VDSL 的速率比 ADSL 还要快。VDSL 的短距离最大下载速率可达 55 Mbps，上传速率可达 2.3 Mbps，甚至更高。VDSL 使用的介质是一对铜线，有效传输距离可超过 1 000 m。但是，VDSL 技术仍处于发展初期，长距离应用的效果还需要进一步评估，端点设备的普及也需要时间。

④ Cable-modem 接入方式。Cable-modem（线缆调制解调器）是近几年开始试用的一种超高速 modem，它利用现有的有线电视（CATV）网进行数据传输，已是比较成熟的一种技术。随着有线电视网的发展和人们生活质量的不断提高，通过 Cable-modem 利用有线电视网访问互联网已成为越来越受业界关注的一种高速接入方式。

（3）局域网接入。用户利用局域网接入互联网的方法有以下两种。

① 代理接入方式。这种接入方式比较灵活、方便，局域网中只要有一台计算机能够上网，该计算机作为局域网上其他计算机访问互联网的代理服务器。

② 独立 IP 地址接入方式。在专线连接上网的方式下，如果要申请较多的合法 IP 地址，只需要将局域网上的计算机配置好相应的 IP 地址、网关及 DNS 后，局域网上的计算机就可以直接通过路由器上网。

（4）其他接入方式。用户还可利用下列方法接入互联网。

① 无源光网络接入方式。无源光网络（PON）技术是一种点对多点的光纤传输和接入技术，可以灵活地组成树状、星状、总线型等拓扑结构，在光分支点不需要结点设备，只需要安装一个简单的光分支器即可，具有节省光缆资源、带宽资源共享、节省机房投资、设备安全性高、建网速度快、综合建网成本低等优点。PON 包括 ATM–PON（APON，基于 ATM 的无源光网络）和 Ethernet–PON（EPON，基于以太网的无源光网络）两种。

② LMDS 接入方式。这是目前可用于社区宽带接入的一种无线接入技术，一个基站可以覆盖直径 20 km 的区域，每个基站可以负载 2.4 万个用户，每个终端用户的带宽可达到 25 Mbps。但是，它的带宽总容量为 600 Mbps，由每个基站下的用户共享带宽，因此一个基站如果负载用户较多，那么每个用户所分到带宽就很小了。

③ LAN 接入方式。LAN 接入方式利用以太网技术，采用"光缆＋双绞线"的方式对社区进行综合布线。以太网技术成熟、成本低、结构简单、稳定性高、可扩充性好，便于网络升级。另外，还有卫星接入、WAP 手机接入等方式。

网络信息技术的革命性发展为营销创造了前所未有的巨大机会，企业必须掌握和利用这一技术，才能有效地开展网络营销活动。同时，企业必须充分考虑和利用网络时代的文化特色，及时把握顾客的心理和行为在网络文化作用下的变化，开发符合顾客消费倾向的创新产品，制定满足顾客需求的网络营销策略。

2.2.2　网络营销系统

网络营销是一个系统性工程，它贯穿于企业经营的整个过程，因而需要企业调动和投入大量的人力、物力和财力进行系统的组织和开发。

1. 网络营销系统的组成

网络营销系统的组成主要包括基于企业内联网的企业管理信息系统、网络营销站点和企业营销组织与管理人员。

（1）企业内联网（intranet）。企业内联网是将互联网技术应用于企业内部进行信息存取、交换、传输和管理的平台，根据网络覆盖范围，一般可分为局域网（LAN）和广域网（WAN）。由于计算机硬件的不同，为方便联网和信息共享，将互联网的联网技术应用到 LAN 中组建企业内联网，其组网方式与互联网一样，但使用范围局限在企业内部。为方便企业与业务紧密的合作伙伴进行信息资源共享，于是在互联网上利用防火墙（fire wall）控制不相关的人员和非法人员进入企业网络系统。那些经过授权的成员可以进入的网络，称为企业外联网（extranet）。如果企业信息可以对外界公开，那么企业可以直接连到互联网上，实现信息资源最大限度的开放和共享。企业内联网在企业内部管理中的主要作用是加强组织内部的信息交流，彼此相互沟通，提高工作效率。另外，企业在组建网络营销系统时，应该考虑企业的营销目标是谁，如何与这些客户通过网络进行联系。一般说来可以分为 3 个层次：一是对于特别重要的战略合作伙伴关系，企业应允许他们进入企业内联网系统直接访问有关信息；二是对于与企业业务相关的合作企业，企业应该与他们共同建设企业外联网实现企业之间的信息共享；三是普通的大众市场，可以直接连接到互联网上。由于互联网技术的开放、自由特性，因此在互联网上很容易受到攻击，企业在建设网络营销系统时必须考虑营销目标的需要，以及如何保障企业网络营销系统安全。

（2）企业管理信息系统。一个功能完整的具有网络营销功能的系统，其基础是企业内部的信息化，即企业建有内部管理信息系统。企业管理信息系统是一些相关部分的有机整体，在组织中发挥搜集、处理、存储和传送信息的作用，以及支持组织进行决策和控制。根据组织所具有的不同功能，可以将信息系统划分为销售、制造、财务、会计和人力资源等信息系统。如果要使网络营销信息系统能有效运转，营销部门的信息化是最基础的要求。

（3）网络营销站点。网络营销站点是在企业内联网上建设的具有网络营销功能的，能连接到互联网上的 Web 站点。网络营销站点起着承上启下的作用，一方面，它可以直接连接互联网，企业的顾客或者供应商可以直接通过网站了解企业信息，并直接通过网站与企业进行交易。另一方面，它将市场信息与企业内部管理信息系统连接在一起，通过将市场需求信息传送到企业管理信息系统，可让企业内部管理信息系统根据市场变化组织经营管理活动；它还可以将企业有关经营管理的信息在网站上公布，使与企业业务的相关者和消费者可以直接了解企业的经营情况，增强企业的诚信度。

（4）网络营销组织与管理人员。企业建设好网络营销系统后，企业的业务流程将根据市场需求变化进行重组。为适应业务流程的变化，企业必须重新规划组织结构，重新设立岗位和培训有关业务人员。

2．网络营销系统的功能

网络营销系统作为电子商务系统有机组成部分，它具有这样几大功能：信息发布与沟通、电子单据传输、网上支付与结算、货物配送以及网上售后服务等。

（1）信息发布与沟通。通过网络营销系统，可实现信息发布和与顾客的沟通。这也是大多数企业网络营销系统的初步形式。例如，网上产品目录与展示，企业可以在网络营销站点上，利用计算机网络特有的技术，充分、广泛、全面地展示自己的产品或服务的性能、特点、价格等。由于信息是公开的，且不涉及实质性交易，因此安全性和可靠性要求也不高。例如，在 IKEA（宜家家居）网站的首页上，公司的情况和有关业务清晰、方便、全面地展示给了客户如图 2.2 所示。

（2）电子单据传输。为了保证交易的合法性，电子单据的传输一般要求保密、安全、可靠，而且可以作为法律凭证。

（3）网上支付与结算。网上支付与结算属于市场交易完成阶段的功能。企业一般都开设了银行账户，而且具有较好的信用，因此只要银行之间能够实现网上清算，企业间电子商务活动的支付就非常容易实现。当然，这依赖于网上银行的发展。

（4）货物配送。货物配送是另外一个完成交易的关键功能。当消费者完成了网上商品的选购、结算之后，如何实时将货物送到指定的目的地，这是完成交易的最后环节。

（5）网上售后服务。由于产品使用过程中可能出现很多问题，如果不能解决网上售后服务问题，就可能影响网上营销活动的正常开展，因为客户可能转为寻求更可靠的传统购物方式。"一般的网上售后服务包括，提供产品技术资料、网上咨询以及售后商品的保修、维修、退货等"。

图 2.2　IKEA 网站首页

3．网络营销系统的开发方式

企业网络营销系统的开发和建设不但涉及企业的现在和未来，还涉及企业的许多部门和环节，因此系统的开发和建设必须遵循一定的开发方法。

（1）购买通用商业系统。购买通用商业系统是实施网络营销的捷径。这种方式的优点是见效快、费用相对较低、系统质量较高、安全保密性较好、维护有保障。但是，通用商业系统也有其自身的局限性。首先，不能一步到位地满足企业管理的需求。企业在购买后，往往要针对自身的特点进行某些设定或者增补开发。其次，学习难度较大。最后，系统维护的依赖性较强。对于小型企业、事业单位以及业务比较规范而且特殊要求不多的大中型企业来说，购买通用商业系统比较合适。

（2）自行开发。如果企业本身具有一定的技术力量，有一批开发信息系统所需要的专业人才，往往希望自行开发系统。这种方式具有以下优点：针对性强，能够较好地满足单位管理的需要；便于维护，不需要依赖于他人；设计的系统易于使用。但采用这种方式也有其自身的缺陷：对单位的技术力量要求较高，牵涉面广；开发周期长；系统的应变能力较弱。这种方式适合有比较稳定开发和维护队伍的单位。

（3）委托开发。大多数单位不具备自行开发系统的能力，这时可以考虑委托外单位开发系统。这种方式的优点是：和自行开发系统一样，采用委托开发方式可针对本单位的业务特点和管理需求建立系统；可以弥补本单位技术力量不足的缺陷；由于是专用软件，比较容易为使用者接受。这种方式存在的缺陷是：开发费用较高；软件应变能力不强；维护费用高，而且维护工作往往离不开系统开发商。这种方式比较适合本单位开发力量不足而又希望使用专用系统的单位。

（4）合作开发。企业的技术人员与具备条件的专业服务公司合作开发网络营销系统。这种方式具有自行开发和合作开发的优点，但存在开发费用高、软件应变能力较弱等缺陷。但从成本/效益的角度考虑，不失为一种较好的开发方式，在实际工作中运用广泛。

4. 网络营销系统的开发步骤

网络营销系统的开发与一般信息系统的开发类似，可以分为以下步骤。

（1）项目确定。项目确定阶段的任务是论证建设一个新的信息系统的必要性，并提出一个初步的设想。

（2）系统分析。系统分析又称为需求分析，其任务是通过对原有系统存在问题的分析，找出解决这些问题的各种方案，评价每种方案的可行性，提出新系统的逻辑模型。

（3）系统设计。系统设计包含逻辑设计和程序设计，其任务是生成系统逻辑设计和程序设计的规格说明书，为系统实施制订蓝图。

（4）系统实施。系统实施是指将系统设计阶段的结果在计算机系统上进行实现，包括编程、调试、试运行等。

（5）系统评价。系统投入运行后，应不断对其运行状况进行分析和评价，并以此作为系统的维护、更新以及进一步开发的依据。

本 章 小 结

互联网不仅给厂商提供了一个全新的营销环境，还给企业开展网络营销活动所涉及的顾客、经济、法律等诸多领域带来了影响和挑战。企业开展营销活动应注重市场环境的分析和研究，应该把握各类市场需求规律及其发展变化趋势。

网络营销环境是错综复杂的，网络营销环境既能为企业提供机遇，也有可能给企业造成威胁。各种环境因素不是孤立存在的，它们之间存在着密切的关系。在了解网络营销系统的前提下，研究网络营销环境时要充分考虑来自各方面的影响，主动适应环境变化，抓住机遇，实现自己的市场营销目标。

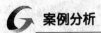 **案例分析**

商业银行的网络营销

作为一种金融创新与科技创新相结合的产物，网上银行带来的是金融业经营管理模式、业务运作方式、经营理念、风险监管等一系列的重大变革。从单一的在线账户余额查询、交易记录、数据下载、转账等基础业务，到今天实现了几乎可以说非常完善的网络理财功能。目前，网上银行正以惊人的速度发展，甚至已经渗透到了银行业务操作的各个重要环节。

中国工商银行（以下简称工行）自 1998 年创建网站至今，经过 10 多年的发展，其网站不但具备了内容全面丰富、更新实时迅捷的各类金融市场资讯和理财相关服务，还可以为用户提供账户管理、网上支付、股票买卖、基金投资等丰富便捷的金融服务，使工行网站成为不受时间、地域限制的一站式网上理财平台。为了打造集交易、营销、资讯于一体的综合性网络金融服务平台，工行网站不断策划推出一系列全新的金融理财频道，由此聚集了广泛而忠实的用户群体。截至 2009 年一季度末，工行个人网上银行和企业网上银行客户数量已达到 6 196 万户和 159 万户，电子银行的交易额达到了 32 万亿元，占工行全部业务量比重的 44.5%。其中，工行个人网上银行交易额和交易笔数分别达到 3.21 万亿元和 2.79 亿笔，较去年同期增长了 84.6% 和 76.6%。

在国内银行业中，招商银行（以下简称招行）并不具备营业网点多的优势，无法通过密集的营业网点实现用户覆盖。因此，怎样将信息更好地传达给目标客户群体就显得尤为重要。2005 年，招商银行在国内首推针对大学生的信用卡产品——Young 卡。从大学生到时尚女性，招行采用细分市场、区隔市场的方式，利用不同的产品功能和设计吸引特定的族群。招行通过网络与客户建立了更为直接、互动性更强的沟通，有效实现了产品差异化战略，促进了对各细分市场的开拓。通过成功运用网络资源，招行信用卡品牌形象已经深入人心。如今，招行的网络营销又有了更高的目标——将网络银行打造成客户服务的核心平台。

企业要做好网络营销也有与传统营销类似的规律可循，对于互联网媒体的选择尤为重要。首先，网站的用户群要与企业推广针对的目标族群相符合；其次，网站要能够提供好的创意，将自身的网络资源与客户的营销活动紧密结合，实现与消费者的互动营销；最后，网站应具备良好的效果评估体系。当一个网站能够很好地做到以上三点时，那么，该网站提供的合作空间就会更加宽广、更加灵活。

对于银行来说，随着产品的日益完善，互联网已不仅局限于作为宣传推广的渠道，更应将其视为做客户服务的重要组成部分，或是为客户服务的主要平台。面对激烈的金融竞争，如何把握消费者心理，准确定位网站服务内容，进而优化服务方式，迎合现代消费者的需求和口味，是摆在当前银行业网银业务面前的一个课题。

为了把传统的银行业务以人们乐于接受的方式进行推广，各大银行网站不断推陈出新，越来越多地采用交互式营销手段展开竞争，充分利用互联网资源，在强化原有银行业务的基础上，与更多的企业跨行业运作，试图开创一种全新的网络合作营销模式。前不久，中国民生银行与小熊在线携手，通过大型益智线上游戏"创智大富翁"活动的运作，推广该行的网上银行业务，就是一个互利共赢、新型网络营销的良好范例。据活动主办方介绍，"创智大富翁——2008 民生银行首届网银富翁大比拼活动"是由中国民生银行与 IT 垂直门户网站小熊在线共同制作的一款在线益智游戏。这一活动以有奖游戏形式吸引玩家。玩家在这一虚拟股市游戏中，不仅可进行趣味游戏，还可以在所设计的幸运转轮、线上答题、下载宣传 Flash 等环节中获得奖励，让玩家以游戏这种轻松的形式了解各种网银业务知识，既能感受到股市的紧张刺激，又能通过游戏积累财富。目前，随着中国民生"网银大富翁"活动的展开，已有越来越多的人到银行柜台开户，办理民生网银业务，这其中包括了很多最初只想尝试游戏的用户。这一活动使得玩家对于民生网银业务的便利性认识逐渐加强，愿意继续使用网银业务的人也越来越多。

分析认为，现今大多数银行的网络营销还只是简单地通过网络向终端用户介绍一些政策性常识和提供营业网点信息，或者进行一些名词解释，既缺乏互动性，也使用户对网上银行业务不感兴趣。将银行业务与用户感兴趣的事物有机结合的新网络营销方式，不仅可以增进人们对于网银业务的了解，还影响和培养了一批潜在的客户群体。可见，跨行业联合模式创造了共享网络资源平台的格局，对银行业提升网银业务起到了良好的示范效应。

在网络时代，企业面对的是一个全新的营销环境。与传统线下营销相比，互联网营销价值的提升，使用户得到了更好的使用体验。这一拥有绝对成本优势的新营销方式，当前正日益得到企业、尤其是银行等传统行业的青睐。五年之后的互联网又会是什么样？会不会又出现颠覆性的技术与创新？恐怕没人敢下定论。但是，我们仍可以从目前用户的需求出发，为银行业的网络营销发展设定一些方向。

（资料来源：http://story.ebrun.com/wanglyx/index.html，2008）

案例讨论

1．分析我国银行业面临的营销环境。
2．分析网络营销对我国银行业发展的影响。

思考与练习

1．什么是网络营销环境？
2．宏观环境因素主要指哪些？
3．互联网有哪些特点？
4．为什么说网络环境对企业来说机遇和挑战并存？
5．一个结构完善、设计合理的网络站点应具备哪些功能？
6．电子支付的方式有哪些？

实 训 操 作

1．登录两个以上的银行网站，比较不同银行网络营销业务的特点。
2．网上作业：了解目前国内外网络营销网站的现状，掌握网络营销网站的基本组成结构，分析国内外网络营销网站的发展前景。

第 3 章

网络商务信息的
搜集、处理与发布

学习要点

- 网络商务信息的特点与分级

- 网络商务信息的存储与整理

- 网络商务信息搜集与发布工具的类型

- 网络商务信息搜集工具的使用方法和技巧

- 网络商务信息的发布工具与发布方法

3.1　网络商务信息概述

3.1.1　网络商务信息的概念

信息的概念非常广泛，从不同的角度对信息可下不同的定义。在商务活动中，信息通常指的是商业信息、情报、数据、密码、知识等。

网络商务信息限定了商务信息传递的媒体和途径，只有通过计算机网络传递的商务信息（包括文字、数据、表格、图形、影像、声音以及内容能够被人或计算机识别的符号系统），才属于网络商务信息的范畴。信息在网络空间的传递称为网络通信，在网络上停留时称为存储。

3.1.2　网络商务信息的特点

相对于传统商务信息，网络商务信息具有以下显著特点。

1．时效性强

传统的商务信息，由于传递速度慢和传递渠道不畅，经常导致信息获得时就已经失效了。网络商务信息则可以有效地避免这种情况。由于网络信息更新及时、传递速度快，只要信息搜集者及时发现了信息，就可以保证信息的时效性。

2．准确性高

网络信息，绝大部分是通过搜索引擎找到信息发布源后而获得的。在这个过程中，减少了信息传递的中间环节，从而减少了信息的误传和更改，有效地保证了信息的准确性。

3．便于存储

现代经济生活中的信息量非常大，如果仍然使用传统的信息载体，要把它们都存储起来的难度相当大，而且不易查找。网络商务信息可以方便地从互联网上下载到自己的计算机中，并可通过计算机进行信息管理。另外，在原来的各个网站上，也有相应的信息存储系统，信息资料遗失后，还可以到原来的信息源中再次查找。

4．检索难度大

网络商务信息来源广泛，信息量大，检索方法多，从而准确查询所需信息，进行加工筛选，十分困难。虽然网络系统提供了许多检索方法，但堆积如山的全球范围各行各业的信息，常常把企业营销人员淹没在信息的海洋或者说信息垃圾之中。在浩瀚的网络信息资源中，迅速地找到自己所需要的信息，经过加工、筛选和整理，把反映商务活动本质的、有用的、适合本企业情况的信息提炼出来，需要相当一段时间的培训和经验积累。

网络商务信息除了具有以上特点，还具有所有信息的共同特点，如时效性、不确定性、知识性、可流动性、可处理性、可再生性等。

对于现代企业来说，如果把人才比做企业的支柱，信息则可看做企业的生命，是企业不可须臾离开的法宝。网络商务信息，不仅是企业进行网络营销决策和计划的基础，而且对于企业的战略管理、市场研究以及新产品开发都有极为重要的作用。

3.1.3　网络商务信息的分级

不同的网络商务信息对不同用户的使用价值（效用）不同。从网络商务信息本身所具有的总体价格水平来看，可以将它粗略地分为 4 个等级。

1．第一级——免费商务信息

这类信息主要属于社会公益性信息。对社会和人们具有普遍服务意义的信息，大约只占信息库数据量的 5%左右。这类信息主要是一些信息服务商为了扩大自身的影响，从产生的社会效益上得到回报，推出的一些方便用户的信息，如在线免费软件、实时股市信息等。

2．第二级——收取较低费用的商务信息

这类信息属于一般性的普通类信息。由于这类信息的采集、加工、整理、更新比较容易，花费也较少，是较为大众化的信息。这类信息约占信息库数据量的10%～20%，只收取基本的服务费用，不追求利润，如一般性文章的全文检索信息。信息服务商推出这类信息的目的有两个方面：一是体现社会普遍服务意义，二是为了提高市场的竞争力和占有率。

3．第三级——收取标准费用的商务信息

这类信息属于知识、经济类信息，收费采用成本加利润的资费标准。这类信息的采集、加工、整理、更新等比较复杂，要花费一定的费用。同时，信息的使用价值较高，提供的服务层次较深。这类信息约占信息库数据量的 60%左右，是信息服务商的主要服务范围。网络商务信息大部分属于这一范畴。

4．第四级——优质、优价的商务信息

这类信息属于具有极高使用价值的专用信息，如重要的市场走向分析、网络畅销商品的情况调查、新产品/新技术信息、专利技术以及其他独特的专门性信息等，是信息库中成本费用最高的一类信息，可为用户提供更深层次的服务。一条高价值的信息一旦被用户采用，可能会给企业带来较高的利润，给用户带来较大的收益。

3.1.4　网络商务信息搜集的基本要求

网络商务信息的搜集，是指在网络上对商务信息的寻找和调取工作。这是一种有目的、有步骤地从各个网络站点查找和获取信息的行为。一个完整的企业网络商务信息搜集系统，包括先进的网络检索设备、科学的信息搜集方法和业务精通的网络信息检索员。

有效的网络商务信息应具以下特点。

1．及时

所谓及时，是指信息能够迅速、灵敏地反映销售市场发展各方面的最新动态。信息是有时效性的，其价值与时间成反比。及时性要求信息流与物流尽可能同步。由于信息的识别、记录、传递、反馈都要花费一定的时间，因此，信息流与物流之间一般会存在一个时滞。尽可能地缩短信息流滞后于物流的时间，提高时效性，是对网络商务信息搜集的主要要求之一。

2．准确

所谓准确，是指信息应真实地反映客观现实，失真度小。在网络营销中，由于买卖双方不直接见面，准确的信息就显得尤为重要。准确的信息才可能导致正确的市场决策。信息失真，轻则会贻误商机，重则会造成重大的损失。信息的失真通常有三个方面的原因：一是信源提供的信息不完全、不准确；二是信息在编码、译码和传递过程中受到干扰；三是信宿（信箱）接受信息时出现偏差。为减小网络商务信息的失真，必须在上述三个环节上提高管理水平。

3．适度

所谓适度，是指所提供的信息要有针对性和目的性，不要无的放矢。没有信息，企业的营销活动将完全处于一种盲目状态。信息过多、过滥也会使营销人员无所适从。在当今的信息时代，信息量越来越大，范围越来越广，不同的管理层次又对信息提出不同的要求。在这种情况下，网络商务信息的搜集必须目标明确、方法恰当，即信息搜集的范围和数量要适度。

4．经济

所谓经济，是指如何以最低的费用获得必要的信息。追求经济效益是一切经济活动的中心，也是网络商务信息搜集的原则。许多人上网后，看到网上大量的可用信息，往往想把它们全部复制下来，但到月底才发现上网费用十分高昂。应当明确，人们没有力量，也不可能把网上所有的信息全部搜集起来，信息的及时性、准确性和适度性都要求建立在经济性基础之上。此外，提高经济性，还要注意使所获得的信息发挥最大的效用。

3.2　网络商务信息的搜集

3.2.1　利用搜索引擎搜集

1．什么是搜索引擎

搜索引擎是 Internet 上进行信息资源搜索和定位的基本工具，是为了帮助用户在成百上千万个网站中快速、有效地查询，找到想要得到的信息而出现的。如果说 Internet 上的信息浩如烟海，那么搜索引擎就是海洋中的导航灯。只有利用搜索引擎的查询结果，用户才能知道信息所处的网上地点，然后，再去该地点获得相关的详细资料。对浏览者而言，是如何掌握搜索引擎的使用方法去找到自己想要的信息；而对营销的企业而言，却是如何利用搜索引擎让更多的浏览者找到自己。

如果要在 Internet 这个信息海洋中准确、快速地找到自己所需要的信息，首先应对各种搜索引擎有一个了解，了解它们不同的工作原理及不同的特点，以便更好地利用它们。

2．搜索引擎的分类

1）按照信息搜集方法分类

按照信息搜集方法的不同，搜索引擎可以分为 3 大类。

（1）目录式搜索引擎（directory search engine）。这类搜索引擎又称为被动式搜索引擎，它以人工方式或半自动方式搜集信息，由编辑人员查看信息之后，人工形成信息摘要，并将信息置于事先确定的分类框架中。服务方式大多面向网站，提供目录浏览服务和直接检索服务。该类搜索引擎因为加入了人的智能，所以信息准确、导航质量高，其缺点是需要人工介入（维护工作量大）、信息量少、信息更新不及时。这类搜索引擎的代表有雅虎、lookSmart、Ask Jeeves、Open Directory，等等。

（2）机器人搜索引擎（crawler-based search engine）。这类搜索引擎又称为主动式搜索引擎，它是由一个称为蜘蛛（spider）的机器人程序以某种策略自动地在 Internet 中搜集和发现信息，由索引器为搜集到的信息建立索引，由检索器根据用户的查询输入检索索引库，并将查询结果返回用户。服务方式是面向网页的全文检索服务。该类搜索引擎的优点是信息量大、更新及时、无须人工干预；缺点是返回信息过多，有很多无关信息，用户必须从结果中筛选。这类搜索引擎的代表有 AltaVista、Excite、Infoseek、lycos、Inktomi，等等。

（3）元搜索引擎（meta search engine）。这类搜索引擎没有自己的数据，而是将用户的查询请求同时向多个搜索引擎递交，将返回的结果进行重复排除、重新排序等处理后，作为自己的结果返回给用户。服务方式为面向网页的全文检索。这类搜索引擎的优点是返回结果的信息量大，缺点是不能充分利用元搜索引擎的功能，用户需要做较多的筛选。这类搜索引擎的代表有 WebCrawler、InfoMarket 等。

目前，商业搜索引擎站点正在结合各种搜索引擎的优点，在类型上有逐渐融合的趋势。例如，雅虎在保持人工分类的同时，使用 Inktomi 机器人搜索引擎。这样，当用户查询时，如果选择"网站搜索"，便搜索人工分类库；如果选择"网页搜索"，便搜索机器人搜索引擎的索引库。一些传统的机器人搜索引擎也增加了人工分类的内容，以提供高精度的导航信息。另外，搜索引擎站点有"门户化"的倾向，在提供搜索服务的同时，提供多样的网络服务，如新闻、股票、天气预报、虚拟社区、游戏、电子商务等，成为名副其实的"网络门户"站点。

2）按照服务提供方式分类

按照服务提供方式的不同，搜索引擎也可以分为 3 大类：全文数据库检索引擎、非全文数据库检索引擎、主题指南类检索引擎。

（1）全文数据库检索引擎。全文数据库检索引擎正常运作的前提是网站拥有大量的信息，因此必须依靠强大的数据库作为后盾。它能够提供完整的文献和信息检索，查全率很高。但由于信息量非常大，检索起来比较困难，对检索技术的要求很高。这类检索引擎的代表是 AltaVista 和 Excite。

（2）非全文数据库检索引擎。非全文数据库检索引擎具有速度快、使用简便、索引量大的特点，但仅提供部分全文检索，有时需要二次检索，感到不太方便。这类检索引擎的代表是 lycos。

（3）主题指南类检索引擎。主题指南类检索引擎是目前网络检索中最常用的检索引擎。这类引擎查准率高、速度快、使用方便，现在大部分网站都具备主题指南类检索功能。这类检索引擎的代表是 Infoseek 和 Yahoo！。

3）按照检索语言分类

目前，互联网几乎使用了世界上的所有语言，而且每一种语言都形成了自己独特的检索体系。比较常用的语言有英文、法文、德文、日文、俄文、中文等。

现阶段，我国网民利用率较高的搜索引擎主要是 Yahoo！、Baidu 和 Google 三大世界级搜索引擎。其他较为优秀的搜索引擎还有，Chinabite Cseek（www.cseek.com）、网易搜索引擎（search.163.com）、天网中英文搜索引擎（www.pku.edu.cn）、悠游中文搜索（www.goyoyo.com.cn）、搜狐搜索引擎（www.sohu.com.cn）等。

3. 利用搜索引擎搜集网络商务信息的具体方法

下面以百度搜索引擎为例，说明如何有效地使用搜索引擎查找自己所需要的信息。

1）基本搜索

百度搜索引擎主界面如图 3.1 所示。

百度搜索引擎的使用简单、方便。仅需输入查询内容并按一下 Enter 键，即可得到相关资料；或者输入查询内容后，用鼠标单击"百度一下"按钮，也可得到相关资料。

图 3.1　百度搜索引擎主界面

输入的查询内容可以是一个词语、多个词语、一句话，如可以输入"李白"、"mp3下载"、"蓦然回首，那人却在，灯火阑珊处。"

百度搜索引擎严谨、认真，要求"一字不差"。例如，分别搜索"舒淇"和"舒琪"，会得到不同的结果。因此在搜索时，可以试用不同的词语。

2）输入多个词语搜索

输入多个词语搜索（不同字词之间用一个空格隔开即可）时，可以获得更精确的搜索结果。例如，想了解北京暂住证的相关信息，在搜索框中输入"北京 暂住证"获得的搜索结果比输入"北京暂住证"获得的结果更精确。

在百度查询时不需要使用符号"AND"或"+"，百度会在多个以空格隔开的词语之间自动添加符号"+"。百度提供符合全部查询条件的资料，并把最相关的网页排在前面。

3）减除无关资料

有时，排除含有某些词语的资料有利于缩小查询范围。百度支持"–"功能，用于有目的地删除某些无关网页，但减号之前必须留一空格。例如，要搜寻关于"武侠小说"，但不含"古龙"的资料，可使用查询"武侠小说"–"古龙"。

4）并行搜索

使用"A|B"方式可搜索"或者包含词语 A，或者包含词语 B"的网页。例如，要查询"图片"或"写真"的相关资料，无须分两次查询，只要输入"图片|写真"搜索即可。百度会提供与"|"前后任何字词相关的资料，并把最相关的网页排在前面。

5）相关检索

如果无法确定输入什么词语才能找到满意的资料，可以试用百度相关检索。首先输入一个简单词语进行搜索，百度搜索引擎会提供"其他用户搜索过的相关搜索词语"作为参考，单击其中一个相关搜索词语，都能得到那个相关搜索词语的搜索结果。

6）百度快照

百度搜索引擎通过事先预览网站，拍下网页的快照，为用户储存了大量的应急网页。单击每条搜索结果后的"百度快照"，可查看该网页的快照内容。

百度快照不仅下载速度极快，而且搜索用的词语均已用不同颜色在网页中标明。但是，原网页随时可能更新，与百度快照内容可能不同，应注意查看新版内容。百度与网页作者无关，不对网页的内容负责。

7）搜索指南

（1）搜索框：在搜索框里仅需输入查询内容并按一下 Enter 键，即可得到相关资料；或者输入查询内容，用鼠标单击"百度一下"按钮，也可得到相关资料。

（2）百度搜索按钮：只要单击此按钮，或按一下 Enter 键，百度搜索引擎便可开始搜索。

（3）在结果中查询：选中该项后，重新输入查询内容，可在当前搜索结果中进行精确搜索。

（4）搜索结果统计：有关搜索结果数量、输入词语和搜索时间的统计。

（5）相关检索：百度搜索引擎可提供"其他用户搜索过的相关搜索词语"作为参考。只要单击其中一个相关搜索词语，都能得到那个相关搜索词语的搜索结果。

（6）竞价排名服务链接：介绍百度搜索引擎竞价排名服务的链接。

（7）网页标题：搜索结果中该网页的标题，单击网页标题可直达该网页。

（8）网页网址：搜索结果中该网页的网址（URL）。

（9）网页大小：数字表示这一网页文本部分的大小。

（10）网页时间：网页生成的时间。

（11）网页语言：说明该网页主要文字属于哪一种语言。

（12）网页简介：通常是网页开始部分的摘要，其中您输入的搜索词语以高亮显示，以便阅读。

（13）百度快照：单击每条搜索结果后的"百度快照"，可查看该网页的快照内容。

（14）网站类聚更多结果：为了便于阅读更多网站的内容，百度搜索引擎具有自动类聚功能，每个网站（或频道）只显示一个最相关网页的信息；单击此链接，即可查看该网站（或频道）内的更多相关网页。

3.2.2　利用电子邮件搜集

调查表明，电子邮件是互联网上最经常使用的工具。在 2005 年 1 月进行的中国互联网络发展状况的调查报告中得到如下的信息：有 39.1%的网民每天上网获取信息，有超过 85.6%的网民每天都要使用电子邮件。对于企业管理人员，利用电子邮件搜集商务信息不失为一种好方法。

1．利用电子邮件搜集商务信息的步骤

（1）获得客户的电子邮件地址。获得电子邮件地址是利用电子邮件搜集商务信息的第一步，搜集邮件地址的方法主要有以下几种。

- 查阅企业原有客户的邮件地址；
- 企业网站上建立留言簿供访问者留言和签名，以获得他们的电子邮件地址；
- 在网站上建立与产品或者服务内容相关联的讨论，以吸引客户参加并留下他们的电子邮件地址；
- 通过专门的电子邮件地址服务商，租用或者购买电子邮件地址，这类网站主要有k66k网站（http://www.k66k.com）和自己人网站（http://www.zijiren.net）；
- 通过专用的电子邮件地址搜集软件，在特定的范围内搜集电子邮件地址。

（2）制作网上调查问卷。网上调查问卷可以直接根据传统的市场调查问卷形式制作。问卷可由多个问题组成，问题可包括需要用户输入信息的填空问题、单项选择问题、多项选择问题，并可指定必答项和非必答项。问卷生成前和生成后都可即时修改。问卷应清楚写明自己企业的所在地、通信地址和联系方式。

（3）通过电子邮件向各客户派发。一般情况下，调查问卷可以通过电子邮件直接派发。只要写一封短信，告诉客户有关目的，并贴上调查问卷即可。若调查问卷比较大，可以选择采用"附件"形式进行发送。

（4）在自己的信箱中接收客户反馈信息，汇集反馈信件，并计算问卷返回比例。

2．利用电子邮件搜集商务信息的技巧

利用电子邮件搜集客户信息具有针对性强、费用低廉的特点，它可以针对具体某一个人征集特定信息，且商务信息内容不受限制。利用电子邮件搜集商务信息的技巧如下。

1）主动搜集

主动搜集方法就是想方设法让客户参与进来，方法有竞赛、评比、猜谜、网页特殊效果、优惠、售后服务、促销等。用这种方式有意识地营造自己的网上客户群，不断地用E-mail来维系与他们的关系。这个客户群是销售者的最大财富。如果是企业网站，建立一个用户登记电子邮箱的页面，定期向客户发送本企业的产品信息和产品的正确使用方法与保养方法等，E-mail用户还是愿意收到这种信息的，也体现了企业的一种特殊的售后服务，而且成本较低。

2）定位准确

发送电子邮件要注意受众对象，如果滥发的话，一来效率低，二来会被当做垃圾邮件删除。所以在发送邮件时，要首先对受众进行分析，了解哪些是潜在客户，再进行发送。例如，一家医疗器械销售站点，其受众就是医生、患者或对医疗器械感兴趣的人群，定期向这些受众发送相关医疗器械产品或知识的介绍，一定会受到欢迎。反之，如果给所有的人发送信息，可能会遭到反感，甚至会触到人家的忌讳，这就不是销售者的本意了。

3）注意发送周期

发送电子邮件应根据内容注意发送周期，如果发送的是相关新闻信息，当然周期不宜过长，而如果是一般信息就不要过于频繁，否则可能订户刚开始很感兴趣，后来就变成一种负担了。信息内容要有精品意识，这样即使发错了对象，也容易得到原谅并且接受这样的邮件。

4）强调管理技巧

使用电子邮件搜集信息时，应注意以各种方式搜集邮件地址，并要善于管理。这是有针对性地发送邮件的前提。同时要建立自己的邮件列表（mailing list），把搜集到的地址通通放进去，开展调查时直接向这个地址发送邮件就可以了。

3. 利用电子邮件搜集商务信息的注意事项

1）避免滥发邮件

对于未经许可的电子邮件，有两条恒定的规则：第一，不要发送；第二，如果你打算只做一次，请参阅第一条执行。使用电子邮件营销，你只能发给那些事先经过许可的人（关于如何取得收件人的许可，有许多方法，如会员制、邮件列表、新闻邮件等）。

2）避免邮件没有主题或主题不明确

电子邮件的主题是收件人最早可以看到的信息，邮件内容是否能引人注意，主题起到相当重要的作用。邮件主题应言简意赅，以便收件人决定是否继续阅读邮件内容。有的人自作聪明地认为，别出心裁的主题更能引人注意，采用和内容毫不相干的主题，甚至故弄玄虚。试举几例。第一，没有主题，收件人的反应：发件人是谁呀？不认识，删除邮件吧。第二，主题："老朋友，你好！"收件人的反应：哪个老朋友？不认识噢，原来是广告邮件！第三，主题："回复：请帮我查找××资料"收件人的反应：好像是我求你发邮件的！肯定是推销自己网站的，事实果然如此。邮件内容是："小王：你要的关于×××的资料我帮你查到了，网址是 http: //www. ×××. ××××"，明明是广告邮件，却偏偏假装是误发的邮件，这样的邮件也欺骗不了消费者。

3）避免隐藏发件人姓名

这种邮件给人的感觉是发件人在做什么见不得人的事情，否则，正常的商务活动为什么害怕露出自己的真面目。这样的邮件，其内容的可信度就不高。还有一些邮件，把发件人写成"美国总统"、"你的朋友"、"漂亮女孩"等，不一而足。其实，无论你怎样伪装，你的发件地址还是会被方便地查出来的。企业开展网上营销活动，应以诚信为本。

4）避免邮件内容繁杂

电子邮件宣传不同于报纸、杂志等印刷品广告，篇幅越大越能显示企业的实力和气魄。电子邮件应力求内容简洁，用最简单的内容表达你的诉求点。如果必要，可以给出一个关于详细内容的链接（URL）。收件人如果有兴趣，会主动单击链接内容，否则，内容再多也没有价值，只能引起收件人的反感。而且，对于那些免费邮箱的使用者来说，因为有空间容量限制，太大的邮件肯定是被删除的首选对象。根据经验，每封邮件的容量不宜超过 7 KB。

5）避免邮件内容采用附件形式

有些发件人为了省事，将一个甚至多个不同格式的文件作为附件插入邮件内容。自己省事了，却给收件人带来了很大麻烦。由于每人所用的操作系统、应用软件会有所不同，附件内容未必可以被收件人打开。

3.2.3 利用公告栏搜集

公告栏（BBS）就是在网上提供一个公开"场地"，任何人都可以在上面进行留言回答问题、发表意见以及提出问题，也可以查看他人的留言，好比在一个公共场所进行讨论一样，你可以随意参加也可以随意离开。与在公共场所一样，发言人要注意公告栏的言行举止，不要随便发表过激言论或进行人身攻击，为此公告栏一般都进行了申明，请务必注意，否则可能引起恶劣影响。公告栏的用途多种多样，一般可以作为留言板，也可以作为聊天（沙龙）和讨论的场所。

利用 BBS 搜集信息的步骤一般为：登录某个 BBS 网站，注册成为会员；以会员身份登录后，便可以游览相关论坛上的帖子并对感兴趣的信息进行搜集。例如，如果你有兴趣可以到中国大学生论坛（http：//www.9466.com/bbs/）上发表自己的观点和看法，如图 3.2 所示。

图 3.2　中国大学生论坛首页

目前许多 ICP（网络内容服务商）都提供免费的公告栏，你只需要申请使用即可。公告栏软件系统有两大类：一类是基于 Telnet 方式的文本方式，查看阅览不是很方便，在早期用得非常多；另一类是现在居多的基于 Web 方式的公告栏，它通过 Web 页加上程序（如 JavaScript）实现，这种方式界面友好，受欢迎，使用方法如同浏览 Web 网页。

3.2.4　利用新闻组搜集

1．新闻组概述

1）什么是新闻组

新闻组（usenet 或 newsgroup）源于美国北卡罗莱纳州，于 1980 年由两个学生创建，最初它是用于公布通知和新闻的，后来演变成了一种讨论组。新闻组是互联网上非常重要而又富有吸引力的资源。在互联网上，分布着许多新闻组服务器，它们由公司、组织或个人负责维护，通常是免费对网上所有用户开放的。在每个服务器上建有成百上千个新闻组，每个新闻组都有一个特定的主题。

在每个新闻组中，网友们就自己关心的话题进行讨论、提问或解答。由于知名新闻组中常有高水平的网友参加，所以新闻组往往能够提供高质量的信息服务。这也就是它能成为企业搜集网络商务信息场所的原因。

Internet 服务提供商必须为用户提供与一个或多个新闻服务器的链接，以便在 Outlook Express 中使用新闻组。在 Outlook Express 中为每台需要的服务器设置完账户后，就可以在该新闻服务器上的新闻组中随意阅读和张贴邮件了。

用户通过预订新闻组，可以方便地访问喜欢的新闻组，而不必在每次要访问一个喜欢的新闻组时去翻阅服务器上冗长的新闻组列表。Outlook Express 具有的新闻组功能可帮助用户快速地找到所需要的新闻组信息。

2）新闻组的分类和命名规则

Usenet 建立了一套命名规则以便人们方便地找到所感兴趣的专题讨论小组。这套命名规则第一部分（名称中最左边的部分）确定专题小组所属的大类，称为顶级类别，约有 10 个，如表 3.1 所示。

表 3.1　常见的 Usenet 顶级类别

顶 级 类 别	中 文 含 义	顶 级 类 别	中 文 含 义
siz	商业类	sci	科学类
comp	计算机类	soc	社会、文化、宗教类
news	网络新闻类	talk	辩论类
rec	娱乐类	misc	杂类
usenet	本身	alt	可供选择的类别

表 3.1 所示的顶级类别"alt"中所讨论的内容没有其他类别那样正规，其中的专

题小组通常能容忍较为过火的言论，有点类似于比较激进的社会团体。

名称的第二部分（中间部分）表示顶级类别中的不同主题。例如，sci.biology 表示在科学类中的 biology（生物学）主题，comp.os 表示计算机大类中的操作系统主题。

在大多数情况下，主题之下还进一步细分出特定的领域，这构成了专题小组名称的第三部分（最右边的部分）。例如，rec.autos.driving 就是在 rec（娱乐）顶级类别中 autos（汽车）主题下关于 driving（驾驶）的专题小组。在计算机类和科学类中，常常还有名称的第四部分。例如，comp.os.ms-windows.apps.word-proc 是关于计算机操作系统下，Windows 软件的字处理器的专题讨论小组。

2．添加新闻组账户和预订新闻组的方法

添加新闻组账户，需要知道要连接的新闻服务器名称，必要时还需要知道账户名和密码。有一些新闻组服务器名称可以通过"百度"等搜索网站获得，表 3.2 所示为在 Internet 上可以访问的常见新闻组服务器名称和地址。

表 3.2　常见新闻组服务器名称和地址

名　　称	地　　址	名　　称	地　　址
宁波新闻组	news.cnnb.net	微软新闻组	msnews.microsoft.com
新帆新闻组	news.newsfan.net	幽谷新闻组	hermitage.vicp.net
万千新闻组	202.102.170.164	希网新闻组	news.cn99.com

添加新闻组账户的基本操作如下（以宁波新闻组为例）。

（1）打开 Outlook，在【工具】菜单中选择【账户】选项；在【Internet 账户】对话框中，单击【添加】按钮；选择【新闻】选项以打开【Internet 连接向导】。前两步与设置邮件账户相同，之后弹出【Internet News 服务器名】对话框，如图 3.3 所示。在输入框中输入新闻服务器名称，单击【下一步】按钮。

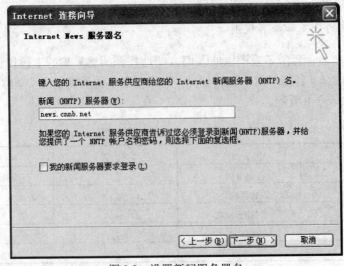

图 3.3　设置新闻服务器名

（2）新闻组服务器被添加到【Internet 账户】的【新闻】列表中。单击【关闭】按钮，根据系统提示确定下载新闻组，可以看到新闻组下载对话框，如图 3.4 所示，正在下载新闻组。

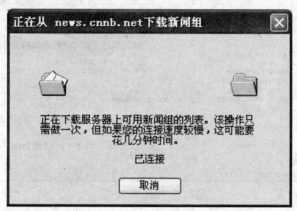

图 3.4　新闻组下载对话框

（3）下载完毕后，在弹出的【新闻组预订】对话框的【新闻组】列表中，选中所需要的新闻组，单击【订阅】按钮；在选中的新闻组前边出现被订阅的标记，如图 3.5 所示。单击【确定】按钮，完成新闻组的订阅。

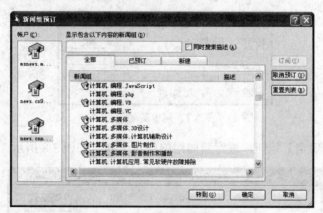

图 3.5　新闻组订阅

3．阅读新闻组与信息获取

新闻组的阅读可以在线进行，也可以离线进行。在线阅读是一件很容易的事情，预订完新闻组后，就可以阅读新闻组邮件了。

1）在线阅读新闻

在文件夹列表中，选择一个新闻组，该组下的所有新闻主题都会显示在新闻列表框中。用户在新闻列表中选中某一主题，预览窗格会显示新闻的具体内容，并且在预览窗格的顶部显示该新闻的发件人、收件人和主题，如图 3.6 所示。

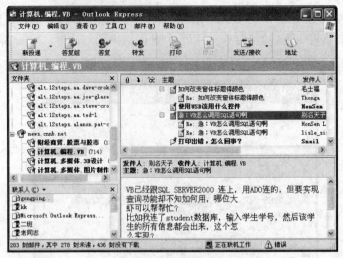

图 3.6　阅读新闻组

2）离线阅读新闻

将新闻组邮件下载到硬盘上，即使断开 Internet 也可以阅读新闻组邮件，方法如下。

（1）设置下载新闻组的同步下载属性。在 Outlook Express 主窗口，单击【工具】菜单中的【同步新闻组】选项，在弹出的对话框中进行设置，如图 3.7 所示。

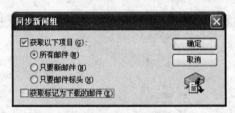

图 3.7　同步新闻组

（2）单击【确定】按钮，进行新闻组的同步下载，如图 3.8 所示。

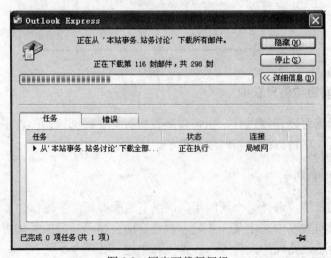

图 3.8　同步下载新闻组

3.3　网络商务信息的处理

3.3.1　网络商务信息的存储

从互联网上下载的信息有时会非常多，而且最初一般都是杂乱无章的，甚至还有一些无用的信息夹杂在里面。为了从中间选出有用的信息并加以利用，我们需要对这些信息进行加工整理。

信息的储存就是把获得的大量信息用适当的方法保存起来，为进一步的信息加工处理、正确地认识和利用这些信息打基础。信息储存的方法主要是根据信息提取频率和数量，建立一套适合需要的信息库系统。信息库系统是由大小不等、相互联系的信息库组成的。信息库的容量越大，信息储存越多，对决策越有帮助。但是，大容量信息库的缺点是提取和整理比较麻烦，而且虽然有些信息库很大，但有些信息却从未有人提取过，甚至已经无法提取，这样的信息就会成为死信息，浪费了信息库的空间。这样，大的信息库反而不如小的信息库优越。

3.3.2　网络商务信息的整理

信息的整理，是指将获取和储存的信息条理化和有序化的工作，其目的在于提高信息的价值和提取效率，防止库中的信息滞流，发现储存信息内部新的联系，为信息的加工做好准备。

搜集到的和储存的信息往往是片断的、零散的，不能反映系统的全貌，甚至搜集到的信息里面可能还有一些是过时的或无用的信息。通过信息的合理分类、组合、整理就可以使片面的信息转变为全面的信息。这项工作一般可分为以下几个步骤。

1．明确信息来源

常常在下载时，由于各种原因，没有将确切的网址下载下来，这时，首先应查看前后下载的文件，看看是否有同时下载、域名接近的文件，可用这些接近的文件域名作为原文件的信息来源。如果没有域名接近的文件，应尽量回忆下载站点，以便以后有机会还可以再次查询。对于重要信息，一定要有准确的信息来源，没有下载信息来源的，一定要重新检索补上。

2．浏览信息，添加文件名

从互联网上在线下载的文件，由于时间的限制，一般都是沿用原有网站提供的文件名。这些文件名基本上都是由数字或字母构成的，以后使用起来很不方便。因此，从网上下载文件后，需要将文件重新浏览一遍，添加文件名。

3．分类

从互联网上搜索到的信息非常零乱，必须通过整理才能够使用。至于分类办法，可以采用专题分类，也可以采用建立自己的检索系统。前一个方法比较简便。例如，电子商务类信息可以分为网络信息、网络营销、电子支付、物流配送等 4 个领域。按照这 4 个领域，可以建立 4 个文件夹，叫做一级文件夹。在每个一级文件夹下，如网络营销文件夹下，又可设立若干二级文件夹，如基本理论、营销方法、广告设计等。这样，在需要相应信息时，可以随时调用。

4．初步筛选

在浏览和分类过程中，对大量的信息应有一个初步的筛选。完全没有用的信息应当及时将其删去。应当注意的是，有些信息单独看起来似乎没有用，但积累起来就有了价值，如市场销售趋势必定是在数据的长期积累和一定程度的整理后才能表现出来。还有一些信息是相互矛盾的。例如，你是一家纸业公司的经理，你想了解新闻纸的市场行情。你检索到的结果可能会出现两种情况，一类信息告诉你新闻纸供大于求，而另一类信息则说新闻纸供不应求。这时候你就要把这些信息进行分类整理，然后进入下一个加工处理环节。

3.3.3　网络商务信息的加工处理

信息的加工处理是指将各种有关信息进行比较分析，并以自己企业的目标为基本参照点，发挥人的才智进行综合设计，形成新的信息产品，如市场调查报告、营销规划、销售决策、新的人事安排等。信息加工的目的是要进一步改变或改进企业的现实运行状况，使其向着目标状态运行。所以，信息加工处理是一个信息再创造的过程，它不是停留在原有信息的水平上，而是通过智慧的参与，加工出能帮助人们了解和控制下一步计划的程序、方法、模型等信息产品。

信息加工处理的方式主要是两种，即人工处理和机器处理。人工处理是指由人脑，包括专家和专家集团进行信息处理；机器处理是指计算机的信息处理。两种方式各有优劣。人脑神经系统可以识别和接受多种多样的明确信息和模糊信息。大脑具有丰富的想象力和创造力，专家系统可以把握极广泛的知识，并可以在处理过程中合理地加入一定的人情因素。这一点是计算机所不及的。但是，计算机具有强大的计算能力，速度和准确性要大大超过人脑。综合这两种"信息处理器"的优点，形成一个合理的人、机结合的"人-机"信息处理系统，是当前进行信息处理的一个较好的办法。

互联网是一个"没有首脑、没有法律、没有警察、没有军队"的机构。人们在网上可以自由地发表自己的言论，甚至可以造谣、说谎。因此，网络上得到的信息有时候会是自相矛盾的，还有一些可能是你的对手散布的用来迷惑你的虚假的东西。对于这样的信息，我们就要更多地运用人的因素进行处理。首先要对这信息的发源地、时间等进行比较。如果发源地和时间都基本相同，就要参考其他信息来进行比较，最终获得真正的信息。

3.4　网络商务信息的发布

3.4.1　网络商务信息发布工具

在网络营销过程中，对商务信息的处理包括两个方面：一方面是搜集对本企业有用的商务信息，另一方面是将本企业的相关商务信息在网上进行发布。虽然二者对信息的处理方向不同，但是却有许多共同之处。许多用于信息搜集的工具也可以用来进行商务信息的发布，如前面讲到的 BBS 和新闻组等，它们均可以作为信息搜集和发布的工具来使用。下面着重从网络商务信息发布的角度探讨信息发布的有关问题。

到目前为止，网络商务信息发布的工具归纳起来主要有以下几种。

1．邮件列表

首先分析一个例子。如果要在网上成立一个企业家网络俱乐部，并想和世界各地的企业家经常交流信息，一种办法是从多条途径找到企业家的姓名和电子邮件地址，然后通过 Internet 网上的 E-mail 工具和他们互相通信。这个办法的缺点一是名单绝对找不全，二是太费时间。有没有更好的办法呢？答案是肯定的。

如果先把世界上对此俱乐部感兴趣的企业家组织起来，设定一个公共的地址，然后再向这一公共地址发出邮件，这时就等于向这组中的每一个人发出了电子邮件，这个问题就解决了。

在 Internet 上，邮件列表服务成功地实现了上述设想。网上有许许多多的对某个问题感兴趣的组，每个组少则数十人，多则数百上千人。这些人散布于 Internet 的各个地方，每个组有一个别名，即一个公共的电子邮件地址。任何发送到别名中的邮件都会自动地邮寄到组中的每一个人，而无须知道每个人的 E-mail 地址。这些公共电子邮件地址的集合或各组别名的集合称为邮件列表，Internet 上的这项服务称为邮件列表服务。

邮件列表营销和 E-mail 营销在很多方面类似，但 E-mail 是直接向用户发送促销信息，而邮件列表则是通过为用户提供有价值的信息，同时在邮件内容中加入适量促销信息实现营销的。

企业还可以创建自己的邮件列表，这些邮件列表可以是关于企业产品的，也可以是关于企业的供应商的，还可以是关于企业的客户的，针对性极强。

2．邮件群发

通过群发电子邮件，可在数秒内将你的商业推广信及商业广告发送到数千万客户的电子邮箱中，只需对方打开邮箱便可看到你的商业信件，其广告宣传效果完全可以与你花费几十元或上百万元资金的广告相媲美，而成本只是每天几元的上网费用；且简单易用，无须专业知识。

邮件列表其实也是一种邮件群发技术，但是它只能给已经加入邮件列表的电子邮件地址发送电子邮件，一般而言，它群发的邮件数量是有限的。真正的邮件群发是利用邮件群发软件来实现的。目前，市场上有相当多的邮件群发软件，这些软件都能实现大批量（万封邮件以上）的邮件群发，如迅达商务信息群发系统等。

利用软件群发邮件时，邮件的群发效率的确比较高，但也存在一个易造成垃圾邮件的问题。能不能解决电子邮件群发中的垃圾邮件问题，决定着群发邮件软件的未来命运。

3．本企业网站

一提到如何将自己的商务信息发布到互联网上时，人们都不约而同地想到上面提到的两种方式，而往往忽略了企业可以充分利用本企业网站发布商务信息的优势。这种优势主要表现在以下几个方面。

（1）成本低。在本企业网站上发布自己的商务信息，对信息量占用的空间不受限制。

（2）自主性大。发布何种信息，以什么样的形式发布都由本企业决定。

（3）不利影响小。此种方式不对客户产生任何类似垃圾邮件类的不利影响。

（4）宣传效果的直接性。在本企业网站上发布商务信息可以对本企业的网站进行直接宣传，这是其他任何方式所不能比拟的。

但是，这种方式可以发挥作用的前提是，本企业的网站在消费者和客户群中具有一定的知名度。

4．专业信息发布网站

专业发布供求信息的网站，其知名度都较高，所以在此类网站上发布商务信息的企业较多，如中国阿里巴巴网站（www.alibaba.com.cn），而且这类信息网站的效果也不错，整合了相关领域的多数企业，为相关企业提供有关领域的供求信息，具有一定的针对性和很高的有效性。

此外，可以用来进行网络商务信息发布的工具还有新闻组、BBS 等，这些工具既是信息搜集工具也是信息发布工具。

3.4.2　网络商务信息发布方法

利用发布工具发布商务信息的方法相对简单，只要掌握了该工具的运用方法，就可以在企业发布信息时使用它们了。下面重点以邮件列表为例，说明商务信息的发布方法和应注意的问题。

1．邮件列表

企业在运用邮件列表发布信息时，首先应根据自己的营销目标确定邮件列表的使用程度和方式。一般而言，邮件列表的使用可以分为两大类：订阅现有的他人邮件列表和建立自己的邮件列表。

1）预订邮件列表

利用邮件列表进行推广的最简单的方法，就是加入一个已经存在的邮件列表中。企业找到符合自己行业特点或兴趣爱好的邮件列表加入即可。已经存在的邮件列表一般会有一个已经成规模的客户群，知名的邮件列表更是如此。企业可以直接利用这一资源，这一点是企业自建邮件列表所不及的。

企业可以利用搜索引擎搜索想要加入的邮件列表，并对各邮件列表间的优缺点进行对比以及它所涉及的领域是否适合本企业加入进行评价。目前，国内比较知名的邮件列表主要有希网、博大、索易、通易等，国外知名的邮件列表有 www.liszt.com 等。

一般来说，不同的邮件列表加入的方式会有所不同，但差别不大。预定一个已有的邮件列表大致可以采用两种方法：一是发送特定主题和特定内容的电子邮件进行预定（至于邮件的主题和内容可以到相关网站进行查询）；二是直接登录提供邮件列表服务的网站，以 Web 方式按提示进行预订。

2）创建邮件列表

如果企业的客户群在国内，建议使用博大或希网的邮件列表，它们具有申请简单、易管理、使用简单等优点。下面以在希网邮件列表系统中申请一个用于发送主页更新信息的邮件列表为例，说明如何创建邮件列表。

（1）在希网（www.cn99.com）申请一个账号。

（2）使用这个账号登录，进入"管理中心"页面，单击"邮件列表"选项，进入邮件列表设置页面。下面对页面中的一些主要选项进行说明。

- 邮件列表名称：自己拟定，若设为 Emarket，则邮件列表名称为

  Emarket@1ist.cn99.com。

- 邮件列表分类：在表格中的邮件分类栏内单击下拉框选择所创建的邮件列表的分类。
- 邮件列表类型：分为公开、封闭、管制三种。
  - ◆ 公开：任何人可以在列表里发表信件，如公开的讨论组。
  - ◆ 封闭：只有邮件列表里的成员才能发表信件，如同学通信、技术讨论。
  - ◆ 管制：只有经过邮件列表管理者批准的信件才能发表，如产品信息发布、电子杂志等。

这里用做发送主页更新信息，选择"管制"。

- 是否公开：是指邮件列表是否公开在希网的目录中供所有人订阅。
- 邮件列表介绍：邮件列表的简单介绍（无具体规定，表达清楚即可）。

下面几个栏目一般不必填写，通常会默认你注册时的内容。

- 管理者邮件地址：你可以将该邮件列表授权给他人管理，这里填写管理者的邮件地址。如果没有填写，系统默认使用你的 E-mail 地址。
- 管理者密码：被授权的管理者管理邮件列表时所需的密码。如果没有填写，系统默认使用你的密码。
- 邮件列表对应主页：如果你的邮件列表有对应的主页，请填上。而且你还可

以通过"生成订阅代码"功能，产生 HTML 代码，插入你的主页，使他人可以通过你的主页订阅你创建的邮件列表。

表格填好后，单击"确认"按钮，将表格提交给系统，邮件列表就创建完毕了。

3）管理邮件列表

创建邮件列表后，通过"管理中心"对邮件列表进行管理，系统会列出邮件列表的名称、订阅人数、已发信件数。选择相应的邮件列表，单击"选择"按钮，就可以对相应的邮件列表进行管理。

- 修改邮件列表属性：可以根据需要修改邮件列表的属性，从而控制邮件列表的工作方式。
- 生成 HTML 代码：利用 HTML 代码生成器生成 HTML 代码，插入你的主页中，可以在你的主页中生成订阅表单。
- 批量订阅：通过批量订阅方式，你可以成批地将用户加入你的邮件列表的订户中。

4）他人订阅邮件列表

在你的主页订阅表单中，填入 E-mail 地址，单击"订阅"或"退订"按钮，即可完成对你的邮件列表的订阅或退订。

当然，还可以通过 E-mail 告诉你的客户，让他们通过 E-mail 方式进行订阅。例如，只要往 Ecmarket-request@list.cn99.com 上发一封邮件，标题为空，正文（body）里加入"subscribe"，发信地址就加入到了邮件列表中。退订的操作方法同上，只是正文为"unsubscribe"。

5）用户向邮件列表发信

用户向邮件列表发信非常简单，会用 E-mail 即可。例如，向本邮件列表发信，收信人地址为 Emarket@list.cn99.com，主题为"我要求购贵公司的产品！〖＃password＃〗"（其中的 password 为相应的密码），发送即可（注：系统在处理信件时已经过滤掉密码，用户接收你的邮件列表时不会看到这个密码）。

至此，企业便拥有了一个可以自己控制和管理的邮件列表了。其他类型邮件列表的操作与希网邮件列表的操作类似。

2．邮件群发

前面已经介绍了有关利用邮件群发软件来发布信息的一些基础知识，下面介绍在邮件群发过程中需要掌握的技巧及注意事项。

（1）邮件地址下载并解压缩后，由于每一个地址文件都很大，必须将其分割成多个文件，以适合群发软件的发送要求。群发软件每次每个文件的发送数量以 1～10 万为宜。企业可采用"邮件列表管家"等对地址文件进行分割处理。它可将很大的地址文件按要求分割成指定数量的多个小文件，也可将多个小文件合并为一个大文件，并可去除重复的邮件地址。

（2）群发邮件时，最好将属于同一个服务器的邮件地址整理成一个地址文件列表，然后再进行发送。例如，可将××××@21cn.com 的所有邮件地址先整理成一个文件后再发送，这样发送速度会提高很多。企业可采用"邮件列表管理器"群发邮件，它可从一个混杂的邮件地址列表中将指定服务器、国家等的邮件地址分离出来，还具有对邮件地址进行排序、去除错误邮件地址等多项功能。

（3）每一个邮件地址不一定是永久有效的。例如，国内很多网站的免费邮箱，如果连续三个月不使用就可能被网站删除，因此最好过一段时间把所拥有的邮件地址进行一次检查校验，去除失效的邮件地址。最有效的方法是采用在线校验。"邮件在线校验器"是一款非常不错的邮件地址在线校验软件，它采用模拟向被校验邮箱发信，而实际上并没有发出的方式对邮件地址的存在与否进行校验，而且速度很快。

（4）群发邮件时，一定要注意邮件主题和邮件内容的书写，因为很多网站的邮件服务器为过滤垃圾邮件设置了常用垃圾字词过滤。如果邮件主题和邮件内容包含"大量、宣传、金钱"等字词，服务器将会过滤掉该邮件，致使邮件不能发送成功。因此在书写邮件主题和内容时应尽量避开有垃圾字词嫌疑的文字和词语，才能顺利地群发邮件。

（5）由于每一款群发软件所设计的发送参数略有不同，所以不是每一款群发软件都能发送邮件到任何一个邮箱。例如：一款群发软件可发送邮件至 21cn.com、sohu.com、263.net 等，但却不能够发送邮件至 sina.com、etang.com；另一款群发软件却可发送邮件至 sina.com、263.net、etang.com、sohu.com 等，但却不能发送邮件至 21cn.com。这种情况在免费 SMTP 群发软件中尤为突出。 因此，要尽可能全面地群发邮件到不同的邮箱，群发邮件前最好先申请多个免费邮箱，并用多款群发软件进行相应的发送测试，然后根据测试结果再选择不同的群发软件有针对性地对不同的邮箱群发邮件。

（6）群发软件中的发送线程设定。发送线程是指同时可并发邮件数。可以这样理解，当发送线程设置为 100 时，相当于用 100 台计算机同时发送邮件。发送线程数越大，发送速度就越快。虽然很多群发软件可设置数百甚至上千个发送线程，但使用时必须根据上网带宽进行设置。若设置数过大，超过上网数据传输能力，计算机将会提示错误、蓝屏或死机。一般情况下，56 Kbps 拨号上网一般不能超过 20 个发送线程，ISDN 不能超过 50 个发送线程，ASDL 根据分配带宽可设置 100 个甚至更多的发送线程。企业若要设置数量较多的线程发送邮件，除满足以上条件外，计算机配置还必须提高，如设置 100 个以上的发送线程时，计算机配置至少应为 PⅡ以上。企业不能盲目加大发送线程，因为有的服务器会限制同一时间来自同一个 IP 地址的线程访问数量，如果超过服务器规定的线程数，即使连接到了服务器，服务器也不会响应，也不会发送邮件。最好不要设置太多的线程数量，虽然很多群发软件最大可以达到 1 000 个线程，除非你的机器速度足够快、内存足够大、上网带宽足够宽！

（7）企业发信内容不宜一行文字太长，可适当增加换行。

（8）有些群发软件具有 XP 显示界面，对于内存不大，处理速度较慢的计算机，最好不要使用默认的 XP 界面，此界面的重画会占用一定的内存和计算机时间。可在"系统设置"时不选中"使用 XP 界面"复选框。

（9）最好填上本机域名。如果计算机没有域名，可以模拟一个，格式为"×××.com 或×××.net"等。因为有的邮件服务器在接收邮件时，对于没有域名的服务器所发出的邮件会拒收。

（10）对具有分组功能的群发软件，建立分组时应该注意，建立的每个分组中包含的邮箱最好不要超过 8 000 个，大于这个数字的分组，最好使用自动分割功能将它分割成多个分组。

（11）熟练掌握模板可节约时间。如果你编辑的是 HTML 邮件或者在邮件中使用了"替换符号"，最好先使用 "预览"功能看一下将要发出邮件的效果。

本 章 小 结

网络商务信息的搜集、处理与发布是网络营销至关重要的问题，企业能否及时、准确地搜集到恰当的信息，并对相关信息进行有效的处理，决定着企业网络营销的成败。网络商务信息及时、准确、适度、经济的特点，决定了它和普通商务信息的不同。这种不同主要表现在网络商务信息的搜集、存储、加工处理等方面。

网络商务信息主要通过互联网利用网络工具来搜集，搜集方式主要有搜索引擎搜集、电子邮件搜集、BBS 搜集、新闻组和邮件列表搜集。通过本章的学习，不仅应对网络商务信息有一个全面的理解和清楚的认识，还要学会利多种网络手段和工具进行商务信息的搜集。

 案例分析

国际贸易公司如何开展网络营销

国际贸易公司由于业务涉及出口，所以网站就非常重要。我原来给一家中型国际贸易公司做过一个网站。网站做完后，国际贸易公司老总问我能不能帮他们在国内各个门户网站上打打广告，做一下推广。我当时就反对做门户网站的网络广告。首先门户网站的广告价格非常高，其次也不是国际贸易公司的目标方向。我还真没怎么看到国际贸易公司在国内门户网站上打广告的，所以我建议老总把钱用在合适的地方，花少量的钱做大的营销。他同意了，不过先让我写个方案。

按照要求，我先给这家国际贸易公司设计了一套网络营销方案，整个方案大约 5 000 字。这套方案也是我们帮助他们实施的，4 个具体步骤如下。

第一，我们通过企业的自身情况选定合适的搜索引擎注册，并且隔一段时间观察排名情况，并总结哪些搜索引擎能带来实际效果。根据这个国际贸易公司既有国内业务也有国际业务的特点，而且国际业务又占了大约 70% 的比例，我们建议这个公司注册 YAHOO 英文搜索引擎和 MSN 英文搜索引擎。虽然这两个搜索引擎价格比较高（价格都在 299 美元），但我们认为是比较值得注册的。在免费英文页面搜索引擎方面，我们将这家公司的网站注册到 Google 等英文搜索引擎，并在提高排名方面做了努力。现在，在查询时基本上在搜索关键词的第二个页面上就能出现这家公司的网站链接。

在国内搜索引擎注册方面，我们协助他们注册了新浪和搜狐两个搜索引擎，另外还注册了百度竞价排名服务和网络实名。由于这家公司也有相当一部分日本客户和印度客户，我们又将其网站提交给了日本门户网站 www.yahoo.co.jp 和印度门户网站 www.rediff.com。

第二，在 B2B 网站推广方面，我们为企业订购了发布信息类软件，如"商务快车"、"环球商务信息发布系统"等，这类软件能把产品信息及时而且批量地发布到国内外各个 B2B 网站上。对于重要的 B2B 网站，如 alibaba.com，当信息发布不顺利时，该公司就加入了阿里巴巴诚信通会员服务项目。

第三，为企业培训网络营销人才。在这四个方面中，培训人才是最关键的。网络营销需要长期做下去，如果没有专业人才进行营销，就不能产生长期的效果。我们主要培训：怎样通过网络手段发布及搜索信息，怎样通过软件进行营销，怎样群发分类电子邮件，怎样和相关网站进行友情链接，等等。

另外，我们还提出了两点建议：为了及时反馈客户信息，我们提出公司邮箱应具有手机接收邮件的功能，因为国际贸易公司的客户来自世界各地，反应迅速会给人以良好的企业形象；应制作中英文企业产品展示幻灯片，放到网上供客户下载浏览。

通过半年多的推广工作，该公司的网站已经注册成功了 60 多家中英文搜索引擎，其中有 10 家左右是知名度较高的搜索引擎。通过英文搜索引擎，吸引了大量欧美客户通过网络订购产品，而原来欧美客户在国外客户中的比例很低，最近已逐步提高。在国内推广方面，由于该公司几乎垄断了搜索引擎的前三名，国内业务也比以前提高了很多。通过邮件群发以及软件的主动出击，能使客户知道产品的最新信息以及动态。最重要的是，通过我们培训的企业内部营销人才现在正在进一步加强企业的网络营销，使新客户能源源不断地找上门来。

（资料来源：http://www.yingxiao.net/wen/list/171.html）

案例讨论

1．请归纳本案例的网络营销书中，"我"所建议的该国际贸易公司发布网络商务信息的方法。

2．什么是搜索引擎？在本案例中的网络营销书中"我"建议使用什么搜索引擎？你对此认同吗？为什么？

3．除了案例中的种种方法，你认为作为国际贸易公司还可利用什么方法或工具进行网络商务信息的发布？

思考与练习

1．网络商务信息与传统商务信息相比有哪些特点？

2．搜集网络商务信息的方法和手段有哪些？

3．发布网络商务信息的方法和手段有哪些？

4．网络商务信息对企业网络营销有何重要意义？

5．如何在利用邮件列表和群发邮件进行营销时，避免垃圾邮件的产生？

实 训 操 作

1．登录互联网，利用搜索引擎对"邮件列表"这个主题进行搜索，然后选择一个邮件列表订阅有关信息。

2．登录互联网，寻找提供免费建立邮件列表服务的网站，如果能找到，试着自己建立一个邮件列表，将同学或已知的邮件地址加入该邮件列表中，自己管理邮件列表，理解邮件列表的功能和作用。

3．登录互联网，搜索一款免费试用的邮件群发软件，下载并安装，用自己班级同学的邮件地址作为群发邮件的对象，练习邮件群发。

第 4 章

网上市场调研

学习要点

- 网上市场调研的概念、特点和方法

- 网上调查问卷的设计

- 网上市场调研的内容和步骤

4.1　网上市场调研概述

市场调研是企业营销活动的起点，有利于企业及时了解顾客的潜在需求和市场环境，对企业的战略决策具有检验和修正的作用。在市场竞争日益激烈的今天，互联网的应用为企业进行市场调研提供了便利的条件。由于网上市场调研具有调研效率高、调查费用低、调查数据处理比较方便、不受地域和时间限制等优点，网上市场调研将从一股新生力量向主流形式发展，并将逐渐取代传统的入户调查和街头随访等调查方式，从而成为网络时代企业进行市场调研的主要手段。

4.1.1　网上市场调研的概念

网上市场调研与传统的市场调研没有本质区别，其目的都是为了了解商品市场的特性、特定市场的特征与消费需求、竞争对手的市场策略以及自身优势与市场竞争的机会。但是，网上市场调研所采用的信息搜集方式有所不同，选择的调查对象有所不同，因而对市场调研设计中的部分内容的要求也有所不同。

网上市场调研，又称"网上调查"（internet survey，IS）或"在线调查"（on-line research），是指企业利用互联网作为沟通和了解信息的工具，对消费者、竞争者及整体市场环境所做的调查研究工作。网上市场调研，对于了解特定目标市场的人口特性、购买力和购买习惯、寻找准确的市场定位、制定准确的网络营销战略以及为企业经营提供准确的市场现状、未来预测等决策参考信息有着重要的意义。人们浏览网站时经常会看到一些小调查，针对某一事件设计了多个选项，如图 4.1 所示。当浏览者选定答案并提交后，就是参加了一次在线调查。这是最简单的网上调研，并且可以即时查看调查结果，如图 4.2 所示。但是，当将网上调查应用于企业的市场调研时，调查的手段相对会复杂一些，涉的环节也比较多。

除了网上市场调研，还可以利用互联网进行其他一些网上调查的应用。网上调查的适用范围很广，既适合于个案调查也适合于统计调查。对于政府机构和社会团体来说，可以开展非营利性的调查研究项目。政府机构和社会团体开展的网上调查工作，可以包括统计调查、市场调查、民意调查和研究项目调查等。

对于从事专业调查的调查组织来说，可以开展营利性网上调查业务。营利性调查组织的网上调查服务，由面向全体用户免费开放的公众调查信息浏览服务、面向收费会员客户的调查信息数据库查询服务和面向特需客户的收费委托调查业务服务 3 个应用服务层次构成。

互联网作为一种特殊的媒体和信息沟通渠道，非常适合进行各种网上调查活动。网上市场调研作为需求量最大的调查业务，可以充分发挥互联网的便捷、经济特性，更好、更快地为企业的市场调研提供全面支持，网上调查已成为 21 世纪应用领域最广泛的主流调查方法之一。

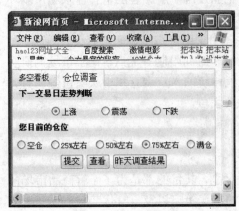

图 4.1　网站小调查

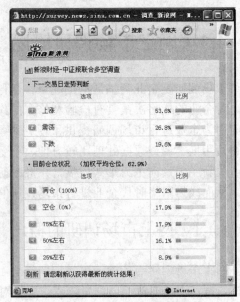

图 4.2　网站调查结果

4.1.2　网上市场调研的特点

无论传统的市场调研采用何种手段和方法，企业都需要投入大量的人力、物力和财力，但得到的调查结果却往往不能尽如人意。传统的调研方法针对的对象是潜在的消费者，且被调查者处于被动地位，所以大部分的消费者对企业的调查不予反应。相比而言，网上市场调研的实施可以充分利用互联网作为信息沟通渠道的开放性、自由性、平等性、广泛性和直接性的特性，使得网上市场调查具有传统市场调查手段和方法所不具有的一些独特的特点和优势。

1．及时性和可靠性

网络信息传输速度快，网民可以共享网上的任何信息。网民提交调查资料后，信息立即经过统计分析软件初步自动处理，可以马上看到阶段性的调查结果。而传统的市场调研结果需要经过人工处理，花费时间较多。参与网上市场调研的网民是在完全自愿的原则下参与调查的，一般都是真正的消费者，调查的针对性更强，因此保证了问卷填写信息的可靠性和调查结论的客观性。

2．便捷性和低成本

互联网是全球性的 7（日）×24（小时）开放的网络，所以网上市场调研可全天候进行。网民可以在任何方便的时间和地点参与调查，不受区域制约和时间制约，这比传统调研方式更为便捷。网上市场调研可节省大量的人力、物力和财力，只要有一台能上网的计算机就可以实施网上调查。调查问卷的发布、信息的采集和处理都通过计算机软件和网络完成，因而调查成本较低。

3．互动性和充分性

在网络环境下，企业和消费者以互联网为平台可以很好地进行沟通和互动。在进行网上市场调查时，被调查对象可以通过 BBS、新闻组、电子邮件、博客（blog）等方式，及时就问卷相关问题提出自己更多的看法和建议，以减少因问卷设计不合理可能导致的调查结论偏差，还可以参与企业的新概念产品设计，充分表达自己的意愿。企业则可以同样的方式对消费者进行及时的反馈，这种双向互动的信息沟通方式有效地提高了消费者的满意度和忠诚度。

4．可检验性和可控制性

在利用互联网进行网上市场调研搜集所需要的信息时，可以有效地对所采集的信息的质量实施系统的检验和控制。例如，网上市场调研问卷的设计比较规范，有利于消除理解不清或调查员解释不同而造成的调查偏差；被调查者填写调查信息时要求身份认证，可以防止无效问卷；搜集的问卷全部由相应的计算机软件处理，避免了人工统计的不准确性。

4.2　网上市场调研的主要方法

市场调研是企业针对特定营销环境，进行简单调查设计、搜集资料和初步分析的一种活动。市场调查有两种方式，一种是直接搜集一手资料，即直接调查，如问卷调查、专家访谈、电话调查等；另一种是间接搜集二手资料，即间接调查，如利用报纸、杂志、电台、调查报告等现成资料。

利用互联网进行市场调查（即网上市场调查，简称网上调查）也有两种方式：一种是利用互联网的问卷调查、新闻组、论坛等方式直接搜集一手资料，如海尔网站的新产品开发调查就是在网上利用问卷直接进行调查，这种方式称为网上直接调查；另一种方式是利用互联网的媒体功能，从互联网上搜集二手资料，如通过搜索引擎搜索有关的网站的网址，然后访问并搜集需要的信息，这种方式称为网上间接调查。由于越来越多的传统报纸、杂志、电台等媒体和政府机构、企业等纷纷上网，因此互联网已成为一个信息海洋，信息蕴藏量极其丰富，关键是企业如何发现和挖掘有价值的信息，而不再是苦于找不到信息。

4.2.1　网上直接调查

1．网上直接调查方法的分类

根据调查所采用方法的不同，网上直接调查方法可以分为网上问卷调查法、专题讨论法、网上实验法和网上观察法等，常用的是网上问卷调查法和专题讨论法。根据调查者组织调查样本的行为不同，调查方法可以分为主动调查法和被动调查法。主动调查法，即调查者主动组织调查样本，完成统计调查的方法。被动调查法，即调查者被动地等待调查样本造访，完成统计调查的方法，被动调查法的出现是统计调查的一种新方法。

网上直接调查的实施涉及超文本、电子邮件、网上视频会议、模糊归类、网上用户身份检验、随机 IP 自动拨叫、数据接口、Java、ActiveX 或 Java script 等计算机技术和网络技术。根据网上调查采用的技术不同，调查方法可以分为站点法、电子邮件法、随机 IP 法和视频会议法等。

（1）站点法：将调查问卷的 HTML 文件附加在一个或多个网络站点的 Web 上，由浏览这些站点的网上用户在此 Web 上回答调查问题的方法。站点法属于被动调查法，是一种目前常用的网上调查基本方法。

（2）电子邮件法：通过给被调查者发送电子邮件的形式将调查问卷发给一些特定的网上用户，由用户填写后以电子邮件形式再反馈给调查者的调查方法。与传统邮件法相似，电子邮件法属于主动调查法，优点是邮件传送的时效性大大提高了。

（3）随机 IP 法：以产生一批随机 IP 地址作为抽样样本的调查方法。随机 IP 法属于主动调查法，其理论基础是随机抽样。利用该方法可以进行纯随机抽样，也可以依据一定的标志排队进行分层抽样和分段抽样。

（4）视讯会议法：基于 Web 的计算机辅助访问（computer assisted Web interviewing, CAWI），将分散在不同地域的被调查者通过互联网视讯会议功能虚拟地组织起来，在主持人的引导下讨论调查问题的调查方法。

2．网上问卷调查途径

网上问卷调查是目前最常见的一种网上直接调研方式，与传统的问卷调查法最大的区别是问卷由被调查者主动填写。网上问卷调查法是将问卷在网上发布，被调查对象通过互联网完成问卷调查。网上问卷调查一般有以下两种途径。

一种是在网站主页上设置一个调研图标，浏览者单击图标便进入网上问卷，依据自己的兴趣主动填写并提交。CNNIC 每半年进行一次的"中国互联网络发展状况调查"就是采用这种方式。例如，中国互联网络信息中心（CNNIC）在 2009 年 6 月 5 日至 6 月 30 日进行了网上调查，将问卷放置在中国互联网络信息中心（CNNIC）的网站上，如图 4.3 所示。这种方式的好处是填写者一般是自愿性的，缺点是无法核对问卷填写者的真实情况。为达到一定的问卷反馈数量，站点还必须进行适当宣传，以吸引大量的访问者，如 CNNIC 在调查期间同时在政府媒体网站、全国较大 ICP/ISP 网站与各省的信息港上设置问卷链接，由网民主动参与填写问卷。

另一种是通过 E-mail 方式将问卷发送给被调查者，被调查者完成后将结果通过 E-mail 返回。这种方式的好处是，可以选择性地控制被调查者，缺点是容易遭到被访问者的反感，有侵犯个人隐私之嫌。因此，采用该方式时首先应争取被访问者的同意，或者估计被访问者不会反感，并向被访问者提供一定补偿，如有奖回答或赠送小件东西，以降低被访问者的敌意。

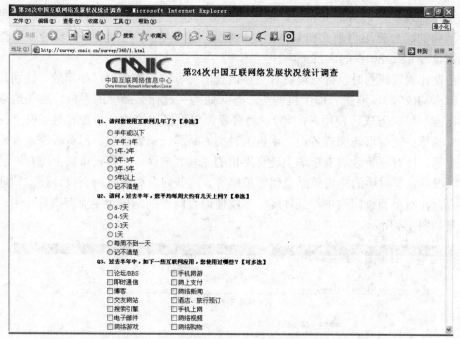

图 4.3 CNNIC 网上调查问卷

3．网上问卷调查操作步骤

网上问卷调查的具体操作步骤如下。

1）网上调查问卷的设计

一个完整的网上调查问卷包括 3 个组成部分：关于调查的说明、调查内容、被调查者个人信息。采用网上问卷调查时，问卷设计的质量将直接影响调查效果。网上问卷通常要有趣、简洁、明了，还要给予一定的奖励。网民对设计不合理的网上调查问卷可能拒绝参与调查，更谈不上调查效果了。因此，在设计问卷时除了遵循一般问卷设计中的一些要求外，还应该注意以下几点。

（1）网上调查问卷的设计应主题明确、重点突出，并附加多媒体背景资料。

（2）注意问卷的合理性。在问卷中设置合理数量的问题，最好 10 个以内，最多不要超过 20 个。询问内容要求简明、易懂，回复问题的设计可以采用两项选择、多项选择、填空式、矩阵式、顺位式、开放式等多种方式，但最好设计为单选项或多选项，以控制填写问卷时间，提高问卷的完整性和有效性。

（3）问卷要对调查的目的、时间及组织者进行简单的介绍，为提高受众参与的积极性可提供免费礼品、调查报告等。另外，必须向被调查者承诺并且做到有关个人隐私的任何信息不会被泄露和传播。

（4）问卷页面设计一个结束语，对参与者表示感谢并留下联系方式。清除按钮和提交按钮不要设计在一起，以免引起误操作。

例如，设计一份手机网上市场调查问卷，调查的目的主要是了解行业状态及市场环境特征、消费者的需求及消费心理与消费行为。虽然中国手机市场已经开始由市场推广阶段步入消费成熟阶段，但手机的需求和更新换代不断上升；虽然消费者年龄结构的区分已不再那么明显，但是主要还是以年轻一代为主，所以这次调查的对象定位在18～50岁的人群。

在设计调查问卷时，针对消费者主要调查消费者的基本资料（如年龄、性别、收入、家庭构成等），消费者的手机购买形态（如购买过什么品牌的手机、购买地点、选购标准、付款方式、使用时间等），消费者理想手机的描述，消费者对手机产品广告的反映等；针对市场调查各地区手机的种类、品牌、销售状况，消费者需求及购买力状况等；针对竞争者调查市场上现有手机的品牌、产区、价格，市场上现有产品的销售状况，竞争对手的广告策略及销售策略等。这些问题要通过网页设计技术和理念的结合，在网上调查问卷中得到体现，才能使调查问卷的结果对企业有指导作用。调查问卷如图4.4所示。

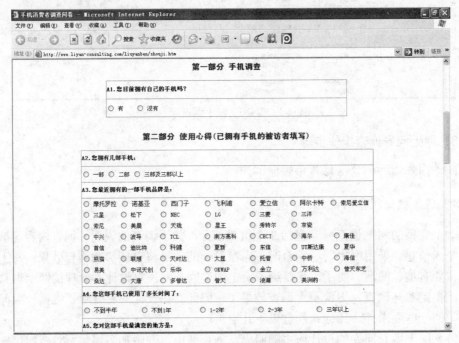

图4.4　手机网上市场调查问卷

"预期结果导向法"是设计网上调查问卷的一种经验方法。这种方法从期望的调查结果出发倒推出应该调查的问题，并将这些问题用合理的方式设计为网上调查问卷进行调查。

2）网上调查问卷的发布

设计好的调查问卷需要通过一定的方式让被调查者看到并参与调查。调查问卷可以根据企业的情况选择放在自己的网站上，或者在别人的有一定知名度的网站上发布，如图4.5所示；还可以通过许可电子邮件把问卷发给被调查者。

调查问卷发布在网站上后，并不一定立刻受到关注，特别是对于访问量较小的网站。为了保证调查样本的代表性就要使尽可能多的用户参与调查，所以有必要对调查进行广告宣传。例如，在网站公告栏发布消息，在搜索引擎中注册调查网页，在访问量大的网站上建立链接或发布广告，还可以与传统媒体广告相结合。

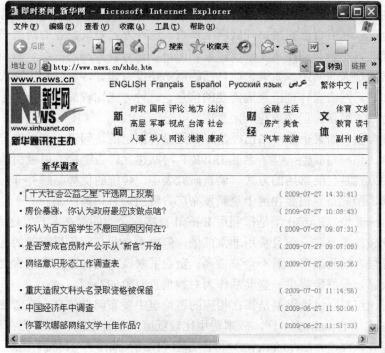

图 4.5　新华网上发布的调查问卷

网上问卷调查一般需要一段时间。在这个过程中，需要对获得的调查资料及时备份，以免发生意外出现数据丢失；通过后台管理系统跟踪和分析调查进展，及时处理无效问卷。

另外，网上问卷调查也有它的局限性。如果选择的调查群体大部分不是网民，则无论采取什么措施网上调查都是没有意义的。如果是有关具体产品的调查，往往采用详细调查的方式，详细调查针对小的客户群体，调查时需要面对面进行访谈，得到的信息才能更准确，加之调查内容包含的多是"为什么"的问题，因此也不适合用网上问卷调查方法。

4．其他网上直接调查方法

前面讨论的是用得最多的问卷调查方法，它的优点是比较客观、直接，缺点是不能对某些问题进行深入调查和分析原因。因此，许多企业设立了新闻组、BBS、留言板、博客及电子邮件等方式以供访问者对企业的产品和服务发表意见，或者参与某些专题讨论，以深入调查获取有关资料，或对用户提出的建议和批评给予回复，并表示感谢。企业采用及时跟踪和参与新闻组和公告栏的方式，有助于企业获取一些问卷调查无法发现的问题。因为问卷调查是从企业角度出发考虑问题，而新闻组和公告栏是用户自发的感受和体会，他们传达的信息也是最接近市场和最客观的，其缺点是信息不够规范，需要专业人员进行整理和挖掘。

5. 网上直接调查方式

常用的网上直接调查方式主要可分为以下几类。

（1）利用自己的网站。网站本身就是宣传媒体，如果企业网站已经拥有固定的访问者，完全可以利用自己的网站开展网上调查。这种方式要求企业的网站必须具有调查与分析功能，对企业的技术要求比较高，但可以充分发挥网站的综合效益。

（2）借用别人的网站。如果企业自己的网站还没有建好，可以利用别人的网站进行调查，如访问网络媒体直接查询需要的信息。这种方式比较简单，企业不需要建设网站和进行技术准备，但必须花一定费用。

（3）混合型。如果企业网站已经建好但还没有固定的访问者，可以在自己的网站上进行调查，但应与其他一些著名的 ISP/ICP 网站建立广告链接，以吸引访问者参与调查。这种方式是目前常用的方式。调查研究表明，传统的优势品牌并非一定是网上的优势品牌，因此企业需要在网上重新发布广告吸引顾客访问网站。

（4）E-mail 型。E-mail 型是指利用 E-mail 直接向企业的潜在客户发送调查问卷。这种方式比较简单直接，而且费用非常低廉，但要求企业必须积累有效的客户 E-mail 地址，而且顾客的反馈率一般不会非常高。企业采取该方式时要注意是否会引起被调查对象的反感，最好能提供一些奖品作为对被调查对象的补偿。

（5）讨论组型。讨论组型是指在相应的讨论组中发布问卷信息，或者发布调查题目，这种方式与 E-mail 型一样，成本费用比较低廉而且是主动型的。但在将 Web 网站上的问卷在新闻组（usernet news）和公告栏（BBS）或博客（blog）论坛上发布时，要注意网上行为规范，调查的内容应与讨论组的主题相关，否则可能会导致被调查对象的反感甚至是抗议。

4.2.2 网上间接调查

企业利用互联网搜集信息，用得最多的还是网上间接调查方法，因为其信息能广泛满足企业管理决策的需要，而网上直接调查一般只适合针对特定问题进行的专项调查。另外，利用互联网搜集第二手资料比传统方法更方便、快捷，可以直接从网上下载，花费小，信息来源广。

1. 网上间接信息来源

网上间接信息的来源包括企业内部信息源和企业外部信息源两个方面。与市场有关的企业内部信息源，主要是企业自己搜集和整理的市场信息、企业产品在市场销售的各种记录、档案材料和历史资料，如客户名称表、购货/销货记录、推销员报告、客户与中间商的通信信件等。企业外部的信息源包括的范围极广，主要是国内外有关的公共机构网站。

（1）本国政府机构网站。政府有关部门、国际贸易研究机构以及设在各国的办事机构，通常都较全面地搜集世界或所在国的市场信息资料。本国的对外贸易公司、外贸咨询公司等也可以提供较为详细、系统、专门化的国际市场信息资料。

（2）外国政府网站。世界各国政府都有相应部门搜集国际市场资料，很多发达国家专门设有贸易资料服务机构，向发展中国家的出口企业提供部分或全部的市场营销信息资料。此外，每个国家的统计机关，都定期发布各种系统的统计数字，一些国家的海关甚至可以提供比公布的数字更为详尽的市场贸易和营销方面的资料。

（3）图书馆。公共图书馆和大学图书馆，至少可以提供市场背景资料的文件和研究报告。最有价值的信息往往来自附属于对外贸易部门的图书馆，这种图书馆能提供各种贸易统计数据、有关市场的产品和价格情况，以及国际市场分销渠道和中间商的基本市场信息资料。

（4）国际组织。与国际市场信息有关的主要国际组织如下。

① 联合国（United Nations，http://www.un.org）。出版有关国际的和国别的贸易、工业和其他经济方面的统计资料，以及与市场发展问题有关的资料。

② 国际贸易中心（International Trade Center，http://www.itc.org）。提供特种产品的研究、各国市场介绍资料；设有答复咨询的服务机构，专门提供由计算机处理的国际市场贸易方面的全面、完整、系统的资料。

③ 国际货币基金组织（International Monetary Fund，http://www.imf.org）。出版有关各国和国际市场的外汇管理、贸易关系、贸易壁垒、各国对外贸易和财政经济发展情况等资料。

④ 世界银行（World Bank，http://www.worldbank.org）。

⑤ 世界贸易组织（World Trade Organization，http://www.wto.org）。

此外，一些国际性和地方性组织提供的信息资料，对了解特定地区或国际经济集团的经济贸易、市场发展、国际市场营销环境也是非常有用的。

（5）银行。许多国际性大银行都发行期刊，而且通常是一经索取就可以免费得到。这些期刊上一般有全国性的经济调查、商品评论以及上面提及的有关资料。这些资料有利于把握市场和各细分市场的营销环境。

（6）商情调研机构。这些机构除了为委托人完成研究和咨询工作，还定期发表市场报告和专题研究论文。

（7）相关企业。参与市场经营的各类企业是市场信息的重要来源之一。市场信息人员只要写信给这些企业的外联部门索取商品目录、产品资料、价目表、经销商、代理商、批发商和经纪人一览表、年度报告等，就可以得到有关竞争者的大量资料，了解竞争全貌和竞争环境。

2009 年 7 月，中国互联网络信息中心在北京发布了《第 24 次中国互联网络发展状况统计报告》。报告显示，我国的网民规模和宽带网民规模增长迅猛，互联网规模稳居世界第一位。截至 2009 年 6 月底：中国网民规模达到 3.38 亿人，较 2008 年年底增长 13.4%，半年增长了 4 000 万人；宽带网民规模则达到了 3.2 亿人，占总网民数的 94.3%，较 2008 年年底上升了 3.7%。与网民规模持续增长相对应的是我国互联网普及率的稳步提升，我国互联网普及率达到 25.5%，保持平稳上升的态势。

由此可见，在网络信息时代，任何企业对信息的获取都不再是难事，困难的是如何在信息的海洋中筛选出企业需要的有用的信息。

2. 网上间接调查方式

网上间接调查的渠道主要有互联网、新闻组（usenet）、公告栏和电子邮件等，其中互联网是最主要的信息来源。一般通过搜索引擎搜索检索有关站点的网址，然后访问所想查找信息的网站或网页。在提供信息服务和查询的网站中，网站一般都能提供信息检索和查询功能。常用的网上间接调查方式有以下几种。

1）利用搜索引擎搜集资料

目前，网上 80% 的信息都是英文的。中文网站经过多年的发展，网上的中文信息开始丰富起来，中文网站数目急剧增加。特别是 1999 年的"政府上网年"，越来越多的经济政策信息纷纷上网，网站上中文资源已小有规模。因此，选择搜索引擎时最好区分一下是查中文信息还是查外文信息。

如果是中文信息，使用较多的中文搜索引擎有：搜狐（http：//www.sohu.com），百度（http：//www.baidu.com），网易（http：//www.163.com）和中国雅虎（http：//cn.yahoo.com）等。例如，在百度主页输入关键词"网上购物"，就可搜索到关于这个主题的信息，如图 4.6 所示。

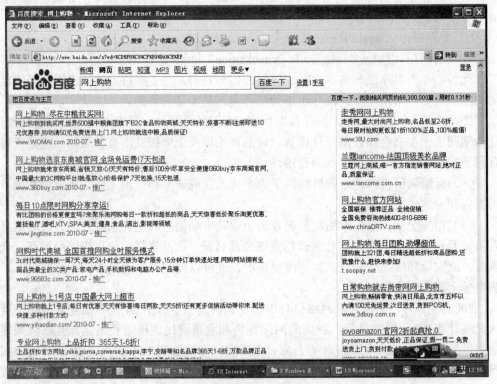

图 4.6　利用搜索引擎百度查找信息

如果是外文信息，使用较多的搜索引擎有：Yahoo!（http：//www.yahoo.com），Excite（http：//www.excite.com），Lycos（http：//www.lycos.com），Infoseek（http：//www.infoseek.com）和 AltaVista（http：//www.altavista.com）。

2）利用公告栏搜集资料

公告栏（BBS）是在网上提供的一个公开"场地"，任何人都可以在上面留言（回答问题或发表意见和问题），也可以查看他人的留言，好比在一个公共场所进行讨论一样，你可以随意参加也可以随意离开。

目前许多 ICP（互联网内容提供商）都提供免费的公告栏，你只需要申请即可使用。公告栏软件系统有两大类：一类是基于 Telnet 方式的文本方式，查看阅览不是很方便，在早期用得非常多；另一类是现在居多的基于 WWW 方式，它通过 Web 页加上程序（如 JavaScript）实现，这种方式界面友好，受欢迎，使用方法如同浏览 WWW 网页。利用 BBS 搜集资料主要是到主题相关的 BBS 网站上去了解情况。

3）利用新闻组搜集资料

新闻组是一个基于网络的计算机组合，这些计算机可以交换以一个或多个可识别标签标记的文章（或称之为消息）。由于新闻组使用方便，内容广泛，并且可以精确地对使用者进行分类（按兴趣爱好及类别），其中包含的各种不同类别的主题已经涵盖了人类社会所能涉及的所有内容，如科学技术、人文社会、地理历史、休闲娱乐，等等。使用新闻组主要是为了从中获得免费信息，或相互交换免费信息。

4）利用 E-mail 搜集资料

E-mail 是互联网中使用最广的通信方式，它不但费用低廉，而且使用方便、快捷，很受用户欢迎，许多用户上网主要是为收发 E-mail 信件。目前许多 ICP 和传统媒体，以及一些企业都利用 E-mail 发布信息。一些传统的媒体公司和企业，为保持与用户的沟通，也定期给公司用户发送 E-mail，发布公司的最新动态和有关产品和服务的信息。因此，通过 E-mail 搜集信息是一种快捷、有效的渠道，搜集资料时只需要到有关网站进行注册，之后等着接收 E-mail 就行了。

4.3　网上市场调研的内容与步骤

4.3.1　网上市场调研内容

1．研究和分析市场需求情况

市场需求调研的主要目的在于：掌握现有市场对某种产品的需求量和销售量、市场潜在需求量规模和本企业的产品在整个市场的占有率；分析研究市场的进入策略和时间策略，从中选择和掌握有利的市场机会等。

2．用户及消费者购买行为的研究

这项研究的主要内容包括：用户的家庭、地区、经济等基本情况及发展趋势；社会的政治、经济、文化教育等发展情况对用户需要产生的影响；不同地区和不同民族用户的生活习惯和生活方式的区别；消费者的购买动机；用户对特定商标或特定商店产生偏爱的原因；具体分析谁是购买商品的决定者、使用者和具体执行者以及他们之间的相互关系；了解消费者喜欢在何时、何地购买，他们购买的习惯和方式以及反应；调查某一新产品进入市场后，哪些用户最先购买，其原因和反应如何；对潜在用户的调查和发现等。

3. 营销因素研究

这项研究的主要内容包括：研究企业采取的产品策略，产品的设计和包装，产品的制造技巧及产品的保养和售后服务；研究价格对产品销售量和企业赢利大小的影响；研究企业现有分销渠道是否合理，如何正确选择和扩大销售渠道；研究企业的广告策略，如何用较少的广告费取得较好的广告效果；研究企业的促销策略，如何正确运用促销手段扩大销售量等。

4. 宏观环境研究

这项研究的主要内容包括对政治法律环境、经济环境、社会文化环境、科学技术环境、自然地理环境的研究。任何营销组织都处于这些宏观环境之中，不可避免受其影响和制约。

5. 竞争对手研究

企业要在竞争中取胜，充分掌握并分析同行业竞争者各方面的情况是十分必要的。研究的主要内容包括：市场上的主要竞争对手及其市场占有率情况；竞争对手在经营、产品技术等方面的特点；竞争对手的产品、新产品水平及其发展情况；竞争者的分销渠道、产品价格策略、广告策略、销售推广策略等情况；竞争者的服务水平等。

4.3.2　网上市场调研步骤

网上市场调研是企业主动利用互联网获取信息的重要手段。与传统调研类似，网上市场调研也必须遵循一定的步骤来进行。

1. 确定调查目的和对象

企业充分利用网络渠道直接与顾客进行沟通，目的是了解企业的产品和服务是否满足顾客的需求，同时了解顾客对企业潜在的期望和改进的建议。调查对象包括产品的购买者或潜在的顾客、公司的竞争者、公司的合作者和行业内的中立者等。在确定网上调查目标时，首先需要考虑被调查对象是否上网，网民中是否存在着被调查群体，规模有多大。只有网民中的有效调查对象足够多时，网上调查才可能得出有效结论。

2. 选择调查方法和手段

网上市场调查方法可分为网上直接调查方法和网上间接调查方法两种，企业可根据情况选择适当的方法。

网上直接调查主要是采用问卷调查法，将调查问卷放到网站等待被调查对象自行访问和接受调查，因此设计一份好的网上调查问卷吸引访问者参与调查是实现网上直接调查的关键。由于互联网交互机制的特点，问卷调查可以采用分层设计。这种方式适合用于过滤性调查活动，因为有些特定问题只限于一部分调查者，所以可以借助层次的过滤性寻找适合的回答者，以保证问卷的回收率。问卷可以直接发布在网站上或发送到被调查者的邮箱中。

网上间接调查主要是通过网络信息查询进行调研，这种方法比较快，也比较准确，但选择合适的搜索引擎是关键。在互联网上可选择的搜索引擎很多，不同的搜索引擎有各自的特点和相对优势，选择哪一个搜索引擎应根据企业市场调研的对象和内容而定。企业进行市场调查可以利用搜索引擎进入有关的主题搜索，并将所获得的信息复制保存在硬盘上供今后使用；也可以通过搜索引擎界面上出现的菜单式结构一级一级地往下浏览，了解有关公司的详细情况和各种产品的详细介绍。

3．确定调查项目

采用网上问卷调查方法时，需要根据调查内容设计调查问题。企业可以根据预期调查结果设计调查问卷，这样可以明确需要调查哪些问题，避免在设计调查表时遗漏重要问题或设置不必要的项目。由于问题的内容和提问方式在问卷调查过程中不能更改，因此事先必须慎重考虑。

采用网络信息查询方法时，网上调查项目可以从主观角度设置问题，企业在调查过程中比较主动。

4．分析调查结果

调查活动结束后，接下来就要分析调查结果，这一步骤是市场调查能否发挥作用的关键。若采用问卷调查法，与传统调查的结果分析类似，也要尽量排除不合格的问卷，这就需要借助计算机软件对大量收回的问卷进行综合分析和论证。若采用网络信息查询方法，信息分析能力更加重要。因为任何企业都可以在网站中看到同样的信息，所以如何从搜集到的信息中提炼出与调查目标相关的内容才是关键。

5．撰写调查报告

撰写调查报告是网上调查的最后一步，也是调查成果的体现。撰写调查报告不是简单地对数据和资料的罗列，而是在分析调查结果的基础上对调查的数据和结论进行系统的说明，并对有关结论进行探讨性的说明。企业应尽可能把调查报告的全部或部分结果反馈给广大用户，这也是对被调查者的一种鼓励。

虽然互联网在市场调研中的重要作用有目共睹，但是网上调查不可能满足所有市场调查的要求。如果在企业网站访问量有限、客户资料不足的情况下，完全依赖网上调查，调查结果可能会出现较大的偏差。因此，企业应根据调查的目的和对象，采取网上调查与传统调查相结合的综合性的调查手段，以获得真实可靠的市场调查资料。

本 章 小 结

　　网上市场调研是网络营销活动中的重要环节，没有网上市场调研，企业就把握不了营销市场上的各种情况。网上市场调研是指企业利用互联网络作为沟通和了解信息的工具，对消费者、竞争者以及整体市场环境所做的调查研究工作。网上市场调研是一种新的调查方式，利用互联网进行调研扩展了传统的市场调研方法，尤其在在线调查、定性调查和二手资料调查方面具有优势。本章阐述了网上市场调研的概念和特点，介绍了网上直接调查和网上间接调查的基本方法，着重介绍了网上问卷调查法的实施和需要注意的问题，并说明了网上调研的内容和步骤。网上市场调研可以帮助企业准确地把握市场机会，制定有效的网络营销策略。

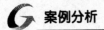 案例分析

找回手绢　丢掉纸巾——一次性纸巾使用情况调查报告

　　20 世纪 90 年代以来，随着一次性纸巾的大量出现，手绢逐渐退出了人们的口袋。因为我们对一次性纸巾的依赖，大片的原始森林被用于造纸的速生林所替代（生产 1 吨纸巾需砍伐 17 棵生长了 10 年的大树[1]），物种栖息地消失，生物多样性遭到破坏。同时，生产纸巾的过程还要消耗大量的水和能源，使用纸巾还会造成很多垃圾。

　　5 月 22 日是国际生物多样性日，北京地球村联合欧盟生物多样性项目、周迅"OUR PART 我们的贡献"环境意识推广项目、央视网教育频道、搜狐娱乐频道共同发起"节纸行动"，号召大众减少使用一次性纸制品来保护我国的原始森林和生物多样性，改善我们的生存环境。为此，零点研究咨询集团特别于 2009 年 2 月，在北京、上海、广州、西安、武汉和成都六地，进行了一项有关中国公众的一次性纸巾使用行为的社会调查（针对 649 位年龄为 20～49 岁居民进行的居住小区拦截访问）。

　　调查结果显示，纸巾的使用率很高，使用方便是公众选择纸巾的首要原因。要想减少一次性纸巾的使用量，让手绢重新回到人们的口袋，需要政府、公众和企业等社会各界的共同努力。

　　一、一次性物品随处可见，纸巾使用率最高

　　96.6%的公众在过去一周中使用过一次性纸巾，并且其他一次性物品如一次性筷子和一次性纸杯的使用率也很高，如图 1 所示。

---

[1] 专家：少用纸巾，让国人重拾丢弃的手绢，http://opinion.people.com.cn/GB/7007177.html。

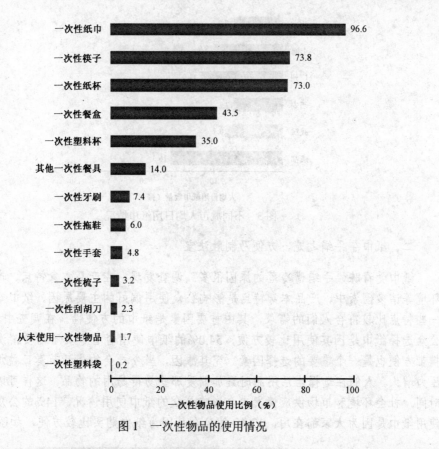

图 1　一次性物品的使用情况

调查结果显示，一次性纸巾的人均日使用量为 10.1 张，将近七成的公众每天的用纸量为 1～10 张，如图 2 所示。按一张纸巾的面积为 21 cm×21 cm 的规格计算，将全国 4 亿多的城市人口 95 天使用的纸巾全部铺开，其面积大约相当于一个北京市的面积。

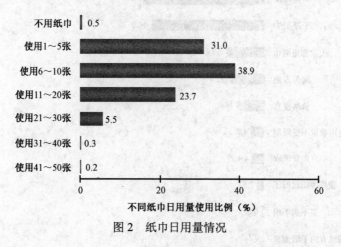

图 2　纸巾日用量情况

从年龄分布来看，35 岁以下公众的纸巾使用量略高于 35 岁以上的公众。从城市分布来看，成都在六个城市中的日纸巾使用量最大，达到人均日使用 16.3 张，如图 3 所示。

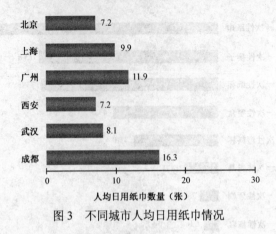

图3　不同城市人均日用纸巾情况

二、纸巾夺手绢之宠，方便乃制胜法宝

纸巾受青睐、手绢遭冷落的原因很多。调查发现，在产品本身特点、市场、社会环境等诸多因素中，产品本身特点是影响公众使用偏好的主要原因。纸巾本身具备的一些特点比较符合人们的需求，其中首要因素是纸巾的方便性。在调查中，89.8%的公众选择纸巾是因其使用比较方便，54.0%的纸巾使用者看中其不需要清洗的特性，携带方便也是一个重要的选择因素。究其原因，当今社会的生活节奏日益加快，工作压力增大，人们在选择生活用品时更加偏爱那些易得易用的物品，这样可以大大节省时间。社会环境和市场供应情况也会影响公众的纸巾使用情况，14%的公众认为自己使用纸巾是因为大家都在用，12.4%的公众是因为纸巾购买比较方便，如图4所示。

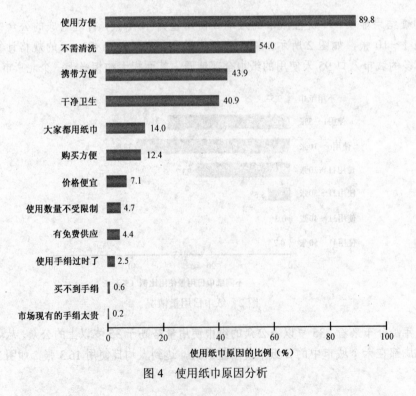

图4　使用纸巾原因分析

调查显示，55.4%的公众并不认同使用一次性纸巾不太卫生的说法，而且在被问及为何喜欢使用纸巾时，40.9%的公众看重的是纸巾"干净卫生"的优点。但是纸巾真的像大家认为的那么干净卫生吗？

近年来，关于某些纸巾卫生不合格的报道比比皆是。一些小型纸巾加工厂的产品质量意识很低，部分宾馆和餐饮场所为了节约成本，用劣质卫生纸代替餐巾纸。而且一些纸巾中含有荧光增白剂、氯等化合物，长期使用不利于身体健康。

总之，手绢与纸巾相比，更加环保节能，只是手绢在性能、款式方面还有待改进，如图 5 所示。

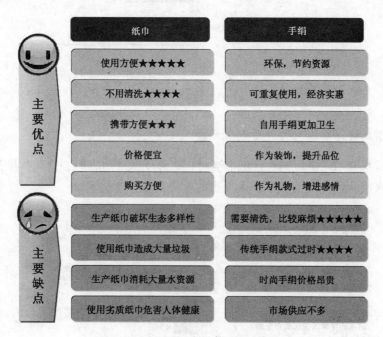

图 5　纸巾与手绢优缺点的比较

三、改进材料和功能，手绢将重获恩宠

目前公众偏爱纸巾的主要原因是纸巾使用方便、携带方便、无须清洗、干净卫生，不使用手绢的主要原因是因为市场上的手绢款式较老、价格较高、不易购买、清洗麻烦。调查结果显示，对于人们是否选择手绢，手绢自身性能改进的影响最大，而充分认识纸巾对环境的破坏也有助于公众减少纸巾的使用，如图 6 所示。

此外，纸巾的市场供应状况也会影响人们改用手绢的可能性，取消纸巾的免费供应、提高纸巾价格都有助于公众改用手绢。在六个城市中，取消一次性纸巾免费供应对成都公众的影响最大。

目前，大多餐饮场所都提供免费的餐巾纸，这些地方的纸巾耗费量相当大。在成都有 44%的公众表示，如果餐饮场所取消免费纸巾供应，自己会减少去那里消费的频率。而在其他五个城市中，绝大多数公众表示如果餐饮场所取消免费纸巾，自己仍会继续光顾这些场所。

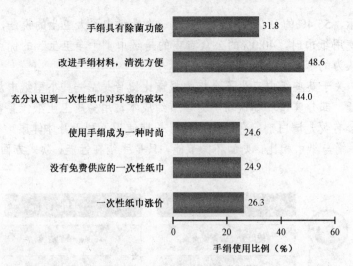

图 6　公众在什么情况下使用手绢

四、增加环保意识，为弃用纸巾开道

调查结果显示，使用一次性纸巾会对生态环境造成危害的公众认知度很高，但是有半数公众不认同一次性纸巾不太卫生的说法，如图 7 所示。

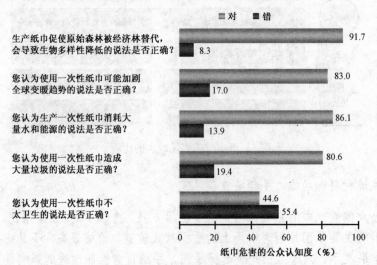

图 7　纸巾危害的公众认知度

大多数公众表示，如果认识到纸巾存在破坏环境、浪费资源等诸多危害时，会放弃使用一次性纸巾而改用手绢。调查显示，八成以上公众表示在认识到生产纸巾会降低生物多样性、耗费大量能源之后，会放弃使用纸巾而改用手绢，如图 8 所示。

综上所述，目前我国一次性纸巾使用状况不容乐观，影响纸巾使用的因素有很多方面，所以减少一次性纸巾的使用量，让公众养成使用手绢的习惯，是一项需要多方共同努力的社会性系统工程。

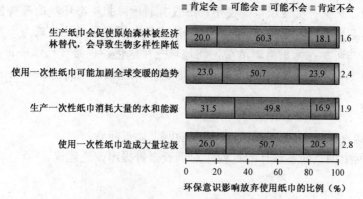

图 8　环保意识对放弃使用纸巾的影响

1. 政府：加大环保宣传和政策引导

政府部门可发挥自己的宣传优势，让公众充分意识到生产和使用一次性纸巾会对环境造成诸多危害，调查中 44% 的公众表示自己如果充分认识到一次性纸巾对环境的破坏，会放弃使用一次性纸巾而改用手绢，而且大多数公众承认环保意识的强弱会影响自己对纸巾和手绢的选择倾向。

此外，政府应增强政策引导。一方面，应加强环境监管，对达不到环保要求的纸巾生产企业实行限产限排、停产整治直至关闭；另一方面，为引导群众合理使用、节约使用纸巾，在快餐店、餐馆、宾馆等场所实行纸巾有偿使用制度，不得免费提供纸巾。

2. 社会：动员各界人士广泛参与

减少公众的纸巾使用量不仅需要企业和政府的努力，还需要动员其他社会力量积极参与这项社会工程，其中包括各种餐饮场所、环保组织、各界公众人士及媒体等。

目前，餐饮业是一次性纸巾使用比较集中的行业，如果各类餐饮场所适当减少免费纸巾的供应量，将会大大减少全社会的纸巾使用量，为保护环境、节约能源做出巨大的贡献。纸巾生产企业应加强行业监管，查处违规生产作坊，增强企业的社会责任。

各种环保组织也应该利用自己的优势组织一些环保活动，向公众普及环保知识、宣传环保理念，让更多的公众了解使用纸巾的危害，尤其是在像成都这样纸巾使用量较大的城市，更应加大宣传力度。

此外，人们的消费行为和生活方式往往受到周围亲戚朋友及社会名人的影响，调查中 24.6% 的公众表示在使用手绢成为一种时尚时自己也会使用手绢。所以，邀请社会各界的公众人士加入环保宣传队伍和使用手绢的行列，并借助媒体强大的传播能力，带动越来越多的社会公众减少纸巾的使用，让手绢重新回到我们的口袋。

3. 企业：改进手绢性能

手绢生产企业可以加大产品研发力度，采用高新制作工艺，改进手绢的材质和款式，使其更加贴合公众的使用需求，在方便性和清洁性方面争取做得更好，这些都有助于增加手绢的使用率。

重拾手绢，减少一次性纸巾的使用，不仅有利于保护生态环境的多样性和节约资源，而且更加卫生实惠。随着人们环保意识的增强，使用手绢还将成为一种环保时尚行为，让我们共同加入绿手绢的活动，还地球一片绿色，也给自己添一份美丽。

（资料来源：零点调查与指标数据网联合编制，http://www.horizonkey.com）

案例讨论

1．根据调查报告案例，设计一份相应的网上调查问卷。
2．分析网上调查问卷设计的过程，对调查报告提出改进建议。

思考与练习

1．简述网上市场调研的特点。
2．举例说明网上直接调查方法。
3．举例说明网上间接调查方法。
4．简述网上调查的步骤。

实 训 操 作

1．你是一家手机生产商，登录网站 www.baidu.com，输入"手机制造商"词条。检索竞争者 NOKIA、TCL、索爱、步步高手机的网站，通过网上调查和搜集竞争者的相关信息，从产品介绍、服务活动、网站特征、服务策略等方面进行分析，说明调查的步骤和过程。

2．为某企业设计一份网上调查问卷，尝试通过电子邮件将问卷发送或利用其他方法在网上发布，检验问卷设计的合理性，分析调查结果。

第 5 章

网上市场特征与购买行为分析

学习要点

- 网上市场特征分析

- 网络消费者的心理动机和需求动机

- 影响网络消费者购买的主要因素

- 网络消费者的购买过程

5.1　网上市场及其特征分析

传统市场营销中,消费者是营销活动中的重要一环。公司能否在市场上实现其价值,关键在于有没有消费者购买其产品。网上消费者市场是为网上的个人用户和家庭用户销售消费品和服务的网上市场。与现实中(网下)的消费者市场相同的是,在网上市场中,消费者购买实物产品或服务产品的目的是满足自己的最终消费;个人和家庭是市场的基本购买单位。由于网络的特点,网上消费者市场与网下消费者市场有许多不同,因此,研究网上消费者的购买动机、影响其购买行为的主要因素以及购买过程等,对于有效地开展网络营销活动至关重要。

5.1.1　网上市场概述

1. 网上市场概况

企业开展网络营销活动的空间是电子虚拟市场(electronic marketplace),也称为网上虚拟市场(cyber-market),下面简称网上市场。网上市场是由互联网上的企业、政府组织和网民组成的市场,网上市场的扩张速度和发展直接影响着电子商务的发展速度和前景。

网上市场的商务应用与发展起源于 20 世纪 70 年代的 EDI 应用。我国海关最早引入 EDI 进行报关,经过多年的发展和完善,目前企业可以在企业内部通过上网申请报关。这种先进、高效的贸易方式很快吸引了许多大中型企业的加入,但由于是专用网,成本高,还有很多中型小企业无力承担。随着互联网的普及,电子商务得到迅速发展,目前电子商务活动发展较快的是网上销售、网上广告、网上服务。我国的网上市场也在逐渐壮大,目前主要的方式是在线浏览,网上支付或网下支付。中投顾问发布的《2009—2012 年中国网络购物市场投资分析及前景预测报告》指出:2007 年是中国网络购物市场快速发展的一年,网络购物市场销售额第一次冲破零售业的"500 亿元天花板",达到全年 594 亿元,2.1 亿网民中有 5 500 万网络购物人群,每人平均消费超过 1 000 元,占 2007 年中国人均可支配收入的 7%;推动中国网购市场快速发展的主要原因有两个:一是网民数和网购人数的急剧增长,二是网络购物已经成为主流消费人群的消费习惯,并成为主流消费方式之一。

2008 年仍是中国网络购物爆发式增长的一年,网络购物成为网络经济中增长最快的行业之一。突发性事件基本不影响网购的增长,包括上半年雪灾、地震等自然灾害,特别是下半年逐渐蔓延的金融危机,不但对网购市场的负面影响较小,反而成为网络购物发展的新契机。网络购物已经成为传统零售市场强有力的补充,成为年轻一代的主流购物方式。2008 年,中国网络购物交易额规模突破千亿元大关,达 1 281.8 亿元,相比 2007 年增长 128.5%。

随着在线支付、诚信服务、第三方支付、物流推荐、购物搜索等与网络购物相关的互联网业务的推出及成熟,中国网民对网络购物已经不再恐惧,而是在网络购物方便性的吸引下逐步将在线购物作为自己的主要购物渠道。未来几年，中国网购市场将持续保持快速的增长趋势，预计 2009 年中国网络购物交易规模将达到 2 236 亿元，到 2011 年有望达到 5 690 亿元。我国的 3 亿多网民背后蕴涵着一个巨大的市场，能满足网民需求的网上市场将产生非常可观的经济效益。

2. 网上市场的发展与完善

随着互联网技术逐步走向成熟，B to B 和 B to C 电子交易网络已加速普及，消费者的网络购物观念逐渐形成，为企业开拓网上市场奠定了基础。企业只有解决好上网问题才能推动网上市场的应用。对于大型企业应积极扶持拓展网上业务和参与全球竞争，特别是一些 IT 企业应先行起到表率作用。对于中小型企业，需要提供技术支持及人才培训服务，并为其提供集中开拓电子商务业务的架构模式，避免因单独建造网站所造成的昂贵费用的支出。进一步促进电子商务在个人消费市场的发展，积极发展网上零售服务。政府机构必须了解电子商务发展趋势，调整政策引导电子商务发展。

在传统实物市场进行商务活动依赖的是商务环境（如银行的支付服务、媒体的宣传服务、法律的配套服务等），网上市场进行商务活动则要依靠网络商务环境。最基本的网络营销交易系统包括企业的网络营销站点、电子支付系统、实物配送系统三部分。为了大力推动电子商务的发展，完善网上市场，我国商业银行联合成立了联合认证（Certified Access）委员会为网上交易提供认证服务，以保证交易的合法性和可识别性。我国的一些商业银行也纷纷开通了网上支付服务，为推动我国企业实施网络营销和完善网上市场提供了有利条件。

但是，我国网络营销环境总体来说还是滞后于市场发展的需要，因此要加强完善有关法律和出台相关政策扶持网络营销的发展。首先，进一步推动商业银行的网络化发展，建立完善的电子支付体系，在电子交易支付及结算手段上，政府有必要制定相应的政策、法规。其次，引导和扶持全国性的物流配送公司迅速成长。再次，完善现有法律法规，保证电子交易的合法性，保护个人隐私和防范网上犯罪，建立电子商务安全认证法律机制。最后，为电子商务发展提供宽松的经济、政策环境，遵循网上交易自由原则和征税优惠原则。

3. 网上市场的特点

网络营销是网络化经济时代商家的必然选择，因而网上市场是最具发展潜力的新兴市场，它具有以下的基本特征。

（1）低成本。网上市场的虚拟商店和无纸贸易，可使企业节省许多传统市场运作所需的费用。

（2）零库存。虚拟商店可以在接到顾客订单后，再向制造厂家订货，无须预先存放仓库。

（3）无限时。虚拟商店可实现 7（日）×24（小时）服务，全年无休，顾客任何时候都可以方便地进行购物。

（4）全球化。网上市场的经营范围是面向全球的，不受国界、地域的限制。

（5）精简化。网上市场可充分利用网络的互动性，鼓励顾客参与产品的营销活动，使得企业的营销环节简练了。

　　网上市场具有的这些特点正是网上市场的优势所在，可为企业创造更多的利润提供支持。

5.1.2　网上市场特征分析

1．我国网上市场的规模

　　自从 1994 年接入 Internet 后，我国的网上市场得到了快速增长，并且形成了一定的网上市场规模。中国互联网络中心（CNNIC）2009 年 6 月 30 日的统计报告显示，我国网民达到 3.38 亿人，普及率达到 25.5%；网民较 2008 年年底年增长 4 000 万人，半年增长率为 13.4%，中国网民规模依然保持快速增长之势；我国网络基础资源获得了重大突破，中国域名总数为 1 626 万个，其中 CN 域名 1 296 万个；中国网站数量为 306.1 万个，其中 CN 下网站数占 78.7%。国内第三方调研机构艾瑞咨询发布的《2009 年第二季度中国网上支付市场监测报告》显示，我国网上支付市场交易额规模达 1 250 亿元，环比上涨 14.1%，同比上涨 117.4%。艾瑞分析认为，网上支付保持强势增长势头，航空客票、B to B 电子商务等成为交易额增长的主要引擎。随着中国经济的崛起和我国互联网应用的深入，CN 域名作为中国互联网的标志，正得到越来越多国内外企业的重视。作为网络营销的主导力量，我国一些大型企业及中小型企业也纷纷设立商务站点开拓网上商机，并取得了一定成效。我国网上市场规模在逐年扩大，营业额不断增加，网上市场已经成为商家的必争之地。例如，海尔商城网站如图 5.1 所示。

图 5.1　海尔商城网站

2．我国网民的基本特征

　　由于 Internet 的技术性，网民一般学历较高，购买能力较强。从市场营销的角度看，这些网民属于消费领导型而且具有很大的购买潜力和消费能力，是一个巨大的待开发市场。CNNIC 第 24 次中国互联网络发展状况统计报告显示：截至 2009 年 6 月，网民中男性占53%，女性占47%，女性网民数量近年的增长速度较快。我国网民结构在年龄上不断优化，呈现出成熟化的趋势。与2008年年底相比，目前30～39岁网民所占比重明显增大，半年来从17.6%上升到20.7%。另外，40岁以上网民规模整体有上升趋势，10～29岁的年轻群体比例下降明显。与2008年年末相比，目前网民重心仍在逐渐向低学历倾斜，学历程度在小学及以下和高中的网民比例有所上升，本科以下文化程度的网民比例达到87.6%，占网民的大多数。目前，网民的最大群体仍是学生，占31.7%。与2008年年末相比，无业下岗失业人员网民比例上升了2.1%，说明上网行为在这一群体中有所增加，网上信息能更多地传递到这些人群。由于网民中最大的群体是学生，使网民收入结构中低收入者比例较高。但是与2008年年末相比，中高收入网民所占比例增加，月收入1 500元以上的网民所占比例从40.3%上升至41.8%。我国农村网民规模达到9 565万人，较2008年年底增长1 105万人，增幅为13.1%。由此可见，中国网民规模在快速增长的同时，不同层次的网民也在增加，说明潜在市场需求更加多样化和复杂化。我国网民的年龄结构、学历结构和职业结构的对比分析分别如图5.2、图5.3和图5.4所示。

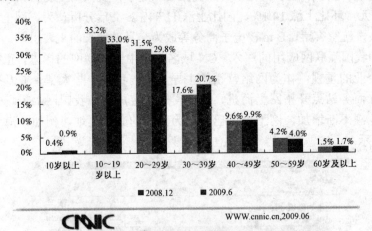

图5.2　我国网民年龄结构对比分析

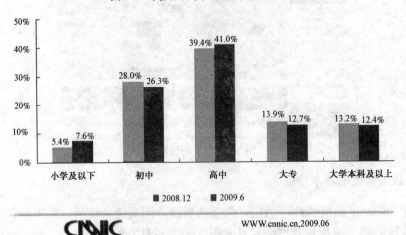

图5.3　我国网民学历结构对比分析

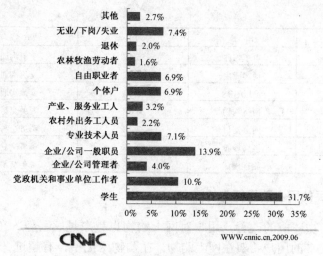

WWW.cnnic.cn,2009.06

图 5.4　我国网民职业结构分析

3．我国网民的上网使用特征

随着家庭计算机的普及，越来越多的用户选择在家中上网。CNNIC 第 24 次中国互联网络发展状况统计报告显示，在家里上网的网民占总数的 80.2%，有 25.7% 的用户在单位上网。手机作为上网设备使用比例增幅较大，从 2008 年年末的 39.5% 上升到 2009 年 6 月的 46%，与此同时，台式计算机和笔记本计算机上网使用比例在下降。网民上网的频率相对较高，每周上网 6～7 天的网民占 39.5%。同时，网民上网时间也明显延长，与 2008 年年末相比，人均周上网时间增加了 1.4 小时。

报告显示，从网民的使用目的来看，网络应用行为可以划分为信息获取类、交流沟通类、网络娱乐类、商务交易类四种，基本涵盖了目前的网络新闻、搜索引擎、即时通信、博客、网络游戏、网络音乐、网络购物、网上支付、网络金融等具体应用类型。网民在网络娱乐、信息获取和交流沟通类网络应用上使用率较高，除论坛/BBS外，这三类网络应用在网民中的使用率均在 50% 以上，网络购物、网上支付等商务交易类网络应用使用率分别为 26% 和 22.4%。随着互联网的商用发展，电子商务对经济的拉动作用越来越大，政府出台了一系列政策规范和引导电子商务发展，预期未来几年电子商务会保持快速发展之势。

同时，网上市场的发展和规范也会使更多的网民将互联网作为一种购物途径或者进行其他商业活动的渠道。我国网民网络应用使用率排名情况如表 5.1 所示。

表 5.1　网络应用使用率排名情况

排　　名	应 用 类 型	使 用 率	类　　别
1	网络音乐	85.5%	网络娱乐类
2	网络新闻	78.7%	信息获取类
3	即时通信	72.2%	交流沟通类
4	搜索引擎	69.4%	信息获取类
5	网络视频	65.8%	网络娱乐类
6	网络游戏	64.2%	网络娱乐类

续表

排　　名	应 用 类 型	使 用 率	类　　别
7	电子邮件	55.4%	交流沟通类
8	博客应用	53.8%	交流沟通类
9	论坛/BBS	30.4%	交流沟通类
10	网络购物	26.0%	商务交易类
11	网上支付	22.4%	商务交易类
12	网络炒股	10.4%	商务交易类
13	旅行预订	4.1%	商务交易类

4．我国网民的网上购买行为特征

随着网上购物环境的改善，用户对网上购物也越来越感兴趣。在条件相对成熟的情况下，有85%的用户希望在网上购物。在购物网民中，有超过15%的人购买过服装和生活家居用品，表明中国的B to C市场已经从以书刊、影像制品及计算机、数码产品为主向一个多样化的消费者市场发展。在购买商品的种类方面，对任何商品都愿意在网上购物的用户占13%；愿意在网上购买一些小件商品如书籍、磁盘等，而对于大件商品如电器等只是希望在网上查阅信息而到商店去购买的用户占52%；对于任何商品都只在网上查阅产品信息，而到商店购物的用户占29%；无论任何商品，都既不在网上查阅产品信息，也不在网上购物的用户占6%。用户认为目前网上购物存在的问题是：产品及服务质量（占34%），安全性无保障（占30%），没有方便的付款方式（占22%），价格不够诱人（占8%），送货耗时、渠道不畅（占6%）。用户担心比较多的是网上购物对产品无法直接了解带来的失控感，以及对互联网渠道的安全缺乏信心。

5．网上组织机构用户的特征

网上组织机构市场主要是指各类上网的组织机构形成的对企业产品和服务需求的总和，这是一个庞大的市场。在电子商务中，中间商的渠道优势将不复存在，因此网上组织机构市场主要可分为企业市场和政府市场两种类型，其营销对象主要是那些通过网络进行购买的企事业单位和政府部门。与网上消费者市场相似的是，二者都有为满足某种需要而充当购买者角色、制定购买决策等。但是，在市场结构与需求、购买单位性、决策类型与决策过程等方面又与消费者市场有着明显的差异，因此网上组织机构用户与网上个人用户的特征也有所不同。其主要表现为：购买者数量较少，分布较集中；购买频率低，一次购买数量大；购买者的购买需求是引发需求；需求弹性小，受价格变化影响较小；购买的理智性强，一般由专业人员实施购买。影响组织机构网上购买的因素有环境因素、组织因素、人际因素和个人因素。

5.2　网络消费者的购买动机

和传统消费者的购买动机一样，网络消费者的购买动机也是多种多样的。研究网

络消费者在网上消费活动中所表现出来的一般性购买动机，对于进一步分析网络消费者在网上购买活动中表现出来的具体动机具有重要意义。

5.2.1　网络消费者购买动机概述

所谓动机，是指推动人们进行活动的内部原动力（内在的驱动力），即激励人们行动的原因。人只要处于清醒状态，就要从事这样或那样的活动。无论这些活动对主体具有多大的意义和影响，对主体需要的满足具有怎样的吸引力，也无论这些活动是长久的还是短暂的，它们都是由一定的动机所引起的。网络消费者的购买动机是指在网络购买活动中，能使网络消费者产生购买行为的某些内在的驱动力。

动机是一种内在的心理状态，不容易被直接观察到或被直接测量出来，但可根据人们长期的行为表现或自我陈说加以了解和归纳。对于企业促销部门来说，通过了解消费者的动机，就能有依据地说明和预测消费者的行为，以便采取相应的促销手段。对于网络促销来说，动机研究更为重要。因为网络促销是一种不见面的销售，网络消费者复杂的、多层次的、交织的和多变的购买行为不能直接观察到，只能够通过文字或语言的交流加以想象和体会。

网络消费者的购买动机基本上可以分为两类：需求动机和心理动机。前者是指人们由于各种需求，包括低级的和高级的需求而引起的购买动机，而后者则是由于人们的认识、感情、意志等心理过程而引起的购买动机。

5.2.2　网络消费者的需求动机

人们的消费需求引起和决定了消费行为，消费行为总是直接或间接地、自觉或不自觉地为了实现某种需求的满足。需求和外部刺激产生消费动机，再由消费动机导致消费行为。要研究网络消费者的网络购买行为，首先要研究他们网络消费的需求动机。

1．传统需求层次理论在网络需求分析中的应用

在传统的营销过程中，需求层次理论被广泛应用。需求层次理论是研究人的需求结构的理论，由美国心理学家马斯洛在 1943 年出版的《人类动机的理论》一书中首先提出来的。马斯洛把人的需求划分为五个层次：生理的需求、安全的需求、社交的需求、尊重的需求和自我实现的需求。实际上，现实生活中人们的需求是多层次的，只是在不同环境下对不同层次需求的侧重程度不同。马斯洛的需求层次理论，对网络消费需求层次分析也有重要的指导作用。

2．网络消费者的新需求

马斯洛的需求层次理论可以解释虚拟市场中网络消费者的许多购买行为。但是，虚拟社会与现实社会毕竟有很大的差别，马斯洛的需求层次理论也面临着不断补充的要求。在虚拟社会中，人们联系的基础是人们希望满足虚拟环境下的三种基本需要，即兴趣、聚集和交流。

（1）兴趣。通过对畅游在虚拟社会中网民的分析，我们可以发现，每个网民之所以热衷于网络漫游，是因为对网络活动抱有极大的兴趣。这种兴趣的产生，主要出自于两种内在驱动。一是探索的内在驱动力。人们出于好奇的心理探究秘密，驱动自己沿着网络提供的线索不断地向下查询，希望能够找出符合自己预想的结果，有时甚至到了不能自拔的境地。二是成功的内在驱动力。当人们在网络上找到自己需求的资料、软件、游戏，或者进入某个重要的信息库时，自然产生一种成功的满足感。

（2）聚集。社会的发展和信息时代的到来，使人们的生产和生活方式发生了很大的变化，工作节奏加快，工作压力增大，人们相聚交谈的机会越来越少。虚拟社会提供了具有相似经历和相同爱好的人们聚集的机会，这种聚集不受时间和空间的限制，可形成富有意义的个人关系。通过网络而聚集起来的群体是一个极为民主性的群体。在这样一个群体中，所有成员都是平等的，每个成员都可独立地发表自己的意见，使得在现实社会中经常处于紧张状态的人们渴望在虚拟社会中寻求解脱。

（3）交流。聚集在一起的网民自然产生交流的需求。随着信息交流手段的丰富和交流频率的增加，交流的范围也在不断地扩大，从而产生了示范效应。这种效应使对某些种类的产品和服务有相同兴趣的成员聚集在一起，形成商品信息交易的网络，即网络商品交易市场。这不仅是一个虚拟社会，而且是一个较高级别的虚拟社会。在这个虚拟社会中，参与者大都具有某一目的，所谈论的问题集中于商品质量的好坏、价格的高低、库存量的多少、新产品的种类，等等。他们所交流的是买卖的信息和经验，以便最大限度地占领市场，降低生产成本，提高劳动生产率。对于这方面信息的需求，人们永远是无止境的。这就是电子商务出现之后能够迅速发展的根本原因。

5.2.3　网络消费者的心理动机

网络消费者购买行为的心理动机主要可分为下列3类。

1．理智购买动机

理智购买动机建立在人们对于在线商场推销商品的客观认识的基础之上。众多网络购物者大多是中青年，具有较高的分析、判断能力。他们的购买动机是在反复比较各个在线商场的商品之后做出的，对所要购买的商品的特点、性能和使用方法，早已心中有数。理智购买动机具有客观性、周密性和控制性的特点。在理智购买动机驱使下的网络消费购买动机，首先注意的是商品的先进性、科学性和质量，其次才注意商品的经济性。这种购买动机的形成，基本上受控于理智，较少受外界气氛的影响。

2．感情购买动机

感情购买动机是由人的情绪和感情所引起的购买动机。这种购买动机可以分为两种形态。一种是低级形态的感情购买动机，它是由喜欢、满意、快乐、好奇而引起的。这种购买动机一般具有冲动性、不稳定性的特点。另一种是高级形态的感情购买动机，它是由人们的道德感、美感、群体感所起的，具有稳定性、深刻性的特点。由于网络信息的即时性和互动性，以及虚拟商店可提供异地买卖送货业务，大大激发了这类购买动机的产生。

3．惠顾购买动机

惠顾购买动机是基于理智经验和感情之上的，对特定的网站、图标广告、商品产生特殊的信任与偏好而重复地、习惯性地前往访问并购买的一种动机。惠顾购买动机的形成，经历了人的意志过程。从它的产生来说，或者是由于搜索引擎的便利、图标广告的醒目、站点内容的吸引，或者是由于某一驰名商标具有相当的地位和权威性，或者是因为产品质量在网络消费者心中树立了可靠的信誉。这样，网络消费者在为自己做出购买决策时，心中首先确立了购买目标，并在各次购买活动中克服和排除其他同类水平产品的吸引和干扰，按照事先购买设想行动。具有惠顾购买动机的网络消费者，往往是某一站点的忠实浏览者。他们不仅自己经常光顾这一站点，而且对众多网民也具有较大的宣传和影响功能，甚至在企业的商品或服务一时出现某种过失的时候，也能予以谅解。

5.2.4　网络消费需求的特征

电子商务和网络营销的蓬勃发展，使得人们的消费观念、消费方式发生了很大的变化。消费者的主动性增强，在企业的生产和消费过程中起着举足轻重的作用。网络消费是一种新型的消费形式，它与传统的消费形式相比，有类似的地方，也有其独有的特点。

1．个性化消费的回归

网上购物能满足消费者的个性化需求。在过去相当长的一个历史时期内，工商业都是将消费者作为单独个体进行服务的。在这一时期，个性消费是主流。只是到了近代，工业化和标准化的生产方式才使消费者的个性被淹没于大量低成本、单一化的产品洪流之中。然而，没有一个消费者的心理是完全一样的，每一个消费者都是一个细分市场。心理上的认同感已成为消费者做出购买某一品牌产品决策的先决条件，个性化消费正在也必将再度成为消费的主流。

2．消费需求的差异性

消费者的个性化消费不仅使网络消费需求呈现差异性，而且不同的网络消费者因所处时间、环境的不同会产生不同的需求，不同的网络消费者在同一需求层次上的需求也会有所不同。所以，从事网络营销的厂商要想取得成功，必须在整个生产过程中（从产品的构思、设计、制造，到产品的包装、运输、销售）认真思考这种差异性，并针对不同消费者的特点，采取有针对性的方法和措施。

3．消费主动性增强

消费主动性的增强来源于现代社会不确定性的增加和人类追求心理稳定和平衡的欲望。网上消费者主要是有文化、有较高经济收入的年轻群体，他们属于有理智的主动消费群体。

4．网络消费的层次性

网络消费本身是一种高级的消费形式，但就其消费内容来说，仍然可以分为由低级到高级的不同层次。在网络消费的初级阶段，消费者一般侧重于精神产品的消费，到了网络消费的成熟阶段，消费者在完全掌握了网络消费的规律和操作，并且对网络购物有了一定的信任感后，消费者才会从侧重于精神消费品的购买转向日用消费品的购买。在网络消费中，各个层次的消费不是相互排斥的，而是具有紧密的联系，需求之间存在着广泛交叉的现象。

5．网络消费的方便性、低价性和趣味性

网上购物不受时间和地点的限制，与传统购物相比，消费者可以节省大量的时间和精力。网上销售模式使商家可以降低成本，为消费者提供价廉物美的商品。消费者在网上购物的同时还能了解一些新奇和超前的商品信息，并从网上获得很多增值性服务，得到与众不同的乐趣。

5.3　影响网络消费者购买的主要因素

以往，人们利用互联网的主要目的是获取信息和休闲娱乐。随着网上商务应用的普及，网上购物渐渐为消费者熟悉和接受，虽然占的比例还较低，但发展潜力巨大。网络消费者的购买行为既受到个人消费水平、商品价格等经济因素的影响，又受到消费者个性心理、需求与动机的影响，还受到社会文化、职业环境和相关群体的影响。下面从四方面分析影响网络消费者购买的主要因素。

5.3.1　商品特征

商品的特征是影响网络消费者购买行为的重要因素之一。

1．商品的新颖性

由于网上市场不同于传统市场，网上消费者有着区别于传统市场的消费需求特征，因此并不是所有的商品都适合在网上销售和开展网上营销活动的。根据网上消费者的特征，网上销售的商品一般要考虑商品的新颖性，即商品是新商品或者是时尚类商品，比较容易吸引人们的注意。追求商品的时尚和新颖是许多消费者，特别是青年消费者重要的购买动机。

2．购买的参与程度

有些商品要求消费者参与程度比较高，消费者一般需要现场购物体验，需要很多人提供参考意见，对于这些商品就不太适合网上销售。对于消费者需要购买体验的商品，可以采用网络营销推广功能，辅助传统营销活动进行，或者将网络营销与传统营

销进行整合。可以通过网上宣传和展示商品，消费者在充分了解商品的性能后，可以到相关商场进行选购。

目前，网上销售的商品或服务主要有：书籍、音像制品；IT 类产品，如计算机设备、各种应用软件；一般生活用品和独特的新商品或有收藏价值的纪念品，如服装、装饰品、古董等；服务类无形商品，如网上预订旅馆、机票、鲜花，各类咨询服务等。较之传统销售，网上销售可以更好地将这些商品或服务的特征体现出来，激发消费者购买的兴趣，建立网上品牌。

5.3.2　商品价格

从消费者的角度说，价格不是决定消费者购买的唯一因素，但却是消费者购买商品时肯定要考虑的因素，而且是一个非常重要的因素。对一般商品来讲，价格与需求量之间经常表现为反比关系，即同样的商品，价格越低销售量越大。网上购物之所以具有生命力，重要的原因之一是网上销售的商品价格普遍较低。

消费者对于互联网都有一个免费的价格心理预期，那就是即使网上商品是要花钱的，其价格也应该比传统渠道的价格低。一方面，因为互联网的起步和发展都依托了免费价格策略，因此互联网的免费策略深入人心，而且免费策略也得到了成功的商业运作。另一方面，互联网作为新兴市场可以减少传统营销的中间费用和额外的信息费用，使产品成本和销售费用大大降低，这是互联网商业应用巨大增长的潜力所在。

5.3.3　购物的便捷性

购物便捷性是消费者选择购物方式时考虑的首要因素之一。一般而言，消费者选择网上购物时考虑的便捷性体现在以下两个方面。

1．时间便捷性

网上购物可以不受时间的限制并能节省时间。网络虚拟商店是 7（日）×24（小时）开业模式，顾客随时可以光顾、选购，没有任何时间的限制。网络消费者只要连上互联网就可以和各地的商家沟通，根据自己的需要发出订单后可及时得到商品或服务，而不用像传统购物那样舟车劳顿，节省了不少时间和体力。

2．比较便捷性

网络消费者可以足不出户，就能在很大范围内选择商品。消费者购物时都喜欢货比三家，传统购物方式要耗费他们大量的精力，顾客购物成本较高。互联网是全世界的，因而网上商店也是面向全世界的。消费者利用搜索引擎、BBS 或新闻组等可以方便、快速地找到全国或全球相关商品的信息，从中挑选满意的产品和服务，轻而易举地实现了货比多家且成本很低。

5.3.4　安全可靠性

影响网络消费者购买行为的另一个必须考虑的因素是网上购物的安全性和可靠性，主要是网上支付的安全问题。由于互联网是为大众服务的开放性网络，使得网上交易面临着各种危险。目前，网上消费主要有货到付款和网上支付两种方式，其中网上支付方式是最方便和快捷的。但是，消费者的银行账号或信用卡号在网络上传输时，有可能被他人截取或盗用的情况，造成了消费者或商家的心理负担。当选择先付款后送货时，过去购物的一手交钱一手交货的现场购买方式发生了变化，网上购物的时空分离，使消费者有失去控制的离心感。

为了保证网上支付的安全和降低网上购物的失落感，在网上购物各个环节必须加强安全措施和控制措施，保护消费者购物过程的信息传输安全和个人隐私安全，如采用防火墙技术、加密技术及身份验证措施等，以树立消费者对网站的信心。我国的一些购物网站现已推出了网上安全支付方式，如淘宝网的支付宝，如图5.5所示。

图5.5　淘宝网的支付宝

5.4　网络消费者的购买过程

网络消费者的购买过程，也就是网络消费者购买行为形成和实现的过程。网络消费者的购买过程可以粗略地分为五个阶段：购买动机产生、搜集信息、比较选择、购买决策和事后评价。

5.4.1　购买动机产生

网络购买过程的起点是诱发需求。消费者的需求是在内外因素的刺激下产生的。当消费者对市场中出现的某种商品或某种服务发生兴趣后，才可能产生购买欲望。这是消费者在做出消费决定过程中所不可缺少的基本前提。若不具备这一基本前提，消费者也就无从做出购买决定。

对于网络营销来说，诱发需求的动因局限于视觉和听觉。文字的表述、图片的设计、声音的配置是网络营销诱发消费者购买的直接动因。从这一方面讲，网络营销对消费者的吸引具有相当的难度。这要求从事网络营销的企业或中间商注意了解与自己产品有关的实际需求和潜在需求，了解这些需求在不同时间的不同程度，了解这些需求是由哪些刺激因素诱发的，进而巧妙地设计促销手段以吸引更多的消费者浏览网页，诱导他们的需求欲望，如图 5.6 所示。

图 5.6　购物网站页面

5.4.2　搜集信息

对于购买过程，搜集信息的渠道主要有两个——内部渠道和外部渠道。内部渠道是指消费者个人所储存、保留的市场信息，包括购买商品的实际经验、对市场的观察以及个人购买活动的记忆等；外部渠道是指消费者通过外界搜集信息的通道，包括个人渠道、商业渠道和公共渠道等。

个人渠道主要提供来自消费者的亲戚、朋友和同事的购买信息和体会。这种信息和体会在某种情况下对购买者的购买决策起着决定性的作用。网络营销绝对不可忽视这一渠道的作用。

商业渠道，如展览推销、上门推销、中介推销、各类广告宣传等，主要是通过厂商有意识的活动把商品信息传播给消费者。网络营销的信息传递主要依靠网络广告和检索系统中的产品介绍，包括在信息服务商网页上所做广告、中介商检索系统上的条目以及企业自己主页上的广告和产品介绍。

一般来说，在传统的购买过程中，消费者对于信息的搜集大都出于被动进行的状况。与传统购买时的信息搜集不同，网络购买的信息搜集具有较大的主动性。在网络购买过程中，商品信息的搜集主要通过互联网进行，其搜索方式具有广泛性、有限性和经常性。一方面，网上消费者可以根据已经了解的信息，通过互联网跟踪查询；另一方面，网上消费者又不断地在网上浏览，寻找新的购买机会。由于消费层次的不同，网上消费者大都具有敏锐的购买意识，引领着消费潮流。

5.4.3 比较选择

消费者需求的满足是有条件的，这个条件就是实际支付能力。没有实际支付能力的购买欲望只是一座空中楼阁，不可能导致实际的购买。为了使消费需求与自己的购买能力相匹配，比较选择是购买过程中必不可少的环节。消费者对各条渠道汇集而来的资料进行比较、分析、研究，了解各种商品的特点和性能，从中选择最为满意的一种。一般来说，消费者的综合评价主要考虑产品的功能、可靠性、性能、样式、价格和售后服务等。

由于网络购物不能直接接触实物，所以消费者对网上商品的比较依赖于厂商对商品的描述，包括文字描述和图片描述。网络营销商对自己的产品描述不充分，就不能吸引众多的顾客；如果对产品的描述过分夸张，甚至带有虚假成分，则可能永久地失去顾客。

5.4.4 购买决策

网络消费者在完成了对商品的比较选择之后，便进入到购买决策阶段。

1. 决策特点

与传统购买方式相比，网络购买者的购买决策有许多自己的特点。首先，网络购买者理智动机所占比重较大，而感情动机的比重较小。其次，网络购买受外界影响较小，大部分的购买决策是自己做出的或是与家人商量后做出的。最后，网上购物的决策行为较之传统的购买决策要快得多。

2. 决策条件

网络消费者在决策购买某种商品时，一般必须具备三个条件：一是对厂商有信任感；二是对支付有安全感；三是对产品有好感。所以，树立企业形象，改进货款支付办法和商品邮寄办法，全面提高产品质量，是每一个参与网络营销的厂商必须重点抓好的三项工作。只有这三项工作抓好了，才能促使消费者毫不犹豫地做出购买决策。

5.4.5　事后评价

消费者购买商品后，通过使用，根据自己的感受和期望，往往会对自己的购买选择进行检验和反省，重新考虑这种购买是否正确，效用是否理想，以及服务是否周到等问题。这种购后评价往往决定了消费者今后的购买动向。

为了提高企业的竞争力，最大限度地占领市场，企业必须虚心倾听顾客反馈的意见和建议。互联网为网络营销者搜集消费者购后评价提供了得天独厚的优势。方便、快捷、便宜的电子邮件紧紧连接着厂商和消费者。厂商可以在订单的后边附上一张意见表。消费者购买商品的同时，就可以同时填写自己对厂商、产品及整个销售过程的评价。厂商从网络上搜集到这些评价之后，通过计算机的分析、归纳，可以迅速找出工作中的缺陷和不足，及时了解消费者的意见和建议，随时改进自己的产品性能和售后服务。

本　章　小　结

市场是企业营销的主战场。随着广大消费者可以通过互联网进行订货并完成交易，网上市场应运而生。网上市场是企业开展网络营销活动的空间，即电子虚拟市场；网上消费者的行为是消费者在通过网络满足其消费需求过程中的一系列活动的总称。研究网上市场的基本特征及网上消费者的购买行为规律，成为企业网络营销的基础工作之一。网上市场特征部分的内容分析了我国网上市场的规模、网民的基本特征、上网使用特征、网上购买行为特征；网上消费者购买行为部分的内容分析了网上消费者的购买动机、影响消费者购买的主要因素和购买过程。准确地掌握网上市场特征和网上购买行为的特点有利于企业有效地开展网络营销活动，使企业网络营销的实施具有针对性和高效性。

 案例分析

通用汽车公司的网络营销

通用汽车公司是世界上最大的汽车公司，居《财富》全球 500 强之首，是由威廉·杜兰特于 1908 年 9 月在别克汽车公司的基础上发展起来的，成立于美国的汽车城——底特律。通用汽车公司在美国本土共有 6 个轿车分部，分别为别克分部、奥兹莫比部、卡迪拉克部、雪佛莱部、旁蒂克部及 GMC 部，另外在世界各地还有不少分公司。一直以来，通用汽车公司的产品始终在用户心目中享有盛誉。

通用汽车公司以巨大的人力和资金投入，全力建设自己的网站（www.gm.com）。通用汽车公司将网站视为客户信息，客户联系技术和客户经济状况的采集窗口，企业与客户联系的纽带，同时也作为企业"客户信息管理"系统的外延。该站点是技术、艺术与营销策略的有机组合体，它以渗透性的表现手法，成功地将企业的市场定位、品牌树立、服务承诺、产品优势、竞争力等各种信息化解在各层页面上，具有很强的商业感召力。

1. 以人为本的营销理念

企业成功最基本的因素是市场和客户。通用汽车在其品牌优势的基础上，致力于建立和强化与公众的关系，利用互联网的辐射力开展关系营销。在首页的醒目位置，设计者没有将各款超豪华汽车作为主角，而是替代以一些来自世界各地、风情各异的日常生活中的平民形象。这种"抑汽车帝王之尊，扬平民百姓之贵"的设计，看似错位，却恰恰准确地表达了通用汽车的"关系唯上，客户至尊"的营销主题，同时寓有通用的客户遍及全球、通用的产品适合不同人群的含义。通用汽车公司网站的设计，始终体现了这一营销主题。这种以人为本的营销理念，明显起到了网络营销中化解客户戒备心理、消除企业与客户距离、引起客户内心共鸣的作用。

2. 丰富的信息内容

在信息组织脉络上，分为产品介绍、企业介绍和汽车导购。网站上，不但有通用汽车公司的一般介绍，而且还有经销商的评价。通过通用汽车公司的网站，客户不仅可以了解公司的起源、发展、历史和产品特点，公司产品与其他企业产品的性能、价格比较，公司各种产品的报价，以及公司在销售和服务过程中对社会和客户所做的承诺等，还可以了解很多与汽车相关的其他知识。例如，在通用汽车中国网站上，就有面向中国市场销售的别克、欧宝、凯迪拉克和雪佛兰等产品的相关信息，以及客户服务信息。客户可以查寻最近的通用汽车授权服务中心或零部件供应商，还可以查询某一特定产品的信息。此外，客户还可查询通用汽车中国合资厂的背景资料及通用汽车中国发布的最新消息。通过"网上车展"栏目，客户可以从网上参观汽车展，内容包括新闻中心、虚拟展厅、在线服务等内容。"网上车展"不仅能让客户欣赏汽车的外观，也为客户提供了详尽的相关资料，使客户能详细了解汽车的性能等各个要素。客户还可以将与汽车相关的重要资料在线打印下来。

3. 便捷的购物环境

通用汽车网站不仅可为客户提供企业、产品或服务信息，重要的是，可向客户提供购物时的决策信息或服务。网站提供快速订购、跟踪、估价功能，帮助客户确定挑选和采购适合其需要的最有效的购物方案。可以说，通用汽车建立了一个跨行业的网络超市。在这个超市中，商家可以下单、储运、追踪商品，还可以查看商品名录、提供拍卖服务。在"选车"栏目中，依照客户的购车流程细化每一个页面。公司推荐产品的流程为"虚拟展示厅→选择车型→选择支付方案→选择汽车供应商。"客户购车时，只要输入自己的日常收入和花费，系统会自动显示在此支付范围内的所有汽车，由客户自己浏览选择。如果输入期望的车价范围、首付款额和预备贷款的年数，"购车计算器"会自动计算出客户购车后需每月还款的数额。为避免客户在选车时陷入困境，网站设计了一系列简单的问答。例如："我想买辆车，但不知道购车流程，该怎么办？"；"那么多车，我该选哪种呢？"；"我只想买辆二手车，该上哪儿去找呀？"；等等。只要客户回答理想中的车型，说明是运动型还是传统型，是发烧型还是休闲型，并回答希望座位的数量、行李空间的尺寸等问题，提交后，导购系统就会以此为条件自动帮助客户选出最中意的车型。

网上汽车导购成为站点不变的主题。凭借页面上部的产品导航器，客户可便捷地在各个栏目之间浏览切换，快速地找到通用汽车的各种服务和产品。更有多渠道、多选择的产品查询服务。对各类牌号的通用汽车产品都建有独立网站目录，使通用汽车公司产品成为网上永不谢幕的汽车博览会。客户不但可以查到遍布世界的汽车经销商、零售商和各种型号汽车制造分厂的目录，还可以查到通用汽车的历史和新闻以及求职等信息。要想查寻经销商分布信息，只要在全国地图上选择某个区域，便会显示该区域内的所有经销商名录、地址和联系方式。客户也可以输入车型和邮编，即可找到该地区各主要经销商提供的报价，包括售价、保险金、预付款等信息，供客户选择最优购买策略。

4. 个性化的服务方案

个性化的产品和服务是提升网站吸引力的关键。通用汽车在利用互联网的众多特性开展营销时，特别重视以交互性和个性化信息服务来联系客户大众。通用汽车可以向不同客户展现完全不同的网页，使每个客户都能够享受到根据其行业特点和需求信息定制的服务。对于各款汽车展示页，随着访问国家的不同有不同的页面，如别克轿车主页有加拿大、美国、以色列和中国四个不同的页面。从首页开始至其第三层的每页左部，都有一个"建立您自己的信息频道"，其中有"公司简介、GM 新闻、GM 做生意、世界民众、投资信息、职位供求"，以及从北美、亚太、拉美至西欧的各地汽车供应商的站点信息供客户选择。客户的选择提交后，系统会自动将最新信息整理出来供客户查阅。客户选定车型后，要决定支付方案时，通用汽车为客户提供了"精明租车方案"、"精明购车方案"和"传统购车方案"等供客户选择。客户可根据自己的实际能力选择付款额度与次数，公司软件系统则根据价格的限定显示满足要求式样的汽车，客户可从中进行理智选择。

通用汽车公司为了更好地满足客户的个性化购车要求，甚至还允许客户自己设计组装汽车，或对公司汽车做适当的修改。例如，通用汽车公司别克牌汽车制造厂设计了一种客户服务系统。客户可坐在汽车销售商陈列厅里的计算机终端前，参考厂家提供的大量可供选择的设计方案，亲自设计自己所喜欢的汽车结构。客户可以看到由自己选择的零部件组装出来的汽车立体形状，如果不满意，可以不断更换其中的部件。利用网站提供的软件，客户还可进行模拟驾驶实验。客户每设计出一种结构，汽车的价格也同步计算出来。对自己设计结果满意的客户如果填写订单，电子信用分析系统还可帮助客户制订付款计划。通过在线订购系统，订单直接输入通用汽车的生产计划表中。从客户填写订单到工厂按客户设计的结构生产出汽车并交货，前后只需 8 周时间。从费用上看，按顾客要求定制的汽车，并不比批量生产的标准汽车贵。而且对整个汽车行业来说，在顾客提出要求后制造和在顾客要求提出前制造，前者可节约世界各地价值约 500 多亿美元的成品库存。

通用汽车公司还为客户提供了一条规范的维修服务流程，包括客户接待、诊断、入维修车间，严格的质量检验，到交车准备、结账交车、跟踪服务等。

作为世界上最大的汽车生产商，通用汽车公司计划推出一个新项目，即让消费者通过互联网观看所购汽车的生产过程，这将使通用公司成为采取此项活动的第一家公司。这种个性化的信息服务方案可使通用汽车公司获得较强的竞争力。

5．富有成效的信息搜集渠道

通用汽车公司网站还给许多爱好汽车的人群，提供了一个相互切磋和探讨汽车话题的场所。到目前为止，该网站已经成为世界上众多汽车爱好者谈论和了解汽车的一个中心，相当于一个小型的网络俱乐部。这种俱乐部性质中心的形成，吸引了众多的消费者的目光和注意力，吸引了众多网民到通用汽车公司的网站上来切磋、探讨和交流。通用汽车公司利用网站了解公众兴趣，了解市场消费趋势，引导市场消费和关注的焦点，为开发新产品和制定强有力的营销策略提供资料。

6．全球信息交换系统

与微软合作，成为其"汽车销售点"上最大的广告客户；通用汽车公司又在雅虎网站建立了广告机构。网络广告使通用汽车公司在市场营销方面取得了巨大回报，远胜于广播电视的 30 秒广告。短短两个月中，通用汽车成功地吸引了 5 000 名汽车买主。

（资料来源：http://www.xici.net/b764287/d92483827.htm）

案例讨论

1．根据案例，分析通用汽车公司网上市场的特征。
2．讨论通用汽车公司如何以消费者购买行为为依据实施网络营销。

思考与练习

1．分析我国网上市场的主要特征。
2．简述网络消费的需求特征。
3．分析影响网络消费者购买行为的主要因素。
4．网上购物的过程分为哪几个阶段？

实 训 操 作

登录当当网或卓越网等购物网站，尝试购买书籍或其他商品，描述整个购物过程，并分析影响我国网上购物的主要因素。

第 6 章

网络营销组合策略

学习要点

- 网络营销产品的概念与特点

- 网络营销产品的生命周期与营销策略

- 网络品牌的概念与营销策略

- 网络营销定价目标与定价策略的选择

- 网络促销的特点与方法

- 结合产品及服务特点选择适当的网络定价方法与定价策略

- 结合产品及服务特点选择选择合适的网络渠道与促销策略

网络营销活动要求企业将可控因素——产品、价格、渠道、促销有机地组合起来，形成一套完整的营销方案，并建立与之相适应的营销策略，以满足顾客的需求，实现企业的营销目标。

6.1　网络营销产品策略

产品是市场营销活动的轴心，也是市场营销组合中的首要因素。企业的营销活动是以产品为基础展开的。网络营销作为现代市场营销体系的有机组成部分，离开产品也就无从谈起。

6.1.1　网络营销产品概述

1. 网络营销产品的概念

传统市场营销研究的产品是一个整体的概念，由核心产品、形式产品、延伸产品三个层次构成。网络营销产品的概念是传统市场营销产品概念在互联网环境下的延伸。网络营销的整体产品层次如图 6.1 所示。

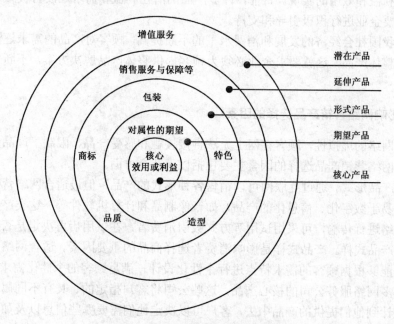

图 6.1　网络营销的整体产品层次

（1）核心产品。核心产品是指整体产品提供给顾客的实际利益和效用，是满足顾客需求的基本所在。顾客购买产品的目的是为满足其未被满足的需求，通过产品或服务的消费获得实际利益和效用。因此，顾客购买的并不是产品本身，而是产品所带来的利益和效用，产品只是传递核心利益的载体。例如，顾客购买照相机的目的不是对照相机本身的拥有，而是通过照相机可记录美好的时光。

（2）期望产品。期望产品是指在网络目标市场上，消费者希望得到的、除核心利益之外的、能满足自己个性化需求的利益总称。顾客在购买产品之前，对所购产品的质量、款式、功能等已经有所预期，从而形成顾客的期望产品。不同消费者对同种产品所期望的核心效用或利益一般是相同的，而对产品所期望的其他效用则表现出很大的差异性。在网络营销中，营销主体应借助网络信息系统，根据顾客对产品的不同需求，设计出满足顾客个性化需求的产品或服务，从而满足甚至超越顾客对产品的期望。

（3）形式产品。形式产品是指产品在市场上出现时所呈现的实体外形，包括产品的造型、包装、品质、特色、品牌商标等。形式产品是核心产品的表现形式，核心产品借助于形式产品展现给顾客。随着社会经济的发展，顾客对形式产品的需求也在不断变化。包装精美、造型时尚的产品越来越受到顾客的欢迎。

（4）延伸产品。延伸产品是指提供给顾客的、与产品消费有关的一系列附加利益，包括产品的储运、安装、维修服务和保障等。延伸产品虽然不会增加产品的核心利益，却有助于产品核心利益的实现，促进产品的销售。延伸产品是网络营销产品的重要组成部分，为顾客提供满意的售后服务和保障是提高营销效果的重要手段。

（5）潜在产品。潜在产品是指由企业提供的、延伸产品之外的、能满足顾客潜在需求的产品，主要指产品的超值利益。与延伸产品不同，潜在产品存在与否并不影响产品核心利益和效用的实现。目前，许多产品的潜在利益和需求还没有被顾客认识和发现，需要企业进行积极引导和支持。

随着我国社会经济的发展和消费水平的不断提高，顾客对产品的需求逐渐由核心产品转向整体产品，这就要求企业必须为顾客提供整体产品解决方案，不断完善整体产品。

2．影响网络营销产品选择的因素

由于网络的虚拟性，顾客在网上无法直接接触和感受产品，限制了产品的网上营销，影响网络营销产品选择的因素主要包括以下几个方面。

（1）产品形式。通过互联网可以销售各种形式的产品，但最适合网络营销的产品大多属于易于数字化、信息化的产品，如音像制品和计算机软件等。这类产品可以直接通过网络进行传输，可采用试用等方式吸引消费者，在试用后再决定是否购买。

（2）产品式样。产品式样是影响消费者选择商品的重要因素。适合网络营销的产品式样应能够根据顾客的需求特点进行个性化设计，满足顾客的个性化需求。例如，信息是许多网络服务公司的核心产品，这些公司将客户指定的、具有不同属性和特色的信息设计到他们提供的产品中去，客户可以决定他们需要哪些信息以及如何收到这些信息。

（3）产品品牌。网络营销产品的品牌不仅包括生产商的产品品牌，还包括网络经营商的品牌。网上购物活动中的实体产品销售不能支持购物体验，网络消费者只能通过认牌购物来降低购买风险。

（4）产品质量。一般在购买前消费者就可以确定或评价其质量的产品更适合在网上销售。这类产品的标准化程度很高，如书籍、计算机、数码产品等，顾客可以通过网上搜集信息就能确定和评价产品的质量，而衣服、首饰则需要反复试穿、试戴才能决定购买。

（5）目标市场。企业根据用户特点和自身情况选择目标市场。尽管互联网可以覆盖全球，但企业应谨慎利用网络营销全球性的特点，不要忽视企业自身营销的区域范围，当有远距离消费者订货时，应避免出现无法配送或配送时物流费用过高的情况。

（6）产品定价。网上用户一般都期望网上产品价格低廉。通过网络进行销售的成本若低于其他渠道，企业应采用低价策略，以吸引和稳定顾客。

3．网络营销产品的分类

一般来讲，企业在从事网络营销时，可以首先选择下列产品。

（1）易于数字化、信息化的产品。

（2）个性化产品。

（3）名牌产品。

（4）消费者从网上取得信息即可做出购买决策的产品。

（5）网络群体目标市场容量较大、便于配送的产品。

（6）网络营销费用远低于其他销售渠道费用的产品。

按照产品所呈现的形态不同，网络营销产品可以分为两大类，即实体产品和虚体产品，如表 6.1 所示。

表 6.1　网络营销产品类型

产品形态	产品种类	产品品种
实体产品	普通产品	一般为有形产品，如计算机、服装、家电等
虚体产品	数字化产品	系统软件、应用软件、电子游戏、视听产品、电子书籍、新闻信息
	服务	普通服务，如远程医疗、法律救助、航空订票、入场券预定、饭店旅游服务预约、网络交友等
		信息咨询服务，如市场调查、投资咨询、法律咨询、医药咨询、金融咨询、资料库检索等
		网络营销服务，如网站建设、维护与推广、网上搜索引擎、电子邮箱和网上商店平台

实体产品是指以一定的实物形态呈现出来、有具体物理形状的物质产品。虚体产品的功效和核心利益通过满足顾客的心理需求得到体现。网络营销的虚体产品可以分为两大类，即数字化产品和服务。

6.1.2　网络营销产品的生命周期与营销策略

1．产品的生命周期

生命周期的概念可适用于单个产品、某一产品类型或者一个产业，通常适用于产品类型或产品线。产品的生命周期是指产品在市场上出现、发展到最后被淘汰的全过程。生命周期的长短取决于人类创造能力提高和消费习惯变化的速度，并受到诸多因素的影响，包括产品本身的性质和特点、市场竞争的激烈程度、科技发展速度、消费者需求的变化速度、企业营销的努力程度等。一个典型的产品生命周期一般分为四个阶段，即引入期、成长期、成熟期与衰退期。在产品进入市场之前，一般还有一个产品开发期，如图 6.2 所示。

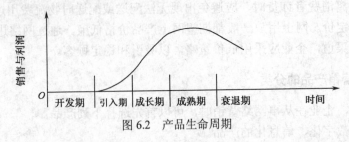

图 6.2　产品生命周期

把产品生命周期划分为不同的阶段，一方面反映了产品在不同生命周期阶段存在着不同的特点，另一方面也说明产品在不同生命周期阶段企业应该采用不同的营销策略。

2．产品生命周期各阶段的网络营销策略

1）产品引入期的特点与网络营销策略

处于引入期的产品，销量小且销售增长缓慢，利润低甚至亏损。在该阶段，顾客对新产品比较陌生，多数顾客对新产品持观望态度，只有极少数猎奇者才会购买。

引入期的营销策略重点，是提高新产品的知名度和产品质量。其具体策略包括：控制投资规模，保证新产品的质量，待销量有明显增加时再逐步扩大投资；广告宣传的重点是让顾客了解新产品的存在、新产品的核心利益和功效，努力让顾客产生兴趣并试用新产品；考虑网络营销产品的特点，产品定价应采用低价或免费策略；产品上市范围根据企业的物流体系和潜在市场对新产品的需求程度确定；虚体产品可全面铺开，推向整体市场，而实体产品应优先考虑在区域市场推出，然后逐步扩大市场范围。

新产品不一定都能走完所有的生命周期阶段，存在夭折的风险。

2）产品成长期的特点与网络营销策略

经过引入期的营销努力，新产品逐渐为顾客所接受，产品进入成长期。在该阶段，产品销售量迅速上升，销售增长率达到最高；市场规模的扩大导致竞争者不断加入，市场竞争日渐加剧。

成长期的营销策略重点是创造名牌产品，提高产品偏爱度。其具体策略包括：提高产品质量，赋予产品更多的差异化内容，使整体产品优于同类产品；进入新的细分市场，拓展物流渠道和范围，扩大产品销售；突出品牌形象宣传，树立良好的品牌形象，提高品牌知名度，促使潜在顾客认牌购买；根据竞争的需要和形势的变化，降低产品价格，争夺低收入、对价格敏感的潜在顾客；着手为顾客提供整体解决方案和产品升级，提高顾客的忠诚度。

3）产品成熟期的特点与网络营销策略

随着市场日趋饱和，产品销售增长逐渐放慢，产品进入成熟期。成熟期产品的销售额达到整个产品生命周期的最高峰，市场处于饱和状态；成熟期产品利润最高，对企业贡献最大；成熟期存在行业内生产能力过剩的威胁，市场竞争进一步加剧；在成熟期，产品的替代新产品开始出现，产品升级成为竞争的重要手段。

成熟期产品的营销管理对企业来讲最为重要，营销策略主要包括三个方面：一是改进市场策略，即在使用者的人数和使用量上采取有效策略，包括提高使用频率、增加每次用量、增加新的更广泛的用途；二是改进产品策略，包括提高质量、增加产品特性、更新款式、为顾客提供增值服务；三是改进营销组合策略，即对原有的营销组合策略进行调整，以适应激烈竞争的市场形势。

4）产品衰退期的特点与网络营销策略

随着市场的饱和，原有产品的销售额明显下降或急剧下降，利润下降甚至出现亏损，产品进入衰退期。在衰退期，企业开始寻求新的增长点；替代产品不断涌现，越来越多的消费者放弃旧产品，对替代产品产生兴趣。

衰退期的营销策略重点是把握退出市场的时机，减小退出损失。其具体策略包括两个方面：一是准确判断产品是否处于衰退期，这是处理衰退期产品必须首先解决的问题；二是决定退出市场的方式和时机。退出市场的方式一般有两种，一是立即放弃，即立即停止生产该产品，或把品牌使用权转让给其他公司；二是缓慢放弃，即逐步地减小投资和产品产量，放弃较小的细分市场和无利可图的渠道，减少促销预算等，直至该产品完全衰竭为止。退出市场的时机，应根据产品的销售和利润情况和产品品牌或技术是否对其他企业有吸引力来决定。

6.1.3　网络域名品牌策略

绝大多数企业都为自己的产品和服务赋予了品牌（brand）。品牌是一种名称、属性、标记、符号或设计，或是它们的组合运用，其目的是借以辨认企业的产品或服务，并使其与竞争对手的产品和服务区别开来。

品牌是整体产品的重要组成部分。在网络营销中，品牌及品牌价值在企业营销中的地位和作用已显得非常重要，并成为企业竞争的重要手段。网络品牌是消费者选择产品和服务的重要依据。

1．网络品牌的概念

企业开展网络营销活动，首先要为企业的网站设计域名，以便消费者访问和浏览；然后在知名门户网站进行注册，以便用户查找，这些构成了企业网络品牌的主要内容。概括来讲，网络品牌包括企业域名（中英文）、域名标识、网站名称、图案等。

与品牌一样，网络品牌在市场竞争中也具有识别、宣传、质量承诺、维护权益和充当竞争工具的作用。受网站访问者数量和群体特征的影响，网上优势品牌具有较强的局限性。在某一群体中具有较高知名度的网络品牌，在其他群体中知名度可能较差，甚至不为人所知。

传统品牌与网络品牌之间存在一定的联系，但相关性较低。企业开展网络营销必须抛开对原有品牌优势的依赖，根据网络营销的特点和目标市场的选择，重新规划、设计和塑造网络营销优势品牌。

2．企业域名品牌

域名是网络品牌的重要组成部分。域名作为企业标识"虚拟商标"的作用日趋明显。有效发掘域名的商业价值，在网络虚拟市场环境下进行品牌的管理与建设，是提高企业市场竞争力的重要手段。

1）域名的概念

域名是由个人、企业或组织申请的、独占使用的互联网网上标识。域名为互联网的使用者提供了一种易于记忆的方法。例如，网易的域名是 www.163.com，其中"www"表示万维网，"163"是域名的识别部分，".com"是顶级域名。

【资料链接】　域名分类

目前，域名的分类情况如表 6.2 和表 6.3 所示。

表6.2　按国家或行政区分类的顶级域名（部分）

域名	国家或行政区	域名	国家或行政区	域名	国家或行政区
.cn	中国	.ca	加拿大	.uk	英国
.au	澳大利亚	.hk	中国香港	.sg	新加坡
.tw	中国台湾	.jp	日本	.mo	中国澳门
.ru	俄罗斯	.de	德国	.fr	法国

表6.3　按机构类别分类的顶级域名（部分）

域名	类　别	域名	类别	域名	类　别
.com	商业组织	.edu	教育机构	.gov	政府机构
.mil	军事组织	.net	网络相关机构	.coop	合作组织
.int	国际组织	.org	非营利性组织	.info	信息相关机构

域名是网络品牌的重要组成部分，不仅具有商标的一般功能，还为访问者提供了网上信息交换和交易的虚拟地址。

域名与商标属性方面的不同，导致了域名与商标的不完全一致，具体表现在以下四个方面。

（1）域名具有唯一性，即绝对专有性。这一属性使网上不可能有两个完全相同的域名出现；而商标则不同，它完全可以因为产品类型的不同而为不同的主体所拥有。

（2）域名具有全球性，而商标只有地域性。全球性使得本来合理共存的同一商标所有人在域名领域不能共存，导致某些商标权人不能将自己拥有的商标注册为域名。

（3）域名注册的民间性、注册程序的简单化和注册的"先申请，先注册"原则，导致大量知名商标以域名形式被抢注。

（4）域名命名方式的规定性和技术的局限性，使域名暂时还不可能和商标拥有相同的构成形式。

2）域名的商业价值

随着互联网的发展，域名的商业价值越来越受到企业的重视。域名的商业价值首先取决于它所传递的信息以及带来商机的能力，其次取决于域名的广告价值。

目前，互联网上最著名的域名交易商 Great domains 采用三个 C 来估计域名的价值，即 characters（域名长度）、commerce（商业价值）、和.com（所在的顶级域名）。每个 C 都是一个很重要的因素，三个 C 综合起来决定了域名的价值。

在网络营销尚未成为企业产品和服务主要营销方式的情况下，很多企业还没有认识到域名的商业价值。随着网络营销活动的开展，越来越多的企业开始关注域名，一些企业不惜花重金从域名抢注者手中购回被抢注的域名。

3. 域名品牌策略

1）企业域名品牌的命名策略

一个优秀的域名品牌依赖于域名识别部分的精心设计。对只从事网络营销的企业来讲，域名品牌设计显得更加重要。

（1）域名要有一定的内涵和寓意。域名要能够反映企业所提供产品或服务的特性，如"拍卖"网的 paimai.com、"招聘"网的 zhaopin.com 等，让人一看便知其经营的活动和范围。同时，域名还要能够反映企业的经营理念，寓意应当深远。

（2）域名应该简明易记、便于输入。一个好的域名应当简短而顺口，便于记忆，最好让人看一眼就能记住，而且读起来发音清晰，不会导致拼写错误。例如，qq.com、163.com、8848.com 和 amazon.com 等。再如，四通集团的域名是 stone-group.com，在向别人推荐自己的网址时总是要解释在"stone"和"group"之间有一个连字符，这就显得有点麻烦。

域名是否简明易记、便于输入，是判断域名好坏的一个重要的因素。

（3）域名要与企业名称、商标或产品名称相关。从塑造企业网上与网下的统一形象和网站推广的角度来讲，域名与企业名称、商标或产品名称相关，既有利于顾客在网上、网下不同的营销环境中准确识别企业及其产品与服务，也有利于网络营销与传统营销的整合，使网下宣传与网上推广相互促进。目前，大多数企业在注册域名时，都会考虑与企业名称、商标的相关性。

- 以企业名称的汉语拼音作为域名，如新飞电器的域名是 xinfei.com；
- 以企业的英文名称作为域名，如中国移动的域名是 chinamobile.com；
- 以企业名称的缩写作为域名，既可以是汉语拼音缩写，也可以是英文缩写，如泸州老窖集团的域名是 lzlj.com.cn；
- 用中英文结合或数字与字符结合的形式注册域名，如中国人网的域名是

chinaren.com，前程无忧网的域名是 51job.com（数字加英文）。

一般来讲，域名命名应有特色，并与网站的服务内容相一致，这样才能对网站推广起到大的促进作用。

（4）在选择域名时，应尽量避免可能引起的文化冲突。

（5）域名应符合国际互联网的基本要求和我国的具体规定。在选择国际域名时，26 个英文字母、10 个阿拉伯数字以及中横杠"－"可以用做域名，但域名不能以中横杠"－"开头或结尾；字母的大小写没有区别；一个域名最长可以包含 67 个字符（包括后缀），但每个层次最长不能超过 26 个字母。对于国内域名注册，未经国家有关管理部门正式批准，不得使用含有"china"、"chinese"、"cn"和"national"等字样的域名；不得使用公众知晓的其他国家或地区的名称、外国地名、国际组织名称等；未经地方政府批准不得使用县级以上（含县级）行政区划名称的全称或者缩写；不得使用对国家、社会或者公共利益有损害的名称。

2）企业域名品牌的保护策略

（1）及时注册域名。域名注册遵循"先申请，先拥有"的原则，企业设计好域名后，应立即申请注册，以防止被别人抢注，保护自身的利益。根据现行法律法规，域名与企业名称、产品名称及商标名称并不一定必须一致。一个域名只能由一家企业注册，该企业也并不一定要拥有与该域名相同或相似的企业、商标或产品名称。实际上，顾客常常根据自己知晓的企业及其产品或商标名称搜索其网站，如果企业及其产品或商标的名称被他人抢先注册，企业的合法权益就可能受到侵犯，企业积累的无形资产可能会因此而流失。

（2）申请注册网站名称。网站名称是企业为自己的网站所起的名字，如搜狐、网易、一搜等，网站名称一般作为网站徽标的一部分，放置在网页最显著的位置。网站名称应及时到当地工商管理部门注册登记，以免自己的合法权益受到侵害。例如，网站名称都为"中国商品网"的网站却是域名为 www.cscst.com 和 www.goods-china.com 的两个不同的网站。

（3）采取多域名策略。域名后缀".com"或者".net"的域名分属不同所有人所有时，很容易造成混淆。多域名可以避免竞争者因为域名拼写错误等原因而获得利益。例如，搜狗搜索引擎网站（www.sogou.com）和搜狗网（www.sougou.com）的域名就容易混淆。

3）企业域名品牌的管理策略

企业域名品牌管理主要是针对域名所对应的站点进行的管理。消费者访问网站的目的是为获取网站的相关信息和服务，站点页面内容才是域名品牌的真正内涵。企业为吸引访问者，就必须加强站点管理，不断丰富和更新页面信息和内容。其具体管理策略有以下几种。

（1）一致性策略。域名作为企业网络品牌资源的重要组成部分，应与企业的传统品牌和形象保持一致，页面内容与企业经营和服务相一致，在为访问者提供相关信息和知识的同时，强化企业的品牌定位和企业形象。

（2）网站内容丰富性策略。企业开展网络营销的目的是通过向访问者传播企业文化和形象定位，促进访问者对企业的了解和认识，推广企业的产品和服务。企业的信息、产品和服务是网站的核心内容，但不应是全部的内容。为吸引访问者、延长访问者的浏览时间，企业应当丰富网站内容，让访问者能够通过企业网站了解其他相关信息和行业知识，提高访问频率。

（3）时效性策略。社会经济的快速发展和各类信息的日新月异，使消费者越来越关心环境、健康和发展等社会热点问题，关心企业在新产品开发或服务方面的动向。这就要求企业必须及时更新网站内容，确保信息的新颖性和时效性，吸引访问者经常访问企业的网站。

（4）知识性和趣味性策略。网络的互动性使消费者有条件参与企业产品开发和各类游戏活动，学习相关知识，了解有关法律法规等。网页内容的知识性与趣味性的有机结合，无疑对访问者具有很强的吸引力，可延长访问者的停留时间，提高访问频率。

（5）国际化策略。互联网的迅速发展消除了国家和地区间的时空距离，社会经济的国际化趋势也在促进产品和服务国际化标准的形成和推广。国际化浪潮已经席卷全球，并在社会、经济的各个方面产生巨大影响。网站国际化策略就是要适应国际化趋势，满足不同国家和地区顾客的需求。

6.2　网络营销服务策略

在网络营销环境下，企业间的竞争已从实物产品延伸至服务，传统产品策略已转化为实物产品策略、服务策略和信息策略三位一体的网络营销产品策略。互联网与其他媒体的截然不同之处在于网络的互动性，最能发挥这种特性的是服务。通过实施交互式的网络营销服务策略，提供满意的顾客服务正是许多企业网络营销成功的关键所在。

6.2.1　网络营销服务概述

1. 网络营销服务的含义

网络营销服务是指通过使用不同网络工具与顾客建立一对一的关系，并为其提供个性化的服务。服务是指除所提供或销售的产品之外的、所有能促进企业与顾客关系的交流与互动。

只有更好地满足顾客需求，才能在激烈的市场竞争中立于不败之地。网络营销服务借助互联网，可以加强企业与消费者在各方面的沟通，并随时搜集、整理、分析消费者反馈的信息，以更好地满足顾客的个性化需求，提高顾客的满意度和忠诚度。

2. 网络营销服务的内容

在传统营销中，企业向消费者提供的服务主要集中在产品销售过程中的服务和售后服务。例如，营销人员现场为消费者介绍产品特点、使用方法，为消费者包装产品，免费送货，上门安装和维修等。在网络营销中，由于消费者的选购活动是在网络虚拟环境中进行的，消费者无法通过眼看、手摸、耳闻等感觉器官来感受商品，因此，企业必须向消费者提供更为周到和细致的服务，包括售前、售中、售后及满足消费者要求的其他个性化服务。

1）售前服务

售前服务是在产品销售前，企业利用互联网为顾客提供的信息服务。售前信息服务的方式有两种：一是企业利用自己的网站宣传和介绍产品信息，这要求企业的网站具有一定的知名度；二是利用网上专业商城或网上虚拟市场向顾客提供产品信息。在网上虚拟市场中，企业可以免费发布产品信息，提供产品样品，介绍产品订购的信息。

售前服务提供的信息要充分、可靠，让顾客充分了解产品，并依据这些信息做出购买决策。同时，在条件允许的情况下，网上售前服务还应包括接受顾客自行设计的产品，让顾客直接参与营销过程，提高顾客的满意度。

2）售中服务

售中服务主要是指买卖关系已经确定，在产品送达指定地点的过程中的服务，包括查询、支付银行款项、了解订单执行情况和产品运输状况等。让顾客充分了解销售的执行情况是售中服务的重要内容。

在网络交易市场中，市场的虚拟性使部分顾客会对销售的执行情况产生不信任感，为此，企业必须在提供网上订货服务的同时，提供订单执行情况的在线查询，方便顾客随时随地了解销售的最新执行情况，提高顾客对购买的安全感。同时，企业也可以利用网络平台，为非网上订货的顾客提供订单执行情况的在线查询，在节约企业销售成本的同时，提高服务质量。例如，美国的联邦快递公司（www.fedex.com）通过其高效的邮件快递系统将邮件在递送过程中的信息输入数据库，顾客可以直接通过互联网查询邮件的最新动态。

3）售后服务

售后服务是企业利用互联网的直接沟通优势，满足顾客对产品的使用帮助、技术支持及产品维护等方面的需求。网上售后服务主要有两类，即网上产品支持和技术服务与增值服务。

（1）网上产品支持和技术服务。在产品构造和生产日益复杂和精确的今天，提供产品支持和技术服务变得越来越重要。借助网络平台，企业可以使顾客得到最直接、最快捷、最方便的服务，可减少传统服务方式中的大量中间环节，提高了服务效率。网上服务可以 24 小时不间断，用户可以随时随地上网寻求帮助；同时，网上服务的自助化和开放性，可降低企业在服务方面的开支。例如，美国的波音公司通过网站公布其零件供应商的联系方式，并发布有关技术资料，方便各地的飞机维修人员及时索取最新资料和寻求技术帮助。

（2）增值服务。增值服务是企业为满足顾客的附加需求而提供的服务，如软件供应商为其用户提供软件网上免费升级或免费补丁服务。定期给顾客发送邮件，主动询问顾客使用情况，发送最新产品信息，与顾客保持密切联系，有利于减少顾客对网上服务的陌生感和不信任感。

4）网上个性化服务

网上个性化服务建立在客户资料数据库化的基础之上。网上个性化服务要求企业必须把每个顾客视作独立的单一个体，随时整理和更新顾客自愿提供的个人信息、订单记录、历史交易等资料，同时，要使顾客感到受尊重、安全、愉快和方便。

企业通过对客户资料的搜集、统计、分析和追踪，可发现客户个性化需求的统计特征。通过了解顾客偏好和专业化的经营管理，可使顾客获得高度个性化的服务。企业在开展个性化服务时，要特别注意保护顾客的隐私。

3．网络营销服务的特点

（1）便捷性。网络营销服务突破了时空限制，用户可以随时随地上网寻求支持和帮助。同时，互联网技术与计算机技术的结合，提高了网上服务的自助化程度。顾客通过辅助系统自行寻求服务，可避免时空分离所带来的不便。

（2）灵活性。网上的服务综合了许多技术人员的知识、经验和以前顾客出现问题的解决办法，顾客可以根据自己的需要从网上灵活寻求相应的帮助，了解他人的解决办法。

（3）自助性。网络营销服务从某种意义上说是一种自助式服务，顾客自己搜寻有关信息，自己解决问题，企业只需提供相应的服务工具，或安排少量的技术人员进行在线解答，指导顾客。

（4）经济性。网络营销服务的自助化和开放性，使得企业可以减少技术支持人员的数量和大量重复性的服务活动，大大减少了不必要的管理费用和服务费用。

6.2.2　网络营销服务形式

良好的网络营销服务能够提高顾客的满意度。目前，网络营销服务的主要形式有常见问题解答、电子邮件及在线表单、网络社区、消费者自我设计区、即时信息服务和系统跟踪服务等。

1．常见问题解答

常见问题解答（frequently asked questions，FAQ）旨在引发那些随意浏览者的兴趣，帮助有目的的顾客迅速找到他们所需要的信息，获得常见问题的现成答案。通过FAQ，一方面可使消费者就遇到的问题直接在网上得到解答，无须专门写信或发送电子邮件咨询；另一方面可以帮助企业节省大量的人力和物力。

网站的 FAQ 内容一般分为两类：一类是在网站正式发布前已准备好的内容，通常是关于用户常遇到的问题的解答，这要求企业站在用户的角度，对在不同场合中用户可能遇到的问题给出解答；另一类是在网站运营过程中用户不断提出的问题。网站发布前的 FAQ 设计越完善，运营过程中遇到的问题就越少，因此，优秀的网站都非常重视前期的 FAQ 设计。

有关 FAQ 设计的主要工作有两方面，即列出常见问题和做好页面设计。

1）列出常见问题

列出常见的问题对客户服务部门的人员来说是比较容易的。客户服务部门只需把客服人员集中起来，集思广益，常见问题列表很快就能形成。

为提高服务效率，FAQ 通常设置两套方案：一套是面向新顾客和潜在顾客的，主要提供关于公司及产品的基本信息，意在使浏览者对公司及其产品有初步的了解和认识；另一套面向老顾客的，主要提供一些更深层次的详细的技术细节、技术改进等方面的信息。

2）做好页面设计

优秀的 FAQ 页面设计不仅能为顾客提供方便的服务，节省顾客的搜索时间，同时还能为公司节省大量的咨询电话费用。网站设计必须使顾客能在网站首页上很容易地找到 FAQ 页面，页面上的内容应清晰易读、易于浏览，企业为此应做好以下几个方面的工作。

（1）确认 FAQ 的效用。为方便顾客查找答案，提高服务质量，FAQ 的内容不能太短，应包括所有可能遇到的问题。问题应依据顾客提问频率的高低排列，以节省顾客的搜索时间。对于 FAQ 的设计，应保证有一定的信息量、一定的广度和深度，问题回答时应尽可能地提供足够的信息，做到至少对 80%的顾客有实际性的帮助。同时，应避免因为企业客户服务人员自认为某些问题不重要而未列出或不回答，影响 FAQ 的效用。

（2）易于导航。顾客寻找问题的解决答案时一般都比较着急，如果经过多次查找还不能找到答案就会失去耐心，对企业的服务产生不满。为方便客户使用，首先，FAQ 可按频率或常见性列出问题，并提供搜索功能，客户只要输入关键词就可以直接找到有关问题的答案；其次，在问题较多时，可以采用按主题将问题分类的分层目录式结构来组织 FAQ，但目录层次不能太多，最好不超过 4 层；最后，对一些复杂问题，可以在问题之间加上链接，便于在了解一个问题的同时，可方便地找到其他相关问题的答案。

（3）信息披露应适度。FAQ 向顾客提供了与企业有关的重要信息，但企业不必把所有关于产品、服务以及企业的情况公布出去，特别是对顾客没有太多用途的信息，以免造成可能给竞争对手窥探企业机密的机会。所以，信息披露要适度，这个"度"应以对顾客产生价值又不让竞争对手了解企业的内情为准。

2．电子邮件及在线表单

电子邮件和在线表单都属于在线联系工具。利用电子邮件和在线表单，顾客可将所咨询的信息发给企业相关人员。两者发送信息的方式不同，其效果也存在一定的差异。

1）电子邮件

电子邮件具有在线顾客服务功能，作为一种主要的在线交流工具，不仅表现为一对一的顾客咨询，更多情况下还可用于长期维持顾客关系。随着顾客对服务的要求越来越高，回复顾客电子邮件咨询的时间已经成为衡量一个企业整体顾客服务水平的标准。对顾客发给企业的电子邮件，企业应该尽快回复，帮助顾客及时解决问题，从而提高服务质量和顾客满意度。

企业利用电子邮件为顾客提供服务时具有很强的主动性，其主要表现有以下三个方面。

（1）企业可主动向顾客提供企业的最新信息，包括企业新闻、产品促销信息、产品升级信息等，加强顾客对企业的了解。

（2）当企业获得顾客的需求信息时，可以主动将其整合到企业的设计、生产、销售等系统中，以更好地满足顾客需求。

（3）企业在设计产品时，可以通过电子邮件直接向顾客询问设计要求，以便设计和生产适销对路的产品。

2）在线表单

在线表单的作用与电子邮件类似，但在使用方面存在区别。顾客通过浏览器界面上的表单填写咨询内容，提交到网站，再由相应的客服人员处理。在线表单事先设置了一些格式化的内容，如顾客姓名、单位、地址、问题类别等，因此，通过在线表单提交的信息比一般的电子邮件更容易处理，许多网站采用这种方式了解顾客需求。

然而，在线表单的格式化也限制了用户的个性化要求，使一些顾客信息无法正常表达；当表单提交成功之后，信息提交到什么地方、多长时间能得到回复，顾客也无从知晓；无副本保留，不便于日后查询。这些因素在一定程度上影响了在线表单的使用。

为提高在线表单的使用价值和服务质量，在应用在线表单时，企业应真正站在用户的角度设计表格项目，注意对一些细节问题的处理，增进客户关系。例如，在联系信息的表单页面同时给出其他联系方式，如电子邮件地址、电话号码；对顾客做出服务承诺，给出回复用户问题的时间；提醒用户对有关咨询的问题自行用其他方式保留副本等。

3. 网络社区

网络社区与现实社区类似，是一种随着网络和人们网络社会行为的扩展而出现的人类社会活动的新型空间。网络社区在商业活动中不但是一种前所未有的顾客服务工具，也是一种有效的公共关系手段。网络社区的主要形式有在线论坛和新闻组两类。

（1）在线论坛。通过在线论坛，顾客可以发表自己的观点和意见，网站服务人员和其他顾客可以通过论坛对问题进行回答。利用在线论坛开展网络营销服务，作为对FAQ 的一种有效补充，可将论坛上的常见问题及解答补充到 FAQ 中去，或者通过邮件列表向所有注册用户发送，让更多的顾客了解有关信息，以更好地满足顾客对营销服务的要求。

（2）新闻组。在建立新闻组时，最好预先设计好议题，以便对顾客的反馈意见和评论按不同的议题进行归类；同时，应保证每个议题有足够大的空间让顾客发表意见。对于企业的新闻组，必须安排专门人员负责管理和对问题进行分类、发送及对紧急情况进行处理。

4．消费者自我设计区

网络良好的开放性和互动性，使消费者与企业间的直接对话成为可能。借助互联网的沟通平台，企业可把消费者当做伙伴，利用网络经常与消费者沟通，让消费者参与产品的设计和改进，为消费者提供符合其要求的、个性化的产品和服务。

5．即时信息服务

以聊天工具（如 QQ、MSN 等）为代表的即时信息（instant messaging，IM）服务，已经成为继电子邮件和 FAQ 之后常用的网络营销服务工具。与电子邮件和 FAQ 相比，聊天工具的使用受到一定制约。首先，对服务人员要求高，占用人工较多；其次，主要为个人之间的沟通，且只有顾客与在线服务人员同时使用相同的聊天软件时，才能相互交流信息。

随着网络技术的发展，即时信息工具的互通已经取得了一定的进展，但所有的即时信息工具都能实现互通还有待时日。

6．系统跟踪服务

消费者所下的订单被确认后，应有一套允许消费者查询订单处理过程的软件系统，使消费者可以跟踪、监督订单的执行情况；对于某些仓促做出决定的消费者，应当允许他们在一段时间内修改订单；当产品发运之后，要经常与消费者保持联系，直到客户收到产品并已开始使用。

此外，电子书和博客也常被用做网络服务工具。企业可以将有关产品和服务信息、使用说明、常见问题、产品购买常识等内容制作在一本电子书中，供用户下载或查询；同样，博客作为顾客发表意见和建议的重要形式，在一定程度上也具有在线服务的作用。

尽管网络营销服务的形式多种多样，即时性很强，但并不能满足所有顾客的需求，因此，企业不应忽视传统服务，如电话和普通邮件等在增进网下顾客关系、满足网下顾客服务要求方面的重要作用。正如网络营销与传统营销密不可分一样，选择顾客服务手段最重要的不是区分网上还是网下，而是服务效率和顾客满意度，应根据顾客需求的特点，采取网上与网下服务手段相结合的方式。

6.3 网络营销定价策略

定价策略是营销策略的重要组成部分，为自己的产品或服务确定一个合理的价格是每个营销主体的重要工作。在市场经济中,产品或服务的价格由市场供求关系决定,即供求关系的变化导致价格的变化。同时,价格又是一个重要的经济杠杆,价格的变化反过来又会影响市场供求关系。

6.3.1　网络营销定价的特点

网络营销定价是指企业为网上销售的产品或服务制定一个合理的价格。在工业经济时代,产品或服务供求双方的沟通障碍导致信息不对称,企业从自身需要制定价格,消费者只是价格的接受者。网络经济的发展在很大程度上解决了产品开发和销售中存在的信息不对称问题,使企业能够利用互联网充分了解目标市场的需求信息和为获得产品所愿支付的成本,提高了产品定价的有效性和企业的市场竞争力。

网络营销定价呈现以下几个特点。

1．全球性

在网络经济时代,网络营销企业面对的不再是传统的、受地域限制的消费者,而是无国界的全球市场,任何国家和地区的用户都可以直接通过网络订购企业的产品或服务。而各地区消费者生活的社会经济环境和对整体产品需求的差异,使企业产品定价变得更加困难,定价时考虑的因素也更多。

市场全球化并不等于定价全球化。面对差异性极大的全球性网络营销市场,企业必须采用全球化与本地化相结合的策略,根据市场差异进行差异化营销和定价。

2．顾客主导定价

顾客主导定价是指在决定产品价格时,顾客处于主导地位。企业借助网络能够充分了解目标市场的需求和支付能力,并据此提供相应的产品,确定消费者愿意接受的价格。其具体做法为:提供同类产品或相关产品的不同厂商的价格目录,使消费者了解行情及市场总体水平,为其做出理性判断提供必要的信息;开发自动调价系统,能够根据季节、市场供求、促销状况等调整价格;开发智能议价系统,给消费者创造在网上直接协商价格的环境,以满足其心理需要;设立价格讨论区,对企业新上市的产品,可以通过该讨论区了解消费者普遍接受的价格,为制定和调整价格策略提供参考。

顾客主导定价并不意味着低价或无利润销售,它只是消除了企业攫取超额垄断利润和进行价格欺诈的主观意愿。相反,在顾客主导定价的驱使下,企业通过不断创新,不仅能够满足顾客需求,也能够取得相应的利润。

但是,不是所有产品都适合顾客主导定价。顾客主导定价产品一般应满足 4 个条件:一是产品属于个性化需求产品,企业必须为客户定制;二是企业充分掌握目标市场需求信息和支付能力信息;三是产品成本低于顾客愿意支付的成本,企业能够获得一定利润;四是企业具有较强的创新能力,能满足顾客不断变化的需求。

3．低价位定价

低价位定价是网络营销定价的显著特点之一。网络经济的发展是通过提供免费信息实现的。目前，很多企业的网络营销活动仍处在发展的初期阶段，免费或低价仍是网络营销定价的主要策略。企业需要通过免费提供信息和服务或利用低价产品吸引客户浏览，直接或间接地取得经济利益。从成本费用的角度来看，借助于快速、高效的网络信息系统，无论是网络信息服务或是网上产品销售，都具有低价位定价的条件；从网络营销发展的角度来看，低价位定价也是企业促进产品网上销售、扩大市场规模的重要手段。

6.3.2　网络营销定价的目标和原则

1. 网络营销定价的目标

企业定价目标是指企业希望通过产品定价所要达到的目的或结果。定价目标是企业营销战略在产品定价方面的具体化，是产品定价方法的选择和最终定价的依据。不同企业有不同的定价目标，同一企业在不同的发展阶段其定价目标也不一样。同时，企业定价目标往往不是单一的，而是多元化的。网络营销定价的主要目标如下。

1）生存目标

生存是发展的基础，没有生存就谈不上发展。生存目标是指企业以生存作为产品或服务定价的首选目标，暂时不考虑企业的赢利和发展。在产品定价时，企业首先考虑在弥补产品成本费用的基础上选择低价策略，以维持企业生存。

2）利润最大化目标

利润最大化目标是指企业根据当前市场需求和供给状况，结合企业的产品优势和市场竞争优势，选择以利润最大化作为定价目标。

并不是每个企业都能够以利润最大化作为产品定价目标，只有那些产品品牌知名度较高、顾客愿意为获得产品而支付较高价格的企业或垄断性企业才有可能选择利润最大化目标。

3）市场占有率最大化目标

占领市场是企业的重要目标。市场占有率最大化目标是指企业以扩大市场占有率为目标，产品定价以能否增加市场份额为考虑因素。

产品销量一般与价格成反比，价格越低，销售量就可能越大，市场占有率就越高。因此，以市场占有率最大化为目标的企业一般采用低价策略，以期在最短的时间内占领市场。许多具有一定竞争优势的企业在市场成长期往往选择此定价目标。

4）销售额增长率最大化目标

销售额增长率最大化目标是指企业在进行产品定价时，以产品定价能否增加销售额为考虑因素。销售额的增长有赖于销量的增加和价格的提高，而产品的销量往往与价格成反比，降低价格能否导致销售额的增加取决于产品需求的价格弹性。因此，在考虑以销售额增长率为目标时必须考虑产品需求的价格弹性，并根据产品需求的价格弹性决定是采用高价策略还是低价策略。

5）产品质量最优目标

产品质量最优目标是指企业的产品定价以产品质量为基础，并有利于提高产品质量。产品质量与价格一般成正比。

产品质量不仅包括性能质量，还包括服务质量。网络营销服务的低成本特点，使企业有条件为顾客提供高质量的服务，提高顾客满意度。同时，产品的性能质量是由顾客界定的，它以顾客的需求和支付成本为基础。因此，严格意义上的产品最优质量是不存在的。

6）应对和防止竞争者目标

在激烈的市场竞争中，大多数企业对于竞争者的价格十分敏感，在分析企业的产品竞争能力和市场竞争地位后，常常以应对和防止竞争者作为定价目标。

当企业具有较强实力，在行业中居于价格领导地位时，其定价目标主要是应对竞争者或阻止竞争对手，常常首先变动价格；具有一定竞争实力，居于市场竞争挑战者位置时，其定价目标是攻击竞争对手，侵蚀竞争对手的市场份额，价格相对较低；市场竞争力较弱的中小企业，在竞争中为防止竞争对手的报复一般不首先变动价格，在制定价格时主要跟随市场领导者的价格。

网络营销定价目标的选择可以不同，但有些因素是定价时必须考虑的。例如，企业的战略目标、目标市场的选择、产品的市场定位和特性、相关产品的生产成本和服务费用、产品所处的生命周期阶段、市场竞争状况等。

2．网络营销定价的原则

无论是针对消费者市场还是针对组织市场开展网络营销，产品定价一般应遵循以下三个原则。

（1）吸引力原则。网络营销产品定价必须对目标市场具有吸引力，以激发购买者的购买意愿和动机，实现产品销售。

（2）差异化原则。差异化原则要求企业针对不同的产品、目标市场、销售时间和地点等，制定差异化的价格。

（3）整体利益定价原则。企业在产品定价时，以整体利益最大化为原则，对一些产品采用牺牲定价甚至免费，以此带动其他产品销售业绩的提升或取得其他间接收益，促进企业长期发展。

6.3.3　网络营销定价策略的种类

网络营销定价策略是指网络营销企业在产品定价时所采用的基本策略，是企业营销策略的重要组成部分。网络营销定价的策略主要有以下几种。

1. 竞争导向定价策略

竞争导向定价策略是指企业通过分析市场竞争状况和变化趋势，研究竞争对手的反应，及时了解顾客需求，确定产品定价的营销策略。

竞争导向定价策略要求企业准确把握市场竞争脉搏和竞争对手的反应模式，根据市场竞争和市场需求的变化及时调整价格，保持在同类产品竞争中的相对价格优势。

在竞争导向定价策略中，通常可采用先发制人定价策略和市场追随定价策略。

2. 免费价格策略

免费销售是网络营销的基本特征之一。在网络营销中，免费价格策略是一种非常有效的定价策略。免费价格的形式有以下四种。

（1）产品和服务完全免费，即产品或服务从购买开始到使用和售后服务的所有环节都是免费的。

（2）产品和服务限制免费，即规定产品或服务免费使用的期限或次数，超过一定期限或者使用次数后，若想继续使用就要付费购买。例如，金山公司的金山杀毒软件，用户只要通过注册就可以免费使用 37 天，37 天后则需要付费购买才能继续使用。

（3）产品和服务部分免费，如一些销售视听产品的公司，把一部电影的最精彩部分让用户免费观看，以引发用户观看全部影片内容的欲望，而用户若想获取影片的全部内容就必须付款购买。

（4）产品和服务捆绑式免费，即购买某产品或者服务时赠送其他产品和服务。

产品或服务实行免费策略受到一定条件的制约，并不是所有产品或服务的定价都适合采用免费策略。一般来说，采用免费策略的大多是一些易于数字化的虚体产品，如软件、信息、电子图书等。虚体产品可以直接通过互联网进行传输，实现零成本配送。并且，对这些虚体产品，企业只需要投入研制费用，开发成功后，通过简单复制就可以实现无限制的生产，生产成本为零。此外，免费产品必须能够吸引客户，有利于企业占领市场，为未来市场发展打下坚实基础，帮助企业通过其他渠道获取间接收益。

3. 低价定价策略

低价定价是企业常用的一种定价策略，主要包括直接低价定价、折扣定价和促销定价三种方法。直接低价定价策略在定价时采用成本加一定利润，甚至是零利润的方式，因此价格比同类产品低；折扣定价是在原价基础上进行折扣定价，这种定价可以让顾客直接了解产品的降价幅度以促进顾客的购买；促销定价除了折扣策略外，还包括有奖销售和附带赠品销售。

实施低价定价策略时要注意三个问题：一是企业不宜销售那些顾客对价格敏感而企业又难以降价的产品；二是对不同的消费对象（消费者、零售商、批发商）提供不同的价格信息发布渠道；三是在网上发布价格时要注意与同类站点公布的价格进行比较。

4．特殊品价格策略

特殊品价格策略是指企业在提供满足顾客特殊需求的产品时所采用的定价策略。特殊品包括创意独特的新产品、纪念物及有特殊收藏价值的产品等。特殊品具有其他产品无法替代的核心利益和效用，市场竞争者较少，一般采用高价定价策略。

5．差别定价策略

差别定价策略包括：按顾客身份差别定价，如互动出版网（www.china-pub.com）把注册登录的用户按照一次性购买金额分为一般会员、星级会员和团体会员，购物时给予不同会员不同的价格优惠；按产品形式差别定价，如给简装版和精装版的书籍制定不同的价格；按产品销售时间差别定价，如预订机票提前时间的长短。

【课堂练习】　分析图 6.3 中的当当网页面上表现了哪几种定价策略？

图 6.3　当当网的部分定价策略

6．捆绑销售定价策略

捆绑销售是指企业为促进产品销售，把一些具有互补性的产品或关联产品组合起来进行销售。捆绑销售定价策略是捆绑销售策略的重要组成部分。

一般来讲，组合销售的产品价格低于独立销售产品价格之和，其目的是使顾客在获得所需要产品的同时，能得到额外的利益和满足，增加产品销售。

7．定制生产定价策略

定制生产定价策略是指在企业具备定制生产条件的基础上，利用网络技术和辅助设计软件，帮助消费者选择产品配置或者自行设计能满足自己需求的个性化产品，同时承担自己愿意支付的成本。消费者定制产品的过程是在企业服务程序的引导之下完成的，并不需要专门的营销服务人员陪同，因此，营销成本也比较低。

8．使用定价策略

网络消费者的需求变化较快，产品更新换代的速度也越来越快，产品被消费者使用几次后就希望被新产品替代，消费者若想使用新产品需重新购买，这势必增加消费者的开支；同时，有些产品购买后只是偶尔使用，消费者不愿为此支付整个产品的购买费用。为满足消费者的这些需求，企业可采用使用定价策略来刺激消费者的购买行为。

使用定价策略是指顾客通过互联网进行必要的注册后，无须完全购买就可以直接使用企业的产品或服务，企业则按照顾客使用产品的数量或接受服务的次数进行计费。采用使用定价的产品要适合互联网传输和远程调用，目前以软件、音乐、电影等数字产品为主。

9. 拍卖竞价策略

网上拍卖是目前发展比较快的一种网络营销业务。网上拍卖竞价方式有以下几种。

（1）竞价拍卖。竞价拍卖是由卖方引导买方进行竞价的购买过程，消费者通过互联网轮流公开竞价。

（2）竞价拍买。竞价拍买是竞价拍卖的反向过程，消费者提出一个价格范围，求购某一商品，由商家出价；出价可以是公开的也可以是隐蔽的，消费者将与出价最低或最接近的商家交易。

（3）集体议价。集体议价是一种由消费者群体（具有某一需求的群体）集体议价、以较多的数量换取较低价格的交易方式。例如，在酷必得网站（www.coolbid.com）上，随着每一个新竞标者的加入，原定价格就会下跌一格，即买的人越多，价格就越便宜。

定价策略很多，企业在定价时必须充分考虑影响产品定价的各种因素，包括企业内部因素和外部环境因素，根据企业的营销目标和定价目标，选择合适的定价策略。在网络营销竞争日益激烈的环境下，企业为求得生存和发展，还必须根据影响价格变化的各种因素的变化，对价格适时进行调整，以适应市场竞争的需要。

【课堂练习】 "AOL 高速"服务提价

从 2006 年 3 月 9 日开始，AOL 时代华纳公司的包月拨号连接服务——"AOL 高速"服务的价格由 23.9 美元提高至 25.9 美元。如果使用"AOL 高速"服务，用户需要每月支付 25.9 美元；如果使用新的宽带连接服务，用户则需要每月支付 29.9 美元。"AOL 高速"服务的价格比 AOL 新的宽带连接服务的价格只低 4 美元，但宽带连接将使他们有更好的网络体验，尤其是在访问多媒体内容方面。

思考题

AOL 时代华纳公司提高"AOL 高速"服务价格的目的是什么？

6.4 网络营销渠道策略

网络营销渠道是指企业借助互联网将产品从生产者转移到顾客手中的过程。网络营销，一方面要求企业了解顾客需求，向顾客介绍企业产品信息，提供样品或进行产品展示；另一方面应为顾客提供网上订购便利，实现货款结算和产品实体的转移。因此，网络营销渠道不仅包括网络信息传播和信息沟通系统，还包括网上订货系统、货款结算系统和物流系统。

6.4.1 网络营销渠道的特点

与传统营销渠道相比，网络营销渠道具有以下四个特点。

1. 直接性

在传统营销渠道中，企业的产品销售大多借助中间商来完成。中间商在企业产品的信息传递、购销、储运、货款支付等方面具有不可替代的作用，是企业完成产品销售的重要合作伙伴。而在网络营销中，商品所有权流程、信息流程都可以由企业自己借助互联网来完成，资金流程可借助银行的网上结算系统或邮政系统来完成，商品实体流程可以利用第三方物流体系或自己建立的物流体系来完成。也就是说，企业只要建立网站或租用虚拟社区，就能实现产品的直接销售。

2. 便捷性

网络营销的基础是互联网。顾客借助互联网可直接获得产品信息，通过网上谈判达成交易协议；借助银行的网上支付系统或企业网站，完成货款支付；利用企业或公共物流配送体系完成商品实体的转移；企业通过网站上的 FAQ，解决顾客在产品使用中存在的问题。因此，与传统营销渠道相比，网络营销渠道更为便捷，顾客足不出户就能实现商品采购。

3. 高效性

在传统营销活动中，由于存在多个中间环节，高效的产品销售往往要以高额的营销费用和高效的合作伙伴为基础；传统直接销售尽管没有中间环节的影响，但营销费用较高，市场拓展困难，营销的高效性也难以实现。网络营销借助互联网的高效信息沟通系统，直接向目标市场传递产品信息，利用公共资源实现产品实体的转移和货款结算，有效降低了营销成本，提高了营销效率。

对于网络直接销售来讲，企业可以根据顾客的订单按需生产，实现零库存，减少推销人员，最大限度地节省营销费用。对于网络间接销售来讲，通过信息化的网络营销中间商，企业可以进一步扩大规模，提高专业化水平；通过与生产者的网络连接和顾客信息沟通，可控制企业库存，提高物流运转效率，降低物流成本。

4．专业化

网络间接销售渠道的中间商是传统营销渠道中间商的发展，它不仅具有传统中间商的一般功能，而且融入了网络信息技术。中间商的交易效率和专业化程度较高，规模效益的发挥也不再受经营场地的限制。

6.4.2 网络直接销售

与传统营销渠道一样，网络营销渠道也分为直接销售渠道和间接销售渠道两类。

1．网络直接销售概述

网络直接销售（以下简称网络直销）是指网络营销企业直接通过互联网与顾客达成交易协议，没有传统意义上的中间商参与。在网络直销中，网络营销服务中介机构发挥着重要作用，如提供货物运输配送服务的专业配送公司、提供货款网上结算服务的网上银行、提供产品信息发布和网站建设的 ISP 和电子商务服务商等。

网络直销一般有两种形式，一是生产企业利用自己的网站或网页推介并销售产品，由企业网络管理员专门处理有关产品的销售事务；二是企业委托信息服务商在其网站上发布产品信息，企业利用有关信息与顾客联系，直接销售产品。虽然在第二种直销形式中有信息服务商参与，但主要销售活动仍然在企业与顾客之间完成，因此也属于网络直销。

2．网络直销的优势与不足

1）网络直销的优势

网络直销的优势主要体现在下列 5 个方面。

（1）提高了沟通效率。借助互联网，网络直销实现了企业与顾客的直接沟通，提高了沟通效率，使企业能够更好地满足目标市场需求。

（2）降低了价格。网络直销减少了营销人员的数量，降低了企业的营销成本和费用，使产品能以较低的价格销售。

（3）提高了营销效率和促销的针对性。营销人员利用网络工具，如电子邮件、网络社区等，可随时了解并满足顾客需要，有针对性地开展促销活动，提高了产品的市场占有率。

（4）提高了服务质量。企业通过网络可及时了解用户对产品的意见和建议，并针对这些意见和建议提供技术支持和服务，迅速解决顾客在使用中遇到的问题，提高服务质量。同时，通过交互式沟通，企业可与顾客建立良好的互信关系，满足顾客的心理需求。

（5）有利于企业对价格的控制。与分销模式相比，网络直销使企业有能力有效运用价格的差异性和一致性，控制产品价格，规范市场运作，避免中间商对产品价格的影响。

2）网络直销的不足

网络直销产品的信息沟通、所有权转移、货款支付和实体流转等是相互分离的，任何一个环节的失误都将直接影响产品销售。与发达国家相比，我国的市场经济还不成熟，市场化运作机制还不完善，社会信用体系还没有完全建立，特别是与网络直销密切相关的电子支付系统和物流系统还有待进一步发展。国外的一些企业，如 Dell 公司网络直销的成功，很大程度上得益于完善和发达的市场体系。

6.4.3　网络间接销售

网络间接销售是指网络营销者借助网络营销中间商的专业网上销售平台发布产品信息，与顾客达成交易协议。网络营销中间商是指融入互联网的中间商，具有较强的专业性，能够根据顾客需求为销售商提供多种销售服务，并收取相应费用。目前，高技术、专业化、单一中间环节的电子中间商大大提高了网上交易效率，并对传统中间商产生了冲击。

1．电子中间商与传统中间商的比较

在网络营销中，电子中间商发挥着连接产品销售者和顾客的桥梁作用。一方面，帮助顾客选购产品并提供相应的服务，满足顾客需求；另一方面，帮助销售者及时掌握产品销售情况，完成商品交易，降低交易成本。与传统中间商相比，两者主要有以下几个方面的区别。

（1）存在前提不同。传统中间商的存在前提是生产商为降低产品销售成本，实现产品在更大范围内的销售或进行普遍分销；而电子中间商是中间商职能和功效在新领域的发展和延伸。

（2）交易主体不同。传统中间商通过产品购销与生产商和顾客进行产品交易，是连接产品生产与消费的中间环节，兼有物流、信息沟通、所有权转移和支付等功能；而电子中间商作为独立主体存在，不直接与生产商和顾客进行商品交易，只为交易双方提供交易信息、交易媒体和交易场所等服务，其功能是促进商品交易的实现。

（3）交易内容不同。传统中间商直接参与商品交易活动，并提供产品实体、产品供求信息和交易资金等；而电子中间商作为网络营销的一种交易媒体，主要提供信息交换场所和虚拟交易平台，不参与具体的商品实体提供、资金交换等交易活动，商品交易由买卖双方直接达成。

（4）交易方式不同。传统中间商通过产品购销参与商品交易活动，由购销差价获得收益；而电子中间商主要是进行信息交换，提供虚拟交易平台，不参与商品实体交易，通过提供信息服务和虚拟社区租赁取得收益。

（5）交易效率不同。通过传统中间商实现商品交换至少需要两次交易活动，一次是中间商与生产商的交易活动，中间商获得商品所有权；另一次是中间商与顾客间的交易活动，中间商销售商品，取得收入。中间商的信誉、实力和交易效率直接影响产品的销售。而电子中间商是以独立主体存在的，不参与商品交易，只利用自己的信息

平台为交易双方提供交易信息和服务，帮助消除生产商与顾客之间的信息不对称，促进商品交易，提高交易效率。

2. 电子中间商的类型

电子中间商在搜索产品、提供产品信息和虚拟社区等电子服务方面具有明显优势，但在产品实体分销方面却难以胜任。目前，电子中间商以提供信息服务和虚拟社区中介功能为主，其类型有以下几种。

（1）目录服务。目录服务是指利用互联网上的目录化 Web 站点，提供菜单驱动进行搜索。目前，这种服务是免费的，将来可能收取一定的费用。

（2）搜索服务。与目录服务不同，搜索站点可为用户提供基于关键词的检索服务，站点利用大型数据库分类存储各种站点介绍和页面内容。搜索站点不允许用户直接浏览数据库，但允许用户向数据库中添加条目。

（3）虚拟商业街。虚拟商业街是指在一个站点内连接两个及以上的商业站点。虚拟商业街与目录服务的区别是，虚拟商业街定位于某一地理位置和某一特定类型的生产商和零售商，在虚拟商业街销售各种商品、提供不同服务，站点的主要收入来源于其他商业站点对其的租用费用。

（4）网上出版。网络信息传输的及时性和交互性特点，使从事网上出版的 Web 站点能够向顾客提供大量有趣或有用的信息，满足顾客的需求。目前出现的联机报纸、联机杂志均属于这一类型。丰富的信息内容和免费服务，使大量网民访问网上出版站点，可为出版商带来大量互联网广告收入或提供产品目录收入，促进该类网站的发展。

（5）虚拟零售店（网上商店）。与虚拟商业街不同，虚拟零售店拥有自己的货物清单，可直接向顾客销售产品。通常的虚拟零售店是专业性的，类似于专营店，它们直接从生产商进货，通过网络再直接销售给顾客，如 Amazon 网上书店、易趣网上的虚拟商店等。目前，网上商店主要有电子零售型（E-retailer）、电子拍卖型（E-auction）和电子直销型（E-sale）三种。

（6）站点评估。站点评估是指一些网站或网络评估机构，根据各网站的经营情况和顾客对网站的评价或投诉情况，按照一定的标准或指标所进行的等级评定。从事网络营销的企业越来越多，企业的资信状况参差不齐，通过站点评估不仅可以帮助顾客选择站点，降低交易风险，而且也能够促进企业信用和服务质量的不断提高，改善社会信用环境。通常一些目录和搜索站点也提供站点评估服务。

（7）电子支付。电子支付是网上交易的重要组成部分。电子支付工具从其基本形态上看是电子数据，它以金融电子化网络为基础，通过计算机网络系统以传输电子信息的方式实现支付功能。电子支付工具包括电子信用卡系统、数字化电子现金系统、电子资金传输/电子支票系统。电子支付服务商通过提供支付服务收取佣金。

（8）虚拟市场。网上交易市场是虚拟的，是一些网站为符合条件的产品提供网上展示和销售场所，顾客可根据产品信息进行选购。虚拟市场的提供者一般不销售商品，只提供空间租赁和网站管理。

【课堂练习】　eBay 易趣在中国

1999 年 8 月，易趣（www.eachnet.com）在上海创立。2002 年，易趣与 eBay 结盟，更名为 eBay 易趣。秉承帮助任何人在任何地方实现任何交易的宗旨，eBay 易趣不仅为卖家提供网上创业、实现自我价值的舞台，品种繁多、价廉物美的商品资源也给广大买家带来了全新的购物体验。

个人和企业可以在 eBay 易趣上直接向顾客出售自己的物品，全球任何能够上网并懂得中文的顾客也可以不受时间与地域的限制，在 eBay 易趣上挑选不同卖家出售的物品。

思考题

eBay 易趣的收益模式是什么？

（9）智能代理。智能代理是在智能代理软件的帮助下，根据顾客偏好和要求预先为用户自动进行初次搜索，并依据用户自己的喜好和别人的搜索经验自动学习优化搜索标准。用户可以根据自己的需要选择合适的智能代理站点为自己提供服务，同时支付一定的费用。

【课堂练习】　传统分销渠道的中间商会消失吗？

6.4.4　双道法

在网络营销活动中，无论是网络直销还是网络间接销售，都存在一定的局限性。企业为扩大产品覆盖面，促进产品销售，通常采用双道法。所谓双道法，是指企业同时采用网络直接销售渠道和网络间接销售渠道，实现产品最大限度的销售。

网络直销的销售业绩受网站知名度和访问量的限制。一些知名度较低、访问量小的企业要想在短期内通过网络直销扩大产品销售几乎是不可能的；借助知名度较高的电子中间商网站，通过开辟网上零售店等间接销售渠道，可以扩大产品销售，提高产品知名度。从长期发展来讲，企业有必要建立自己的网站进行网络直销，建立双通道营销渠道是许多企业的较好选择。

6.5　网络营销促销策略

6.5.1　网络营销促销的概念及特点

1. 网络营销促销的概念

网络营销促销简称网络促销，是指企业利用现代化的网络技术向虚拟市场传递有关产品和服务的信息，以激发需求、引起消费者的购买欲望和购买行为的各种活动。

网络促销策略是网络营销策略的重要组成部分，是产品策略、服务策略、价格策略和渠道策略的重要补充。

2. 网络营销促销的特点

网络促销与传统促销的目的都是通过产品展示和介绍，引起顾客的兴趣和注意力，激发顾客的购买欲望，促进产品销售。两种促销模式所借助的信息传播方式和顾客参与程度不同，存在着较大的区别，如表 6.4 所示。

表 6.4　传统促销与网络促销的比较

形式 要素	传 统 促 销	网 络 促 销
时空观念	受时间和空间的限制	突破时空限制
信息沟通方式	单向传播信息	双向互动实时沟通
促销目的	实现产品销售的增加	注重沟通
消费群体和消费行为	大面积、目标群体多	网民、追求个性化

与传统促销相比，网络促销具有以下特点。

（1）网络促销通过互联网传递产品和服务信息，包括新产品上市、产品性能、功效、价格调整等。网络促销以现代信息技术为基础，并且随着网络信息技术的进步而不断改进。

（2）网络促销在虚拟市场进行。网络促销以互联网为传播媒介，突破了时空限制，信息传播面广、速度快、效率高。

（3）网络促销在高度透明的市场中进行。互联网虚拟市场的产生，为所有的企业提供了一个公平竞争的平台。顾客有条件搜集相关产品信息并加以比较，然后选择满意的商品，任何虚假和欺诈都将为顾客所识破。

（4）网络促销注重沟通。媒体信息处理技术为网络促销提供了双向的、快捷的、互动式信息传播和沟通平台，使买卖双方有条件充分表达各自的意愿，有效地促进了商品交易协议的达成。

6.5.2　网络促销的实施程序

根据国内外网络促销的实践经验，网络促销的实施程序可总结为以下七个阶段。

1. 确定网络促销对象

网络促销对象选择的依据是目标市场的选择，主要对象包括产品的使用者、产品购买的决策者和产品购买的影响者。

2. 确定促销目标

网络促销的最终目标是实现产品销售。

3. 设计网络促销内容

为刺激目标市场的需求和购买欲望，设计内容新颖、具有吸引力的促销内容是促销成功的关键。

4．确定网络促销组合方式

网络促销的形式主要有四种：网络广告、销售促进、站点推广和关系营销。促销组合是各种促销形式的有机结合。

对于不同的企业和产品，网络促销对象的不同，确定有效的网络促销组合方案是提高促销效果的重要手段。

5．制定网络促销预算方案

任何促销方式都需要企业支付一定的费用，付出一定的代价。编制促销预算是控制促销费用、提高资金使用效率的重要手段。

编制促销预算必须首先解决三个问题，即确定网络促销的目标，明确促销对象，建立促销组合。

6．评价网络促销效果

评价促销效果是检查促销绩效、评价促销组合有效性的重要手段，是改进促销方案的依据。

7．促销方案改进

为提高促销绩效，企业应根据市场的变化不断改进促销方案，建立更为有效的促销组合。

6.5.3　网络促销的形式

1．站点推广

站点推广是指企业通过对网络营销站点的宣传推广，吸引顾客访问，树立企业网上品牌形象，促进产品销售。站点推广是一项系统性的工作，需要企业制订推广计划，并遵守效益/成本原则、稳妥慎重原则和综合性实施原则。

目前，站点推广主要采取搜索引擎注册、建立链接、发送电子邮件、发布新闻、提供免费服务、发布网络广告等方式。根据网站的不同特性，可采取不同的方法提高站点的访问率。

2．网络广告

网络广告是指广告主以付费方式运用网络媒体传播企业或产品信息，宣传企业形象。作为广告，网络广告也具有广告的五大要素，即广告主、广告费用、广告媒体、广告受众和广告信息。网络广告类型很多，根据形式的不同可以分为旗帜广告、电子邮件广告、文字链接广告等。

3．网上销售促进

销售促进是一种短期的宣传行为。网上销售促进与传统促销方式类似，是指企业利用有效的销售促进工具，刺激顾客增加产品的购买和使用。网上销售促进主要有以下几种形式。

1）有奖促销

有奖促销是企业对在约定时间内购买商品的顾客给予奖励。有奖促销的关键是奖项要对目标市场增加购买具有吸引力。同时，有奖促销能帮助企业了解参与促销活动的群体的特征、消费习惯和对产品的评价。

【课堂练习】 麦网的圣诞有奖促销

上海麦考林国际邮购有限公司（www.m18.com）在圣诞节前后推出以"圣诞狂欢送"为主题的有奖促销活动，只要在麦网上购买任意产品，都有机会参与此次活动。在活动期间（2008年11月25日至2009年1月7日），每天抽出3名免单大奖和200名2009～20元红包大奖，如图6.4所示。

思考题

在采用网上有奖促销时，应注意哪些问题？

图6.4 麦网的圣诞有奖促销

2）打折促销

打折促销是在网络促销活动中，为显示网络销售低价优势以激励网上购物，或为调动本网站购物的积极性、烘托网站的购物气氛以促进整体销售而采取的对所销售的全部或部分产品同时标出原价、折扣率或折扣后价格的促销策略，如图6.5所示。

3）返券促销

返券促销是指网上商店在商品销售过程中推出的一种"购 x 元送 x 元购物券"的促销方式。购物返券的实质是商家让利于消费者的变相降价，返券促销的目的是鼓励顾客在同一商场重复购物。

图 6.5   打折促销

例如，名品打折网（www.dazhe.cn）实施的返券促销活动，单张订单折后购满 200 元，返 1 张 100 元现金电子礼券；满 300 元，返 1 张 200 元现金电子礼券；满 600 元，返 1 张 400 元现金电子礼券；以此类推，多买多赠。

4）电子优惠券促销

某些商品在网上直接销售有一定困难时，便结合传统营销方式，从网上下载、打印电子优惠券或直接填写优惠表单，到指定地点购买商品时可享受一定优惠，或以所选择打印的电子优惠券上约定的优惠价格购买优惠券所指定的商品。

【课堂练习】   电子优惠券

我爱打折网（www.55bbs.com）是一个公共论坛。该网站专门设有"电子优惠券"栏目，在"电子优惠券"栏目所在页面中，消费者可任选各商家提供的优惠券，如图 6.6 所示。

图 6.6   我爱打折网的电子优惠券

思考题

电子优惠券与购物返券有哪些区别？

5）赠品促销

赠品促销在网络促销中的应用不多。在新产品上市推广、产品更新、应对竞争、开辟新市场等活动中，利用赠品促销可以达到较好的促销效果。

赠品促销的优点包括：提升品牌和网站的知名度；鼓励人们经常访问网站以获得更多的优惠信息；根据目标顾客索取赠品的热情程度，总结和分析营销效果及对产品本身的反馈情况等。

6）积分促销

积分促销是指企业在网站上预先制定积分制度，根据网站会员在网上的购物次数、购物金额或参加活动的次数来增加积分，激发其参与活动的兴趣。企业通过积分促销，能够与客户建立长期的关系。

【课堂练习】　支付宝的积分促销

作为第三方电子支付服务提供商，支付宝公司针对会员推出了积分促销计划。支付宝用户可以通过多种方式获得支付宝积分，用户在支付宝的签约商家购物，可以根据交易金额获得积分；对于自 2007 年 8 月 1 日之日起注册并激活其支付宝账号的用户，可以一次性获得 50 点积分；用户在支付宝网站中申请支付宝卡通服务，在激活其支付宝卡通服务后，可以一次性获得 50 点积分；用户在支付宝网站中进行第一次充值时，可以一次性获得 100 点积分；用户在支付宝网站中进行第一次交易时，可以一次性获得 100 点积分；用户在支付宝网站上参加各类活动，在完成指定的任务后，将获得一定数量的奖励积分，可以在支付宝网站上进行小游戏，赢取一定数量的积分。多种积分获得途径为用户提供了极大的选择空间，并直接促进了支付宝商城交易、支付宝用户注册、支付宝卡通服务等各种产品和服务项目的推广。

同时，支付宝公司也推出了一系列的积分使用活动。例如，用户可以在支付宝的积分频道用积分兑换礼品，参与各类抽奖活动，换取支付宝红包（20 积分=1 元）并可在各类支持支付宝的网站上使用，参与支付宝积分频道中各类小游戏等，如图 6.7 所示。这些活动提高了用户对于支付宝的关注程度和参与网上购物活动的积极性。

图 6.7　支付宝积分促销活动

思考题

登录淘宝网及支付宝的论坛，搜集用户对积分促销的意见及看法，分析支付宝的积分促销活动是否取得了预期的效果。

7）网上联合促销

由不同商家联合进行的促销活动称为联合促销，联合促销的产品或服务应具有一定的优势互补、互相提升自身价值等效应。例如，传统商家与网络公司的联合，可提供在网络上无法实现的服务。

【课堂练习】 可口可乐 icoke 与魔兽世界

2005 年 4 月 15 日，可口可乐（中国）饮料有限公司与网络游戏开发商暴雪娱乐及运营商第九城市计算机技术咨询（上海）有限公司在上海正式宣布双方建立战略合作伙伴关系。双方在会上联合启动了"可口可乐——要爽由自己，冰火暴风城"的活动。这是国际最大的饮料企业与国内领先的网络游戏开发商及运营商首次全方位的市场对接。这次活动拉开了可口可乐历时两个月的全国大规模市场推广活动的序幕。全国超过 50 个城市的近 3 亿名消费者有机会参与此次活动，并赢取可口可乐提供的 4 000 万个惊喜，包括新型时尚的笔记本计算机、限量版魔兽世界经典英雄人物玩偶及配饰以及免费在线游戏时间等众多网络时代眩酷奖品，如图 6.8 所示。

图 6.8 可口可乐 icoke 与魔兽世界的联合促销活动

此次优势互补的合作模式突破了快速消费品行业传统的营销模式，结合新兴的网络平台，在积极倡导"适度娱乐、健康生活"的全新理念下，为年轻的消费者带来了具有震撼力的全新网络体验，以创新的方式与年轻人进行有效的沟通和联络。

思考题

可口可乐、暴雪娱乐与第九城市的此次联合促销的基础是什么？其成功的关键是什么？

4．网络公共关系

公共关系是指企业通过与利益相关者，包括供应商、顾客、雇员、股东、社会团体、政府等，建立良好的合作关系，为企业的经营和发展营造良好的社会环境。网络公共关系是指企业以互联网作为媒体和沟通渠道，与企业利害关系人建立的良好公共关系。

【课堂练习】 封杀王老吉

2008 年 5 月 18 日晚，中央电视台"爱的奉献"大型赈灾晚会上，加多宝集团副总经理代表该公司向四川灾区捐款 1 亿元。第二天，中国最大的网络论坛——天涯社区上便出现了一个题为《让王老吉从中国的货架上消失！封杀它！》的帖子："王老吉，你够狠！捐一个亿！为了整治这个嚣张的企业，买光超市的王老吉！上一罐买一罐！"

帖子非常简短，但却引来许多支持者。截至 6 月 2 日，这个帖子的浏览量已经超过 52 万条，回帖多达 5 000 多条。帖子还被网民们转载到越来越多的论坛上，如奇虎、百度贴吧等。而"王老吉"也再次受到公众的关注，一些人甚至在 MSN 签名档上号召喝罐装王老吉。

思考题

网络公共关系对企业的经营有何作用和影响？

1）网络公共关系的形式

公关人员必须寻找甚至创造一些有益的宣传信息，并选择合适的信息载体进行信息传播。网络公共关系活动的形式主要有以下五种。

（1）站点宣传。一些网站并没有直接做产品广告与促销，而是通过一种细致的关心和精心的服务，赢得网络公众的认可与接受。例如，宝洁公司的佳洁士产品网站，并不标价卖产品，而只提供保护牙齿的相关知识。

（2）网络新闻的发布。公关人员利用网络，以较低的费用，快速将新闻传播出去。企业可以利用自己的站点、新闻组或邮件列表等方式发布新闻。

（3）站点栏目赞助。企业的赞助对象一般有会议、公共信息、政府或非营利性活动等。企业通过对这些活动栏目提供赞助，可使访问者通过赞助页面直接链接企业所指定的页面，提高企业的知名度。

（4）网络论坛的参与或主持。网络服务商的网络论坛经常举办一些专题讨论会，吸引公众的参加。参加与企业有关的专题论坛并积极发表意见或帮助参与者解决问题，可以提升企业的形象和知名度。

（5）特殊事件。企业可以通过安排一些特殊的事件，吸引公众对企业及其产品的注意，这些事件包括举办新闻发布会、讨论会、展览会、竞赛、周年庆祝活动等。

2）网络公共关系的目标

网络公共关系的目标主要有以下 3 个。

（1）与网上新闻媒体建立良好的合作关系。网络新闻媒体有两类，一类是利用互联网发布媒体信息的传统媒体，主要是将在传统媒体上播放的节目进行数字化，转换成能在网上下载和浏览的格式，供上网者浏览；另一类是新兴的网络媒体，不以传统媒体为依托。借助互联网的信息交互特点，企业应加强与网络新闻媒体进行有效沟通，建立良好的媒体关系，为企业发展营造良好的媒体环境。

（2）宣传和推广产品。借助互动式沟通渠道，企业通过在网站建立类似社区性质的新闻组、公告栏和社区论坛等，让顾客参与产品的设计和开发，与顾客一起讨论热点问题，达到传播企业理念、树立企业形象、促进产品销售的目的。

（3）建立良好的沟通渠道。网络营销站点的一个重要功能，就是在企业与企业相关者之间建立沟通渠道。通过网站的交互功能，企业可以与目标顾客直接进行沟通，了解顾客对产品的评价和没有被满足的需求，提高顾客对企业的认识和了解，培养忠诚的顾客。

本 章 小 结

市场营销活动要求企业将可控因素——产品、价格、渠道、促销四个要素（4P）有机地组合起来，形成一套完整的营销方案，并建立与之相适应的营销策略，以满足顾客的需求，实现企业的营销目标。

产品或服务是营销的对象，产品是用来满足人们需求和欲望的基础。从市场营销角度来讲，产品是指能够满足人类需求和欲望的任何有价值的东西。网络营销研究的产品是一个整体的概念，它由五个层次构成：核心产品、形式产品、延伸产品、期望产品和潜在产品。只有满足某些特性的产品才能在网上销售。网络营销产品包括实体产品（有形产品）和虚体产品（无形服务）。品牌是整体产品的重要组成部分，品牌价值在企业价值中占有重要位置。品牌策略也是网络营销产品策略的重要组成部分。每一种产品都有一定的生命周期，处在不同生命周期的产品有不同特点，营销策略和重点也不同。

在网络营销中应充分发挥网络互动性特征，通过使用各种网络工具与顾客建立一对一的关系，并为其提供个性化的服务。网络营销服务包括售前、售中和售后服务。良好的网络营销服务能够提高顾客的满意度。目前，网络营销服务的主要形式有常见问题解答、电子邮件及在线表单、网络社区、消费者自我设计区、即时信息和跟踪服务等。

价格是市场竞争的重要手段，价格的高低直接影响市场需求和企业收益，为企业产品确定合适的价格是营销主体的重要工作。与传统营销定价相比，网络产品定价具有全球性、顾客主导性和低价位的特点。不同的企业应选择不同的定价目标和不同的定价策略，差异化策略是网络营销定价的核心策略。

渠道是指实现产品交易和实体转移的全过程。网络营销渠道包括网络信息传播和信息沟通系统、网上订货系统、货款结算系统和物流系统。与传统市场营销相比，网络营销渠道有直接性、高效性、便利性和专业性等特点。网络营销渠道分为直接销售渠道和间接销售渠道，新型电子中间商是间接销售渠道的重要成员。网络促销的方法主要有网络广告、网络营销站点推广、网上销售促进、网络公共关系等。

简评：网络营销活动不是分散的网上销售活动的总和，而是围绕企业统一的营销目标所展开的系统工程。在这一系统工程中，企业根据对网络市场及其环境的分析，选择相应的网络营销策略，并使产品、价格、分销、促销等多重因素有机组合，产生最佳的营销效果，最终实现企业的营销目标。

G 案例分析

海尔新商城的营销组合策略

海尔新商城（new.ehaier.com）是海尔集团直营的网上购物平台。海尔新商城采用人性化的全程导购式设计，按照特色商品、特色用户、功能特性和价格区间对产品进行归类，简洁、易用的组合搜索功能使顾客可以轻松地根据不同需求找到自己满意的商品。在付款方面，顾客可以根据自己的需要选择货到付款、环迅 IPS、快钱、电汇等多种付款方式；专业的配送队伍会按照与消费者确定的时间送货上门；当产品出现故障时，消费者可以直接在海尔网站上报修。

一、产品策略

海尔新商城的产品根据用途和功能，共分为居室家电、厨房家电、热水器产品、生活家电、影音产品、IT 产品、手机、商用电器及其他几个大类，基本涵盖了海尔集团的全部产品，并配以图片展示；网站同时向顾客提供精品推荐和产品知识。

二、价格策略

海尔新商城作为海尔集团的网上直销店，网上订购可以使顾客享受比传统商店更优惠的价格；原价、会员价、使用代金券价格均在网站上明示。

三、渠道策略

为方便顾客购物，海尔新商城在网站主页下方专门设置服务栏目，包括商城指南（购物流程、常见问题、积分政策和联系客服），订购方式（电话订购、大宗订购），配送服务（配送方式、配送时间和配送费用），付款方式（货到付款、在线支付、银行分期付款），售后服务（服务承诺和服务政策），用户中心（我的订单、收货地址、我的评论和我的留言）。

四、促销策略

海尔新商城网站主页上的促销活动分为四部分：活动套餐促销、最新上架产品促销、代金券产品购买专区和热销商品。每一部分均配以色彩鲜艳的促销画面、产品报价和促销价等内容，如图 6.9 所示。

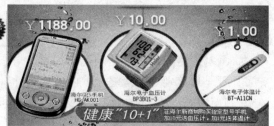

图 6.9　海尔新商城促销活动

例如：海尔 HG-AK001 是海尔首款搭载 GPS 全球定位系统的手机，在媒体评选中获得"实用不贵的专业 GPS 领航者"称号，参与健康"10+1"活动：市场价格为 1 580.00 元；会员价格为 1 188.00 元；立即节省为 392.00 元；折扣为 25%。套餐购买：加 1 元赠送价值 49 元的海尔电子体温计 BT-A11CN；加 10 元赠送价值 580 元的海尔电子血压计 BP3BQ1-3。

五、服务策略

海尔新商城网站主页上设有服务专区，内容包括产品知识介绍、下载中心、在线保修、视频指南、服务政策、收费标准、用户感言和星级服务等，以满足顾客的服务需求。

案例讨论

1．海尔公司是如何通过网络营销组合策略实现其营销目标的？
2．从海尔公司的网络营销组合策略中能够得到什么启发？

亚马逊公司的差别定价实验

2000 年 9 月，亚马逊开始了一次差别定价尝试。亚马逊选择了 68 种 DVD 碟片进行动态定价，即根据潜在客户的人口统计资料、在亚马逊的购物历史、上网行为以及上网使用的软件系统确定对这 68 种碟片的报价水平。例如，名为《泰特斯》的碟片对新顾客的报价为 22.74 美元，而对那些对该碟片表现出兴趣的老顾客的报价则为 26.24 美元。通过这一定价策略，部分顾客付出了比其他顾客更高的价格，亚马逊因此提高了销售的毛利率。

但是好景不长，这一差别定价策略实施不到 1 个月，就有细心的消费者发现了这一秘密。通过在名为 DVDTalk（www.dvdtalk.com）的音乐爱好者社区的交流，成百上千的消费者知道了此事，那些付出高价的顾客怨声载道，纷纷在网上以激烈的言辞对亚马逊的做法进行批评，有人甚至公开表示以后绝不会在亚马逊购买任何东西。更不巧的是，由于亚马逊在此前不久公布了它对消费者在网站上的购物习惯和行为进行的跟踪和记录，因此，这次事件曝光后，消费者和媒体开始怀疑亚马逊是否利用其搜集的消费者资料作为其价格调整的依据，这样的猜测让亚马逊的价格事件与敏感的网络隐私问题联系在了一起。

案例讨论

1. 亚马逊是如何进行差别定价的？
2. 亚马逊差别定价策略失败的原因是什么？
3. 你认为亚马逊公司应如何应对消费者和媒体的质疑？

DELL 公司的网络直销

Dell 公司开创了网络直销的先河，其网站（www.de11.com）具有在线直接销售功能，允许顾客自己设计和组装计算机。顾客通过单击"自行配置"按钮就可进入系统配置器。在这里，顾客可以在线定制或升级组件，添加电子产品、附件和软件，添加服务和延长保修期等，每个项目都明确标示了相应的差价。顾客可先确定自己能够接受的价格标准，参照这个标准自行选择合适的配置，每当顾客更改了配置或选择项目后，系统将自动更新产品的总价格，方便随时查询。在顾客确认配置无误后可将订单存入购物车，公司接到顾客提交的订单后，即可将计算机部件组装成整机。

真正按顾客需求定制生产，并在极短的时间内完成，速度和精度是考验 Dell 的两大难题。在 Dell 的直销网站上，提供了一个跟踪和查询顾客订货状况的接口，供顾客查询已订购的产品从发出订单到送到顾客手中全过程的情况。

案例讨论

Dell 公司网络直销成功的原因是什么？

思考与练习

1. 整体产品的概念是什么？
2. 说明网络营销产品的特点和分类。
3. 举例说明不同生命周期阶段网络营销的重点。
4. 网络产品品牌的概念和策略内涵是什么？
5. 网络营销服务有哪些内容？
6. 举例说明网络营销服务策略的应用。
7. 网络营销定价有哪些特点？
8. 简述网络营销定价目标的选择。
9. 举例说明免费价格策略、差别定价策略、使用定价策略和拍卖竞价策略。
10. 简述网络营销渠道的特点。
11. 简述网络直销的概念、优势与不足。
12. 简述电子中间商的类型。
13. 简述网络促销的概念和程序。

14. 举例说明网络促销的主要形式。

实 训 操 作

实训一　网络营销策略分析

实训目的

（1）通过对企业网络营销站点和网络营销活动的分析，了解网络营销策略的主要内容。

（2）了解制定网络营销策略的基本技巧。

实训内容

（1）登录当当网（www.dangdang.com）、易趣网（www.ebay.com.cn）、淘宝网（www.taobao.com）等网站。

（2）搜集与分析各网站在商品售卖页面设计、商品分类、报价方式等方面的相同点、不同点、优点与缺点。

（3）对各网站所采取的网络营销策略，如产品策略、定价策略、渠道策略和促销策略等内容进行分析。

（4）形成一份网络营销策略分析报告，内容包括该网站网络营销策略介绍、网络营销策略的独特之处及策略实施效果评价。

实训二　定价策略分析

实训目的

（1）了解网络营销定价策略的具体应用手段。

（2）掌握主要的网络营销定价策略实施方法。

实训内容

（1）登录卓越亚马逊网（www.amazon.cn）、当当网（www.dangdang.com）、易趣网（www.ebay.com.cn）、淘宝网（www.taobao.com）等网站，了解其所采用的主要定价策略。

（2）针对某一品牌与规格的产品，分别在不同网站上了解其价格，比较各网站的定价特点。

（3）分析不同网站对同一产品的价格差异，比较不同网站定价策略的差别。

（4）形成一份网络营销定价策略分析报告，内容包括不同网站定价策略的主要内容、不同网站定价策略的差异及各网站在定价策略方面的特点。

第 7 章

网络营销网站
的构建

学习要点

- 企业网站基础知识

- 企业网站对网络营销方法和营销效果的影响

- 企业网站建设中的常见问题

- 营销导向型企业网站建设策略

网站的种类很多，如政府网站、教学网站、新闻媒体网站、专业信息网站、制造业企业网站、网上零售网站、网上拍卖网站、供求信息发布网站、个人网站等。从网站建设的基本原理和采用的技术上说，各网站并没有本质性的差别，所不同之处主要在于网站的目的、内容、功能、规模、表现形式、经营方式等。出于网络营销研究的目的，下面只讨论企业网站。

7.1　企业网站概述

企业网站相当于企业在互联网中的门面，是企业实施网络营销策略的基础，因此企业实施网络营销策略的基本任务之一，就是构建一个企业网络营销网站。

7.1.1　企业网站的类别

不同的企业，其网站的表现形式、功能和内容等都各具特色。为了将企业网站有效地应用于网络营销过程，需要对企业网站的类型和表现形式有所了解。一般来说，可以按照不同规则对企业网站进行分类，如按照行业、企业规模、网站所采用的技术、网站主机类型等进行网站分类。为了能反映企业网站与网络营销的直接关系，可按照企业网站功能进行分类。一般可将企业网站分为两种，即信息发布型网站和在线销售型网站。

1．信息发布型网站

信息发布型企业网站也称为"在线宣传册型"网站。顾名思义，这种网站由于功能简单，内容单一，相当于产品宣传册的在线版。它所涉及的信息包括公司新闻、产品信息、采购信息、招聘信息等用户、销售商和供应商所关心的内容，多用于产品和品牌推广及与用户的沟通。网站本身不具备完善的网上订单跟踪处理功能。

这种网站是企业网站的初级形式，其特点是造价较低，维护简单。当然，与此相对应的是，其所能发挥的作用也很有限，因此往往在企业网络营销的初期采用。随着企业经营对网络营销功能需求的增加，这种简单的信息发布型企业网站就无法满足经营需要了，因此企业网站的形式应当与企业经营策略的需要相适应。

2．在线销售型网站

具有在线产品销售功能的企业网站，由于涉及支付、订单管理、用户管理、商品配送等环节，一般来说要比信息发布型网站复杂，而且在网站的经营重点方面也有一定的差异。除了一般的网络营销目的，获得直接的销售收入是其主要目的之一。

7.1.2　企业网站的特点

不管是何种类型的企业网站，它们都是开展网络营销的基础。然而，它们又具有其自身的特殊点。

1．企业网站具有自主性和灵活性

由于企业网站是完全根据企业本身的需要所建立的，并非由其他网络服务商所经营，因此在功能上有较大的自主性和灵活性。正因为如此，每个企业网站的内容和功能会有较大的差别。企业网站效果的好坏，主动权掌握在自己手里，其前提是对企业网站应有正确的认识，这样才能适应企业营销策略的需要，并且从经济上、技术上有实现的可能。

2．企业网站是主动性与被动性的矛盾同一体

企业通过自己的网站可以主动发布信息，这是企业网站主动性的一面。但是，发布在企业网站上的信息不会自动地传递给用户，只能"被动地"等待用户来获取信息，这表现出企业网站具有被动性的一面。

3．企业网站的容量大、使用方便

企业网站中的容量不受限制，产品资讯、图片，任何想要提供给客户的资料皆可输入；其时间不受限制，一天 24 小时，一年 365 天可不停地运作，随时提供服务；其地点不受限制，目前全球绝大多数的国家都已经将发展 Internet 作为首要政策目标之一，上网将如同打开家里的电视机一样简单。

4．企业网站的构建、运营成本低

成本低是企业追求的目标。构建企业网站不需要大额的投资，也几乎没有任何风险。不但如此，企业网站还可减少企业的人工，节省市场开发、业务销售及服务的成本，缩短销售渠道的长度。

5．企业网站具有多功能性，且功能相对稳定

企业网站在现在及未来的资讯社会将成为不可缺少的企业识别标志之一，它可提升企业的附加价值。企业网站可以是一个即时资讯看板，除了可给予客户一个高效率的资讯通道，也可以是一个购物中心，并可对招募人才产生重要的影响。全方位的多功能，取决于企业整体的创造力。

同时，企业网站功能的稳定性表现在两个方面：一方面，一旦网站的结构和功能被设计完成并正式开始运作，在一定时期内将基本稳定，只有在运行一个阶段后进行功能升级的情况下，才能拥有新的功能，网站功能的相对稳定性对于网站的运营维护和一些常规网络营销方法的应用都很有必要，一个不断变化的企业网站是不利于网络营销的；另一方面，功能的相对稳定性也意味，如果企业网站存在某些功能方面的缺陷，在下次升级之前的一段时间内将影响网络营销效果的发挥，因此在企业网站策划过程中应充分考虑网站功能的这一特点，尽量做到在一定阶段内功能适用并具有一定的前瞻性。

7.1.3　企业网站的网络营销功能

企业网站不仅是企业的网络品牌形象，同时也是企业开展网络营销的根据地，为此，网站建设的水平对网络营销的效果具有直接影响。调查表明，许多知名企业的网站设计水平与企业的品牌形象很不相称，功能也很不完善，甚至根本无法满足网络营销的基本需要，这种状况在一些中小企业网站中表现得更为突出。

要建设一个真正有用的网站，首先对企业网站可以实现的功能应有一个全面的认识。建设企业网站，不是为了赶时髦，也不是为了标榜自己的实力，重要的是要让网站真正发挥作用，让网站成为有效的网络营销工具和网上销售渠道，充分体现网站在品牌形象、产品/服务展示、信息发布、顾客关系、顾客服务与网上调查、网上联盟、网上销售等方面的营销功能。

1．品牌形象

网站的形象代表着企业的网上品牌形象。人们在网上了解一个企业的主要方式就是访问该公司的网站，网站建设是否专业化直接影响企业的网络品牌形象，同时也对网站的其他功能产生直接影响。尤其对于以网上经营为主要方式的企业，网站的形象是访问者对企业的第一印象。这种印象对于建立品牌形象、获取用户信任具有至关重要的作用，因此具备条件的企业应力求在自己的网站建设上体现自己的风格。实际上，很多网站对此缺乏充分的认识，网站形象不能充分体现企业的品牌价值。相反，一些新兴的企业利用这一原理做到了"小企业大品牌"，因此获得了与传统大型企业平等竞争的机会。

2．产品/服务展示

顾客访问网站的主要目的，是为了对公司的产品和服务进行深入的了解。企业网站的主要价值在于灵活地向用户展示产品说明及图片甚至多媒体信息，即使一个功能简单的网站至少也应相当于一本可以随时更新的产品宣传资料。这种宣传资料是用户主动来获取的，对信息内容有较高的关注度，因此往往可以获得比一般印刷宣传资料更好的效果。这就是为什么一些小型企业只满足建立一个功能简单的网站的主要原因，在投资不大的情况下，同样有可能获得理想的回报。

3．信息发布

网站是一个信息载体，在法律许可的范围内，可以发布一切有利于企业形象、顾客服务及促进销售的企业新闻、产品信息、促销信息、招标信息、合作信息、人员招聘信息，等等。因此，拥有一个网站就相当于拥有了一个强有力的宣传工具。当网站建成之后，合理组织对用户有价值的信息是网络营销的首要任务。当企业有新产品上市、开展阶段性促销活动时，应充分发挥网站的信息发布功能，将有关信息首先发布在自己的网站上。

4．顾客关系与顾客服务

通过网站，可以为顾客提供各种在线服务和帮助信息。例如，常见问题解答（FAQ）、详尽的联系信息、在线填写寻求帮助的表单、通过聊天实时回答顾客的咨询，等等。同时，利用网站还可以实现增进顾客关系的目的，如通过发行各种免费邮件列表、提供有奖竞猜等方式吸引用户的参与。

5．网上调查

通过网站上的在线调查表，可以获得用户的反馈信息，用于产品调查、消费者行为调查、品牌形象调查等，是获得第一手市场资料的有效调查工具。

6．网上联盟

为了获得更好的网上推广效果，需要与供应商、经销商、客户网站等或相关企业建立网上联盟等合作关系，没有网站，这种合作就无从谈起。

7．网上销售

建立网站和开展网络营销活动的目的之一是为了增加销售。一个功能完善的网站本身可以完成订单确认、网上支付等电子商务功能，即网站本身就是一个销售渠道。

总之，网站的功能越完善，对促进整体的营销效果也越有利。否则，即使网站推广投入的人力和财力很多，仍然会觉得网络营销的效果不理想。网络营销是一个系统工程，一个小问题可能影响最终的效果，而网站建设对网站功能的发挥尤其重要。

7.2　企业网站与网络营销

7.2.1　企业网站发展现状

自从互联网诞生以来，其发展速度总是出人意料。虽然中国的互联网基础与发达国家相比尚属薄弱，但仍然可以用飞速发展来形容互联网在中国的成长。

自 1998 年以来，中国的网民数量及联网计算机成倍增长，而企业网站数量却依然只以每年 10 万～20 万家的数量增长。艾瑞咨询的相关数据显示，截至 2008 年 6 月，我国企业网站数量累计仍未破百万，这与 4 300 多万家企业的建站需求市场形成了巨大的反差，建站企业数量不足 3%。而在美国，这一数字差不多正好反过来，80%以上的企业拥有自己的企业网站。同时，调研数据显示，在 4 200 万家中小企业中，约 95%的中小企业都有建设独立网站的需要，而截至 2008 年 6 月，却只有近 10%的中小企业建了网站，其中，80%的网站没能有效使用，变成了死站。最终导致实际企业网站数量 10 年累计不足 100 万。

CNNIC 在 2009 年 7 月公布的数据显示：全国域名数约为 1 626 万个，所有域名中，以.com.cn 和.com 结尾的最多，占域名总数的 41.3%；在网站的行业分布方面，制造业比例最高，为 32.0%，其次是 IT 业，为 24.0%。

此外，企业网站平均每天页面访问量低，网站信息更新慢等问题依然存在。由此可以看出，企业网站发展的现状还不稳定，有待进一步研究，发现当前企业网站在网络营销中存在的问题，通过对这些问题的剖析，找出解决方案。

7.2.2 企业网站在网络营销中存在的问题

企业网站是企业进行网络营销的基础，但目前众多企业网站的网络营销效果并不如意。究其原因，主要是网站规划和网页设计不合理，这方面最突出的问题如下。

1．网站规划和栏目设置不合理

这类不合理主要表现为栏目设置重叠、交叉，或者栏目名称意义不明确，容易造成混淆，使得用户难以发现需要的信息。有些网站栏目过于繁多和杂乱，网站导航系统混乱。

2．网页信息量小，重要信息不完整

网页信息量小有两种情况：一种情况是页面上的内容过少，或者将本来一个网页可以发布的内容分为多个网页，而且各网页之间没有相互链接，需要多次点击才能发现有效的信息，这样增加了信息传播渠道的长度，在此过程中可能失去潜在用户；另一种情况是尽管网页内容总量不少，但有用的信息少，笼统介绍的内容多。企业介绍、联系方式、产品分类和详细介绍、产品促销等是企业网站最基本的信息，但为数不少的企业网站上这些重要信息不完整，尤其是产品介绍过于简单，有些甚至没有公布任何联系方式。

3．栏目层次过深

一般来说，重要的信息应该出现在最容易被用户发现的位置，应尽可能缩短信息传递的渠道，以使企业信息更加有效地传递给用户。网站栏目层次过深，用户需要多次点击才能获取有效信息，在这个过程中，一些有价值的用户可能已经离开了网站。

4．网站缺乏促销意识

网站促销意识是指通过网站向访问者展示产品和对销售提供支持。网络营销有多种具体表现方式，如主要页面的产品图片与介绍、通过页面广告较好地体现企业形象或者新产品信息、列出销售机构联系方式和销售网店信息等。通过以上方式起到积累内部网络营销资源和拓展外部网络营销资源的作用，这方面企业网站总体状况较差。

5．企业网站的在线顾客服务欠缺

通过网站可以为顾客提供各种在线服务和帮助信息，如常见问题解答（FAQ）、电子邮件咨询、在线表单、即时信息、实时回答顾客的咨询，等等。一个设计水平较高的常见问题解答，应该可以回答 80%以上顾客关心的问题。这样，不仅为顾客提供了方便，也提高了顾客服务效率，节省了服务成本。实际上，大多数企业网站的顾客

服务信息的总体状况比较薄弱，尤其在线服务手段没有得到足够的重视，网络营销的在线顾客服务功能远远没有发挥出来。

企业网站对网络营销效果的影响是各种复杂因素综合作用的效果，每一个细微的不足和问题，都有可能失去用户，或者根本无法获得被用户发现的机会，结果最明显的表现就是网站访问量很小，或者由于得不到有价值的信息和服务，访问者的转化率很低，无法取得最终的收益。

7.2.3 企业网站对网络营销的影响

企业网站对网络营销的影响表现在两个方面：一方面是对用户的影响，另一方面是对网络营销方法的影响。

1. 企业网站对用户的影响

企业网站对用户的影响最为直接，网站的内容和服务是网络营销取得成效的基础。无论网站推广多么成功，如果用户通过某一途径了解到一个企业网站可能有对自己有价值的信息和服务，但来到网站之后却发现，网站内容没有价值或者功能难以应用，用户都会对网站失去兴趣。结果不仅所有的网站推广活动最终没有效果，还可能对企业和产品产生负面影响。因此企业网站应重视基础建设工作，一个能获得用户欢迎和信任的网站至少应该在下列 8 个方面符合用户的期望。

1）网站信息的有效性

网站信息的有效性是指用户可以从网站获取有价值的信息，因此要求网站信息是真实的、最新的、详细的，尤其对于用户所关心的内容如公司介绍、产品详细说明、详细的联系方式等。以联系方式为例，在网站上公布一个网管的电子邮件地址或者一个在线表单是远远不够的，顾客有时还希望了解公司及其销售机构的地址和电话等信息。相当数量的消费者访问制造商的网站是为了查找公司联系信息和产品基本信息，如果网站可以同时提供多种联系方式和公司各分支机构的联系信息，不但可以体现公司的实力和形象，而且更能充分体现良好的顾客服务意识。反之，如果网站上无法获得详细的联系信息，或者是已经无效的信息，顾客对于企业的信誉、产品的售后服务水平等都会大打折扣。

2）网页下载速度快

人们浏览一个网站是为了获取某些需要的信息。研究发现，网页下载速度是网站留住访问者的关键因素，如果超过 10 秒还不能打开一个网页，一般人就会没有耐心。影响网页下载速度的因素主要包括网站服务器的配置、用户上网的带宽、网页格式和字节数等。在服务器配置已定的情况下，由于不能决定用户使用宽带上网还是拨号上网，因此唯一可以在网站建设中通过努力改变的就是网页的格式和字节数。

为了提高页面下载速度，目前最主要的方法是让网页简单，仅将最重要的信息安排在首页，尽量避免使用大量的图片，更应避免自动下载音乐或其他多媒体文件。在目前的网络技术条件下，下载图片或其他音频、视频文件，远比下载文字费时，访问者可能等不及整幅图片出现或者画面下载完成，就已不耐烦地转到别的网页去了。有些设计人员可能觉得页面以文字为主会降低美观性，其实这种担心是不必要的，因为绝大多数用户在网上浏览的是文字信息。相对于内容有效性和页面下载速度，网页的美观性是次要的。另外，网页中存在链接错误等问题也会影响下载速度，这些都需要精心设计和认真测试。

3）网站简单易用

网站吸引用户访问的基本目的无非是三个方面：扩大网站知名度和吸引力；将潜在顾客转化为实际顾客；将现有顾客发展为忠诚顾客等。虽然网站设计没有统一的标准，但是让用户使用网站时感觉简单易用是网站成功的必备条件，包括方便的网站导航系统、必要的帮助信息、常见问题解答、尽量简单的用户注册程序、使用浏览器默认的链接颜色等。

然而，实际上许多网站缺乏针对性和方便的导航系统，难以找到链接到相关网页的路径，也没有提供有助于找到所需信息的帮助。有的网站将许多用户关心的信息埋藏在多层目录之中，任访问者在那里不知所措或凭借运气地寻找有关内容；有些则将链接设置为用户难以判断的文字颜色或者图片，如果不是将鼠标移动到相应的位置则根本不知道哪里是链接。网络营销导向型网站，要求设计良好的导航系统还有一个重要的原因，大约50%的浏览者并非首先来到网站主页，而是通过搜索引擎检索等方式进入信息网页或者其他相关页面。如果这些信息有价值而同时又有好的导航设计，用户很可能会来到主页和其他相关页面，从网站获取更多的信息和服务，从而成为忠实的顾客。

4）保持网站功能正常运行

在网站服务器正常运行的情况下，还要保持网站功能的正常运行，这是保证用户能够正常访问的基础条件。如果进入一个网站，单击链接要么是"该页面无法显示"，要么是"网页内容建设中"的告示，或者在一个购物网站，当顾客辛辛苦苦地找到自己所需要的商品，并一一放入购物车，到最后提交订单的时候，得到的是"发生内部错误"、或者"服务器忙，请您稍候再来"之类的反馈信息，消费者对这样的网站就不可能产生信心。

5）保持网站链接有效

网站上的错误链接不仅影响用户的正常使用，同时也会影响用户对网站的信心。网站上的链接一般有两种类型：一种是内部链接，即网站内各个网页之间的链接关系；另一种是链接到其他网站的链接，即外部链接。

内部链接错误的产生一般是网页设计过程中的粗心所致，如路径错误、链接的图片或者文档丢失、有些文件已经被删除或者没有上传到网站服务器等。外部链接错误除了网址录入错误，通常情况下可能是被链接方网站的问题，如对方的服务器关闭、被链接网址内容已经撤销等。对于用户来说，无论是哪种类型的链接错误，都会影响用户的正常使用和信任。另外，网站链接错误会影响在搜索引擎中的排名，因此应给予足够的重视。

6）用户注册/退出方便

在网络营销活动中，为了研究用户的上网与购买习惯或者提供个性化服务，往往需要用户注册。根据不同的需要，注册时要求用户提供的信息也有所不同，最简单的论坛注册，可能只需要一个名字和电子邮件地址即可，而一些网上零售网站则可能需要填写详细的通信地址、电话、电子邮件等联系信息，甚至还会要求用户对个人兴趣、性别、职业收入、家庭情况、是否愿意收到商品推广邮件等做出选择，在一些要求比较高的情况下，甚至要求用户填写身份证号码。用户为了获取网站上的信息和服务，也愿意注册个人资料，但并不是说，对用户信息的要求越多越好。如果要求注册很多内容，或者涉及用户的个人隐私，用户可能放弃注册，或者提供虚假信息，这两种结果对于网站来说都没有任何好处。所以，在用户注册时应遵循"个人信息适量原则"。"个人信息适量原则"是指，为了获取必要的用户数量，同时又获取有价值的用户信息，需要对信息量和信息受关注程度进行权衡，尽可能降低涉及用户个人隐私的程度，尽量减少不必要的信息。

当用户注册之后，随着时间的推移，以及用户工作环境和个人兴趣等方面的变化，如果用户已经不再对这些服务感兴趣，应该允许用户及时、方便的退订，保持退订系统的正常运行，简化退订手续，否则如果继续向用户发送信息就会令用户无法忍受。许多网站在会员注册之后就无法撤销，将会员资料作为网站的终身资产，其实这样做完全没有必要，这些用户信息也没有任何意义。

7）保护个人信息

除了在用户资料注册时应遵循"个人信息适量原则"，还要保护这些个人信息不被滥用或者不被出租给其他利用注册用户资料发送广告信息的公司，否则同样会失去用户的信任。国外许多网站尤其是知名网站都非常重视对个人信息的保护，国内网站在这方面还做得不够。

随着用户个人隐私被侵犯事件的发生，用户的个人保护意识也在进一步加强。为了获得用户的信任，在网站上公布个人信息保护声明并严格执行这一政策是非常必要的。

8）避免对用户造成滋扰

弹出广告对于用户正常使用网站服务造成了很大的滋扰。现在许多大型网站都开始对弹出广告进行阻击，如搜索引擎 Google 推出的工具条就具有阻止弹出广告的功能。

网站对用户滋扰的方式并不仅限于弹出广告，有些网站采用许多方法对用户进行严重滋扰，如利用不正当手段修改用户浏览器的默认主页设置，甚至恶意修改注册表，有些则不断弹出"是否将网站设为主页"的窗口。这些方法都是为了获得更多的访问量，但是由于并非出自用户自愿，即使获得很多点击数量，这些流量也没有网络营销价值，因此在企业网站设计中应该避免。网站需要访问量，但是没有价值的访问量只能降低网络营销的效果，引起用户的极大反感。

2. 网站设计对网站推广的影响

企业网站建设的专业与否几乎对网络营销各方面都将产生直接或间接的影响。例如，在线帮助系统与顾客服务水平有较大关系；在线调查系统功能是否完善对在线调研方法产生直接影响；没有邮件列表功能的网站难以利用注册会员资料开展许可E-mail 营销，等等。企业网站的网络营销效果基于网站的推广，在获得一定数量的用户之后才能逐渐表现出来，也就是说，网站推广的效果在很大程度上决定了企业网站的价值。

网站推广是网络营销的基本职能之一，也是网络营销工作的主要内容。网站推广的基本思想是利用尽可能有效的方法建立尽可能多的网络营销信息传递渠道，为用户发现网站并吸引用户进入网站提供方便。网站推广通常在网站正式发布之后进行，但网站推广方法并不是等网站建设完成之后才考虑的问题，而是在网站建设过程中就必须考虑到的问题。同时，要为网站推广提供技术和设计方面的支持，否则将影响网站推广的效果。

网站推广的常用的方法包括搜索引擎营销、交换链接、网络广告、E-mail 营销、病毒性营销等。网站建设是实施这些推广方法的基础，如果网站在设计之初未对其推广进行考虑，在功能设置上没有考虑适合网站推广的方法，那么必然影响其推广效果。

7.3　网络营销导向型企业网站建设原则

网络营销导向型企业网站建设的一般原则为系统性、完整性、友好性、简单性和适应性。

1. 系统性原则

企业网站建设不是孤立的，是网络营销策略的基本组成部分。网站建设不仅影响网络营销功能的发挥，也对多种网络营销方法产生直接和间接的影响，因此在网站建设策划和建设过程中应该用系统的、整体的观念来看待企业网站。

2. 完整性原则

与一般的信息传递渠道相比，企业网站是可以包含最完整信息的网络营销信息源。为用户提供完整的信息和服务，是网络营销信息传递原则所决定的。企业网站的完整性是指企业网站的基本要素合理、完整；网站的内容全面、有效；网站的服务和功能适用、方便。

3. 友好性原则

为了更好地发挥企业网站的网络营销价值，企业网站的友好性原则应得以具体体现，主要有以下 3 个方面。

（1）对用户友好——满足用户需求，获得用户信任。

（2）对网络环境友好——适合搜索引擎检索，便于积累网络营销资源。

（3）对经营者友好——网站管理维护方便，可提高工作效率。

4. 简单性原则

简单性是企业网站专业性的最高境界。从网络营销信息传递原理来看，简单即是建造最短的信息传递渠道，使信息传递效率最高，噪声和屏障的影响最小。

5. 适应性原则

网络营销是一项长期的工作，不仅网站的内容和服务在不断发展变化，企业网站的功能和表现形式也需要适应不断变化的网络营销环境。随着经营环境和经营者策略的改变，对企业网站进行适当的调整是必要的，否则会阻碍网络营销的正常开展，必要时还需要对企业网站进行全新的升级改造。

网络营销企业网站的建设看起来并不复杂，无非是更多地站在用户应用、搜索引擎友好及管理维护的角度来考虑问题，但实际上往往很难做到这一点，这也是为什么真正符合网络营销思想的企业网站并不多见的原因。一些大型企业和知名企业的网站，甚至是从事与网络营销相关的专业服务网站也存在种种问题。

这种情况的存在主要在于，一个网站的建设需要多个环节，从网站策划到开发、设计、信息发布等通常不是一个人可以完成的，策划人员提交的方案在实施过程往往难以被完全实现。由于技术开发人员和网页设计人员对网络营销的理解和指导思想的偏差，加之建设过程经常缺乏有效控制，最终会偏离当初的策划思想，使得网站建设中更多地带有技术人员的个性特色。例如，对于美观性与实用性的关系问题、网页文本格式的适用问题及静态网页与动态网页等，还有许多网站采用大幅图片或 Flash 画面所组成的"欢迎光临点击进入"之类的"首页"，都表现出对网络营销导向型企业网站核心思想缺乏必要的理解，或者在认识上存在差异。

7.4 网络营销导向型企业网站建设策略

网站是开展网络营销的基础，是企业开展网络营销的综合工具。因此，首先应站在网络营销的角度对网站建设提出要求，用网络营销的一般原则指导网站建设，这样的网站才能真正为网络营销提供支持。一个完整的企业网站，无论多么复杂或多么简单，都由网站结构、网站内容、网站服务和网站功能组成。下面将分别从网站结构设计、网站内容设计、网站功能设计、网站服务设计、网站首页设计和网站优化设计等方面，介绍如何建设营销导向型企业网站。

7.4.1 网站结构设计

网站结构设计包括网站、栏目设置和网页布局等内容。网站结构是企业网站建设的基本指导方针，只有确定了网站结构，才能开始技术开发和网页设计工作。

1．网站栏目设置

网站栏目设置是一个网站结构的基础，也是网站导航的基础，应做到设置合理、层次分明。一般来说，一个企业网站的一级栏目不应超过 8 个，而栏目层次以 3 级以内比较合适，过多的栏目数量和栏目层次都会为浏览者带来麻烦。网站栏目应围绕主题设置，这样的网站显得专业，主题突出，容易给人留下深刻印象。如图 7.1 和图 7.2 所示，在这两个页面中的突出特点就是栏目内容清晰，主题鲜明。

图 7.1　海尔集团官方网站首页

图 7.2　中国进出口商品交易会官方网站首页

2．网页布局

网页布局是指当网站栏目确定之后，为了满足栏目设置的要求需要进行的网页模板规划。网页布局主要包括网页结构定位方式、网站菜单和导航的设置、网页信息的排放位置等。

1）网页结构定位方式

网页结构定位通常有表格定位和框架结构（也称帧结构）两种方式。由于框架结构将一个页面划分为多个窗口时，破坏了网页的基本用户界面，很容易产生一些意想不到的情况。例如，容易产生链接错误、不能为用户所看到的每一帧都设置一个标题（title）等；有些搜索引擎对框架结构页面不能正确处理，影响搜索结果的排名。因此，现在多数网站都不采用框架结构。表格定位是在同一个页面中，将一个表格（或者拆分为几个表格）划分为若干板块以分别放置不同的信息内容。

在网页结构定位时，有一个重要的参数需要确定，即网页的宽度。确定网页宽度通常有固定像素模式和显示屏自适应模式两种。固定像素模式是指，无论用户的显示器设置为多大的分辨率，网页都按照固定像素的宽度显示（如 760 像素），而自适应模式是根据用户显示器的分辨率将网页宽度自动调整到显示屏的一定比例（如 100%）。自适应模式从理论上说比较符合个性化的要求，但由于用户使用不同分辨率的显示器浏览时，信息内容的显示效果不同，有时会产生不合适的文字分行或者其他影响显示效果的问题，因此在设计要求比较高的网站时都采用固定像素的表格定位方式。

目前，许多网站上都有"建议使用 800 像素×600 像素 IE5.0 以上浏览器浏览本站以获得最佳显示效果"的提示，而实际上作为网络营销导向的专业化企业网站的建设，应主动研究用户浏览习惯的发展变化，让大多数用户浏览你的网站时，在不更改显示模式的情况下能获得最佳的显示效果，而不是在网页下面给出提示。目前，用户使用较多的为 800 像素×600 像素模式和 1 024 像素×768 像素模式的显示器，也有一部分用户使用 1 152 像素×864 像素模式。

2）菜单和导航的设置

（1）网站菜单设置。网站的菜单一般是指各级栏目，由一级栏目组成的菜单称为主菜单。这个菜单一般会出现在所有页面上。网站首页一般只有一级栏目菜单，而在一级栏目的首页（在大型网站中一般称为频道），则可能出现栏目进一步细分的菜单，称为栏目菜单或者辅菜单。

（2）网站导航设置。导航设置是在网站栏目结构的基础上，为方便用户浏览网站所提供的提示系统。由于网站设计没有统一的标准，不仅菜单设置各不相同，打开网页的方式也有区别。有些网站是在同一窗口打开新网页，有些则是新打开一个浏览器窗口，因此仅有网站栏目菜单有时会让用户在浏览网页过程中迷失方向，如无法回到首页或者上一级页面等，因而需要辅助性导航帮助用户方便地使用网站信息。

辅助性导航系统一般是在栏目主菜单下面设置一个辅助菜单，说明用户目前所在网页在网站中的位置。其表现形式比较单一，一般形式为"首页→一级栏目→二级栏目→三级栏目→内容页面"。如果网站内容较多，专门设计一个导航页面是非常必要的，这个页面可为用户查找信息提供方便。搜索引擎在网站中检索信息时也会访问这个导航页面。通常采用静态网页方式建立一个文件名为"sitemap.htm"的网页即可。

此外，如果网站功能和服务较多，新用户使用这些服务时可能会遇到较多的问题。有些网站采用专门设计的智能导航系统或者实时在线帮助，这些形式实质上已经不仅仅是导航，而是与在线服务功能结合在一起了。

3）网页信息的排放位置

对于网页上信息的排列布局没有统一的规定，但通过对互联网用户的行为特征、主要搜索引擎抓取网页摘要信息的方式以及一些优秀网站网页设计布局的分析，可以归纳出以下值得参考的原则。

（1）将最重要的信息放在首页显著位置，一般来说包括产品促销信息、新产品信息、企业要闻等。企业网站不同于大型门户网站，页面内容不宜太繁杂，与网络营销无关的信息尽量不要放置在主要页面。

（2）在页面左上角放置企业 Logo，这是网络品牌展示的一种表现方式。

（3）为每个页面预留一定的广告位置，这样不仅可以为自己的产品进行推广，还可以作为一种网络营销资源与合作伙伴展开合作推广。

（4）在网站首页等主要页面预留一个合作伙伴链接区，这是开展网站合作的基本需要。

（5）公司介绍、联系信息、网站地图等网站公共菜单一般放置在网页最下方。

（6）站内检索、会员注册/登录等服务，放置在右侧或中上方显眼位置。

7.4.2　网站内容设计

网站内容是用户通过企业网站可以看到的所有信息，也就是企业希望通过网站向用户传递的所有信息。网站内容包括所有可以在网上被用户通过视觉或听觉感知的信息，如文字、图片、视频、音频等。一般来说，文字信息是企业网站的主要表现形式。

1．用户希望在企业网站寻找哪些信息

归根结底，企业网站的内容是为了用户浏览才发布的。一个企业网站不同于专业的 ICP 或者门户网站，不可能也没有必要包罗万象。每个企业有自己特定的产品/服务，网站的内容应围绕企业的核心业务设置。只有在网站可以满足用户信息需要的前提之下，网站的网络营销功能才能真正的发挥作用。那么用户都需要什么信息呢？这是在进行网站规划时必须考虑的问题。

要回答这个问题，需要对目标用户的需求特征和行为进行必要的调研。首先必须分析可能的访问者有哪些，然后有针对性地设计相关内容，这样才能做到有的放矢。一般来说，一个企业网站主要的访问者有这样几类：直接用户、经销商、设备和原材料供应商、竞争者等。尤其应对公司的现有用户和潜在用户的需求特点，进行深入的

研究。竞争者来访的目的无非是了解公司的新动向，看看网站设计水平如何，是否有值得借鉴的地方，对此，在发布有关内容时应该给予适当的"防备"，而不是让竞争者满载而归。

既然公司的现有用户和潜在用户是网站的重点对象，那么就要认真分析他们需要什么信息。以一个电视机生产企业为例，一个用户/潜在用户访问企业网站的目的大致为：看看有什么新产品，对比不同规格产品的性能和价格，对比其他品牌的同类产品，查询本地销售商和保修地址等。如果可以进行网上订购，用户自然也希望了解与此相关的信息，如订货方式、支付手段、送货时间和费用、退换商品政策等，因此，这些内容应该作为网站的重点。

说起来比较简单，但是很多网站在内容设计上"跑题"的现象却时常发生。即使在电子商务已经比较发达的国家，企业网站设计不合理的状况也十分明显，这种状况应该引起重视。

2．企业网站的一般内容

根据企业网站信息的作用，可以将应有的基本内容分为以下7类，这些信息类别是规划网站栏目结构时的主要考虑因素。

1）公司信息

公司信息是为了让新访问者对公司状况有初步的了解，公司是否可以获得用户的信任，在很大程度上取决于这些基本信息。在公司信息中，如果内容比较丰富，可以进一步分解为若干子栏目，如公司概况、发展历程、公司动态、媒体报道、主要业绩（证书、数据）、组织结构、企业主要领导人员介绍、联系方式等。

考虑到公司概况和联系方式等基本信息的重要性，有时也将这些内容以公共栏目的形式，作为独立菜单出现在每个网页下方；如有必要，详细的联系方式（尤其是服务电话等用户最需要了解的信息）等也可以直接出现在每个网页的适当位置。对于联系信息应尽可能详尽，除了公司的地址、电话、传真、邮政编码、网管 E-mail 地址等基本信息，最好能详细地列出客户或者业务伙伴可能需要联系的具体部门的各种联系方式。对于有分支机构的企业，还应当附有各地分支机构的联系方式，以便在为用户提供方便的同时，起到对各地分支机构业务的支持作用。

2）产品信息

企业网站上的产品信息应全面反映企业所有系列和各种型号的产品。对产品应进行详尽的介绍，如有需要，除了文字介绍，还可配有相应的图片资料、视频文件等。用户的购买决策是一个复杂的过程，其中可能受到多种因素的影响，因此企业在产品信息中除了产品型号、性能等基本信息，其他有助于用户产生信任和购买决策的信息，都可以用适当的方式发布在企业网站上，如有关机构和专家的检测和鉴定、用户评论、相关产品知识等。

产品信息通常可以按照产品类别分为不同的子栏目。如果公司产品种类较多，无法在简单的目录中全部列出，为了让用户能够方便地找到所需要的产品，除了设计详细的分级目录之外，还有必要增加产品的搜索功能。

在产品信息中，有关价格信息是用户关心的问题之一。对于一些通用产品及价格相对稳定的产品，应该留下产品价格。但考虑到保密性或者非标准定价的问题，有些产品的价格无法在网上公开，也应尽可能为用户了解相关信息提供方便。例如，可为用户提供一个了解价格的详细的联系方式作为一种补偿办法。

3）用户服务信息

用户对不同企业、不同产品所期望获得的服务有很大差别。用户对一些标准化产品或者日常生活用品，需要的服务信息相对简单；对于使用比较复杂、规格型号繁多的产品，企业网站往往需要提供较多的服务信息才能满足顾客的需要。常见的网站服务信息有产品选择和使用常识、产品说明书、在线问答，等等。

4）促销信息

当网站拥有一定的访问量时，企业网站本身便具有一定的广告价值，因此，可在自己的网站上发布促销广告、有奖竞赛、有奖征文、下载优惠券等。网上促销活动通常与网下相应活动结合进行，网站可以作为一种有效的补充，供用户了解促销活动细则、参与报名等。

5）销售信息

当用户对于企业和产品有了一定程度的了解，并且产生了购买动机之后，企业在网站上应为用户购买提供进一步的支持，以促成销售（无论是网上还是网下销售）。用户在决定购买产品之后，仍需要进一步了解相关的购买信息，如最方便的网下销售地点、网上订购方式、售后服务措施等。

（1）销售网络。研究表明，尽管目前一般企业的网上销售还没有成为主流方式，但用户从网上了解产品信息而在网下购买的现象已非常普遍，尤其是高档产品和技术含量高的新产品，一些用户在购买之前已经从网上进行了深入研究，但能否在方便的地方购买仍然是影响用户最终购买决策的重要因素之一。因此，应通过公布企业产品销售网络的方式尽可能详尽地告诉用户在什么地方可以买到所需要的产品。

（2）网上订购。企业网站如果具有网上销售功能，应对网上购物流程进行详细说明。即使企业网站并没有实现整个电子商务流程，针对相关产品为用户设计一个网上订购意向表单仍然是必要的，这样可以免去用户打电话或者发电子邮件订购的麻烦。

（3）售后服务。有关质量保证条款、售后服务措施及各地售后服务的联系方式等都是用户比较关心的信息，是否可以在本地获得售后服务往往是影响用户购买决策的重要因素之一，企业应该尽可能详细说明。

6）公众信息

公众信息是指非用户身份对公司进行了解时所获得的信息，如投资人、媒体记者、调查研究人员等。虽然这些人员访问网站并非以了解和购买产品为目的（当然这些人也有成为公司顾客的可能），但同样对公司的公众形象等具有不可低估的影响，对于公开上市的公司或者知名企业而言，对网站上的公众信息应给予足够的重视。

7）其他信息

根据企业的需要，可以在网站上发表其他的有关信息，如招聘信息、采购信息等。在进行企业信息的选择和发布时，应掌握一定的原则：有价值的信息应尽量丰富、完整、及时；不必要的信息和服务如天气预报、社会新闻、生活服务、免费邮箱等应力求避免，因为用户获取这些信息通常会到相关的专业网站和大型门户网站，而不是某个企业网站。另外，在公布有关技术资料时应注意保密，避免被竞争对手利用，造成不必要的损失。

7.4.3　网站功能设计

前面是以静态方式描述的企业网站内容，即说明网站应该涉及的基本信息，这些内容一经完成，在相当长的一个阶段可能不需要频繁地更改。但是，网站的价值很难通过这些基本信息充分表现出来，合理地利用企业网站这块企业自己拥有的宣传阵地，才能够达到事半功倍的效果。从技术角度看，一个企业网站必须具有网站功能的支持才能实现应有的网络营销功能。

企业网站的功能可分为前台和后台两个部分。前台即用户可以通过浏览器看到和操作的内容；后台，有时也称为网站管理后台，是指用于管理网站前台的一系列操作，如产品、企业信息的增加、更新、删除等。网站的后台通常需要账号及密码等信息的登录验证，登录信息验证正确后才可进入网站后台的管理界面进行相关的一系列操作。前台功能是后台功能的对外表现，后台功能是为了实现前台功能而设计的，以实现对前台信息和功能的管理。在前台，用户看到的通常只是信息本身，看不到信息的发布过程。例如，在网站上看到的公司新闻、产品介绍等就是网站运营人员通过后台的信息发布功能实现的；对于邮件列表功能，用户在前台看到的通常只是一个输入电子邮件地址的订阅框，而用户邮件地址的管理和邮件的发送等功能都是通过后台才能实现的。

网站的技术功能需要在网站策划阶段确定，功能开发完成之后在一个阶段内将保持稳定，因此需要认真研究，尽量不要遗漏重要功能，也没有必要投入无谓的资金开发过于超前的功能，有些功能可以待网站改版和功能升级时再进行重新策划。一个企业网站需要哪些功能主要取决于网络营销策略、财务预算、网站维护管理能力等因素。下面列出的是企业网站常用的部分功能，对于一些大型网站则会有更为复杂的功能需求。

1．信息发布

除了最简单的仅有少数几个静态网页的企业网站，现在一般企业网站多采用后台信息发布的方式，企业网站上的多数信息都可以通过信息发布功能来实现，如企业动态、媒体报道、招聘信息、产品介绍等。

2．产品管理

如果产品品种较多并且不断有新产品推出，为便于网站信息维护，需要设计产品管理功能，实现对产品资料的增加、删除和修改。

3．会员管理

如果需要用户注册才能获得某些服务，或者希望用户参与某些活动，那么用户管理功能是很重要的。

4．订单管理

具有在线销售功能的企业网站，订单管理是必不可少的功能。

5．邮件列表

邮件列表在顾客关系、顾客服务、产品促销等方面都有良好的效果，是开展许可 E-mail 营销的必要功能。如果企业有计划采用邮件列表营销手段，那么建立邮件列表平台是基础条件之一。

6．论坛管理

虽然一般小型企业网站中的论坛能发挥多大价值还有待进一步研究，但是一些大型企业网站、行业网站及一些专业网站中的论坛所发挥的作用是很明显的，因此这类网站在条件许可的情况下设立一个在线论坛是很有必要的。

7．在线帮助

在线帮助包括 FAQ、问题提交/解答、即时信息等，企业网站可以根据需要选择相应的功能。

8．站内检索

信息数量较多或产品较多时，站内检索功能可为用户提供很大的方便。同时，通过对检索工具应用状况的分析，可以发现用户对站内信息和产品的关注情况，具有一定的市场研究价值。

9．广告管理

企业网站内有一些很有价值的广告空间，广告管理系统可用于对站内各种网络广告资源的管理，如广告的更换、点击情况的统计等。

10．在线调查

企业网站本身所具有的在线调查功能可通过这个功能来实现。一个高质量的在线调查系统可以在多方面获取用户的反馈信息，是开展市场调研不可缺少的手段之一。

11．流量统计

网站流量统计分析是检验网络营销效果的必要手段之一，也是分析用户行为、发现网站设计和功能是否存在问题的辅助工具。一个完善的网站流量统计系统比较复杂，因此通常采用专业服务商提供的专业软件。

7.4.4　网站服务设计

企业网站的服务是网站的基本要素之一，如果一个网站只有简单的公司简介和产品介绍，不仅会显得内容比较贫乏，有时也无法满足用户对于网站信息的需求，因此有必要根据产品特点和用户的需求特征提供相应的服务内容。这些服务内容有些已经包含在网站的基本内容中（如常见问题解答），有些则需要与产品相结合才能发挥作用。企业网站服务的实现通常需要相应功能的支持。

网站服务的内容和形式通常涉及以下方面。

1．产品选购和保养知识

相对于生产商和销售商来说，用户的产品知识总是比较欠缺的，利用网站为用户提供尽可能多的产品知识是市场培养的有效方法之一。

2．产品说明书

除了随产品附送说明书，在企业网站上发布详细的产品说明对于用户了解产品具有非常积极的意义。

3．常见问题解答

企业可将用户在使用网站服务、了解和选购产品过程中可能遇到的问题整理为一个常见问题解答（FAQ），并根据用户的问题不断增加和完善这个 FAQ，不仅方便了用户，也节省了顾客服务时间和服务成本。一个优秀的 FAQ 可以完成 80%的在线顾客服务任务。

4．在线问题咨询

如果用户的问题比较特殊，企业需要专门给予回答，开设这种问题解答服务是很有必要的，不仅解决了顾客的咨询，从中也可以了解一些顾客对产品的看法。

5．即时信息服务

在条件具备的情况下，企业网站若能利用即时信息开展实时顾客服务，则更容易获得用户的欢迎。

6．会员通信

企业网站可定期向注册用户发送有价值的信息，这是顾客关系和顾客服务的有效手段之一。

7．优惠券下载

当公司推出优惠措施时，将优惠券发布在企业网站上，不仅容易获得用户的关注，也可降低发放优惠券的成本。

8．驱动程序下载

如果是需要驱动程序的电子产品，企业应在网站上提供各种型号产品的驱动程序，并给予详细说明。驱动程序是困扰用户的常见问题之一，企业网站应在这方面发挥应有的作用。

9．会员社区服务

企业网站上的会员社区服务，可为用户提供一个发表自己观点、与其他用户相互交流的空间。

10．免费研究报告

如果企业拥有重要的信息资源，可以定期为用户提供有价值的免费研究报告。

7.4.5　网站首页设计

网站首页是企业网站的门面，因此很多企业网站对网站首页的设计非常关注。现在有一种普遍现象，在很多企业网站的首页都是一个漂亮的"欢迎页面"，展示一些图片、动画、或者其他多媒体文件，所表现的信息大多与企业形象或者核心业务无关。据了解，一些企业喜欢这种方式的主要原因是觉得直接进入产品介绍页面，会显得内容贫乏，而且不够专业。其实这种担心是不必要的，因为用户浏览企业网站的目的是要了解有关产品或服务的信息，而不是来欣赏美术作品，那些无关的内容往往会占用访问者的时间，甚至将用户的视线转移。如果一定要采用一个漂亮网页作为首页时，不妨通过一些多媒体手段，在展示企业品牌方面下点工夫，尽量不要放置与企业毫无关系的内容。

7.4.6　网站优化设计

网站优化的基本思想是通过对网站功能、结构、布局、内容等关键要素的合理设计，使网站的功能和表现形式达到最优效果，充分表现网站的网络营销功能。

1．网站优化设计的目的

网站优化设计的目的表现在以下 3 个方面。

（1）从用户的角度来说，经过网站的优化设计，用户可以方便地浏览网站信息、使用网站的服务。

（2）从基于搜索引擎推广网站的角度来说，优化设计的网站使得搜索引擎可以顺利抓取网站的基本信息。当用户通过搜索引擎检索时，企业期望的网站摘要信息可以出现在理想的位置，使用户能够发现有关信息并引起兴趣，从而点击搜索结果并到达网站获取进一步的信息服务，直至成为真正的顾客。

（3）从网站运营维护的角度来说，网站运营人员可以方便地对网站进行管理和维护，有利于各种网络营销方法的应用，并且可以积累有价值的网络营销资源。只有经过网站优化设计的企业网站才真正具有网络营销导向，才能与网络营销策略相一致。

2. 网络优化的3个层面

网站优化包括3个层面：对用户的优化、对网络环境（搜索引擎等）的优化和对网站运营维护的优化。

（1）对用户的优化。网站设计对用户的优化具体表现为：网站设计应以用户需求为导向；设计方便的网站导航；网页下载速度尽可能快；网页布局合理，适合保存、打印、转发；网站信息丰富、有效，有助于用户产生信任。

（2）对网络环境的优化。网站设计对网络环境的优化具体表现为：网站设计应适合搜索引擎检索（搜索引擎优化）；便于积累网络营销网站资源（如互换链接、互换广告等）。

（3）网站设计对运营维护的优化具体表现为：网站设计应充分体现网站的网络营销功能，使得各种网络营销方法可以发挥最大效果；便于日常信息更新、维护、改版升级；便于获得和管理注册用户资源等。

从上述对网站优化设计含义的理解也可以看出，网站优化设计并非只是搜索引擎优化，搜索引擎优化只是网站优化设计中的一部分，不过这部分内容对于网站推广的影响非常明显和直接，因此更容易引起重视。真正的网站优化设计不仅仅是搜索引擎优化，应坚持用户导向而不是搜索引擎导向。因此，在网站优化设计过程中，三个层面的内容不能顾此失彼，应实现全面优化，尤其应将对用户的优化放在首位。

本 章 小 结

企业网站相当于企业在互联网中的门面，具有品牌形象、产品/服务展示、信息发布、顾客服务、顾客关系、网上调查、网上联盟、网上销售等功能，是企业实施网络营销策略的基础。

网站结构、网站内容、网站服务和网站功能是一个网站的基本组成要素。在企业建设网站的过程中要以这些要素为出发点，站在网络营销的角度遵循系统性、完整性、友好性、简单性、适应性的指导原则，对网站进行优化设计，即对用户的优化、对网络环境（搜索引擎等）的优化和对网站运营维护的优化，最终实现企业网站真正能为网络营销提供支持。

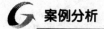 **案例分析**

海信集团企业网站案例点评

在对具体案例进行分析之前，首先需要对优秀企业网站做一个概念界定，或者说对于企业网站专业性的评价标准做一些必要的介绍。

站在网络营销的角度，企业网站是一个综合性的网络营销工具，因此一个以网络营销为导向的企业网站才能称为优秀企业网站。一个完整的企业网站，无论多么复杂或多么简单，都可以划分为四个组成部分，即结构、内容、服务、功能，这四个部分构成了企业网站的一般要素。因此，一个网络营销导向型企业网站，应从网站策划、设计、信息发布、功能和服务等方面可以为实现企业网站的各项网络营销功能提供支持，成为有效开展网络营销的基础。关于企业网站专业性的评价，简单来说，就是通过具体指标对企业网站的几个基本方面进行的评估，如网站优化设计是否合理、网站内容和功能是否完整和实用、网站服务是否有效等。

1. 海信企业网站（http://www.hisense.com）的栏目结构和主要信息

从总体结构来看，网站一级栏目数量适当，布局合理，符合用户的浏览习惯。企业的最主要的信息如公司信息、产品信息、客户服务等都通过清晰合理的栏目设置得以体现，同时一些重要信息在网站首页上也可以方便地被用户浏览。

例如，在网站首页上，除了企业介绍和企业新闻，单独的海信科技栏目也体现了企业的研发实力，提高了用户对企业及产品的信心。网站尤其注重客户服务，在首页上建立了海信服务网站的链接，并由此可直接进入下载中心、常见问题、服务中心、维护指南等非常重要的服务项目；首页上通过简单的海信业务栏目可进入企业的产品分类列表，为用户了解产品信息提供了极大的方便，并可通过海信产品网站栏目进入更详细、具体的产品目录页面，为有购买意愿的用户提供更专业的介绍。中文网站群和海外网站群列表不仅为用户了解海信集团各分支机构提供了方便，也展现了公司的实力，发挥了一定的推广和支持作用。值得指出的是，海信网站不仅导航非常清晰，而且网站地图无论是表现形式还是文件的路径设计也都比较规范。

2. 海信企业网站的顾客服务

注重顾客服务是海信企业网站的一个明显特征，主要表现在：建立专门的海信服务网站，并在主页明显的位置建立该网站的链接，通过该网站提供各种详尽的顾客服务内容，如服务政策、下载中心、常见问题、服务中心、维护指南、在线报修、养护知识等。此外，在每个网页下面都公布顾客服务热线电话，也为顾客提供了很大方便，即使不进入网站首页，也可以很容易发现主要的顾客服务信息。

3. 海信企业网站的网络营销功能

海信网站是为数不多的网络营销功能完善的网站之一，主要表现在企业网站的促销功能、产品展示、顾客关系、顾客服务、在线调查、销售促进、在线销售等方面。例如，在线促销功能主要表现为：在网站首页和各栏目页面顶部设置各种新产品广告，网站首页上也出现了最新推广的产品信息和优惠活动；在产品信息栏目中，除了产品分类和详细介绍，还提供了购物指南、用户手册、案例分析、产品荣誉、技术白皮书、经销商查询等有助于用户购买决策的信息，充分发挥了网站作为在线促销工具的作用。另外，从栏目设置上可以看出，海信网站上有一个"海信网上商城"栏目，其设计符合传统在线购物网站的设计，可提供即时在线的导购咨询服务，为用户提供更充分的支持。

从网络营销导向企业网站建设专业性方面来看，海信企业网站在总体构架、内容、服务、功能等方面都可以说是比较优秀的。当然，海信企业网站也存在一些不足，网站下载速度较慢就是突出的问题之一。而且，令人遗憾的是，海信企业网站的访问量并不高。从专业网站流量排名网站 Alexa 获得的数据表明，2009 年 7 月 24 日，海信企业网站的全球访问量排名仅为 391 322。据粗略估计，海信网站的 IP 访问量大约为每天 2 300 人左右，这个数字在全国大型企业网站中处于中上等，但对于大型家电企业则处于比较落后的水平，因为家电行业的网站专业性和网站访问量相对于其他行业具有一定的领先性。

海信企业网站的专业性与访问量之间的不协调现象充分说明，专业性的企业网站建设只是有效开展网络营销的基础，企业网站建设的完成并不意味着网络营销的终结。网站推广、销售促进、顾客关系和服务等是网络营销的重要内容，无论大型企业还是小型企业，都需要重视网络营销的真正含义和主要内容，而不仅仅是企业网站建设本身。

（案例来源：网商世界，略作修改）

案例讨论

1. 试分析海信集团的企业网站包括了哪些信息。
2. 试分析海信集团的企业网站具有哪些功能。
3. 通过网络搜索该公司网站，亲身感受一下案例中的网络营销，你能否提出一些改进建议？

思考与练习

1. 企业网站按照其功能可分为哪些类型？针对不同类型的网站分析其在建设时应满足哪些需求。

2．企业网站中具有的网络营销功能有哪些？

3．如何理解网站的优化设计？

4．假设要建设一个校园商务平台，请您考虑如何根据用户的需求设计该站点的功能模块。

实 训 操 作

上网选择一网站，通过观察，分析其建设营销网站的策略及存在的问题，并提出解决方案。

第8章

企业营销网站推广策略

学习要点

- 搜索引擎营销的基本原理、主要形式及策略

- 网络广告的类型、定价策略及策划过程

- E-mail 营销的内涵与内外列表营销过程

- 网络资源合作的内涵与链接交换策略

- 病毒性营销的原理与分类

网站推广的目的在于让尽可能多的潜在用户了解并访问网站，通过网站获得有关产品和服务等信息，为最终形成购买决策提供支持。一般来说，除了大型网站，如提供各种网络信息和服务的门户网站、搜索引擎、免费邮箱服务商等网站，一般的企业网站和其他中小型网站的访问量通常都不高。有些企业网站虽然经过精心策划和设计，但在发布几年之后，访问量仍然非常小，每天可能才区区数人，这样的网站自然很难发挥其作用。因此网站推广被认为是网络营销的主要任务之一，是网络营销工作的基础，网站推广的效果在很大程度上也就决定了网络营销的最终效果。

CNNIC（中国互联网络信息中心）统计的数据显示，用户知晓新网站的主要途径和比例如表 8.1 所示。

表 8.1　用户知晓新网站的主要途径和比例

主 要 途 径	比　　例
搜索引擎	76.3%
其他网站上的链接	64.7%
他人推荐介绍	53.9%
报纸杂志	36.5%
电子邮件	21.0%
网址大全之类的书籍	17.1%
广播电视	16.4%
户外广告	7.0%
黄页	2.7%
其他	0.5%

从表 8.1 中可见，吸引人们访问网站的最有效的方法是以搜索引擎营销为代表的网上推广手段，当然，一些传统媒体（如杂志）的作用也不容低估。因此，本章主要对一些使用效果较好或具有一定潜力的网站推广方法进行介绍。

8.1　搜索引擎营销策略

许多企业简单地认为建了网站就是信息化就可以做电子商务了，这是一种误解。网站需要推广才有访问，只有访问才能带来用户。利用搜索引擎是网站推广最廉价、最高效的方式。

CNNIC 2009 年 7 月的调查数据表明：69.4% 的中国互联网用户经常使用搜索引擎；79.3% 的中国互联网用户得知新网站的途径是搜索引擎。

消费者在做出购买决策之前，需要获取尽可能多的商品信息以知晓品牌，了解产品，而搜索引擎已成为消费者获得这些信息的主要途径之一。例如，艾瑞咨询的调查表明，2008 年中国网络购物用户在购买前获取商品信息时，最主要的方式是通过搜索引擎进行查询比较，比例为 57.5%，购物时使用搜索引擎的目的主要是查找产品资料、进行价格比较及了解产品评价等与产品相关的信息。

艾瑞咨询的另一项调查表明，企业可将搜索引擎作为实现下列营销目的的途径之一：

- 宣传公司形象；
- 进行具体产品的推广；
- 引导客户购买本公司产品；
- 宣传促销信息。

一般搜索引擎来到企业网站的访问者，新用户比例很高，而且所有访问者均具有极强的针对性，是主动找上企业网站的，所以他们对商业网站的价值也特别高。

8.1.1 搜索引擎营销概述

1. 搜索引擎营销的含义

所谓搜索引擎营销（search engine marketing，SEM），就是根据用户使用搜索引擎的方式，利用用户检索信息的机会尽可能将营销信息传递给目标用户。用户检索所使用的关键词反映了用户对该问题（产品）的关注，这种关注是搜索引擎之所以被应用于网络营销的根本原因。

2. 搜索引擎营销的过程

搜索引擎营销得以实现的基本过程是：企业将信息发布在网站上成为以网页形式存在的信息源；搜索引擎将网站/网页信息收录到索引数据库；用户利用关键词进行检索（对于分类目录则是逐级目录查询）；检索结果中罗列相关的索引信息及其链接URL；根据用户对检索结果的判断，选择有兴趣的信息并点击 URL 进入信息源所在网页。这样便完成了企业从发布信息到用户获取信息的整个过程，这个过程说明了搜索引擎营销的基本原理。

3. 搜索引擎营销的前提

（1）认清搜索引擎用户的使用特征。要有效地利用搜索引擎开展网络营销，首先必须认清搜索引擎用户的使用特征。搜索引擎也像媒体一样，不仅有用户多寡（即市场占有率）的区分，用户也可能具有各自的特征。例如，CNNIC 的《2007 年中国搜索引擎市场调查报告》表明，尽管当年百度的市场占有率为 74.5%，Google 为 14.3%。但 Google 在高端用户方面的市场占有率为 42.32%，远大于其平均市场占有率。高端用户是指年龄在 25 岁及以上、学历在大学本科及以上、月收入在 3 000 元以上的用户，这些用户群恰好是最有商业价值的用户群。

（2）了解用户选择搜索引擎品牌的原因和使用搜索引擎的习惯。用户选择搜索引擎品牌的因素很多，主要可以归为四类：第一类是功能服务因素，这类因素是指搜索引擎为用户提供的非搜索类或者特殊搜索类服务，这些服务改善了用户的使用体验，提高了搜索功能的黏度，同时提高了搜索的特性应用，如搜狗的输入法；第二类是推广宣传因素，这些因素包括搜索品牌的塑造，如百度把自己塑造为最好的中文搜索；第三类是习惯因素，在使用感受差异不大的情况下，先入为主的习惯就起到了很大的作用；第四类是来自用户对搜索引擎本身的使用感受，这一因素是用户选择目前首选品牌搜索引擎的主流因素，特别是在结果的全面性和搜索的速度方面这些搜索引擎作用表现得尤为突出，另外搜索效果和使用方便也是用户考虑的重要因素。用户在使用搜索引擎时也有一些特定习惯，如大部分用户一般只看搜索结果前 2 页的内容，用户使用搜索引擎检索时通常使用 2～3 个关键词的组合而不是只用一个关键词。

8.1.2　搜索引擎营销形式

搜索引擎营销包括免费登录、付费登录、搜索引擎优化、关键词广告、竞价排名及网页内容定位广告等多种形式。

1．免费登录搜索引擎

向搜索引擎免费登录自己的网站是一种最为传统的搜索引擎营销手段。目前，虽然主流的搜索引擎几乎都开始对商业网站的登录收取费用，但仍有少数搜索引擎可以供商业网站免费登录。例如，在我国登录新浪搜索引擎需要缴纳年费，而登录网易搜索引擎却仍然免费。

2．付费登录搜索引擎

如今，多数搜索引擎对商业网站不再提供免费登录服务。对于有些搜索引擎，交费后虽然不保证网站有较好的排名，但可以保证网站被收录到搜索引擎的数据库。有时交费登录的公司还可以得到一些额外的利益，如搜索引擎的爬虫程序会更频繁地访问该网页，使得网页的更新能及时被用户了解。

需要注意的是，向雅虎这样的知名主题目录提交网站虽然需要缴纳费用，但缴纳的费用只能使企业网站被雅虎的编辑审查而不能保证企业网站最终一定能被雅虎收录。对于雅虎而言，网站的质量仍然是被收录的必要条件。不过，在 Google 的有力竞争下，雅虎可能会最终放弃向网站收费而又不保证收录该网站的做法。

3．搜索引擎优化（search engine optimization，SEO）

SEO 是用来改进页面在搜索引擎搜索结果中排名的各种技巧的总称。要获得较高质量的搜索引擎优化，主要的方法包括网站栏目结构层次合理、网站分类信息合理、将动态网页静态化处理、每个网页均有独立标题、网页标题中含有有效的关键词、合理安排网页内容信息量及有效的关键词设计等。另外，每个网页上有专门设计的META 标签，这些工作对增加搜索引擎的友好性是非常重要的。

4．关键词广告

关键词广告是在搜索引擎的搜索结果中发布广告的一种方式。关键词广告与一般网络广告的不同之处在于，关键词广告出现的位置不是固定在某些页面，而是当有用户检索到特定的关键词时，广告才会出现在搜索结果页面的显著位置上。不同的搜索引擎有不同的关键词广告显示方式，有的将付费关键词检索结果显示在搜索结果的最前面，有的则将它们显示在搜索结果页面的专用位置上（如右列）。当然，最恶劣的一种方式是，将广告混杂在非广告当中，因为这可能会误导搜索用户，使他们误以为广告内容也是中立的非商业内容。

总的来说，关键词广告与搜索引擎优化有很大的差别，实质上属于网络广告的范畴，是网络广告的一种特殊形式。由于关键词广告具有较高的定位能力，可以提供即时的点击率报告，还允许用户随时修改关键词等有关设置，收费模式也比较合理。因此，关键词广告正逐渐成为搜索引擎营销的一种常用形式。

5. 竞价排名

竞价排名是搜索引擎关键词广告的一种特殊形式。这种搜索引擎关键词广告按付费高者排名靠前的原则，对购买了相同关键词组的网站进行排名。竞价排名给了广告主对广告效果更多的控制。肯出大价钱的广告主可以保证其网站出现在搜索结果的前列。所以竞价排名是很受广告主欢迎的一种搜索引擎营销方式。

关键词竞价排名最早由 Overture 推出，目前在中国市场的领头羊有百度等。如今，关键词竞价排名成为一些企业利用搜索引擎营销的主要方式，竞价排名的时效性强，非常适合发动短期的促销攻势。例如，一家企业需要通过其网站处理一批积压商品，这时，该企业完全无须做扎实的网站推广工作，一次短期的竞价排名广告就可以廉价而高效地实现目标。

竞价排名的基本特点是按点击量付费，广告出现在搜索结果中（一般是靠前的位置）如果没有被用户点击，不收取广告费。在同一关键词的广告中，支付每次点击价格最高的广告排在第一位，其他位置按照广告主设定的广告点击价格决定广告的排名位置。

6. 网页内容定位广告

基于网页内容定位的网络广告是搜索引擎营销模式的进一步延伸。它将通过关键词检索定位的广告显示在搜索引擎之外的相关网站上，广告载体不仅仅是搜索引擎的搜索结果网页，也延伸到了搜索引擎公司合作伙伴的网页上。例如，当用户在 Google 的合作伙伴 Howstuffworks.com 网站上浏览有关 DVD 工作原理的网页时，在网页的左下角会有一个赞助商的关键词检索链接广告区域，出现有关 DVD 的网站介绍和链接，这些广告内容是不断更新的。网页内容定位广告可以做到的并不仅仅是将关键词检索广告增加一种显示方式，由于大大拓展了广告投放的空间，增加了被用户浏览的机会，实际上已经超出了关键词检索的基本形态。

8.1.3 搜索引擎营销策略的实现

搜索引擎营销策略主要包括关键词策略和搜索引擎优化策略。前者同时适用于搜索引擎登录、优化和搜索引擎广告。

1. 关键词策略

互联网上的搜索大部分是由用户在搜索框中输入的关键词触发的。关键词策略包括关键词的确定、关键词的使用和关键词的监测。

1）关键词的确定

为网页确定关键词是搜索引擎营销的头等大事，确定关键词的过程就是确定企业网络营销目标市场的过程。关键词的选择要少而精，一般在 2 个左右。关键词过多是搜索引擎优化的大忌，它会使网页内容失去中心，影响网页在任何一个关键词上的相关性。参与搜索引擎排名可以选择更多的关键词，但这些关键词同样需要与网站内容相关，否则企业按点击付费换来的流量不能转化为实际交易，也是营销上的失败。

（1）选择关键词时要避免单个的热门词汇。对于大多数企业而言，要在诸如"计算机"、"汽车"、"房地产"这类关键词的搜索结果中靠网页优化进入前 20 名几乎是件不可能完成的任务。在这些词汇上参与竞价有很高的风险，因为企业在这些词汇上的竞争比较激烈，而且这些词汇吸引来的流量的相关程度并不高。因此，企业需要开动脑筋，选择能体现自己企业特色和优势的关键词。通常这类关键词都是通过在中心关键词的前后加上代表特定地方、特别的技术和工艺、特殊的服务等词汇组成的。例如，"数码照相机"就比单独的"照相机"更有针对性，它可以为专门经营数码照相机的企业带来物美价廉的流量。不过，选择太偏僻的关键词词组也不是上策，因为过于冷门的关键词即使可以获得较高的点击率，但是因为总的展示次数太少，所以很难达到预期效果。因此，关键词的选定应在热门和冷门之间寻找一个最佳的平衡点。

（2）利用某些工具帮助企业选定关键词，例如，雅虎搜索 overture.com 可提供一种关键词建议工具，用户通过它可查询一个特定的关键词在过去的 1 个月中被查询了多少次，用户据此可以了解各个关键词的热门程度。例如，一个汽车经销商发现"car"被检索的频率是"auto"的 5 倍。另外，将 overture 的工具同其他诸如 WordTracker 这样的工具配合使用还有可能得到更惊人的结果。WordTracker 服务每年收费 200 美元，它从两大搜索引擎 MetaCrawler 和 Dogpile 获得检索数据，可以提供分单复数的关键词的检索情况，以及单独计算误拼单词的情况。例如，提供早餐和过夜服务的客店可以通过这项服务了解到"accommodation（膳宿）"的热门程度是它的复数形式"accommodations"的 5 倍多，而"accommodation"的一个常见误拼"accomodation"被使用的频率和正确拼写几乎一样！

2）关键词的使用

在选定了关键词后，必须在各个环节部署关键词。这些环节包括页面内容的确定、页面标题的确定、页面结构的确定及页面 URL 的确定等，要尽可能地让关键词在各个地方出现。向搜索引擎或者主题目录登录网站时，不仅要在指定关键词的地方填入选定的关键词，在网站描述部分也要突出这些关键词。一般而言，关键词在页面中出现的频率越高说明该页面与该关键词越相关，但关键词的密度超过了 8% 则被认为是反常的。

3）关键词的监测

对选定的关键词要进行长期的跟踪测试，了解每个关键词组合的热门程度和竞争情况，以便在必要时更换关键词。

2. 搜索引擎优化策略

搜索引擎优化是最重要的搜索引擎营销策略。正如一个网络营销实践者所说的，如果能使自己的网站在左边被搜索者发现（指 SEO），为什么要让它跑到右边（指使用搜索引擎广告）呢？

搜索引擎优化，是指针对各种搜索引擎的检索特点，让网页设计适合搜索引擎的检索原则，从而获得搜索引擎收录并在排名中靠前的各种行为。搜索引擎优化最重要的目标是让公司网站对于相关的关键词搜索排名位于搜索结果页面的前列，即使这些相关的关键词是比较冷门的关键词，搜索引擎优化也仍然是值得的。企业通过传统营销传播手段无疑可以向更广泛的人群传播，但很难判断这群人中到底有多少人会真正对公司的产品产生兴趣。搜索引擎优化则不然。虽然，搜索冷门关键词的人会比较少，但绝大部分通过搜索这些关键词找到公司网站的人都是对公司产品有浓厚兴趣的人。

搜索引擎优化的传统技巧包括对元标签的优化，但因为元标签很容易被滥用，所以许多搜索引擎开始倾向于忽略元标签的内容。当前，最重要的元标签类型是描述标签，因为使用 Inktomi 数据的搜索引擎（如 MSN）将描述标签中的内容作为对该网站的描述显示在结果页面上。

根据 Iconocast 公司所做的调查，企业常用的一些搜索引擎优化的方法如表 8.2 所示。需要注意的是，加星号的两种方法通常被视为不道德的搜索引擎营销方法。

表 8.2　企业常用的搜索引擎优化方法

搜索引擎优化方法	比　　例
改变元标签	61%
改变页面标题	44%
交互链接	32%
购买多个域名	28%
使用桥页 *	21%
在背景中部署关键词 *	18%

利用搜索引擎进行网站推广的关键，是在主要的搜索引擎上利用相关关键字进行查询时可以获得好的排名，一般要求排名在 30 名以内，即位于搜索结果页的前 3 页。不同的搜索引擎有不同的返回搜索结果的排名算法。下面就搜索引擎优化的基本原则进行一些讨论。

（1）对主题目录类搜索引擎而言，起决定作用的是网站的质量，因为好的站点更可能获得好的评论。

（2）最好不使用框架、热点地图来创建网页，因为搜索引擎无法索引这些页面元素。同样，对于利用数据库动态生成的网页，搜索引擎也很难处理。鉴于动态生成的网页对于高质量的网站是不可缺少的，最好利用专门的静态页面来补充和支持动态页面。

（3）优化页面的 HTML 设计，利用相关标签增加提高排名的机会。这些标签包括

META、ATL、TITLE 等。研究在主要搜索引擎上获得好的排名的网站的 HTML 设计，借鉴这些优秀网站的一些好的做法。

（4）对网站进行经常性的更新，这是获得好排名和吸引访问者回访的一举两得的方法。

（5）发展尽可能多的向内链接，提高自己站点的热门程度。这种做法对于网站推广具有事半功倍的效果，它既能通过链接提高访问量，又可以通过改善在搜索引擎上的排名提高访问量。

（6）利用大家关心的热门事件，在网站上制作临时网页以吸引流量。例如，奥运会期间，会涌现出一批热门的搜索词，如果不失时机地推出与奥运会某个相关主题的临时网页，必定能吸引一批访问者。不过，要妥善处理临时网页和网站主题的相关性问题，否则，纵使临时页面可以为网站带来流量，这些增加的流量也是低质量的流量，因为它们的转化率势必很低。

（7）在向大的搜索引擎登录企业站点前，可以先在小的搜索引擎和专题目录上登录企业站点或者企业站点的部分页面，这样可以建立企业站点的知名度，增加对大型搜索引擎的吸引力。

（8）不要在 META 标签中包含竞争对手的名称或者商标，尽管这可能吸引潜在的访问者，但这样做是违反商业道德的，并且可能还会引发法律诉讼。但是，可以通过在页面正文中巧妙地提到竞争对手来获得少许额外的访问量。

（9）使用多个域名的网站不要同时提交内容相同而域名不同的页面，这会使页面的排名变得非常靠后。因为许多搜索引擎会把这一做法当成是一种不道德的行为。

（10）经常对企业网站在搜索引擎上的排名情况进行监测，采取措施改进和保持自己的排名。

（11）有条件的话可以考虑建设相应的博客站点来支持企业的主营销站点。博客站点是搜索引擎友好的站点，经常可以在搜索引擎上获得很好的排名，而企业的博客站点如果有很高的知名度，对主站点的访问量有直接的贡献。同时，随着博客站点排名的上升，企业主站点的排名也会随之上升。所以，有博客站点支援的站点就具有明显的竞争优势。

8.2 网络广告策略

网络广告是常用的网络营销方法之一，主要价值表现在品牌形象、产品促销等方面。就网络推广来说，网络广告有其特有的优势，因为如果用户对广告推广的网站感兴趣，只需要点击鼠标就可以访问做推广的网站。因此，本节重点介绍网络广告概念与特点、网络广告的主要类型、网络广告的计费模式及网络广告的实施策略等内容。

8.2.1 网络广告的概念与特点

1994 年 10 月，美国著名的 Wired 杂志推出了网络版的 Hotwired。在其主页上，出现了 AT&T 等 IT 企业摆放的横幅广告（banner），宣告了网络广告的诞生。最初的横幅广告几乎全部是技术或技术服务类公司的天下。在随后的两年左右时间里，这一行业飞速发展并很快得到市场承认，目前有影响力的网络媒体绝大多数是在这一阶段诞生的。

1997 年 3 月，我国在 IT 资讯网上出现了第一个商业性的网络广告，广告主是英特尔，形式是 468 像素×60 像素的动画横幅广告。1998 年 5 月，联合国新闻委员会在年会正式会议上将互联网称为继报纸、杂志、广播、电视之后的"第五媒体"。

网络广告是以互联网为媒体所发布、传播的商业广告。网络广告主要采用多媒体技术，提供文字、声音、图像等综合性的信息服务，不仅能做到图文并茂，而且可以双向交流，使信息准确、快速、高效地传给每一位用户。因此，与电视、广播、报纸、杂志四大传统广告媒体相比，网络广告的特点主要体现在以下几个方面。

1. 传播范围广，无时空限制

网络广告的传播不受时间和空间的限制，Internet 可将广告信息 24 小时不间断地传播到世界各地。只要具备上网条件，任何人在任何地点都可以看到这些信息，这是其他广告媒体无法实现的。

2. 定向与分类明确

尽管传统的广告铺天盖地，如电视中播放的精心制作的广告，收音机里传出的充满诱惑力的广告语，报箱内或门缝中被人塞入的一份份宣传品等，但这类广告由于没有进行定向和分类，其收效甚微。

网络广告最大的特点就在于它的定向性，它不仅可以面对所有 Internet 用户，而且可以根据受众用户确定广告目标市场。例如，生产化妆品的企业，其广告主要定位于女士，因此可将企业的网络广告投放到与妇女相关的网站上。这样通过 Internet，就可以把适当的信息在适当的时间发送给适当的人，实现广告的定向投放。从营销的角度来看，这是一种一对一的理想营销方式，它使可能成为买主的用户与有价值的信息之间实现了匹配。

从受众方面看，广播和电视只要有了硬件设备，再支付一笔卫星频道租用费或有线电视服务费，就可以不用顾及收看、收听时间的长短；报纸、杂志付费后也可以存放多日；而网络广告的访问者（受众）是要双重付费的（ISP 的信息服务费和拨号上网的电话费），因此受众非常珍惜上网时间，必然会选择他们真正感兴趣的信息来浏览，所以网络广告信息到达受众的准确性很高。

3. 灵活的互动性和选择性

Internet 具有的信息共享特点决定了网络广告的互动性。网上的信息是互动传播的，用户可以获取自己认为有用的信息，厂商也可以随时得到宝贵的用户反馈信息。例如，用户在访问广告的发布站点时，除了可以有选择地阅读有关产品的详细资料，还可以通过在线提交表单或发送电子邮件等方式，向厂家请求特殊咨询服务。厂家一般在很短的时间内（几分或几小时内）就能收到信息，并根据客户的要求和建议及时做出积极反馈。

此外，许多用户在网站上提供的个人资料，也将成为广告商推出不同广告的依据。例如，某个用户居住在某一地区，曾经表示过自己对某种产品或生活方式的偏好，这也将成为厂商了解客户需求的信息，厂家会据此"量身定做"一整套促销方案。

4．精确而有效的统计

传统媒体广告的发布者无法得到诸如有多少人接触过该广告的准确信息，因此一般只能大致推算一下广告的效果。而网络广告的发布者则可通过公共权威的广告统计系统提供的庞大用户跟踪信息库，从中找到各种有用的反馈信息；也可以利用服务器端的访问记录软件，如 cookie 程序等，追踪访问者的网站行踪。访问者曾经点击浏览过哪些广告或是曾经深入了解了哪类信息，这些行踪都被储存在 cookie 中，广告商通过这类软件可以随时获得访问者的详细记录，即点击的次数、浏览的次数，及访问者的身份、查阅的时间分布和地域分布等。

与传统媒体的做法相比，上述方式可随时监测广告投放的有效程度，并且更精确、更有实际意义。一方面，精确的统计有助于企业了解广告发布的效果，明确哪些广告有效，哪些无效，并找出原因，及时对广告投入的效益做出评估，以便调整市场和广告策略；另一方面，广告商可根据统计数据评估广告效果、审定广告投放策略，及时采取措施改进广告的内容、版式，加快更新速度，以顺应消费者的需要，进一步提高广告效益，避免资金的浪费。

5．内容丰富，形象生动

报纸、杂志等印刷介质平面媒体受空间限制的影响很大，广播、电视等电波媒体则受到播出时段或播出时间长度的限制，而网络媒体则突破了时间与空间的限制，拥有极大的灵活性。因此，网络广告的内容非常丰富，一个站点的信息承载量一般可大大超过传统印刷宣传品；不仅如此，运用计算机多媒体技术，网络广告以图、文、声、像等多种形式，生动形象地将产品或市场活动的信息展示在用户面前。

6．易于实时修改

传统媒体上的广告发布后就很难更改了，即使可改动，往往也需付出很高的经济代价。网上的广告可按照需要及时变更广告内容，这样广告商就可以随时更改诸如价格调整或商品供求变化等信息。

7．价格低廉

网络广告无须印刷、拍摄或录制，在网上发布广告的总价格较其他形式的广告价格便宜很多。就单位面积（时间）的广告价格而言，网络广告的价格与报纸和电视相比极具竞争力。

总之，网络广告与传统广告相比具有众多的优势，这将深深地吸引着企业和客户。随着网络的发展与普及、网民人数的日益增加，网络广告也将进入一个高速发展时期，其效益将越来越得以显现。

8.2.2 网络广告的主要类型

网络广告的形式丰富多彩。按照广告的性质，可以把网络广告分为显示广告、搜索引擎广告、电子邮件广告、分类广告和联属广告等。

1. 显示广告

1）形形色色的旗帜广告

旗帜广告（banner）又称为横幅广告，它是网络显示广告的主要形式。旗帜广告有许多不同的变种，如擎天柱广告、互动式旗帜广告、浮动旗帜广告、全屏广告、巨幅网络广告、播放式旗帜广告、微站点广告、通栏广告和画中画广告等。

（1）擎天柱广告。擎天柱广告是利用网站页面左右两侧的竖式广告位置而设计的广告形式，该广告的规格通常为"120 像素×600 像素"或"160 像素×600 像素"，如图 8.1 所示。这种广告形式可以直接对客户的产品和产品特点进行详细的说明，也可以进行特定的市场调查或者举办有奖活动。这种广告位于页面左右两侧的狭长地带，不会产生换页盲区；同时，这种广告具有的位置独享和排他性，可以降低其他广告的干扰，更好地传达广告信息。

图 8.1　部分广告类型样式图

（2）互动式旗帜广告。互动式旗帜广告是新一代的旗帜广告，表面上看与普通的旗帜广告毫无二致。互动式旗帜广告能够感知用户鼠标在网页上的位置，当鼠标移近时，该旗帜广告可以发生变化，在吸引访问者注意力的同时，展示更多的广告信息。例如，网上有这样一种互动式旗帜广告，像是铺满了树叶的一块石碑，而当浏览者的鼠标移近时，树叶就会被鼠标清扫掉，显露出写在石碑上的图案和广告文字。

（3）浮动旗帜广告。浮动旗帜广告（floating banner ads）的规格一般为 120 像素×60 像素，当访问者使用滚动条时，浮动旗帜会随之滚动并停留在显示屏右上方固定的位置上。通过浮动，广告可以停留在访问者的视野中，吸引更多的注意，但是不会影响访问者的正常浏览。现在有一些浮动旗帜广告被设计成独立的窗口，访问者可以随时关闭或者最小化该窗口，这一设计的目的是减小对访问者的侵犯。

（4）全屏广告。全屏广告（full-screen ads）是根据广告创意的要求，充分利用整个页面能够容许的最大空间来传递信息的广告方式。它在尺寸上突破了传统旗帜广告，用户打开一个页面后，首页出现一个全屏的广告，它可以具有静态画面，也可以是动态的 Flash 效果，广告在数秒后自下而上逐渐缩小，最后停在页面上方，成为一个大的旗帜广告。例如，长虹背投电视的全屏广告，如图 8.2 所示。全屏广告能够给网民造成很强的视觉冲击，从而更完整地传达广告信息，给页面访问者留下深刻的印象。全屏广告最大的问题是下载时间慢。

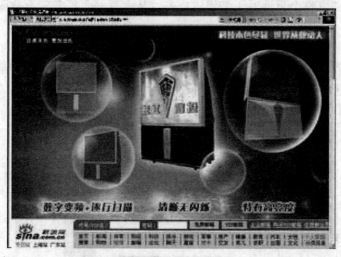

图 8.2　全屏广告

（5）巨幅网络广告。巨幅网络广告又称为巨型广告。该广告的尺寸为 360 像素×300 像素，几乎是一般的旗帜广告的 4 倍，约占全屏幕 14% 的面积。它色彩鲜明，图案生动，一般位于网页偏中间的位置，其主要特征如下：

- 尺寸大。大尺寸的广告更引人注目，广告内容更加丰富，因此广告效果也更好。
- 采用 Flash 技术。巨幅网络广告一般都采用 Flash 技术，除了具有更强的表现力还具有交互性。
- 广告与文字绕排。巨型广告都是以绕排的形式出现在网页上的文字区域内。这样可以使得广告在用户的视线中停留的时间更长，用户在浏览绕排部分的文字时，根本不可能避开广告内容。
- 具有微站点广告的特征。巨型广告允许浏览者在不离开广告页面的条件下直接获取丰富的广告信息，而不是通过点击进入一个新页面。因此，就可能有更多的浏览者接受广告的影响，广告主也就可以期待更好的广告效果。

（6）播放式旗帜广告。播放式旗帜广告（rotate banner ads）是在一个广告位上按照设定的程序轮换展示不同的旗帜广告，在流量上进行控制，目的是避免固定旗帜广告单调乏味的状况，在视觉上使访问者产生新鲜的感觉。播放式旗帜广告的特点是访问者单击"刷新"按钮后将可以看到一个不同的旗帜广告。

（7）微站点广告。微站点广告（microsite）是具有下拉菜单、复选框、表单或者搜索框的一种旗帜广告。访问者可以在广告上选择频道或者搜索内容，然后直接链入目标页面，从而很快获得信息，还可以在不切换页面的情况下输入自己的电子邮件地址。可见，这种广告的功能几乎相当于一个微型网站，所以称之为微站点广告。微站点广告可以简要地描述广告主网站的结构，使访问者可通过广告了解网站的布局。

（8）通栏广告。通栏广告是一种尺寸超过两条标准旗帜广告的宽屏广告，通常置于页面的中部，广告规格为 600 像素×100 像素，可以在媒体网站的首页或频道页面刊登。这种广告由于被放置在网页的中间版位，占据了上端页面与下端页面间的过渡地带，访客在浏览整个页面时无法错过广告，从而提高了广告的有效曝光率，参见图 8.1。

（9）画中画广告。画中画广告（picture in picture）的一般规格为 360 像素×300 像素，有时甚至可达到 360 像素×408 像素，约占全屏幕的 18%。画中画广告存在于关于某一类主题所有非图片新闻的最终页面，通过新闻主题选择目标受众，可大大提高广告的命中率，如图 8.3 所示。

图 8.3　画中画广告

2）其他类型的显示广告

（1）弹出式广告。弹出窗口指的是在不经访问者请求的情况下，在主浏览器窗口弹出的一个独立窗口，弹出式广告（pop-up ads）指内容显示在弹出窗口中的广告（参见图 8.1）。弹出式广告的优点是点击率高，一般在 2.5%以上，而普通旗帜广告的点击率只在 0.3%左右。弹出式广告的缺点是容易引起网站访问者反感，对广告主的品牌有一定杀伤力。弹出式广告的一种变体是附加式广告（pop-under ads），这种广告在后台载入，对浏览者的干扰要小得多。随着屏蔽弹出式广告软件的普及，弹出式广告的效果每况愈下，弹出式广告逐步让位于新一代的空隙广告和超级空隙广告。

（2）空隙广告。空隙广告（interstitials）是内容页面载入时显现的 Java 广告，它幅面大，并且运用了表现力强的 Flash 技术，使访问者无法回避。但是，这种广告载入时间长，严重干扰了用户的正常访问，很容易引起用户反感，所以发展前景黯淡。

空隙广告的一种新形式是超级空隙广告（superstitials）。它具有空隙广告的优点，但是它利用访问者阅读页面的计算机闲置时间从幕后载入广告，所以并不需要用户长时间等待广告下载，相比空隙广告是一个明显的进步。Agency.com 网络公司为英国航空公司（British Airways）设计的一则超级空隙广告曾经创造过 20% 的惊人点击率。

（3）过渡页广告。所谓过渡页，是在用户访问网站的过程中，网站在不经用户明确请求的情况下，送给用户的页面。这种页面一般都提供一个链接（或者自动跳转），以便用户转到真正请求的目标页面上。所谓过渡页广告（transitional ads），是指以过渡页为载体的网络广告。在过渡页内，几乎所有的视觉空间都可以用来表现广告内容。广告形式可以是图片、文字、视频或一个互动的 Flash 小游戏。从尺寸上说，过渡页广告全部都是全屏广告，具备很强的视觉冲击力，其广告效果远非一般旗帜广告甚至巨型广告可比。随着宽带的不断发展，其未来所能达到的广告效果完全可以赶上甚至超过现在的电视广告。有人甚至预言,过渡页广告在不久的将来会成为网络广告的主流形式之一。需要指出的是,过渡页广告所具有的高入侵性也会引起网络用户的反感，损害广告主的品牌形象。

（4）桌面媒体广告。桌面媒体广告是在用户在线使用的软件的工作界面上播放广告内容的广告形式。这种带广告的软件通常是由软件公司免费提供给用户使用的，如带广告版的 OICQ 软件或者防火墙软件。在用户启动程序时，软件会自动插入广告。在用户使用软件的过程中，还会间断出现新的旗帜广告。这种广告形式的最大优势在于其定向能力较强。软件使用者在安装程序时会提供个人信息，软件将这些信息传送给广告商作为定向依据，这一广告形式的定向能力甚至可以与选择加入的 E-mail 营销相媲美。

（5）声音广告。声音广告（ads with audio）是同时运用视觉和听觉效果对用户进行说服的广告形式。当网络用户打开网页时，音频文件便会自动载入。载入完成后无须用户点击，声音广告就会自动播放，向访问者灌输广告信息。不过，因为音频文件载入较慢，也不是每个上网用户都配有或者开启音箱，加之声音广告会对访问者形成较大干扰，所以这种广告形式并不常见。

（6）富媒体广告。富媒体广告（rich media ads）是指使用浏览器插件、Java 语言或其他脚本语言编写的具有震撼视觉效果和复杂交互功能的网络广告形式。一般来说，富媒体广告比一般广告图片要占用更多的空间和网络传输带宽，但由于这种形式的广告集多媒体、交互性、电子商务于一身，广告能够包含大量的信息，可以诱导消费者深入了解广告内容，因而大大提升了广告效果。富媒体广告同时适用于品牌广告和直接回复广告。随着宽带的普及，富媒体广告无疑将成为网络显示广告的主流形式。

2．电子邮件广告

电子邮件广告是指委托广告公司发动的电子邮件营销攻势或者在别人的电子杂

志上购买广告空间的广告形式。电子邮件广告是一种典型的定向广告形式，如图 8.4 所示。与点击率日趋下降的旗帜广告相比，能根据产品的目标市场，有针对性地向潜在客户发送的电子邮件广告是一种既有效又有成本效率的网络广告方式。作为一种直复广告方式，电子邮件具有更强的定向性、可定制性和灵活性。

图 8.4　电子邮件广告

3．搜索引擎广告

搜索引擎广告是指通过向搜索引擎服务提供商支付费用，在用户进行相关主题词搜索时在结果页面的显著位置上显示的广告（一般为网站简介和网站链接），包括搜索引擎排名、搜索引擎赞助、内容关联广告等不同形式，如图 8.5 所示。

图 8.5　搜索引擎赞助广告

4．联属网络营销

联属网络营销也称为网站联盟，是指一个网站的所有人在自己的网站（称为联属网站，affiliate）上推广另一个网站（称为主力网站，merchant）的服务和商品并取得佣金的网络营销方式。联属网络营销是内容网站和电子贸易网站合作的一种新方式，具体做法是主力网站将旗帜广告或者文字链接放置在联属网站上，并按照所实现的销售向合作方支付佣金。

联属网络营销发端于亚马逊书店在 1996 年夏推出的一种联属方案（associates program），根据这一方案，任何网站都可以申请成为亚马逊书店的联属网站，在自己的网站上推介亚马逊书店经营的图书，并依据实际售出书籍的种类和已享折扣的高低获得 5%～15%的佣金。该方案一经推出，就在业界引起了轰动。当年加入联属营销计划的网站超过了 4 000 家，次年夏天突破了 1 万家，1998 年夏天是更达到了 10 万家。最新的数据显示，加入亚马逊书店联属营销计划的网站总数已经超过了 50 万家。正是这些联属网站使得亚马逊书店声名鹊起，成为网上零售的品牌。卓越网的网站联盟页面如图 8.6 所示。

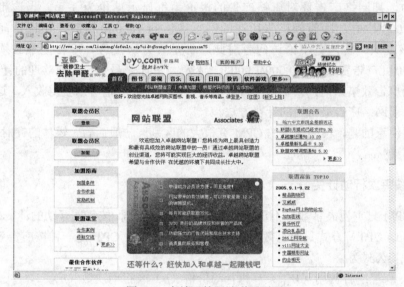

图 8.6　卓越网的网站联盟页面

5．分类广告

分类广告是按照主题加以编排的广告信息。网络分类广告可以出现在网站上也可以出现在新闻组里，是最经济实惠的广告形式之一。网络分类广告收费低廉，有的几乎完全免费，但它可能会把信息传达给许多人。最重要的是，凡看到分类广告的人，都是在积极寻找这类信息的人，所以分类广告的定向性非常好。

如果预算允许，广告主还可以选择在特定的主题分类下投放图片广告，这种广告兼有旗帜广告和分类广告的优点。如果预算偏紧，则可以优先考虑基于新闻组的分类广告。新闻组中的分类广告一般以 wanted、forsale、marketplace 为类别名，因为分类广告的区域性较强，所以应该选择区域性新闻组发布区域性的分类广告。例如，可以在新闻组 chi.forsale 发布针对芝加哥地区的分类广告。

在各地的门户网站上通常有免费的分类广告区，这也是投放分类广告的好地方。基于网站的分类广告较基于新闻组的分类广告具有更强的功能，如支持图片和多种查询方式。使用主题目录类的搜索引擎可以找到很多可以发布分类广告的网站。

8.2.3　网络广告的计费模式

不同的广告方式通常有不同的计费模式。对于网络广告而言，主要的计费模式分为4种：按每千印象计费、按每次行动计费、时间费率和混合费率。

1．按每千印象计费

按每千印象计费（cost per thousand impressions，CPM）是传统广告计费的常用手段之一，意思是将广告信息传播给一千个人所需要的费用，其公式为

广告费用（W_{cpm}）＝该广告的每显示单价（p）×广告画面的显示次数（$n/1\,000$）。

例如，某网络广告商对旗帜广告的报价为每显示单价为 3 元，当该旗帜广告显示 10 000 次时，即旗帜广告所在的网页被访问 10 000 次时，不论访问者是否注意到该旗帜广告，更不论访问者对此广告是否有所反应，广告主都必须支付给广告商 30 元广告费（3×10 000/1 000）。显然，CPM 是最受广告商欢迎的计费方式，因为不论广告效果如何，只要该广告被播出，广告商就一定可以获得收入。这种计费方法是目前网络广告最常用的计费方法。

需要注意的是，不同媒体的 CPM 有很大的区别。一般而言，媒体的针对性越强，CPM 也会越高。

2．按每次行动计费

与 CPM 只重视显示数量不重视显示质量的思路不同，按每次行动的计费（cost per transaction，CPT）方式只对有效的显示收取费用，所以 CPT 是一种按广告效果计费的方式，其公式为

广告费用（W_{cpt}）＝每行动价格（p）×行动次数（n）。

当然，受众对广告发生兴趣后可能有不同的反应，可能会找寻更多的信息，也可以是索取试用样品，还可能直接下订单购买。所以，按反应行为的不同，按每次行动计费的方式又可细分为以下 4 种。

（1）按点击计费（cost per click through，CPC）：此计价方式中作为计费基数的行动是点击，广告主只为那些看到网络广告后通过点击广告中的超链接了解更多信息的行为付费。这种计费模式主要用于搜索引擎广告。

（2）按每行动计费（cost per action，CPA）：此计价方式是指按广告投放实际效果，即按回应的有效问卷或订单来计费，而不限广告投放量。CPA 的计价方式对于网站而言有一定的风险，但若广告投放成功，其收益比 CPM 的计价方式要大得多。

（3）按询盘计费（cost per lead，CPL）：在这种计价方式中，作为计费基数的行动是可能实现销售的询盘。

（4）按销售计费（cost per sale，CPS）：在这种广告计费模式下，广告主仅以那些通过点击网络广告进入电子商务网站且实际销售的产品数量来核算广告刊登金额。这时，广告报价与销售佣金一样以销售额的一个比例来表示。按销售计费是对广告主最

有利的一种计费模式，广告主不但不用承担任何风险，而且还可以获得免费宣传品牌的好处，这一模式主要应用于联属网络营销。

3. 时间费率

时间费率（day rates）是指广告计费的基数是显示广告的时间，这是最古老也最简单的一种计费方法，其中时间采用天或月，通常用天。目前这种计费方式采用较多，其公式为

$$广告费用（W_d）＝每天的单价（p）×广告天数（t）。$$

第一个旗帜广告就是以这种方式计费，赞助广告与网络分类广告通常也以这种方式计费。

4. 混合方式计费

相比较而言，广告商偏爱 CPM 计费模式，而广告主则喜欢 CPT 模式，尤其喜欢 CPS 模式。具体采用哪种费率经常取决于广告主和广告商的地位，优势的一方可以按自己的喜好决定计费模式。

考虑日益降低的点击率及虽未点击广告仍然具有品牌效应，CPC 计费方式对广告商明显是一种不利的计费方式，因为广告的实际促销效果除了受传播质量的影响，还会受到产品本身质量和市场条件的影响，让广告商来承担所有的广告风险是不公平的。虽然部分广告商网站为获得有限的收入被迫接受 CPC 计费方式，但如果广告商和广告主在讨价还价时旗鼓相当，双方就可能会达成一种妥协方案，即 CPM＋CPA 方案。在这种方案中，广告费由两部分构成：一部分是 CPM（通常较低）费，另一部分是 CPA 费。

受传统广告计费方式的影响，长期以来，CPM 一直是网络广告最经常采用的计费方式。随着搜索引擎广告近年来的崛起，CPT 的份额开始明显上升。在理论上，混合费率是比较科学的费率，但实施起来比较麻烦，所以混合费率在今天的应用仍受到限制。不过，随着相关技术的日益完善，这种方式的应用必将越来越普遍。

需要注意的是，在多数情况下，如果掌握相应的数据，可以对不同的付费模式进行换算和比较。例如，采用时间费率的广告主一般都会要求广告商提供准确的网页浏览人数以便对广告效果进行评价，以时间费率除以以千人计算的该段时间内的网页访问量就可以得到该广告的 CPM 费率。

8.2.4　网络广告的实施策略

在制定网络广告的实施策略时，网络广告计划的制定是一项必不可少的工作。网络广告与传统广告策略类似，下面通过网络广告计划的一般步骤说明网络广告的实施策略。

1. 确立网络广告目标

网络广告是网络营销策略的一个组成部分。网络广告策略的目标应建立在有关的

目标市场、市场定位，以及营销组合计划的基础之上。通过对市场竞争状况充分的调查和分析，确定明确的广告目标。在公司的不同发展时期有不同的广告目标，如是采用形象广告还是采用产品广告。即使对于产品广告，在产品的不同发展阶段，广告的目标也可以区分为提供信息、说服购买和提醒使用等不同形式。

2. 确定网络广告预算

除了利用内部广告资源和与合作伙伴交换广告资源等形式，网络广告通常是利用专业服务商的广告资源投放的，也就是要购买广告空间，而某些网络广告的价格还比较昂贵。因此，为实现一定的广告目标，需要认真做好广告预算。如何判断花费多少才算适当呢？如果支出太少，达不到宣传的目的，效果不明显，不但影响了市场拓展的机会，而且还是一种浪费；如果支出太多，则可能造成投资收益率的降低。因此，公司应该根据广告目标，为每个产品做出合理的广告预算。

营销学家已经推出多种广告预算模式，常用的有量力而行法、销售百分比法、竞争对等法、目标任务法等。其中的目标任务法，要求营销人员通过特定目标的确立，明确为实现目标所要采取的步骤和所要完成的任务，以及估计完成任务所需花费的多少来确定营销预算。由于这种方法能够促使公司确定广告活动的具体目标，因此得以广泛应用。

3. 广告信息决策

广告信息决策是指根据广告目标、公司发展阶段、产品生命周期、竞争者状况等信息，确定广告诉求重点，设计网络广告。广告活动因为不同的创意会产生很大差异，因此，创意因素的效果比所花费的资金重要得多。只有当广告引起观众注意后，才能有助于提高品牌的形象和销售。

创意策略的确定有 3 个基本步骤：信息制作、信息评估与选择、信息表达。广告创意的确定通常由企业和广告代理公司共同参与完成。在信息制作中考虑的关键点是广告形式，它的确定直接与广告预算相联系。

目前的广告形式很多，但总的来说，不外乎文字、图片两种类型。一般来说，对文字形式的广告可以考虑在搜索引擎中发布关键词广告；在图片广告中可以有动画的、静态的、流媒体的，而根据图片的大小又可分为巨幅广告、横幅广告、网幅广告等。

世界三大网络广告渠道商之一的 DoubleClick 于 2009 年 7 月公布了一份，以美国市场为主要调查对象的 2008 年互联网广告点击情况报告。该报告显示：所有网络广告形式的平均点击率是 0.10%；所有静态图片形式的网络广告的平均点击率是 0.11%；表现最好的广告样式是 240 像素×400 像素的竖长方形广告，它的平均点击率是 0.37%；最吸引用户点击的行业广告由汽车和健康广告并列，都是 0.13%。

同时，有关数据显示：在品牌宣传上，富媒体广告比一般简单的 Flash 广告的效果高出 67%，比一般非富媒体广告的效果高出 153%。在直接反馈上，富媒体广告几乎是非富媒体广告客户转化率的 4 倍；广告点击率为非富媒体的 5 倍以上，富媒体广告平均为 1.57%，非富媒体广告为 0.29%。因此，投放广告时可根据各类不同广告形式的点击率来进行评估选择，以实现广告形式的最大效用。

4．选择投放网络广告的站点

广告信息决策做出之后，就要为广告投放做准备了。首先，最主要的任务就是选择网络广告投放的站点。在选择时应注意的首要原则是将网络广告投放到企业目标受众群体经常光顾的站点，网络广告的内容与其放置的站点的内容越相近或相同，效果也越好。其次，要考察企业要选择的站点本身的经营策略、经营方法及效果。一般来说，所选择的站点应该是信息量比较大，信息的准确性比较高，能够定期更新和补充信息，栏目设置条理清晰而且丰富，栏目中的文字简洁、主题鲜明、重点突出，主页设计与制作比较精良的站点。

投放网络广告的首选站点是搜索引擎。好的搜索引擎能够将许多从来没有造访过企业站点的目标受众吸引过来。在放置位置的选择上，搜索引擎提供了许多网络广告的展位，首页自然效果最好，但也最昂贵。选择在不同层次的检索结果主页上放置关键词广告或标志广告，效果也很好。另外，还可选择有明确目标受众的站点放置广告，这种站点的受众数量可能少一些，覆盖面较窄，但如果与企业广告的目标受众相吻合的话，有效受众的数量可能不比搜索引擎少，获得的有效点击可能会更多。

5．网络广告效果的监测与评价

网络广告效果的评价分为来访者访问行为评价和来访者受众切合度评价两个方面。来访者访问行为评价要素包括广告来访用户的平均滞留时间、广告来访用户的平均页面请求、广告来访用户的回访情况、广告来访用户的行为率。来访者受众切合度评价包括广告来访用户的平均年龄构成、平均职业构成、平均收入构成、地域构成等。通过这些具体指标可综合衡量广告的有效性，若评价的指标过低，则应及时分析原因，转换策略，从而保证实施的有效性。

网络广告效果的监测与评价十分重要，其不仅可以对前一阶段广告投放的效果做出总结，还可以作为下阶段调整和改进广告策略的重要依据。

8.3 E-mail 营销策略

CNNIC 2009 年 7 月的统计显示：在用户经常使用的网络服务或功能中，电子邮件占到 55.4%，而且绝大部分用户拥有两个以上的电子邮件地址。电子邮件已经成为互联网用户之间最主要的沟通方式之一。利用电子邮件工具实施营销，可在顾客服务、顾客关系建立、产品和网址推广等方面发挥作用。本节主要介绍 E-mail 营销的内涵、E-mail 营销的基本形式及 E-mail 营销的一般过程。

8.3.1 E-mail 营销的内涵

E-mail 营销是以电子邮件为主要工具的一种网络营销方式。E-mail 营销是在用户事先许可的前提下，通过电子邮件的方式向目标用户传递有价值信息的一种网络营销手段。在上述定义中强调了三个基本因素：基于用户许可、通过电子邮件传递信息、信息对用户是有价值的。三个因素缺少一个，都不能称为有效的 E-mail 营销。

8.3.2　E-mail 营销的基本形式

根据许可 E-mail 营销所应用的用户电子邮件地址资源的形式，可将 E-mail 营销分为内部列表 E-mail 营销和外部列表 E-mail 营销，或简称内部列表和外部列表。内部列表也就是通常所说的邮件列表，是一种利用网站注册用户资料开展的 E-mail 营销方式，常见形式有新闻邮件、会员通信、电子刊物等。E-mail 营销外部列表则是利用专业服务商的用户电子邮件地址来开展 E-mail 营销，也就是以电子邮件广告的形式向服务商的用户发送信息。这两种形式各有其优势，对网络营销比较重视的企业通常都拥有自己的内部列表。但采用内部列表与采用外部列表并不矛盾，如果必要，两种方式可同时采用。在表 8.3 中，对两种 E-mail 营销形式的主要功能和特点进行了比较。

表 8.3　内部列表 E-mail 营销与外部列表 E-mail 营销的比较

主要功能和特点	内部列表 E-mail 营销	外部列表 E-mail 营销
主要功能	顾客关系、顾客服务、品牌形象、产品推广、在线调查、资源合作	品牌形象、产品推广、在线调查
投入费用	相对固定，取决于日常经营和维护费用；与邮件发送数量无关，用户数量越多平均费用越低	没有日常维护费用，营销费用由邮件发送数量、定位程度等决定，发送数量越多费用越高
用户信任程度	用户主动加入，对邮件信任度高	邮件为第三方发送，用户对邮件的信任程度取决于服务商的信用、企业自身的品牌和邮件内容等因素
用户定位程度	高	取决于服务商邮件列表的质量
获得新用户的能力	用户相对固定，对获得新用户效果不显著	可针对新领域的用户进行推广，吸引新用户能力强
用户资源规模	需要逐步积累，一般内部用户数量比较少，无法在很短时间内向大量用户发送信息	在预算许可的情况下，可同时向大量用户发送邮件，信息传播覆盖面广
邮件列表维护和内容设计	需要专业人员操作，无法获得专业人士的建议	服务商专业人员负责，可对邮件发送、内容设计等提供相应的建议
E-mail 营销效果分析	由于长期开展活动，较难准确评价每次邮件发送的效果，需要长期跟踪分析	由服务商提供专业的分析报告，可快速了解每次活动的效果

由表 8.3 中的内容可以看出，自行经营的内部列表不仅需要自行建立或者选用第三方邮件列表发行系统，还需要对邮件列表进行维护管理，如用户资料管理、退信管理、用户反馈跟踪等，对营销人员的要求比较高，在初期用户资料比较少的情况下，费用相对较高。随着用户数量的增加，内部列表营销的边际成本降低，其优势才能逐渐表现出来。这两种 E-mail 营销方式属于资源的不同应用和转化方式，内部列表以少量、连续的资源投入获得长期、稳定的营销资源，外部列表则是用资金换取临时性的营销资源。内部列表在顾客关系和顾客服务方面的功能比较显著，外部列表由于比较灵活，可以根据需要选择投放不同类型的潜在用户，因而在短期内即可获得明显的效果。

8.3.3　E-mail 营销的一般过程

开展 E-mail 营销的过程，也就是将有关营销信息通过电子邮件方式传递给用户的过程。为了将信息发送到目标用户的电子邮箱，首先应该明确，向哪些用户发送这些信息，发送什么信息，以及如何发送信息。开展 E-mail 营销一般要经历下列五个主要步骤。

（1）制订 E-mail 营销计划，分析目前所拥有的 E-mail 营销资源。如果公司本身拥有用户的 E-mail 地址资源，首先应利用这些内部资源。

（2）决定是否利用外部列表投放 E-mail 广告，并且要选择合适的外部列表服务商。

（3）针对内部和外部邮件列表分别设计邮件内容。

（4）根据计划向潜在用户发送电子邮件信息。

（5）对 E-mail 营销活动的效果进行分析和总结。

这是进行 E-mail 营销一般要经历的过程，但并非每次活动都要经过这些步骤，并且不同的企业在不同的阶段，其 E-mail 营销的内容和方法也都有所区别。一般来说，内部列表 E-mail 营销是一项长期性工作，通常在企业网站的策划和建设阶段就已经纳入计划。内部列表的建立需要相当长时间的资源积累，而外部列表 E-mail 营销可以灵活地采用，因此两种 E-mail 营销的过程有很大差别。为了进一步辨析两者的区别，在表 8.4 中对两种列表 E-mail 营销的过程进行了简单的比较。

表 8.4　内部列表 E-mail 营销与外部列表 E-mail 营销过程的比较

E-mail 营销的主要阶段	内部列表 E-mail 营销	外部列表 E-mail 营销
（1）确定 E-mail 营销目的	需要在网站规划阶段制订，主要包括邮件列表的类型、目标用户、功能等内容；一旦确定具有相对稳定性	在营销策略需要时确定营销活动的目的和期望目标；每次 E-mail 营销活动的目的、内容、形式、规模等可能不相同
（2）建设或者选择邮件列表技术平台	邮件列表的主要功能需要在网站建设阶段完成，或者在必要的时候为网站增加邮件列表功能，也可以选择第三方的邮件列表发行平台	不需要自己的邮件发行系统
（3）获取用户 E-mail 地址资源	通过各种推广手段，吸引尽可能多的用户加入列表；邮件列表用户 E-mail 地址属于自己的营销资源，发送邮件不需要支付费用	不需要自己建立用户资源，而是通过选择合适的 E-mail 营销服务商，在服务商的用户资源中按照一定的条件选择潜在用户列表；一般来说，每次发送邮件均需要向服务商支付费用
（4）E-mail 营销内容的设计	在总体方针的指导下设计邮件的内容，一般为营销人员的长期工作	根据每次 E-mail 营销活动，需要制作邮件内容，或者委托专业服务商制作
（5）邮件发送	利用自己的邮件发送系统（或者选定第三方邮件发行系统），根据设定的邮件列表发行周期按时发送	由服务商根据服务协议发送邮件
（6）E-mail 营销效果的跟踪与评价	自行跟踪与分析 E-mail 营销的效果，可定期进行	由服务商提供专门的分析报告，可以是邮件发送后的实时在线查询，也可能是活动结束后统一提供的检测报告

由表 8.4 中的内容可以看出，由于外部列表 E-mail 营销相当于向媒体投放广告，其过程相对简单一些，并且是与专业服务商合作，可以得到一些非常专业的建议，在营销活动中不会觉得十分困难；而内部列表 E-mail 营销的每一个步骤都比较复杂，并且是依靠企业内部的营销人员自己来进行，由于企业资源状况、企业各部门之间的配合、营销人员知识和经验等因素的影响，在执行过程中，会遇到大量新问题，其实施过程也比外部列表 E-mail 营销复杂得多。但是，由于内部列表拥有巨大的长期价值，因此建立和维护内部列表成为 E-mail 营销最重要的内容。

8.4 网站资源合作策略

8.4.1 网站资源合作的内涵

每个企业网站均可以拥有自己的资源，这种资源可以表现为一定的访问量、注册用户信息、有价值的内容和功能、网络广告空间等。利用网站的资源与合作伙伴开展合作，可以实现资源共享，共同扩大收益的目的。

网站之间的资源合作也是互相推广的一种重要方法，其中最简单的合作方式为交换链接。网站之间的其他合作形式还有网络用户资源共享、交换广告、内容合作等。尽管形式和操作方法各不相同，但是基本思路是一样的，即在自己拥有一定营销资源的情况下通过合作达到共同发展的目的。

8.4.2 网站资源合作的类型

1. 利用网站交换链接达到资源共享

目前最简单且应用较广泛的网络资源合作形式是交换链接。网站交换链接是具有一定互补优势的网站之间的简单合作形式，即分别在自己的网站上放置对方网站的 LOGO 或网站名称并设置对方网站的超级链接，使用户可以从对方网站上发现自己的网站，达到互相推广的目的。

1）交换链接的价值

通过交换链接可以增加用户的浏览印象，从而获得潜在的网络品牌价值；在搜索引擎排名中增加优势；通过合作网站的推荐增加访问者的可信度，比增加访问量更重要之处在于业内的认知和认可，以便为用户提供延伸服务。因此，建立交换链接的首要任务是寻找那些比较理想的对象，然后与对方联系，请求将自己的网站作为链接伙伴。

2）企业实施交换链接的具体过程

（1）分析潜在的合作对象。简单的方法之一是浏览多个先于自己发布的，和自己实力、规模、经营领域最接近的网站，逐个分析，发现合适的，先作为备选对象，留待以后主动合作邀请。

（2）向目标网站发出合作邀请。先起草一份简短的有关交换链接的建议，发给目标网站的联系人，然后静候对方的回应。如果几天后仍然没有回复，不妨再发送一次邮件询问，这时应该注意信件主题，明确地告诉对方你的目的和诚意，而且信件的内容要有礼貌，可先简单介绍一下自己的网站，如果你已经事先为对方做了链接，就礼貌地告诉对方这样做的意义。合作邮件最好能一对一发送而不要群发。如果以征求交换链接的名义大量发送垃圾邮件，不仅让邮件接收者反感，同时还损害了自己的声誉。

（3）交换链接的实施与监测。如果得到对方的确认后，应尽快为对方做好链接，并回一封邮件告诉对方链接已经完成，同时邀请对方检查链接是否正确，位置是否合理，也是暗示对方尽快将自己的链接也做好。应该注意的是，同搜索引擎注册一样，交换链接一旦完成就具有一定的稳定性。不过，交换链接后还需要不定期地进行检查，回访进行交换链接伙伴的网站，看对方的网站是否运行正常，自己的网站是否被取消或出现错误链接。如果发现对方遗漏链接或出现其他情况，应及时与对方联系。如果与自己链接的伙伴网站因为网站关闭而无法打开，且在一定时间内仍然不能恢复时，应考虑暂时取消那些失效链接。这时，可以自己先备份相关资料，也许对方的问题解决后会和你联系，要求恢复交换链接。

3）实施交换链接时需要注意的问题

（1）在做网站链接的时候，尽量不要在网站首页上方设置过多的图片链接。如果有 10 幅以上不同风格的图片摆放在一起，一定会让浏览者的眼睛感觉不舒服，应尽量使用文字链接，必要时可以在子页面设置友情链接专区。

（2）应该注意，企业所要进行链接的网站是与企业经营目标有相关联系的网站。一般来说，相关性或者互补性越强的网站之间的链接，越容易吸引访问者的注意，交换链接产生的效果也就越明显。

（3）链接的网站数量问题。企业希望链接的网站数量尽可能多，但并不是什么样的链接都有意义。无关的链接对网站没有什么正面效果，相反，大量无关或者低水平的网站链接，将降低那些高质量网站对你的信任。同时，访问者可能认为你的网站素质低下或者不够专业，严重影响网站的声誉。

（4）不要试图试用自动链接软件来完成企业网站的链接。每一个链接对象都是一个合作伙伴，应该亲自对合作伙伴的状况做出分析，看是否有必要互做链接。只有经过认真分析后发出的合作邀请，成功的机会才比较大。

2．实现用户资源共享

每个企业都拥有自己的用户群，用户是企业的资源之一，用户越多越好。在互联网中企业完全可以和相关网站进行资源合作。例如，通过签订合作协议后，在注册用户信息时，让用户主动选择是否也愿意成为合作伙伴的会员或是愿意接受合作伙伴的周刊信息等，这样就能真正做到用户资源共享。

3．通过网络会员制营销进行资源合作

网络会员制是通过利益关系和计算机程序将无数个网站连接起来，将商家的分销渠道扩展到所有会员，同时也为会员网站提供一个简易的获利机会。该合作方式看似简单，实际上它却涉及很多方面，如网站的技术支持、会员招募和资格审查、会员培训、佣金支付、会员服务、发生争议时的解决方法等。网络会员制营销存在一个双向选择问题，即选择什么样的网站作为会员，以及会员如何选择网站。如果以上问题解决了，企业可以通过这种营销方式拓展销售渠道，达到增加销售的目的。

网络会员制营销还有其他的价值。例如，当企业网站加盟到会员网站，可以很快拥有大量的访问者，通过参与会员制计划，可以依附于一个或多个大型网站，将网站流量转化为收益。虽然获得的不是全部销售利润，而是一定比例的佣金，但相对于自行建设一个电子商务网站的巨大投入和复杂的管理而言，由于无须面临很大的风险，所以这样的收入也是合理的。

开展会员制营销时应注意会员制计划的选择。也许有不少看起来都适合你的网站，但是同时参与太多的会员计划可能不是一件好事，太多的链接会把你的网站淹没，使得访问者感到厌烦，再也不想访问你的网站，这样只能适得其反。因此应认真选择那些具有较高点击率和转化率且与企业网站内容相关的网站。

8.5　病毒性营销策略

8.5.1　病毒性营销的基本原理

病毒性营销（virus marketing）并非真的以传播病毒的方式开展营销，而是通过用户的口碑宣传网络，使信息像病毒一样传播和扩散，即利用快速复制的方式将信息传向数以千计、数以百万计的受众。

病毒性营销的经典范例是 Hotmail.com。Hotmail 是世界上最大的免费电子邮件服务提供商之一。在创建后的一年半时间里，就吸引了 1 200 万注册用户，而且还在以每天超过 15 万新用户的速度发展。Hotmail 之所以能爆炸似地发展，就是利用了病毒性营销的巨大效益。这种威力的根本原因在于：在互联网上，每个人都可以是信息的发布者和传播者，而且网上的信息传播比传统渠道要方便得多。病毒营销最妙的地方在于它可以利用他人的关系网络甚至资源来传播自己的营销信息。

在互联网上有许多方法可以实施病毒营销，最简单的一种方法就是在网页上添加"发送本页给朋友"的按钮。尽管通过浏览器的菜单选项可以很容易地实现发送网页给朋友的目标，但"发送本页给朋友"这一按钮并不多余，它会提醒和鼓励浏览者将此网页推荐给朋友，况且还的确有人真不会通过浏览器的菜单选项来发送页面。当然，这只适用于那些的确很精彩的网页，否则会浪费网页宝贵的空间和浏览者的注意力。例如，中国制造网（made-in-china.com）的首页上就设有"推荐本站"的选项，访问者可以单击页面上的相应按钮用电子邮件将该网站推荐给朋友。

8.5.2　病毒性营销的分类

病毒性营销可以分为两种不同的类别，一类是基于服务的病毒性营销，一类是基于内容的病毒性营销。

1．基于服务的病毒性营销

基于服务的病毒性营销可以使用户在使用网站提供的一项服务时，不知不觉地传播营销信息。它的特点是，用户只要注册成为一项服务的用户，那么使用服务的过程就是传播营销信息的过程。用户无须做出任何努力，当然也不会因此获得任何报酬。Hotmail 是这类病毒营销的典型代表。所有通过 Hotmail 发送的电子邮件的末尾都会出现这样一句话："P.S. Get your free E-mail at Hotmail"。这样收信人就可能会考虑是否要向 Hotmail 申请一个免费信箱。Hotmail 的策略获得了极大成功，在短短的一年半时间里，Hotmail 的注册用户数就超过了 1200 万，而 Hotmail 在这段时间的营销支出仅为 50 万美元，平均获得一个用户的成本仅为 4 美分左右。

除了电子邮件服务提供商，一些提供其他服务的商家也可以使用病毒性营销推广其服务。例如，提供网络寻呼服务的公司和可完成个人电子支付的公司。目前有多种版本的网络寻呼机，使用同一版本网络寻呼机的人可以相互实时传递信息，而不同版本的寻呼机之间则无法互通，所以每个用户都希望他的朋友也使用同样的网络寻呼机，因此他们会主动推广他们正在使用的产品。最成功的网络寻呼机服务提供商是这一服务的开山鼻祖 ICQ 公司，公司的注册用户数达到了 1 200 万。AOL 看中了这一庞大的用户群体，不惜花费 3 亿美元巨资收购了 ICQ 公司。PayPal 是一家为个人提供网上支付服务的公司，拥有 PayPal 账户的人可以很方便地在网上向任何拥有电子邮件信箱的人进行支付，而接受这笔款项的人无须事先在 PayPal 开设账户，但在接受了第一笔支付后开设账号可以获得 10 美元的奖励。在这一政策的作用下，PayPal 的用户迅速增长，目前已成为世界上最成功的电子现金公司之一。

2．基于内容的病毒性营销

基于内容的病毒性营销除了前面介绍的"推荐本网站给朋友"按钮，还有其他一些鼓励用户主动为公司招募新顾客的方法。有时公司会根据用户招募顾客的数量对用户进行奖励，但也有许多公司并不许诺给用户任何回报，如 Emode 公司（www.emode.com）的营销策略。Emode 公司是一家进行心理测试服务的公司，该公司邀请访问者参加公司举办的一些免费心理测试，免费提供测试分析报告的一部分内容，并且鼓励受测者订购完整的报告。同时，鼓励受测者邀请朋友参加同样的测试，以获取更多的销售机会。该公司其实利用了人们对朋友的好奇心和关心在推广他们的服务。

免费的电子图书也可以成为企业从事基于内容的网络营销的工具。电子图书是一种用 HTML 文件做成的可执行文件，下载后电子图书可以自己完成安装。电子图书可以与互联网互动，书中可以嵌入链接、图像、表单、Java 脚本、视频资料等元素，还支持全文搜索。电子图书作为一种二进制文件，有多种传播形式，如从 FTP 站点上直接下载，通过 P to P 应用进行共享，作为附件通过电子邮件发送等。

目前，电子图书是传播信息的最佳方式之一。企业可以利用电子图书在向用户传播他们感兴趣的信息的同时附带传播企业的营销信息。这些信息可以与电子图书一起被用户二次传播。免费电子图书因此成为了病毒性营销的一种载体。电子图书能给企业的目标受众提供有价值的信息，研究报告、培训资料都是很常见的电子图书内容。使用免费电子图书实现病毒性营销时要注意企业对电子图书的内容应拥有版权；广告内容要控制在一定的比例以内，不能喧宾夺主；通过多种渠道发行电子图书，并鼓励读者传播该书。

本 章 小 结

企业建站的目的是让尽可能多的潜在用户了解并访问网站，通过网站获得有关产品和服务等信息，为最终形成购买决策提供支持。为此，企业建站后必须考虑如何进行站点的推广。站点推广的策略很多，本章主要介绍了搜索引擎营销策略、网络广告策略、网站资源合作策略和病毒性营销策略。通过对站点推广常用策略的内涵、应用形式、实施策略的详细介绍，有助于加深学生对站点营销策略的认识，并为其将来的实际应用提供借鉴。

搜索引擎推广是通过搜索引擎优化、搜索引擎排名及研究关键词的流行程度和相关性，在搜索引擎的结果页面取得较高排名的一种营销手段。企业一般可通过登录搜索引擎、关键词广告、竞价排名、网页内容定位广告等多种形式，通过搜索引擎将营销信息传递给目标客户。网络广告在品牌形象的建立和产品促销方面效果较好。目前广告形式丰富，各有利弊，在进行应用时，可根据实际情况综合考虑。E-mail 营销具有低成本、针对性强的特点，但在实施时考虑的关键是用户的许可，否则将会被视为垃圾邮件，引起人们的反感。网站资源合作是网站互相推广的一种重要方法，强调的是合作和资源共享。病毒性营销是一种口碑效应，应用恰当能给企业带来很好的营销效用。

 案例分析

八招网络推广助凡客诚品取胜

凡客诚品成立不到 1 年，而每天接到的订单已经高达 6 000 多单，服装销售更是高达 1.5 万件，2008 年销售额接近 5 亿元。是什么力量让一个名不见经传的品牌坐上了行业的前几把交椅？凡客诚品的负责人说，他们注重在互联网上的推广，在网络上投放的广告占所有广告投放的 60% 以上。互联网上的推广对凡客诚品产生了很大的效果。那么，他们的网络推广是怎么开展的呢？具体来说，主要使用了以下 8 种网络推广渠道。

一、网络广告投放

在各大门户网站上人们都看到了凡客诚品的广告，还有一些大的专业网站上也有凡客诚品大量的广告投放，如图 8.7 所示。这当然需要资金的大量支持。

图 8.7　凡客诚品网络投放页面

二、搜索引擎优化

凡客诚品首页的代码，如图 8.8 所示。可以看到，关键词设置得有点多，但囊括了其主要产品。

图 8.8　凡客诚品首页的代码页面

三、搜索引擎广告

百度和 Google 的竞价凡客诚品都在使用，这是网络推广中比较常用的渠道，如图 8.9 所示。

图 8.9　凡客诚品搜索引擎广告页面

四、电子邮件营销

利用许可电子邮件营销，可以给用户发一些促销信息，让老客户回访网站，如图 8.10 所示。

图 8.10　凡客诚品电子邮件营销页面

五、博客话题营销

以产品为话题，在多个博客写用户体验文章，从用户角度对产品进行体验式营销，如图 8.11 所示。

图 8.11　凡客诚品用户博客页面

六、网络媒体推广

利用网络媒体的报道，提高品牌的影响力，使用户增加对产品和网站的信任度，如图 8.12 所示。

图 8.12　凡客诚品网络媒体推广搜索页面

七、网络广告联盟

凡客诚品在多家网络广告联盟上投放 CPS 广告，CPS 是指按销售额提成广告费用，许多个人站长在网站上投放了他们的广告，如图 8.13 所示。

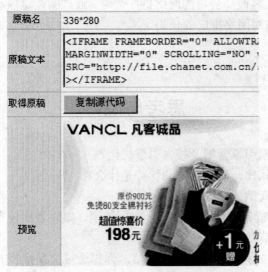

图 8.13　凡客诚品网络广告联盟代码页面

八、网站销售联盟

现在，凡客诚品成立了自己的网站联盟，让广大站长和店长加入，根据销售额进行费用提成，这个形式也属于 CPS，如图 8.14 所示。

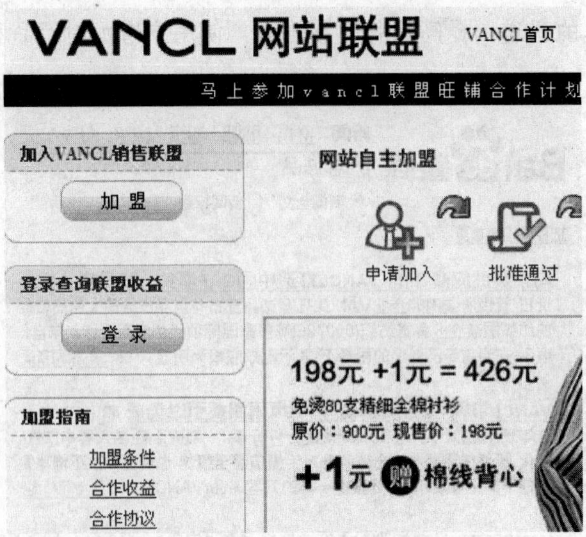

图 8.14　凡客诚品网站联盟页面

凡客诚品负责人陈年称，凡客诚品发展到目前的规模，在广告方面的投入不及 PPG 的十分之一，但发展速度和规模均不逊于 PPG，互联网推广以最佳的性价比让凡客诚品取胜。

（资料来源：杨涛，http://www.putui.com/html/93/n-193.html）

案例讨论

本案例阐述了凡客诚品公司的网络推广策略。通过阅读这段对凡客诚品公司网络推广的分析，谈谈您对网络推广的认识。

思考与练习

1. 如何理解搜索引擎营销及搜索引擎优化？
2. 与传统广告相比，网络广告的优势是什么？
3. 简述病毒性营销的原理，并举例说明。
4. 简述 E-mail 营销的内涵，并结合实际谈谈，如果企业没有自己的网站，应该如何开展 E-mail 营销？
5. 假设你已建立了一个电子商务网站，你想通过交换链接及病毒性营销策略提高站点的访问量。请针对该情况写出详细的策划方案书。

实 训 操 作

1．上网选择一个网站，通过观察及查找相关资料，分析该网站是如何实施站点推广策略的？

2．针对某一网站（可以是某企业的网站，但最好是班级网页或个人网站），考虑如何结合实际实施推广方案？

要求：写出简要的方案书，并上网实现；通过关注 www.alexa.com（或网站的流量统计数据）中站点访问的变化情况，在一个月后写出实施效果报告。

第 9 章

网络营销的实施与控制

9.1　网络营销的实施

9.1.1　对实施网络营销的分析

网络营销的实施是一项系统工程，不仅涉及技术方面的问题，也涉及企业的管理、组织、战略决策和业务流程等多方面的问题，需要企业建立专门的组织机构负责组织和管理。网络营销实施的时机决策是指选择合适的时机，进入网络市场，开展网络营销。企业开展网络营销必须全面分析企业的经营状况和市场竞争环境，包括可行性分析、必要性分析、重要性分析和风险分析。

1．可行性分析

可行性分析包括外部市场环境可行性分析和内部资源可行性分析。

（1）外部市场环境可行性分析：主要分析企业所面对的市场环境是否成熟；目标市场是否具备接受网络营销的条件和能力，是否接受企业所提供的网络营销方式，对网上采购的意愿和要求是否强烈；网络营销市场的竞争状况等。

（2）内部资源可行性分析：主要分析企业是否具备信息化基础；是否有相应的资金、技术和人才，以满足开展网络营销的需要。

2．必要性分析

必要性分析主要是分析在目前的市场环境和竞争状况下，企业实施网络营销的必要性和紧迫性，以及不实施网络营销对企业经营和发展的影响和潜在威胁。

3．重要性分析

重要性分析主要是分析在当前市场环境和竞争状况下，实施网络营销是否能够有效提高企业的市场竞争力，抑制竞争对手，确保企业的稳定发展。

4．风险分析

企业实施网络营销所面临的主要风险包括：市场观念风险，即目标市场对网上购物的观点、态度，以及认识与接受的程度；技术风险，即企业实施网络营销所面临的新技术的支持程度和风险；执行风险，即企业现有的组织结构和管理水平能否满足网络营销的需要，对网络营销的实施会产生多大的影响；经济风险，即实施网络营销对企业经济效益的影响；政策风险，即国家法律和政策对实施网络营销的影响。

9.1.2　网络营销实施的时机决策

通过对实施网络营销的分析，综合考虑影响企业实施网络营销的各种因素，选择适当的时机开展网络营销是营销决策的重要方面。实施网络营销要求企业必须具备必要的内部资源条件，相应的组织结构和管理水平，以及相对成熟的网络营销市场环境；

或者当企业面临重大的市场竞争威胁，不实施网络营销就可能直接影响企业的经营和发展时，企业可以根据具体情况，做好开展网络营销的准备工作，择机实施网络营销。

目前，对许多小企业来讲，开展网络营销的条件和时机已经成熟。为了择机实施网络营销，企业应考虑先在互联网上注册域名，以免合适的企业域名被抢注；然后投入资金建立企业网站，一方面可以开展网络营销，另一方面还可以宣传企业品牌形象，开展网上调查活动等。

9.1.3　网络营销实施的投资决策

企业借助互联网开展营销活动，需要搭建网络营销平台，即网络营销系统的建设，这是网络营销实施的重点。在建设网络营销系统时，企业应重视对网络及其配套信息设备与技术的投资，因为网络营销成本具有潜在增长性。国外的有关研究表明，当企业决定投资 100 万美元用于新的网络开发时，必须做好在未来的 5 年里至少再投入 300 万美元巨资的准备。一般而言，在软件开发上每产生 1 美元的花费，意味着今后每年将造成 0.2 美元的运营成本以及 0.4 美元的维修成本，因此 100 万美元的初始投入将造成每年 60 万美元的额外开销。由此可见，网络营销的实施是一项投资巨大、周期较长的风险性投资活动。因此，企业在实施网络营销时必须进行投资决策，分析网络营销带来的经济效益。

在进行经济效益分析时，通常采用费用效益分析方法，即对费用（或成本）及效益分别进行估计，然后将两者进行比较。

系统费用是网络营销系统在建设和实施过程中的费用总和，包括软件和设备购置费用、人力费用、外部费用等，成本是不难识别和估算的。

收益的估计涉及范围较广，很难用数字精确表示，且不同的系统表现也不一样，使收益值通常难以量化。如果掌握了收益的基本成分，那么其量化过程就相对容易了。

1. 第一类收益

第一类收益源自社会劳动生产率的提高，从而使单位产品或服务的活劳动和物化劳动消耗不断降低。一般情况下，当企业规模扩大时，由于系统的运行不需要按比例增加人员，从而避免了某些成本的发生。

2. 第二类收益

第二类收益是经营管理费用的节省，它的产生是由于网络营销的实施减少了经营成本。例如，网络营销的实施加强了对企业内部物料的控制管理，使原材料和产品的库存得以减少。任一阶段经营管理费用的节省量，等于库存金额的减少量乘以与库存成本有关的流动资金的利率。由于开展网络营销而节省的经营管理费用，还包括运输费、出差费、能源费，以及因提高了利用率而减少的设备支出费用等。

3. 第三类收益

第三类收益来自经营收入的增加，这类收益最难准确量化。例如，由于实施了网络营销，能有效地分析和综合市场与客户的信息，合理地制订生产计划、销售计划，有效地控制坏账的发生，使企业扩大了销售量，增加了销售收入和现金流入。凡是由于该系统的运行而使企业增加的收入都属于这类经营收益。

上述三种类型的收益都属于直接收益。此外，还应考虑在直接收益中加上无形的或非量化的收益。

4. 第四类收益

第四类收益来自管理效益。管理效益通常也称为间接经济效益或社会效益，是在评价网络营销实施结果时不可忽视的重要因素。有时，对整个网络营销的经济评价可能很难进行，但对网络营销实施后的作用还是可以全面、细致地进行分析的。实施网络营销的管理评价是针对系统的一般状况，检验其工作的好坏程度和对管理工作在效率及效果方面的影响。管理效益在实际工作中往往难以定量测算，只能进行定性的分析。在评价实施网络营销的经济效果时，不仅应考虑经济问题本身，还应考虑因网络营销的实施所产生的社会效益。例如，人们工作习惯的改变、劳动强度的减轻、工作时间的缩短、管理体制和组织机构的改革、科学文化水平的提高与普及等。

一般来说，网络营销的实施对管理效益的影响主要表现为：促进管理层观念的转变和素质的提高；提高管理工作的效率和质量；促进企业管理体制和组织机构的改革；改善企业内外部环境；重视信息导向的作用，增强信息意识，注重从信息的价值中获取效益；增强企业的决策能力、应变能力及竞争实力。企业可以结合自己的具体情况，对第四类效益进行定性分析。

9.1.4　影响网络营销实施的因素

影响网络营销实施的因素有很多，主要包括下列三个方面。

（1）行业内市场竞争手段的实施情况，即除网络营销外，是否存在其他有效的竞争手段能够提高企业的市场竞争力，如产品开发等。

（2）企业的网络应用能力，即应用网络能否提高企业的某些核心竞争能力，如掌握顾客需求、顾客服务、配送等。

（3）企业的信息技术应用能力，即企业能否有效地应用现代信息技术开展营销活动。

9.2　网络营销组织职能

9.2.1　网络营销组织

网络营销的实施对企业营销组织的影响是深远的，它改变了企业营销组织的形式和结构。为了实施网络营销，企业各部门应相互协调，紧密配合，使企业能够为顾客提供满意的商品或服务，为顾客提供整体解决方案，满足顾客的需求。

1．网络营销组织结构

基于网络营销的企业组织结构如图 9.1 所示。

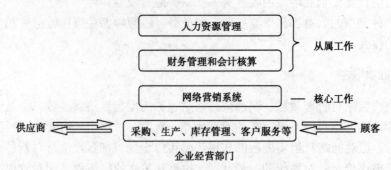

图 9.1　基于网络营销的企业组织结构

企业开展网络营销后，传统的条块分割的部门重组为统一的、为顾客服务的组织机构，企业与供应商的联系更加密切，渠道更加畅通；网络营销系统成为企业的核心，这个系统不仅包括传统的营销部门，还包括与之相协调的供应、生产、网络信息技术和系统维护等业务部门，而人力资源管理、财务管理和后勤保障等部门则属于支持部门。组织运转的动力来源于顾客需求及其变化；客户服务由服务部门统一对外提供，并通过企业内部的业务价值链往下传递，直至最后满足顾客的需求。

2．组织结构的特点

企业实施网络营销后，其组织机构的特点体现在以下三个方面。

（1）统一顾客服务部门。通过简化和统一顾客服务程序，为顾客提供满意的网上订购、技术支持与维修服务。

（2）扁平化的组织结构。网络营销要求企业为顾客提供及时、高效的服务，对顾客需求的变化和市场竞争能够迅速反应，这就要求企业改变传统的"金字塔"组织结构，建立反应迅速的扁平化企业组织结构；同时，网络营销的实施也为扁平化组织结构提供了必要的技术支持基础。

（3）横向信息沟通，为顾客提供统一的服务。网络营销需要不同职能部门的协作配合，扁平化组织结构为部门之间的横向沟通提供了渠道和基础，提高了信息沟通效率。

9.2.2　高层管理人员面临的挑战

对许多企业来讲，网络营销不仅是一种新的营销模式和竞争手段，更是一场营销革命。网络营销的实施对企业管理人员提出了新的挑战和任务。

1．决策方式的转变

网络营销的实施提高了信息的传递速度和效率，而市场透明度的增强也使企业的每一项营销决策和创新都可能被迅速模仿，这就要求企业决策者充分关注市场变化和市场竞争状况，调整决策方式，提高决策效率。

2. 管理方式的转变

网络营销的实施要求企业建立扁平化的组织结构和高效的企业内部信息传递平台，将企业的供、产、销、客户信息和生产支持部门等进行统一协调管理，提高信息在企业内部的传递效率；根据客户需求调整企业的生产经营活动，为客户进行定制生产，建立高效率的管理运行机制。

3. 经营方式的转变

网络营销的最大优点之一是企业能够根据客户的个性化需求，实现订单生产，为客户提供一对一的服务。网络营销要求企业根据产品信息传递的范围重新考虑市场细分和目标市场选择，确定产品的市场定位和销售范围，调整营销渠道和定价策略，改变传统的经营方式，以应对灵活多变的市场需求。

4. 资源管理内容的转变

企业所拥有的人、财、物，是企业生产经营的基础和重要资源。网络营销的实施改变了传统的企业资源管理模式，资源管理的重点不再是可以通过市场融通的资金和技术，而是企业内具有创新能力的人才和企业赖以生存的客户资源。企业价值评价的标准不再是企业的有形资产价值，而是企业的客户资源、品牌价值和创新思想。

5. 服务方式的转变

网络的互动性特点使企业能够通过网络为客户提供信息咨询服务和技术支持，让顾客直接参与产品的设计、生产和维修服务过程，提高产品维修效率，降低服务费用；同时，通过全天候的服务，提高客户满意度。

9.2.3　建立和利用企业的信息优势

在网络营销的运作过程中，信息平台加快了信息流动，提高了运作效率，对企业组织机构提出了全新的要求。企业的组织机构单元通过双向快速的信息沟通，协调职能部门的工作，实现整个组织机构的决策与控制职能。

1. 构建网络营销组织信息部门

与传统营销企业内部的信息服务部门不同，网络营销企业内部的信息部门有以下五个。

（1）市场信息分析部门：负责对市场信息的采集，特别是对竞争者的营销战略和市场营销策略组合等方面信息资料的搜集和处理，为企业决策者提供决策参考。

（2）客户邮件处理部门：负责完成主动发送信息和客户疑问答复，根据企业发展战略、营销策略和客户特点，有针对性地发送相应的电子邮件。

（3）网站广告管理部门：负责分析信息平台提供的客户广告访问数据，把握客户消费行为的变化趋势，为制定广告策略提供决策依据。

（4）交易信息处理部门：负责客户交易信息的搜集和处理，研究客户的消费重点和消费行为模式，丰富个性化服务的信息内容和服务方式，以调整企业的产品或服务。

（5）网站客户信息综合分析部门：网站组织机构中最重要的部门。通过综合分析客户访问信息和各部门的分析报告，确定客户的消费能力、消费特点及消费潜力；判断客户对网站提供服务的满意度，为决策者调整营销战略和营销策略组合、改进产品或服务提供依据。

2．利用信息优势

企业信息部门各司其职，为企业全面、系统地搜集和分析各类信息，为企业决策者、管理者和客户服务者提供必要的信息支持，使企业能够快速、高效地满足不断变化的市场需求，提高客户忠诚度；同时，也使企业能够准确地进行市场细分，选择合适的目标市场，进行有效的市场定位，通过建立相应的营销组合，满足目标市场需求，促进企业发展。

9.3　网络营销人员的配备与培养

9.3.1　网络营销人力资源配置

1．网络营销主要岗位的人员配备

企业实施网络营销后，随着营销组织结构的变化，营销人员和岗位也会发生相应的变化。与传统营销相比，网络营销人员配备的主要岗位有以下两个。

（1）客户服务部门岗位。在网络营销中，顾客服务是营销服务的重要内容。它不仅要接待客户访问，记录客户意见和问题，而且要能就客户疑问直接给予满意的答复，对服务人员的素质要求较高。因此，许多企业都建立了客户服务中心，由具有较强沟通能力的专业人员组成。

（2）销售部门岗位。企业的销售部门不但要负责传统市场的宣传推广和促销策划，还要针对网上市场开展促销活动。这就要求企业调整传统的销售部门的岗位设置，营销人员要加深对网络市场的认识，充分了解网络市场的特点，制定有效的营销策略，实现网络市场与传统市场的协调一致。

岗位的变化导致营销人员配备的变化。为了实施网络营销，要求企业重新调整营销人员的组成和职责范围，提高营销人员的素质，加强对人员的培训和管理，以提高客户满意度和营销业绩。

2．网络营销人力资源的开发

网络营销的实施，对营销人员的素质提出了更高的要求。它不仅要求营销人员具备较高的营销能力，还要具备一定的网络知识和技术，能够熟练运用网络开展营销活动，并能对网络进行日常维护，确保网络的正常运行。因此，网络营销的实施对企业

人力资源开发提出了新的要求。

　　企业开展网络营销所需的复合型人才包括：业务服务人才，要求具有较强的业务技能和信息技术方面的知识和经验；业务支援人才，要求具有丰富的业务技能，对网络信息技术有一定的了解，能够与信息部门密切合作，开发新的系统；技术支援人才，要求具有丰富的信息技术和能力，掌握一定的业务知识；技术服务人才，要求是一流的网络及软件专家，可为网络营销提供技术服务和软件开发。

9.3.2　网络营销人才培养

1. 网络营销人才培养途径

　　培养复合型人才的有效途径之一是多部门协作，共同培养，即根据人才需要的标准和要求，先选择在某一方面或领域具有一定知识基础和技能的人员，有针对性地进行其他知识和技能的培养和训练，提高人员的综合素质，达到培养目标。例如，在业务能力较强的员工中选择具有一定信息技术知识基础的人员，进行适当的信息技术培训，使其达到业务服务人才或业务支援人才的标准。

2. 员工培训教育

　　员工培训教育是培养复合型人才的另一条有效途径，也是员工知识更新的常用方法。对不同岗位的员工应选择不同的教育训练方式。对操作性岗位的员工，应加强业务培训，提高员工的业务操作技能，以适应网络营销变化的需要；对具有一定创造性工作岗位的员工，应加强教育工作，拓展员工视野，提高业务创新能力，满足业务拓展的需要。

3. 建立学习型组织

　　学习型组织是集学习与工作为一体的组织。学习就是工作，而工作本身也是一种学习。工作与学习交相融合，工作学习化，学习工作化，构成一个"学习—改变观念—改变行动—改变命运"的循环体系。

　　学习型组织的组织构架一般有 5 个基本要件：指导思想——学习观念；理论、方法与工具——学习机制；基础设施——促进和保障机制；持续不断的行动——动力机制；良好的环境——协调配合机制。

　　网络营销企业需要的不仅是专业技术人才，更需要复合型人才。在我国目前的教育模式下，复合型人才的培养是无法在学校完成的，企业已成为复合型人才培养的重要场所，加强员工教育培训已经为众多企业所接受。

9.4　网络营销管理控制

　　控制与组织和计划是密不可分的。实施网络营销后，要达到网络营销的目标，企业必须加强协调和控制。网络营销管理控制，主要包括管理模型分析、成本管理、效益评估和风险管理等方面的内容。

9.4.1　网络营销管理模型分析

企业实施网络营销，首先应明确营销目标，然后再根据企业产品和服务的特点及目标市场的需求特性，选择合理的网络营销管理模型。下面分析常见的 6 种网络营销管理模型。

1．留住老顾客管理模型

留住老顾客管理模型为

顾客服务→增强与顾客的关系→留住顾客→增加销售。

现代营销学认为，留住 1 个老顾客相当于争取 5 个新的顾客。企业通过实施网络营销，可更好地满足顾客需求，增强与顾客的关系，提高顾客忠诚度，留住老顾客，增加产品销售。

2．网上零售管理模型

网上零售管理模型为

有用信息→刺激消费→增加购买。

此模型主要适用于零售企业。企业通过网络向顾客连续提供有用的产品服务信息，包括新产品信息、产品的新用途等，不断更新站点设计和内容，保持网站的新鲜感和吸引力，以新信息刺激顾客的消费欲望，增加产品销售。

3．直复营销管理模型

直复营销管理模型为

购买便利＋折扣＋直接销售＋减少管理费用。

企业希望通过网络营销，简化销售渠道，降低销售成本，减少管理费用，增加企业利润。

4．网络信息服务商管理模型

网络信息服务商管理模型为

新的娱乐→促进顾客的参与→重复购买。

此模型主要适用于信息服务业，如报纸和杂志出版商等。企业可通过变换网页内容，使顾客根据自己的兴趣形成共同话题的"网络社区"并参与进去，同时提供网络交流机会，提高客户忠诚度。

5．宣传推广管理模型

宣传推广管理模型为

提高品牌知名度→获得顾客忠诚→增加销售和利润。

企业把网站作为宣传推广的重要工具，通过网页的精心设计来增强整个企业的品牌形象，提高客户忠诚度。

6．数据库营销管理模型

网络是建立强大的、精确的营销数据库的理想工具。网络的即时性和互动性特点，使企业可以对营销数据库实现动态管理，为企业决策者提供动态的、理性的决策依据。

9.4.2　网络营销成本管理

1．网络营销成本的基本构成

了解网络营销的成本构成是成本管理的关键。从网络营销系统这一整体来看，网络营销成本主要包括两部分。

（1）供应者成本。企业中的信息技术部门和服务部门，负责管理企业所有的信息资料和网络设施，为网络营销的实施提供系统开发、信息管理和服务，对网络系统进行维护和管理，保证网络营销系统的安全、可靠和正常运行。因此，这些部门的运作成本属于网络营销成本。

（2）使用者成本。使用者成本是指网络营销业务部门发生的费用，由信息技术部门支出，用于网络营销系统建设的硬件设备和软件的购置，应纳入业务部门的费用核算，作为使用者成本。

在营销系统建立后，网站建设、网页设计和更新、网站宣传和推广等业务费用，不论在哪个部门支出，都应纳入营销部门的网络使用费用，计入使用者成本。

此外，网络营销部门和技术服务部门为提高员工的工作能力和素质所发生的培训教育费用等，尽管不直接对网络营销的业绩产生影响，但作为间接费用，也应记入网络营销成本。

2．成本管理的核心

成本管理的核心是编制成本预算，以便进行成本控制。

网络营销的基础是计算机和网络信息技术，这类技术的进步和产品更新换代越来越快。在编制预算时，必须考虑技术进步的速度和设备的技术寿命期；随着网络的使用，网站的维护费用也在不断提高，维护费用预算也应相应调整；互联网的发展和网站内容多样性的要求，使得企业网站租用的空间不断扩大，租用费也要相应增加。因此，网络营销成本预算的编制应有一定的弹性。

成本控制以预算为基础，并应根据市场变化进行适当的调整。对供应者成本应采用项目控制，结合使用者使用情况加以考核；对使用者成本，在项目控制的基础上进行总额弹性控制；对技术部门与业务部门之间因业务拓展而产生的成本增加，应对照市场价格进行成本控制。

9.4.3　网络营销效益评估

实施网络营销需要企业制订营销目标，而营销目标的实现程度要求对网络营销实施效果进行评价，找出差距，发现问题，以调整营销策略和目标。

1．网络营销效果评价方式

根据网络营销目标的不同，网络营销效果的评价方式可分为以下两种。

（1）网络营销效益评价。网络营销目标如果是定量目标，如销售指标、市场占有率或经济效益等，对应的评价方式也应是定量指标。通过将网络营销实施的结果与营销目标进行对比，可给出评价结论。

（2）网络营销有效性评价。在网络营销中，许多企业的营销目标不是具体的数量指标，而是有效性指标，如企业品牌知名度、企业形象展示、产品展示、客户沟通等，对这类营销目标的评价一般较为困难，需要进行定性分析和定量考察。

2．网络营销效果评价指标

根据对网络营销目标的选择，建立相应的评价指标体系，是有效评价网络营销效果的重要依据。

1）经济指标

网络营销评价的经济指标主要包括以下5个。

（1）网上销售收入（增长率）：通过网络实现的产品销售总额。

（2）网上销售费用（增长率）：进行网上销售所花费的代价，包括营销人员的工资和福利、网络运行费、网站建设费用分摊等，以及企业支付的物流费用。

（3）销售利润（率）/（增长率）：销售收入与销售费用的比值。

（4）库存费用变动：网络营销对企业库存费用的影响。

（5）整个企业的成本费用变动：网络营销对整个企业成本费用的影响。

2）市场业绩指标

市场业绩指标包括以下5个。

（1）市场覆盖率（变动）：企业产品的市场覆盖情况。

（2）市场占有率（变动）：企业产品在市场中占有的比率。

（3）新市场拓展：通过网络营销活动，拓展新的销售市场的情况。

（4）网上销售比率：网络营销占全部产品销售的比率。

（5）顾客回头率：老顾客通过网络订购产品的情况。

3）技术评价指标

网络营销的技术评价指标是针对网络营销平台——网站和网页建设进行的，主要包括以下3个方面。

（1）网站和网页设计评价。网站是网络营销的基本工具。企业网站和网页设计评价的基本指标包括网站的功能是否具备，内容是否完备，设计风格是否符合目标市场的审美观点，视觉效果如何，是否具有吸引力等。此外，还要考虑主页下载时间、有无死链接、对不同浏览器的适应性等。为保证评价的公正性，可以考虑引入第三方进行评价。

（2）网站推广评价。网站推广是提高网络营销效果的重要手段。网站推广评价主要考察 3 个方面：一是搜索引擎的登录情况，包括门户引擎、专业搜索引擎和地方搜索引擎的登录网站数量及名次；二是与其他网站的链接情况，包括行业内其他网站的链接和友情链接等；三是用户数量，包括会员登录和非会员访问数量。这些评价都可以量化，以便进行比较和判断。

（3）网站流量评价。网站流量评价内容包括独立访问者数量、页面浏览情况和每个用户在网上停留的时间。一般来讲，网站访问者数量越大，页面浏览频率越高，访问者停留时间越长，网站对访问者吸引力就越强，网站建设和推广效果就越好。

4）综合效果评价指标

网络营销效果不能只评价某一个方面，而要评价网络营销的各种职能的总和，要体现企业整体价值的提升。具体的综合评价指标包括以下 3 个方面。

（1）企业品牌价值的提升。品牌价值是企业价值的核心。在传统营销模式下，受企业资源和营销范围的限制，企业的品牌价值往往局限在某一地域或某一层次的市场中，提高企业的品牌价值往往要付出很大的代价。而网络营销突破了地域和时间的限制，可使企业的品牌得到无限制的延伸，企业的品牌价值可以以较低的成本得到迅速提高。因此，企业品牌价值的提升是评价网络营销效果的重要指标。

（2）客户满意度。顾客的满意是多方面的，包括产品质量、性能和价格，维修服务的效率和质量，顾客意见的传递方式和反馈，沟通的效率和途径等。网络营销借助互动式网络沟通，可使企业充分了解顾客需求，为顾客进行一对一的定制服务；通过建立 FAQ，解答顾客疑问，提高服务效率，从而提高顾客满意度。

（3）企业管理水平。网络营销的实施改变了传统的企业组织结构和管理模式，可提高企业的管理水平和工作效率。因此，企业管理水平的提高也是网络营销效果的表现之一。

9.4.4　网络营销风险管理

1. 网络营销风险的来源

网络营销风险的来源有两大类：一类是经营性风险，包括网络营销实施的时机风险、市场风险、技术风险、管理风险等，这些风险一般可以通过加强企业经营管理，提高企业决策能力来规避和应对；另一类是非经营性风险，又称人为风险，是指由于人为破坏等因素给企业的经营造成损失的可能性，这类风险主要来源于计算机病毒、网络犯罪和网络知识产权侵犯 3 个方面。下面主要分析非经营性风险。

（1）计算机病毒。计算机病毒是指隐藏在计算机中、具有破坏性和自我复制传播能力的程序。一些病毒可通过网络传播，一旦营销网络感染病毒，就会给企业造成一定的经济损失。

（2）网络犯罪。除了一些别有用心的人通过编制病毒对企业的网络进行破坏，还有一些犯罪分子通过网络盗窃企业机密，以直接获取非法经济利益或者破坏企业的网络营销系统，他们被俗称为网络黑客。网络黑客对社会和企业造成的危害是极为严重的，成为影响企业网络安全的重要因素。

（3）网络知识产权侵犯。网络营销环境的形成始于信息交流和传输方式的改变，而知识产权从本质上讲是一种"信息产权"，是一种对符合某些法定条件的"信息"的法律保护权。因此，网络营销环境对法律的挑战，首先产生于对知识产权法律制度的冲击。立法的滞后导致网络知识产权得不到有效保护，使其成为网络营销中的一种风险。

2. 网络营销风险的控制

网络营销风险控制的核心和关键是交易的安全性，也是电子商务技术的难点。为了降低交易风险，企业必须从以下4个方面进行风险控制。

（1）信息保密性：交易中的商务信息均要求严格保密。

（2）交易者身份确定的有效性：为交易双方确认身份是保证交易安全顺利完成的重要手段。

（3）不可否认性：市场千变万化，交易一旦达成是不能被否认的，否则就会损害对方的利益。

（4）不可修改性：交易协议一旦达成，交易文件就不能擅自修改，以保障交易合约的严肃性和公正性。

3. 网络营销风险的控制措施

为了有效实施对网络营销风险的控制，构建完整的网络交易安全体系，企业应采取以下三类措施：一是技术方面的措施，包括防火墙技术、防杀病毒技术、信息加密存储通信、身份认证、授权等；二是管理措施，包括交易的安全制度、交易安全的实时监控、提供实时改变安全策略的能力、对现有的安全系统漏洞的检查及安全教育等；三是社会的法律政策保障，包括出台保护网上交易的各种法律法规。

控制网络营销风险的具体措施涉及以下几个方面。

1）客户认证

客户认证是指基于用户的客户端主机 IP 地址的一种认证机制，允许系统管理员为具有某一特定 IP 地址的授权用户分配访问权限。系统管理员可以决定对每个用户的授权、允许访问的服务器资源、应用程序、访问时间及允许建立的会话次数等。这是保证电子商务交易安全的一项重要技术。

客户认证主要包括身份认证和信息认证。身份认证用于鉴别用户身份，防止假冒；信息认证用于保证通信双方的不可抵赖性及信息的完整性和可靠性。

2）防止黑客入侵

黑客有两类，一类是只想证明自己的能力、引起他人关注的"骇客"，即传统意义上的黑客；另一类是窃客，其行为带有强烈的目的性和经济犯罪性质。目前，黑客行为正在不断地走向系统化和组织化。

根据所选用产品的不同，防范黑客的技术措施可以分为网络安全检测设备、访问设备、浏览器/服务器软件、证书、商业软件、防火墙和安全工具包/软件等。

3）网络交易系统的安全管理制度

网络交易系统安全管理制度是用文字形式对各项安全要求所做的规定，是网络营销人员安全工作的规范和准则，是网络营销正常开展的保证。

企业实施网络营销时，必须建立一套完整的网络安全管理制度，这个制度应当包括人员管理制度、保密制度、跟踪审计制度、系统维护制度、数据备份制度、病毒定期清理制度等。

4）网络营销交易安全的法律保障

在网上交易过程中，合同的执行、赔偿责任、个人隐私、资金安全、知识产权保护、税收等问题都将直接影响网络营销的发展。国家应加快相应的法制建设，为促进网络营销发展提供重要的法律保障。

网络的安全性问题是风险管理的重点。要加强安全，就必须加强管制，但管制的加强又会降低网络交易的便利性，与网络建立的目的相矛盾；同时，追求最大化的安全性需要企业投入大量资金，付出巨大代价，而犯罪分子的入侵往往又是偶然性的，这又加大了企业的营销成本，影响企业的经营业绩。因此，安全性与便利性，安全性与经济性是两对矛盾，网络营销企业必须妥善处理。

本 章 小 结

网络营销实施的时机决策就是选择合适的时机，进入网络市场，开展网络营销。网络营销的实施是一项系统工程，涉及信息技术、企业管理与组织、战略决策和业务流程等多个方面，需要企业建立专门的组织机构负责组织和管理。企业实施网络营销需要全面分析企业的内部经营状况和市场竞争环境，包括可行性分析、必要性分析、重要性分析和风险分析。

实施网络营销要求企业改进组织结构，建立以网络营销系统为核心的新型企业组织结构，转变观念，充分利用网络信息优势，促进企业发展；构建与网络营销发展相适应的人力资源开发和管理组织，加强员工培训，多渠道、多方式培养复合型人才。

实施网络营销要求企业选择与营销目标相适应的管理模式；加强成本管理和控制，建立网络营销效果评价指标体系，对网络营销效果进行综合评价，发现问题，找出偏差；加强网络营销风险管理，重视人为风险，采取适当措施，确保网上交易系统安全运行。

Ⓖ 案例分析

快速消费品的网络营销

近年来，快速消费品对网络媒体呈现出显著的态度转换，由原来的不了解、很少应用，到现在的主动探索新的应用形式，不断增加对网络媒体的投入。"汇源"作为其中一个有代表性的品牌，从 2006 年开始，在网络媒体的应用上进入了一个全新的阶段。

一、顺应快速消费品网络营销应用趋势

北京汇源饮料食品集团有限公司（以下简称"汇源集团"），成立于 1992 年。在中国果汁行业中，汇源集团的纯果汁和中高含量果汁饮料的市场份额均位居第一，是中国果汁行业的第一品牌。2006 年，汇源集团全力推出"果鲜美"果汁饮料。为了配合营销推广，汇源集团分别与中央电视台、网易等一些大的媒体进行了广告合作。这其中的一个变化是，网络媒体的广告投放比例大大调高。而且，"果鲜美"也是汇源集团第一个"全面试水网络营销"的产品。

事实上，汇源集团一直比较关注网络营销，之所以之前没有太多的网络广告投放，主要是从自身的认识和当时的市场环境出发。当时饮料行业还没有表现出大量涌向网络媒体的趋向，进行网络营销的时机还不是很成熟。

早在 2001 年，各大饮料企业就已经建立了自己的网站。但是直到 2005 年，也只有一些大的饮料品牌使用饮料瓶标形式进行网络营销活动。从 2006 年开始，碳酸类、茶类、功能类饮料等不同细分领域的品牌，都在利用网络平台进行营销，而且形式上也有很大的创新。"汇源"作为果汁类饮料的代表品牌，主动顺应这一趋势，对自身的营销策略做出了一些适应性调整。

二、网络用户与汇源目标消费群相一致

汇源集团在"果鲜美"饮料的上市推广中重点使用网络媒体，是一个必然的选择。一个不容否认的事实是，现在网民数量越来越多，网络的影响力越来越大。而且，从目标消费群的细分上来看，网络媒体也很有优势。网络媒体与汇源果汁的诉求对象，同样都是讲究生活质感的青年群体。网络媒体，如网易，与"果鲜美"的品牌性质比较相似，甚至与汇源果汁的品牌定位、价值取向具有相同之处。汇源产品的目标消费人群以城市白领女性阶层为主，汇源"果鲜美"的广告诉求是"我喝我先美"，选择与网易进行推广合作，并利用网易邮箱、内容频道进行广告投放，也是基于网易对于白领女性阶层的影响力。在此基础上，汇源推出了"果鲜美万人迷"评选大赛网络选秀活动，如图 9.2 所示。通过与网易的合作，汇源集团取得了良好的效果。

图 9.2　汇源"果鲜美万人迷"评选大赛网络选秀活动页面

三、发挥网络媒体的整合效力

汇源集团在使用不同媒体打造自己的品牌方面有一个完整的规划。首先，通过各方面的数据来分析目标消费群体。数据显示，汇源产品的目标消费群在网络上很活跃，因此，必然要增加网络广告的投放。其次，在对网络媒体倚重的同时，汇源集团并没有减弱对电视、杂志等传统媒体的应用。因为通过应用网络媒体，可以有效提升传统媒体的广告效果，使传统广告的影响力更加深入和持久。相对于电视媒体，网络媒体目前还是作为补充媒体，而从实际效果来看，网络媒体所起的作用还是相当大的。最后，注重运用网络媒体的资源整合作用。在"果鲜美"的推广中，网络已经不单单是一个媒体，汇源集团力求通过网络，把线下的、前端的、后端的、其他媒体的各种推广资源结合起来，发挥巨大的整合效力。

四、快速消费品应用网络营销的经验

传统媒体一直是快速消费品的首选推广媒体。然而，汇源集团的经验表明，网络媒体具有极好的不间断传播的优势，能够使营销活动的连贯性和延续性得到极大提升；同时，网络的互动性也能有效解决传统传播方式中互动沟通不足的问题，使品牌与消费者的互动得到增强。

快速消费行业对于网络媒体的应用还处于摸索、实践阶段，需要一些更为专业的引导和建议。而高效的网络营销，需要网络媒体和第三方代理公司更多的策略支持。像网易这样的主流网络媒体，应致力于为快速消费品生产企业在网络广告方面提供较为合理的媒体组合方案，帮助客户制订广告策略，为其选择具有很强互补性的网络媒

体，并为其提供媒体组合投放建议；同时，应为其提供更具创新性的网络广告形式，使广告投放不会受到消费者的反感。

（资料来源：罗宝呈，快速消费品更需要网络营销创新，www.a.com.cn/enterprise/html/qyzl/wangyi/ztch/ 06/09 _ 003.htm）

案例讨论

1. 汇源公司选择实施网络营销时机的依据是什么？
2. 根据汇源公司实施网络营销的经验，分析企业应如何利用传统媒体和网络媒体开展整合营销。

思考与练习

1. 如何把握网络营销的实施时机？
2. 企业实施网络营销后，企业组织结构的特点是什么？
3. 网络营销的实施为企业管理人员提出了哪些挑战？
4. 对于网络营销企业，人力资源开发的人才应包括哪些类型？
5. 简述网络营销管理模型的种类。
6. 简述网络营销的成本构成和控制方法。
7. 简述网络营销的风险来源和交易风险控制的措施。

实 训 操 作

对实施网络营销的分析

实训目的

（1）了解企业实施网络营销所需的资源。
（2）了解实施网络营销后企业在经营和管理方面所发生的变化。

实训内容

（1）选择一家计划开展网络营销的企业进行调研，了解其所拥有的各种资源。
（2）针对企业现状，帮助其分析尚不具备的条件。
（3）形成一份实施网络营销的分析报告，内容包括企业实施网络营销的可行性分析、必要性分析、重要性分析和风险分析等。
（4）选择一家已经开展网络营销的企业进行调研，了解其在组织结构、决策方式、管理方式、经营方式等方面的特点，并形成调研报告。

第10章

网络营销案例与实训

10.1　简单商业网站的创建

1. 实训目的

（1）掌握简单商业网站的创建方法。
（2）熟悉规划商业网站的具体内容。

2. 实训要求

（1）学生如果有自己的网站，可以在此空间建立一个虚拟的企业站点。
（2）学生如果没有自己的网站，可以在 Internet 上申请一个免费网站，然后在网站上完成此次实训。
（3）网站上至少应具有的要素：一个醒目的企业 Logo；企业简介信息；企业产品信息介绍页面；常见问题解答系统。

3. 实训内容

学生可在下列流程的指导下完成此项实训。

这里以中网（www.zw78.com）上提供的个人/企业免费主页空间为例，说明建立商业网站的流程。

1）申请开通商业网站

登录中网（www.zw78.com）首页，单击中网首页的"免费注册"页签，或单击"用户登录"栏目中的"注册新用户"按钮，如图 10.1 所示。

图 10.1　中网首页

在打开的"免费注册中网会员，开展您的网站建设服务"对话框中填写相关注册信息，填写完成后单击"提交注册"按钮，如图 10.2 所示。

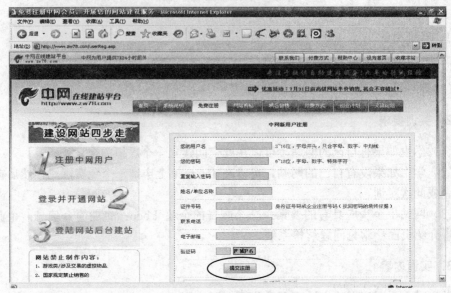

图 10.2　用户注册页面

单击"提交注册"按钮后，系统自动弹出"注册成功"对话框；单击此对话框中的"关闭"按钮，系统自动跳转到"中网在线建站平台"页面。在这个页面中可以开通网站，即填写网站的域名和管理密码，填写完成后单击"开通"按钮，如图 10.3所示。在这一过程中，需要利用所学过的域名策略为该企业网站量身定做一个最恰当的域名，要注意如何使企业远离域名纠纷的困扰。

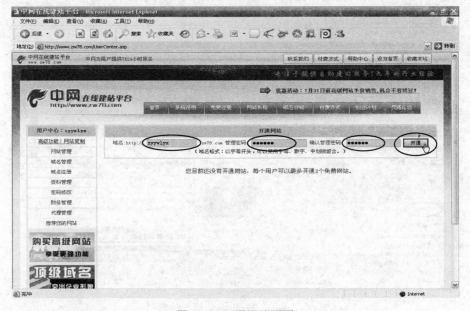

图 10.3　开通网站页面

此时在打开的页面中显示企业的网站已经开通。单击"登录后台"按钮，如图 10.4 所示。

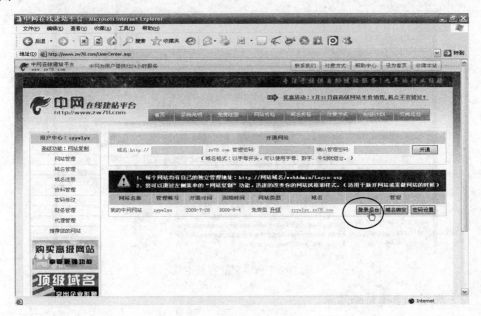

图 10.4　登录网站后台

在打开的"网站后台管理中心"页面中，单击"网站预览"按钮，如图 10.5 所示；打开的新页面即是所申请的网站主页，如图 10.6 所示。

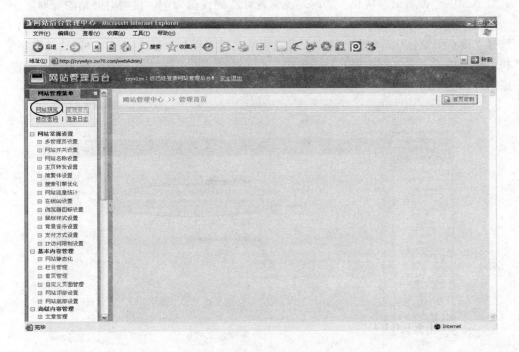

图 10.5　网站后台管理中心页面

图 10.6　所申请的网站主页

2）规划和管理商业站点

在网站后台管理中心页面上设有"网站常规设置"、"基本内容管理"、"高级内容管理"、"网店管理"、"论坛管理"、"会员管理"等栏目，通过中网设置的这些栏目可以规划和管理网站。

下面以"搜索引擎优化"、"网站流量统计"的设置为例，说明对网站的管理。

（1）搜索引擎优化设置。在网站后台管理中心页面的"网站常规设置"栏目下，选择"搜索引擎优化"项目，进入"搜索引擎关键字设置"子项目；在"网站关键字"和"网站描述"文本框中填写相应内容后，单击"提交"按钮，搜索引擎关键字设置成功，如图 10.7 所示。

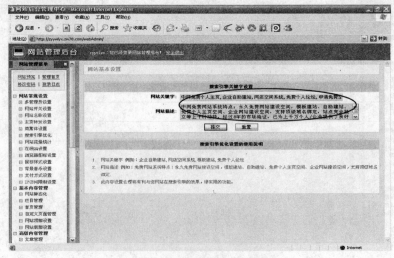

图 10.7　搜索引擎优化设置页面

（2）网站流量统计设置。在"网站常规设置"栏目下，选择"网站流量统计"项目，在打开的页面中插入统计代码，如图 10.8 所示。此设置可以完成对网站流量的统计。

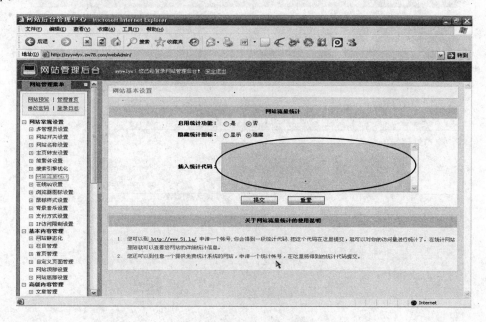

图 10.8　网站流量统计设置

按照页面下方的提示，可以在"我要啦"（http://www.51.la/）网站上获取统计代码。下面以"我要啦"网站为例，申请获得一段统计代码。

登录"我要啦"网站首页，在用户登录界面中单击"注册"按钮，如图 10.9 所示。

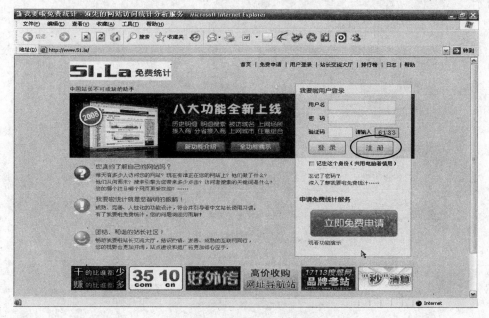

图 10.9　"我要啦"网站首页

在打开的"申请成为我要啦统计用户"对话框中填写申请表中的相关信息，完成后单击"申请"按钮，即可注册成功，如图 10.10 所示。

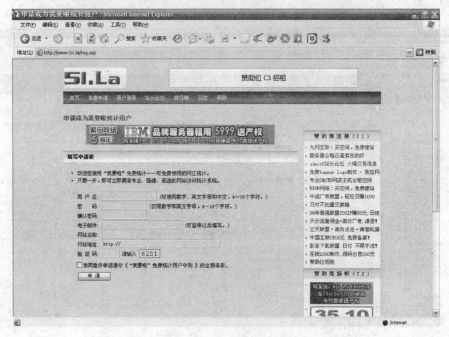

图 10.10　"申请成为我要啦统计用户"对话框

注册申请成功后，登录"我要啦"网站，在"控制台"选项卡下单击"添加统计ID"按钮，在打开的页面中填写网站名称与网站地址后，单击"添加"按钮，如图 10.11 所示。

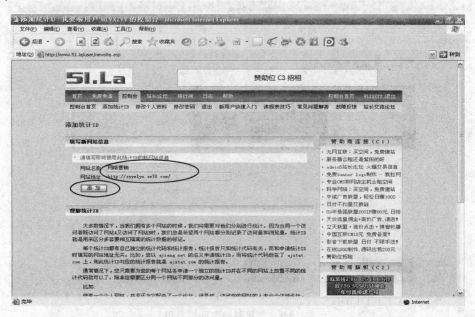

图 10.11　添加统计 ID 页面

在打开的页面中，系统提示"添加新 ID 成功"；选择此页面上的"获取新 ID 的统计代码"选项，如图 10.12 所示。

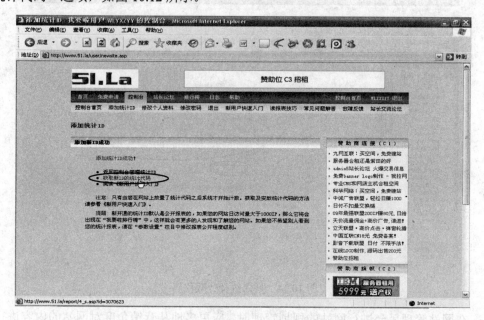

图 10.12　获取新 ID 的统计代码

在打开的"获取统计代码"页面中，文本框中的代码即是统计计数代码，复制此代码，如图 10.13 所示。

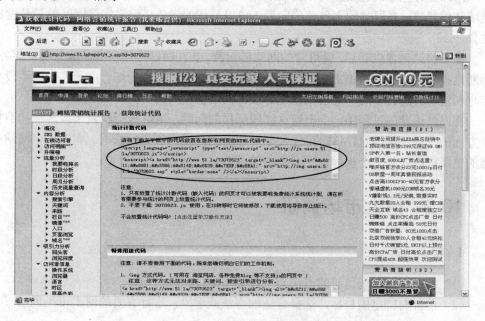

图 10.13　复制统计计数代码

在图 10.8 中的"插入统计代码"文本框中，粘贴从"我要啦"网站上获取的统计计数代码，单击"提交"按钮，如图 10.14 所示。若在"隐藏统计图标"后选中"显示"单选框，统计图标则会显示在网站首页的底部。

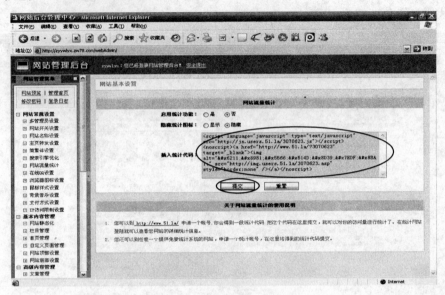

图 10.14　插入统计计数代码

在网站管理后台进行网站的规划管理时，应更多地从营销角度对网站的内容进行规划。在设置网站的有关页面时，需要考虑可能给未来浏览者带来的影响，应考虑如何组织页面之间的联系。

网站整体色彩的也要以营销为出发点，考虑本企业的产品特性，消费者的年龄、地域和偏好等，在网站的主色调确定后，再以最佳的颜色搭配来实现网站的最佳营销效果。

商业网站创建成功后，就可开始网站的运营，如在网站上销售商品或者提供服务，不断地搜集客户和有关消费者的信息。运用电子邮件、网站论坛、电子广告等手段与客户和消费者进行一对一的营销，充分发挥网络营销的优势。

在网站运营的过程中，会出现这样或那样的问题，也可能会收到来自客户和消费者方面的有关评价信息，这时可能需要对原有的网站内容进行修改。实际上，网站内容的更新过程，是一个永远也不会完结的话题。

10.2　网上市场调研

1．实训目的

（1）掌握网上市场调研的方法与手段。
（2）能针对特定的目标，选择合适的方法或手段，进行有效的网上市场调研。

2．实训要求

（1）会使用搜索引擎快速寻找商务信息。

（2）会使用 IE 浏览器（包括使用另存网页、图片，收藏网址，导出收藏夹等菜单功能）。

（3）会制作在线调研问卷并发布问卷，统计分析调研问卷，形成调研报告。

3．实训内容

1）使用搜索引擎搜集商务信息

（1）选择搜索网站。在 IE 浏览器地址栏中输入"www.google.com.hk"，进入 Google 搜索网站；输入"www.baidu.com"，进入百度搜索网站；输入"www.sogou.com"，进入搜狗搜索网站。

（2）输入关键词。分别在上述搜索网站的搜索栏中输入关键词"汽车市场"，记录搜索结果数量、搜索用时和前 5 项搜索记录，填入表 10.1，比较这三个搜索引擎的搜索结果。

表 10.1　搜索引擎的搜索结果

搜索引擎	搜索结果数量	搜索用时	前五项搜索记录
Google			
Baidu			
Sogou			

（3）搜集信息。选择一个搜索网站，如 Google，确定关键词，利用"高级搜索"缩小搜索范围，找出 5 家销售汽车、5 家销售数字电视机和 5 家网上商城的网站，将这些网址命名后添加到收藏夹中；将收藏夹整理后导出，并以自己的名字命名，打开收藏页"自己的名字.htm"，利用屏幕抓图方法（按"Print Screen"键或按"Alt+Print Screen"键，然后打开 Word 文档粘贴图片即可）将网页的图像复制后粘贴在实训报告中。

2）在专业网站上进行商务信息的搜索

登录阿里巴巴·中国（china.alibaba.com）网站。这个网站上提供了大量的供应信息和求购信息，如图 10.15 所示。

图 10.15　阿里巴巴·中国网站的主页

　　为了便于查找信息，在文本框中输入关键词可快速查找信息，如在"产品"选项卡下输入"二手笔记本电脑"，单击"找一下"按钮，搜索结果显示的是有关二手笔记本电脑的供应信息，可以阅读该信息并进行有关交易，如图 10.16 所示。如果在"买家"选项卡下输入"二手笔记本电脑"，则搜索结果显示的是有关二手笔记本电脑的求购信息。

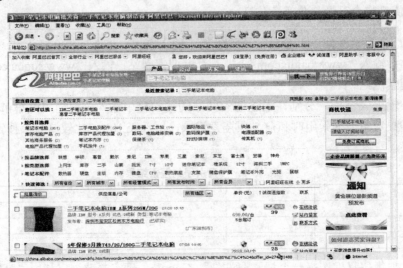

图 10.16　在阿里巴巴·中国网站上搜索供应信息

3）在线调查问卷的制作与发布

　　（1）在线调查问卷的制作。利用搜索引擎，搜索网上现有的在线调研系统，选择其中一个网站并登录该网站，如选择 OQSS 在线问卷调查软件网站（http://www.oqss.com），如图 10.17 所示。在所选择的网站上注册，成为注册用户。

图 10.17　OQSS 在线问卷调查软件网站首页

创建在线调查问卷。成为 OQSS 在线问卷调查系统网站的注册用户后，输入用户名和密码即可登录。登录后选择"创建问卷"选项，在打开的页面中填写问卷名，选择问卷类型，完成后单击"下一步"按钮，如图 10.18 所示。

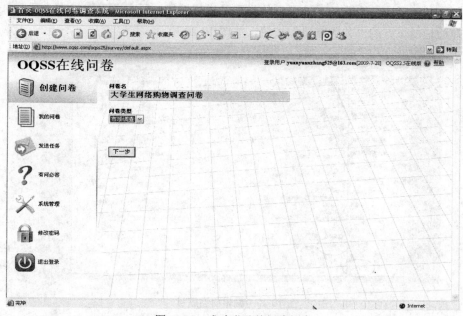

图 10.18　成功登录并创建问卷

在新打开的页面中编辑问卷。单击页眉和页脚的"编辑"图标，对页眉和页脚进行编辑，完成后单击"保存"按钮，如图 10.19 所示。

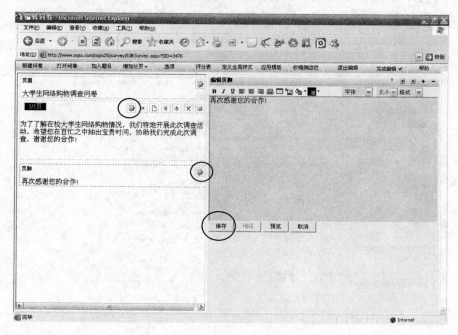

图 10.19　编辑页眉和页脚

　　编辑完页眉和页脚后，开始编辑题目。选择"加入题目"选项，在弹出的"编辑题目"栏目中选中问卷题目的类型，如选中"单选题[点选式]"单选框；在页面的中间栏目中按照提示编辑题目，完成后单击"保存"按钮，在页面的右边栏目中就可看到所加入的题目。继续选择下一题目的类型并进行编辑。所有题目添加完成后，单击页面左边栏目下方的"关闭窗口"按钮，如图 10.20 所示。

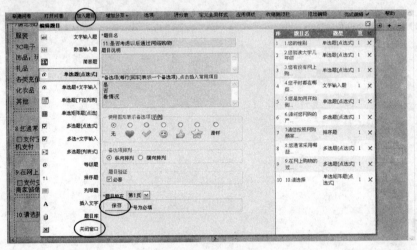

图 10.20　编辑问卷题目

　　关闭"编辑题目"页面后，在页面中可看到上一步所添加的问卷题目。在此页面中，单击相应图标可对题目进行"删除"、"上移"、"下移"、"编辑"等。例如，单击"编辑"图标，即可在页面右侧修改此题目，完成后单击"保存"按钮即可。所有问卷内容编辑完成后，单击"完成编辑"按钮，如图 10.21 所示。

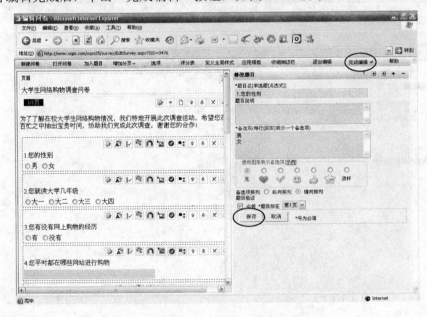

图 10.21　完成问卷编辑

　　在弹出的对话框中单击"编辑问卷外观"按钮，对问卷外观进行编辑并保存。所有工作完成之后，单击"生成问卷"按钮，如图 10.22 所示。

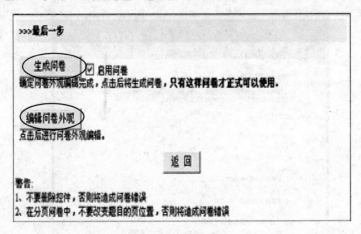

图 10.22　生成问卷

在弹出的"生成完成！"对话框中显示了问卷的地址，如图 10.23 所示。

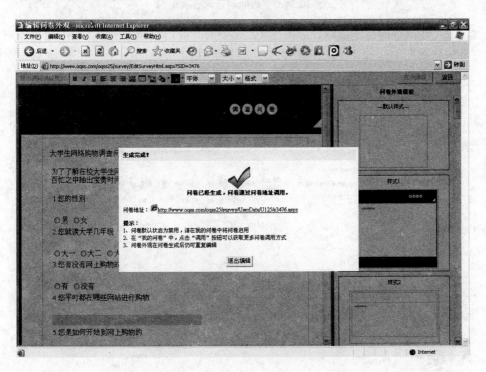

图 10.23　问卷生成完成

单击这个地址即可在新窗口打开所设计好的调查问卷页面，如图 10.24 所示。

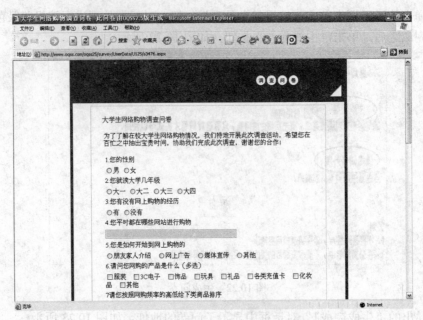

图 10.24　生成的调查问卷页面

（2）在线调查问卷的发布。单击图 10.21 中的"退出编辑"按钮，完成退出编辑；在打开的新页面中选择"我的问卷"选项，即可显示问卷的相关选项。单击"问卷代码"下方的"调用"按钮，如图 10.25 所示。

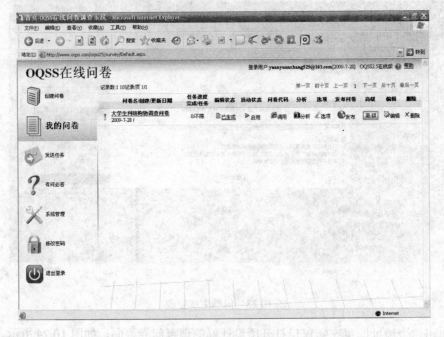

图 10.25　问卷调用

在打开的页面中，显示了各种调用方式的问卷代码，复制并保存这些代码，如图 10.26 所示。

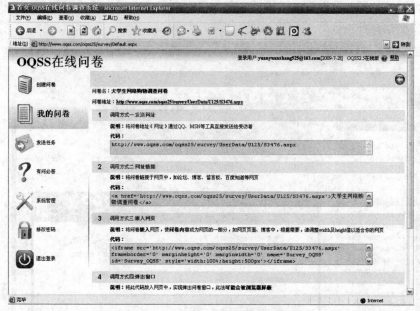

图 10.26　各种调用方式的问卷代码

（3）在线调查问卷的发布场所。当在线调查问卷制作完成以后，就可以在互联网上发布了。此时一个最重要的问题是：选择问卷发布的场所。

① 在商业网站页面中嵌入问卷页面。登录在中网（参见图 10.1）中所创建的商业网站，进入网站管理后台，在站点的某个页面中嵌入调查问卷页面，如把大学生网络购物调查问卷页面嵌入首页中。首先在"首页管理"中设置"网络调研"模块，然后编辑此模块，即添加问卷嵌入页面的代码（参见图 10.26 中"调用方式三：嵌入网页"的代码）。添加完成后单击"提交"按钮，如图 10.27 所示。

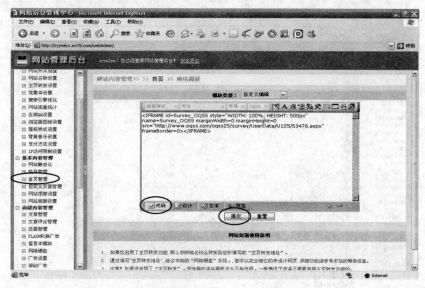

图 10.27　添加嵌入网页代码

进行网站预览，可看到"手机调查问卷"页面已成功发布在"网络调研"栏目下，如图 10.28 所示。

图 10.28　问卷页面的嵌入

② 在网站页面中设置指向问卷页面（参见图 10.24）的超级链接。若要在网站的页面上设置指向问卷页面的超级链接，可在网站首页的"公告"栏目下设置。首先在"首页管理"中设置"公告"模块，然后编辑此模块，即添加网址链接代码（参见图 10.26 中的"调用方式二：网址链接"代码）然后单击"提交"按钮，如图 10.29 所示。

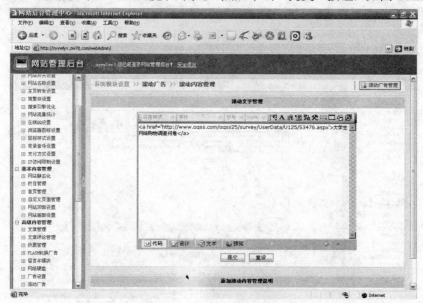

图 10.29　添加网址链接代码

进行网站预览，单击"公告"栏目下的文字链接"1.大学生网络购物调查问卷"，即可在新窗口打开调查问卷页面，如图 10.30 所示。

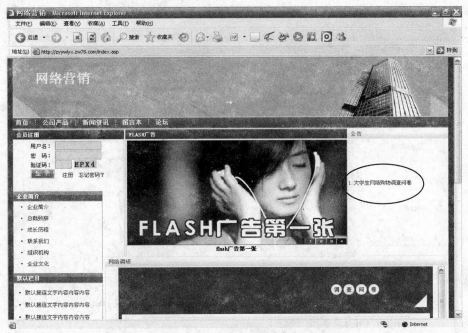

图 10.30　调查问卷的超级链接

③ 利用电子邮件发布问卷。使用搜索引擎，查找邮件群发软件，选择其中一种进行下载并安装，如"QtMail"。安装完成后单击"撰写邮件"按钮，在弹出的对话框中撰写关于大学生网络购物调查问卷邮件，需要添加发件人的"邮件地址"、"姓名"、"密码"和"邮件标题"、"邮件内容"，完成后单击"保存"按钮，然后再单击"发送邮件"按钮，开始发送邮件，如图 10.31 所示。

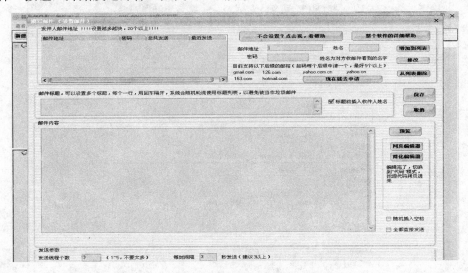

图 10.31　撰写邮件页面

（4）调研问卷结果的统计分析。问卷成功发布后，被调查者填写完问卷并提交后，在线调研系统可自动搜集并整理问卷结果。在"我的问卷"栏目中单击"分析"按钮，如图 10.32 所示。

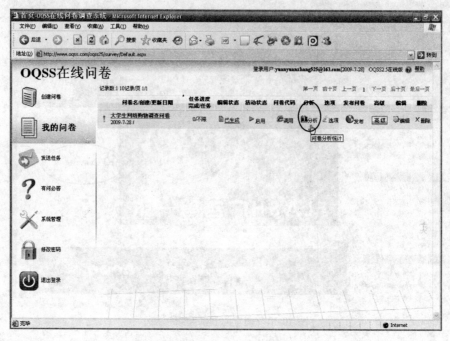

图 10.32　问卷分析页面

在打开的页面上，有"问卷报告"、"查询分析"、"交叉分析"等项目。选择相关项目对结果进行分析，如图 10.33 所示。

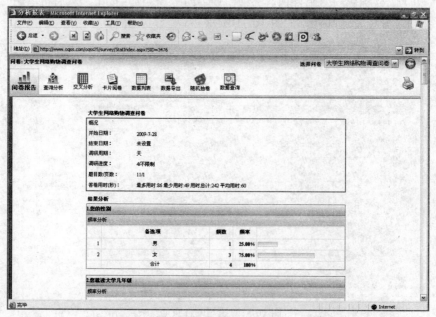

图 10.33　问卷报告页面

10.3　网络广告的制作与发布

1．实训目的

（1）了解网络广告的形式。

（2）了解策划网络广告的方法。

（3）学会设计一个简单的 banner 广告并发布。

2．实训要求

（1）浏览网上各种类型不同的广告，体会其不同的特点。

（2）动手制作一个 banner 广告，广告主题为"二手彩色电视机"，将该广告发布到 Internet 上。

3．实训内容

（1）广告制作。利用"附件"中的画图软件（制作的.bmp 图片文件另存为图形交换格式*.gif 图片文件）或其他图像制作软件制作一个 468 像素×60 像素的.gif 格式广告图片，广告图片上可用文字、图画或粘贴网上下载的图片，右下角一定要有制作人自己的名字。制作完后将图片保存在自己的站点相关目录中。

（2）广告发布。进入自己的站点，找到准备放置广告的页面，用网页设计与制作软件进行编辑，将上面已经做好的广告图片放到相应的位置。随着网站的发布，该广告也就随之发布了。

10.4　网站推广

1．实训目的

掌握网络营销网站推广的方法，重点掌握利用搜索引擎、新闻组推广营销网站的方法。

2．实训要求

（1）会利用搜索引擎推广网站。

（2）会利用 Outlook Express 访问新闻组，并利用新闻组推广网站。

3．实训内容

1）免费登录分类目录

搜索免费提供分类目录登录的网站。下面以雅虎为例介绍登录分类目录的方法。

进入雅虎网站首页，选择"黄页"选项，如图.10.34 所示。

图 10.34　雅虎首页

在打开的"生活黄页"页面中，查找与企业相关的子目录，如图 10.35 所示。

图 10.35　雅虎生活黄页

例如，选择"购物广场"目录下的"饰品/化妆品"子目录，在打开的页面中显示的是其他企业登录的信息，单击"免费登记商户"按钮，如图 10.36 所示。

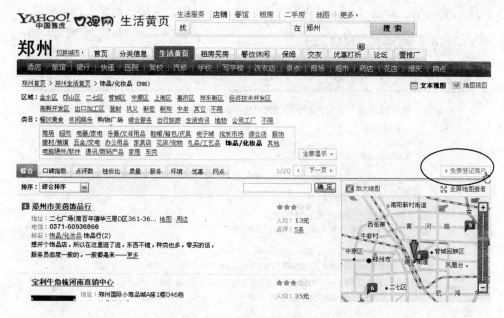

图 10.36　"饰品/化妆品"子目录

在打开的"登记店铺"页面中填写相关信息，如图 10.37 所示。

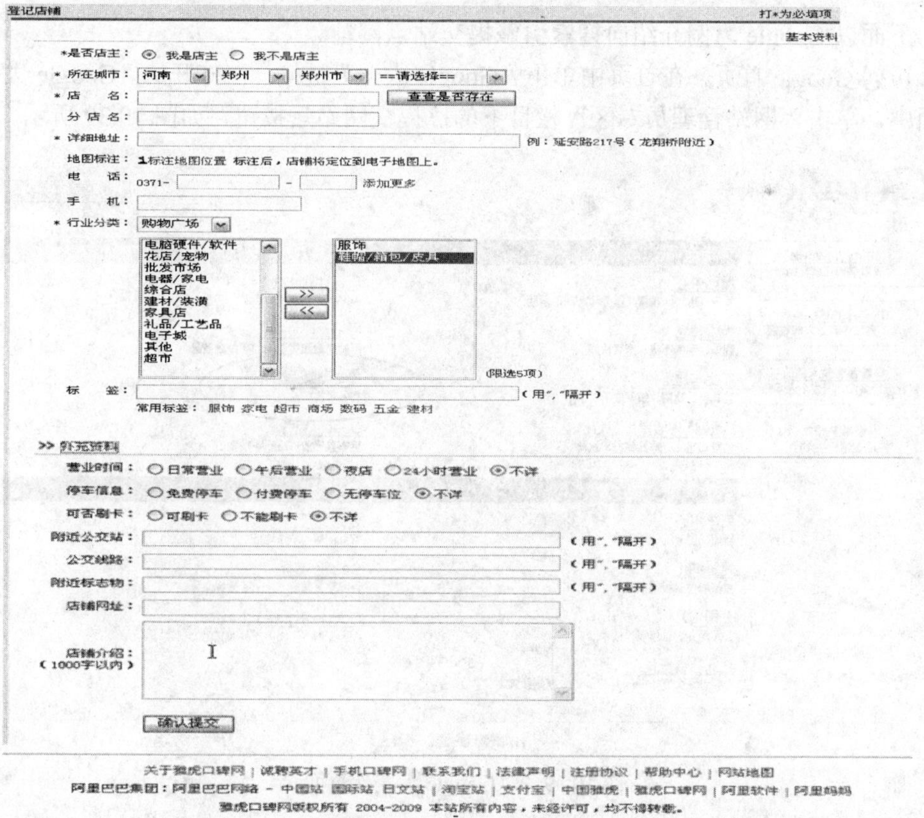

图 10.37　"登记店铺"页面

填写完成后，单击"确认提交"按钮，显示店铺登记成功，如图10.38所示。

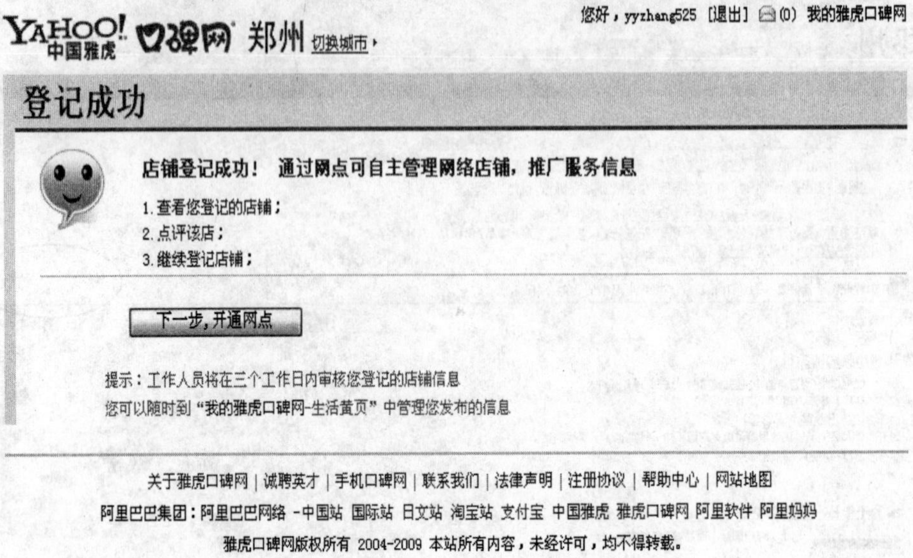

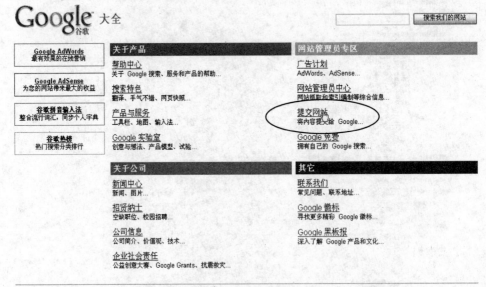

图 10.38　店铺"登记成功"页面

2）向搜索引擎提交站点网址

下面以 Google 为例介绍向搜索引擎提交站点网址。

访问 Google 首页，在首页中单击"Google 大全"链接；在打开的"Google 大全"页面中，单击"网站管理员专区"栏目下的"提交网站"按钮，如图10.39所示。

图 10.39　"Google 大全"页面

在打开的页面中选择"将您的网址添加到 Google 索引中"选项，如图10.40所示。

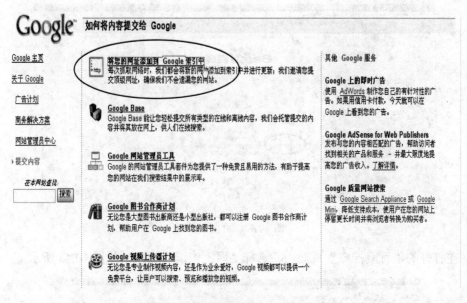

图 10.40　选择将网址添加到 Google 索引中

在打开的页面中将网址添加到文本框中，并填写评论及输入验证码后单击"添加网址"按钮，则成功地将站点网址提交给了 Google 搜索引擎，如图 10.41 所示。

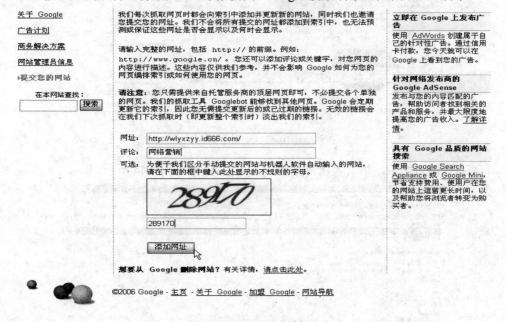

图 10.41　填写网址等信息

3）搜索引擎关键词竞价排名

下面以百度（www.baidu.com）关键词竞价排名为例介绍搜索引擎关键词竞价排名。登录百度网站，在百度首页中单击"加入百度推广"按钮，如图 10.42 所示。

图 10.42　百度首页

在打开的"百度推广"页面中，选择"网上申请"选项，如图 10.43 所示。

图 10.43　网上申请

在打开的页面中，填写"用户注册"相关信息，如图 10.44 所示。

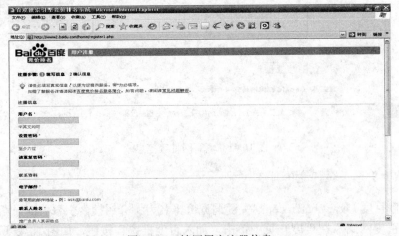

图 10.44　填写用户注册信息

填写完成后，单击页面下方的"下一步"按钮，系统弹出用户"确认信息"页面，确认无误后，单击"确定"按钮，则完成注册。选择"账户管理"选项，进入"百度搜索引擎竞价排名系统"，对关键词、财务、用户信息等进行管理，如图 10.45 所示。

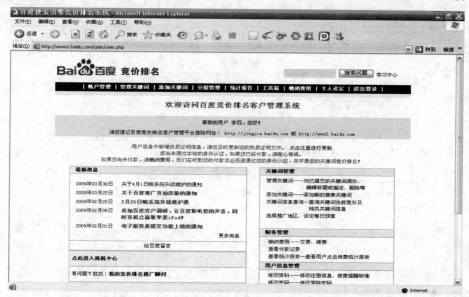

图 10.45　账户管理

选择"关键词管理"选项，在打开的页面中，填写要提交的关键词信息，如图 10.46 所示；填写完成后单击"下一步"按钮。

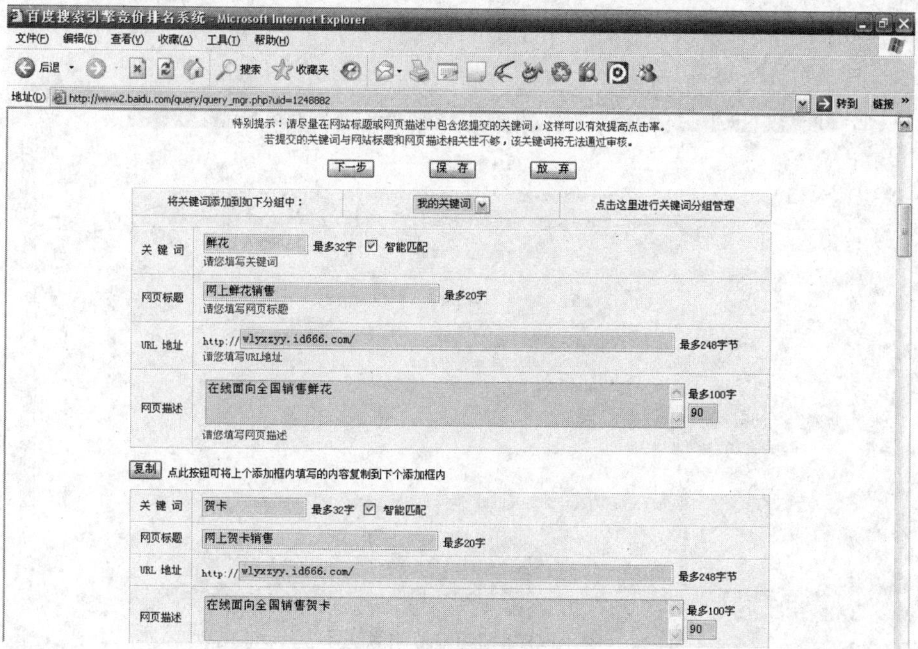

图 10.46　填写关键词

单击"下一步"按钮后进入"设置价格"页面，为所提交的关键词设置竞价价格，如图 10.47 所示。

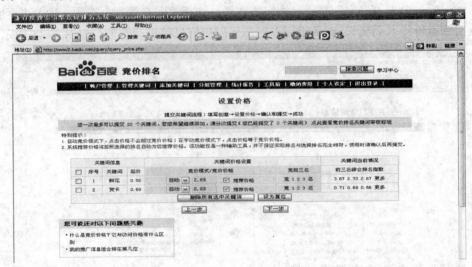

图 10.47　设置价格

价格设置完成后单击"下一步"按钮，确认提交的关键词、竞价方式、竞价价格等信息。若有不准确的信息，单击"上一步"按钮进行修改，若确认无误则单击"确定"按钮，如图 10.48 所示。

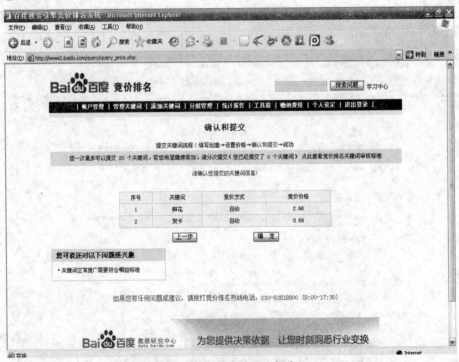

图 10.48　信息确认和提交

关键词提交后，用户还可在打开的"关键词推荐"页面中，根据百度的推荐信息继续选择其他关键词并进行提交，如图 10.49 所示。

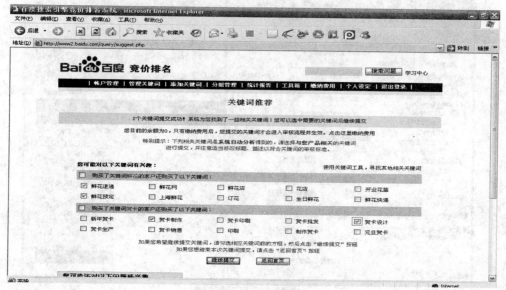

图 10.49　关键词推荐

关键词提交完成后，选择"交纳费用"选项；在打开的页面中，根据百度所要求的支付方式交纳费用后，关键词竞价排名即可生效，如图 10.50 所示。

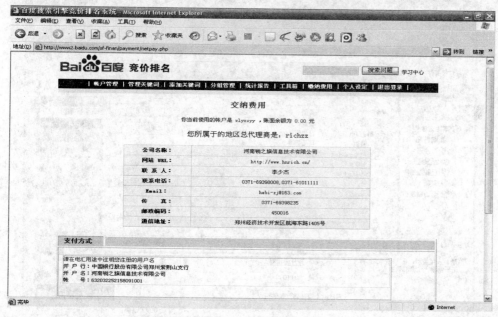

图 10.50　交纳费用

4）利用新闻组推广网站

（1）配置新闻组账户。打开 Outlook Express，选择"工具"菜单下的"账户"选项，如图 10.51 所示。

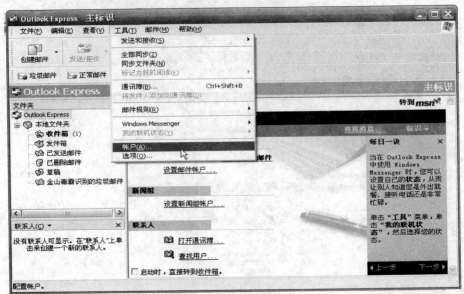

图 10.51　新建账户

在弹出的"Internet 账户"对话框中，单击"添加"按钮，选择"新闻"选项，如图 10.52 所示。

图 10.52　选择添加新闻账户

在弹出的"Internet 连接向导"对话框中输入"新闻服务器"名称；单击"下一步"按钮，输入"邮件地址"；单击"下一步"按钮，输入"新闻组服务器"地址（可通过搜索引擎查找），这里以新帆新闻组（news.newsfan.net）为例；单击"下一步"按钮，如图 10.53 所示。

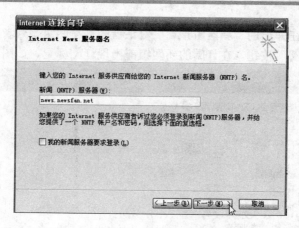

图 10.53　添加新闻组服务器

单击"完成"按钮，新闻组账户添加成功，如图 10.54 所示。

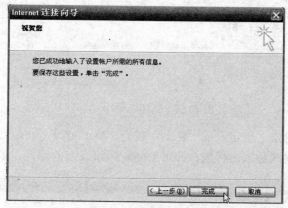

图 10.54　新闻组账户添加完成

（2）订阅和查看新闻组。单击"Internet 账户"对话框中的"关闭"按钮，退出"Internet 账户"对话框，Outlook Express 自动弹出一个窗口询问是否下载新闻组。单击"是"按钮，Outlook Express 将把新闻组的目录从新闻组服务器上下载到主机上，如图 10.55 所示。

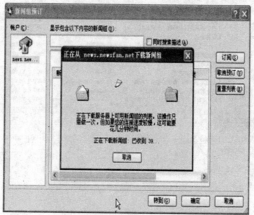

图 10.55　新闻组正在下载

　　下载完毕后，在弹出的"新闻组预订"对话框的"新闻组"列表中，选中感兴趣的主题，单击"订阅"按钮，在订阅的新闻组前出现订阅标记，如图10.56所示。

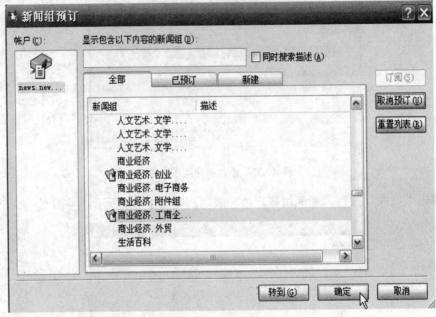

图10.56　新闻组预订

　　预订完成后，单击"确定"或"转到"按钮，Outlook Express开始下载订阅栏目的邮件标题；下载完成后双击标题，即可看到新闻组发来的邮件，如图10.57所示。

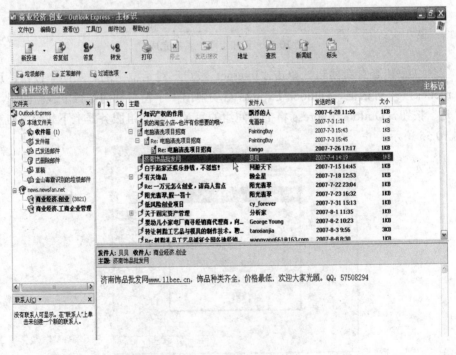

图10.57　查看新闻邮件

（3）回复新闻组。在浏览新闻邮件时，若希望对于有些问题进行回复的话，可以单击工具栏上的"答复组"或"答复"按钮，在弹出的回复对话框中进行回复，如图 10.58 所示。

图 10.58　回复新闻邮件

（4）利用新闻组发布推广站点的信息。当需要给新闻组发送新闻邮件时，先选择要发送的新闻组，再单击左上角的"新投递"按钮，将弹出一个发送邮件式的窗口，填写邮件主题和内容，然后单击"发送"按钮，如图 10.59 所示。

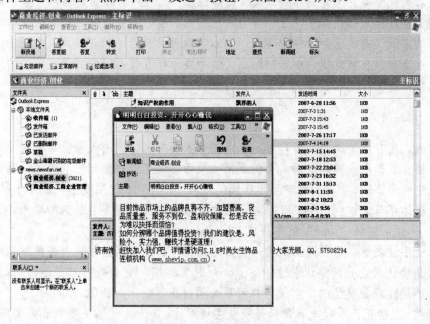

图 10.59　发布站点推广信息

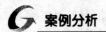 **案例分析**

可口可乐公司的网络营销策略

互联网时代，最重要、也较困难的是，将人们的眼睛从别人的网站吸引到本企业的网站上来。对可口可乐公司（www.cocacola.com）来说，争夺眼球是难上加难的事。可口可乐产品单一，风味百年不变，遍街都能买得到，何必上网去找？但是，可口可乐对任何广告媒体向来以"无孔不入，一掷千金"著称，更何况对年轻人主宰的互联网呢？

1. 网站定位

可口可乐针对其产品早已为人们所熟悉的特点，拟订了基于文化的网络营销策略，即将可口可乐定义为具有文化内涵的品牌而不仅是饮料。从其悠久的历史出发，可口可乐强调它与美国文化发展的难以割舍的血缘联系，重点定位培养各阶层顾客对可口可乐品牌的忠诚度。

这一策略不仅弥补了因产品单一带来的建站题材单一的不足，而且强化了其竞争优势，因为堪称与美国文化熔铸一体的产品品牌屈指可数。将"可口可乐是美国文明史的一部分"这一营销基调确立后，就赋予了网站无尽的创意空间和炒作题材，也传承了美国文化那种巨大的包容性、强烈的扩张欲和旺盛的生命力。

在建站手法上则着力于各种出其不意的花样和噱头，刻意追求光怪陆离的视觉效果。为取悦青年人，它不惜"背叛"正式英语，在页面中大量使用各类俚语、俏皮话、涂鸦文体和变形文字，甚至页面间的链接也只重意趣而不讲逻辑；为给老年人一丝饱经沧桑后的抚慰，它又开设了"二战"回眸栏目，正经八百地讲述当年可口可乐与美军大兵们在欧洲大陆及太平洋上荣辱与共的铁血历程，期望激发旧日的荣耀以维系对其品牌的忠诚；对疲于奔命的中年人，它主导快餐饮料自不待说，网页上还有卡通、保龄、电子卡、有奖竞猜、小恶作剧、文体和娱乐等五花八门、层出不穷的内容。整个网站热闹纷繁，这在互联网中显得极为独特。

2. 网站特点

首先，只有单一产品的可口可乐站点拥有多幅首页。访问者会经常看到不同的首页。每幅首页都用涂鸦体和嬉皮士腔调来一段话，这类对白搬到互联网上，至少在美国网民中喝彩不断。其次，可口可乐在搞笑方面无所不用。使用变形词就是手段之一。例如，在体育与文娱栏目中，可口可乐鼓吹它与体育及文娱界有长久的联系，为突出"长久"一词，它将"long"故意拼成"looooooooong"。

以上手法之意，是在网上创造一种可乐文化，它并不期望网民点击鼠标来购买可乐，而是要让大众时时惦记着这一站点，时时来逗趣，看看有何"可乐"。当然，这种做法不是能轻易模仿的，它使可口可乐公司付出了巨大的投入。

当然，这些花花手段充其量只是视觉佐料而已，美国文化的主要特点是实用主义。可口可乐在网络营销上是极其认真的，它向全网渗透、扩张的意图是强烈的，在与网民交互中获得信息的欲望也是实实在在的。例如，可口可乐专门开设了网络调查栏目，科学设置了大量问题，获得的数据对于站点改进、建立客户数据库、开展精确营销、进行个性化服务，以及培养顾客忠诚度、增强品牌竞争力等方面发挥着极其巨大的作用。

（案例来源：http://www.xici.net/b37812/d1315031.htm）

案例讨论

结合本案例，分析可口可乐公司建设站点的思路。这一思路对你有什么启发？

思考与练习

1. 创建商业站点时，应如何站在营销角度处理网站的各项内容？这样做有何意义？

2. 列举问卷发布的方法，比较各种方法的优缺点。

3. 对于一个没有站点的企业，能否进行网络营销？为什么？

参 考 文 献

[1] 冯英健. 网络营销基础与实践. 北京：清华大学出版社，2004.

[2] 刘向晖. 网络营销导论. 北京：清华大学出版社，2005.

[3] 中国互联网信息中心. 中国 Internet 发展状况统计报告（北京：1997—2009 年调查数据）.

[4] 李甫民. 网络营销教程. 北京：机械工业出版社，2005.

[5] 沈美莉，陈孟建. 网络营销应用与策划. 北京：清华大学出版社，2005.

[6] 万守付. 电子商务基础（第 2 版）. 北京：人民邮电出版社，2006.

[7] 耿军. 电子商务实务. 北京：机械工业出版社，2005.

[8] 翟彭志. 网络营销. 北京：高等教育出版社，2005.

[9] 沈凤池. 网络营销. 北京：清华大学出版社，2005.

[10] 李纲. 网络营销教程. 武汉：武汉大学出版社，2005.

[11] 赵晓鸿. 网络营销技术. 北京：中国人民大学出版社，2006.

[12] 李甫民. 网络营销教程. 北京：机械工业出版社，2005.

[13] 张劲珊，邓文安. 网络营销操作实务. 北京：电子工业出版社，2006.

[14] 李玉清. 网络营销. 大连：东北财经大学出版社，2008.

[15] 是永聪. 网络营销. 北京：科学出版社，2008.

[16] 邓平. 网络营销实训. 上海：上海交通大学出版社，2009.

[17] 昝辉. 网络营销实战密码：策略、技巧、案例. 北京：电子工业出版社，2009.

[18] 方成民. 网络营销实训. 大连：东北财经大学出版社，2009.

《网络营销（第 2 版）》读者意见反馈表

尊敬的读者：

感谢您选用本教材。为了适应高职教育的改革与发展，进一步提高教材质量，请您在使用了本教材之后，抽出宝贵时间填写以下内容，将您的感受和意见及时告诉我们，以便我们进一步改进服务，出版更加贴合实际的好教材。

姓名：_____　　电话：_____

职业：_____　　E-mail：_____

邮编：_____　　通信地址：_____

1. 您对本书的总体看法是：
　□很满意　　□比较满意　　□尚可　　□不太满意　　□不满意

2. 您对本书的结构（章节）：　□满意　　□不满意　　改进意见_____
_____
_____

3. 您对本书的例题：　□满意　　□不满意　　改进意见_____
_____
_____

4. 您对本书的习题：　□满意　　□不满意　　改进意见_____
_____
_____

5. 您对本书的实训：　□满意　　□不满意　　改进意见_____
_____
_____

6. 您对本书的其他改进意见：
_____
_____
_____

7. 您感兴趣或希望增加的教材选题是：
_____
_____
_____

请寄：100036　北京万寿路 173 信箱职业教育分社　收

电话：010-88254565　　E-mail：gaozhi@phei.com.cn

反侵权盗版声明

电子工业出版社依法对本作品享有专有出版权。任何未经权利人书面许可，复制、销售或通过信息网络传播本作品的行为；歪曲、篡改、剽窃本作品的行为，均违反《中华人民共和国著作权法》，其行为人应承担相应的民事责任和行政责任，构成犯罪的，将被依法追究刑事责任。

为了维护市场秩序，保护权利人的合法权益，我社将依法查处和打击侵权盗版的单位和个人。欢迎社会各界人士积极举报侵权盗版行为，本社将奖励举报有功人员，并保证举报人的信息不被泄露。

举报电话：（010）88254396；（010）88258888

传　　真：（010）88254397

E-mail：dbqq@phei.com.cn

通信地址：北京市万寿路173信箱

　　　　　电子工业出版社总编办公室

邮　　编：100036